Anna Jonas

DAS ROSENPALAIS

Roman

PIPER

Mehr über unsere Autoren und Bücher:
www.piper.de

Wenn Ihnen dieser Roman gefallen hat, schreiben Sie uns unter Nennung des Titels »Das Rosenpalais« an *empfehlungen@piper.de,* und wir empfehlen Ihnen gerne vergleichbare Bücher.

Von Anna Jonas liegen im Piper Verlag vor:
Hotel Hohenstein:
Das Hotel am Drachenfels
Das Erbe der Hohensteins
Wiedersehen am Drachenfels

Die Chocolatier-Familie:
Das Rosenpalais

FSC
www.fsc.org
MIX
Papier aus verantwortungsvollen Quellen
FSC® C083411

Originalausgabe
ISBN 978-3-492-22836-7
Juni 2019

Redaktion: Lisa Wolf
Satz: Uhl + Massopust, Aalen
Gesetzt aus der Aldus
Druck und Bindung: CPI books GmbH, Leck
Printed in the EU

Teil 1

1

OKTOBER 1924

Ella stand auf dem Balkon der elterlichen Villa am Rhein, sah auf das sich im Wind kräuselnde Wasser, ein graues Spiegelbild des Himmels. Es war der Moment, in dem ein Strahl der Herbstsonne durch die Wolken brach, als sie entschied, dass es in ihrem Leben so nicht weitergehen konnte. Obwohl sie fror, blieb sie noch einen Augenblick lang draußen stehen, musste die Worte lautlos in den kalten Wind sprechen. *So geht es nicht mehr weiter.*

»So geht es nicht mehr weiter«, sagte sie hiernach, als sie in den Salon trat, in dem ihr Bruder saß, in stiller Melancholie, die doch so gar nichts mit jener romantischen Verklärung zu tun hatte, die ihr oftmals anhaftete. Eric beschrieb seinen eigenen Zustand gerne wie die Stille unter dem Schnee. Das war es auch, was er bei seiner Rückkehr aus dem Krieg beständig wiederholt hatte. »Stille, Ella, da war so viel Stille unter dem Schnee.« Und die hatte er mit heimgebracht, sie füllte ihn aus, dröhnte ihm in den Ohren, während sein Äußeres zu einer Maske kalten Gleichmuts erstarrt war.

Auf ihre energische Ankündigung hin sah er sie nur an, fragte nicht, was sie entschieden hatte. Entweder, weil es ihn nicht interessierte, oder aber, weil er wusste, sie würde es ihm ohnehin erzählen.

»Sie sitzen da und lauern«, erklärte Ella, »Tante Elisabeth, Onkel Georg, Onkel Heinrich. Wie die Spinnen in ihrem Netz.« Und würden sofort zuschlagen, wenn sich die Geschwister endgültig darin verheddert hätten.

»Was für ein reizendes Bild, Ella.« Eric wirkte milde belustigt.

Sie hatte es nie gemocht, wenn er sich über sie lustig machte, aber früher hatte er es in jener ritterlichen Nachsicht getan, die ältere Brüder sich allein für ihre kleinen Schwestern aufzuheben schienen. Dann war der Krieg gekommen, und aus dem draufgängerischen Eric mit dem spöttischen Lächeln war ein grüblerischer Mann geworden, dessen Spott in seinen Augen zu Zynismus erkaltet war. Einst war er so sprachgewandt gewesen, doch wenn er sich nun äußerte, diente dies meist nur noch dazu, das weltliche Elend in stetig andere Gewänder zu kleiden. Wenn er sich denn überhaupt dazu herabließ, Unterhaltungen mit Menschen außer Ella zu führen.

»Morgen fahre ich ins Werk«, erklärte sie.

»Und darf ich auch erfahren, was du dort zu tun gedenkst?«

»Das, was du seit Vaters Tod hättest tun müssen. Verantwortung übernehmen. Also werde ich mich nun darum kümmern.«

Jetzt verzogen sich seine Lippen zu einem seiner seltenen Lächeln, wölfisch, kalt. »Du?«

Ein Wort nur, und er schaffte es, eine ganze Lebensgeschichte hineinzulegen. Ella, die verwöhnte Tochter des Hauses. Ella, die parlieren konnte. Ella, die tanzen konnte. Ella, die zu kokettieren wusste. Ella, die zu sonst nichts taugte. Für die Bücher nur von unterhaltsamer Natur waren und die Mathematik Zahlen, mit denen man die Preise für die neue Garderobe beglich.

Ein Jahr war der Tod ihres Vaters nun her. Damals war er mit dem Automobil verunglückt, am Uferweg von der Straße abgekommen. Ihre Mutter hatte wenige Jahre zuvor die Spanische Grippe dahingerafft. Zu Lebzeiten war der Vater in gewisser Weise ein Anker für Eric gewesen, aber nun lastete alles auf Ellas Schultern. Und ihr Bruder tat das ab mit einem einzigen Wort. *Du?*

»Ja«, antwortete sie nun. »Ich.« Ihre Bemühungen, in dieses Wort ein neues Leben zu legen, fanden keinen Widerhall in seinen Augen, die zynische Belustigung blieb.

»Und was wirst du dort tun?«

»Mir zunächst einen Überblick verschaffen.«

Sein Wolfslächeln ging über in ein kurzes Auflachen. »In der Tat, ja?«

Die Herablassung machte sie wütend. »Wenn du einen besseren Vorschlag hast, dann nur her damit.«

Erwartungsgemäß schwieg er. Dann, als Ella sich abwenden und gehen wollte, sagte er: »Ich sollte das Werk verkaufen.«

»Ich mag kaufmännisch nicht so bewandert sein wie du, aber selbst ich weiß, dass wir für eine Süßwarenfabrik, die kaum noch Gewinn abwirft, nicht viel bekommen.«

»Es kann sein, dass jemand ihr wieder Leben einhaucht.«

»Gewiss. Und das kann ich ebenso gut wie jeder andere.«

Jetzt war es wieder da, das Lächeln frostiger Belustigung. Ohne ein weiteres Wort wandte Ella sich ab und verließ den Salon.

Im Arbeitszimmer ihres Vaters roch es nach altem Leder, Holzrauch und Bienenwachs. Obwohl der Raum seit einem Jahr ungenutzt war, hafteten ihm immer noch die vertrauten Gerüche an, als könne ihr Vater jeden Moment durch diese Tür treten. Dass dem nicht so war, dafür sprach lediglich die Kälte, die im Zimmer hing. Normalerweise war hier täglich eingeheizt worden, aber dazu bestand ja derzeit keine Notwendigkeit mehr.

Sie setzte sich auf den bequemen Stuhl dessen hölzerne Rücken- und Armlehne mit von Rosshaar unterfüttertem Leder überzogen waren. Hier hatte ihr Vater lange Abende verbracht, umwabert von würzig duftenden Tabakwolken, die seiner Pfeife entstiegen. Es hatte stets arbeitsam angemutet, wie er hier gesessen hatte, und vermutlich hatte er sogar gearbeitet, hatte versucht, sich die immensen Summen, die er verschleuderte, schönzurechnen, hatte seiner Frau Geschenke gemacht, die er sich nicht hatte leisten können, in der Hoffnung, sie an seiner Seite zu halten. Während alle Welt ahnte, dass sie sich durch die Betten reicherer Männer schlief. Früher hatte Ella davon freilich keine Ahnung gehabt, mittlerweile aber wusste sie sich auf diffuse Andeutungen einen Reim zu machen.

Ella schüttelte den Kopf, als könne sie damit gleichsam jeden unwillkommenen Gedanken abschütteln, wollte sich lieber an schöne Zeiten erinnern, an Tage vor dem Krieg, als alles noch so vollkommen erschienen war. Weihnachtsabende, bei denen sie voller Vorfreude auf dem Flur stand, während Eric – älter und abgebrühter – nachsichtig gelächelt hatte. Winternachmittage, an denen sie hier mit einem Buch in dem Sessel vor dem Kamin gekauert hatte, während ihr Vater in Dokumente vertieft gewesen war.

Behutsam zog Ella die Schublade unter der Tischplatte auf, ziellos, denn irgendwo musste sie anfangen. In der Lade fand sie gebündelte Briefe, die sie beim flüchtigen Durchblättern als ausschließlich privater Natur erkannte. Feldpost von ihrem Bruder, alles sorgsam aufbewahrt. Briefe von guten Freunden und nahen Verwandten. Ella schob die Schublade zu und wandte sich den Dingen auf dem Schreibtisch zu. Vor ihr war eine lederne Unterlage auf der Schreibplatte befestigt, die hier und da kleine Tintenflecke zierte. Rechts stand ein Füllfederhalter in einer Halterung neben einem gläsernen Fässchen, das nur noch ausgetrocknete Reste schwarzer Tinte enthielt. Dokumente, an denen ihr Vater zuletzt gearbeitet hatte, lagen in einem Stapel auf der linken Seite, die letzten beantworteten Briefe in der Ablage zu Ellas rechter Hand.

Sie griff nach dem Stapel Unterlagen und ging ihn durch, sah sich Bilanzen an, lange Zahlenkolonnen mit Kürzeln versehen, deren Bedeutung sich ihr nicht erschließen wollten. Sie las sich die ersten Seiten durch, krauste die Stirn, blätterte weiter durch, überflog einige Seiten und legte die Unterlagen zurück, ohne etwas von dem, was sie gelesen hatte, so recht verstanden zu haben.

Ella beschloss, sich am kommenden Tag im Werk einen ersten Überblick zu verschaffen. Für den Papierkram hatten sie schließlich Mitarbeiter, sollten die sich damit befassen. Jemand musste sich ja in der Zwischenzeit gekümmert haben, schließlich herrschte in der Fabrik kein Stillstand. Ella zog den schweren gläsernen Aschenbecher heran, entnahm einem silbernen Etui eine Zigarette, steckte sie zwischen die Lippen und fand nach einigem Suchen Streichhölzer. Zwischen halb geöffneten Lippen atmete sie Rauchkringel in die Luft und drückte dem Raum einen ersten zaghaften Stempel auf.

»Das schaffst du schon. Verdun hast du ja auch überlebt.«

Seine Schwester Ava sagte es lapidar dahin, aber Sebastian Lombard hatte über dergleichen Scherze noch nie lachen können. So etwas konnte nur sagen, wer nicht dabei gewesen war, wenngleich seine ältere Schwester stets behauptete, auch für sie daheim sei es ja alles so furchtbar gewesen. Gar so schlimm konnte es jedoch nicht gewesen sein, wenn sie eine Tanzveranstaltung, zu der er keine Lust hatte, mit der Knochenmühle Verdun verglich. Sebastian stand vor dem hohen Spiegel in der Eingangshalle, rückte seine Krawatte zurecht und beschloss, das Gesagte nicht zu kommentieren, um vor ihrem Aufbruch nicht noch einen handfesten Streit vom Zaun zu brechen.

»Ich wäre dir dankbar«, sagte sein Schwager Paul Falkoven stattdessen, »wenn du es unterlassen könntest, unpassende Vergleiche zu ziehen.«

Ava lief rot an. »Es war ein Scherz. Sebastian hat das sehr wohl verstanden. Du musst dich hier also nicht echauffieren.«

Sebastian tauschte einen verständnisinnigen Blick mit seinem Schwager, der es dabei beließ und nur die Schultern zuckte. Es war ja gar nicht so, dass Sebastian ungern ausging, ganz im Gegenteil. Aber diese Art von Soireen, diese steifen Veranstaltungen, bei denen man seinen Reichtum – und in Sebastians Fall die hübsche Frischverlobte – präsentierte, waren ihm ein Graus. Und nicht einmal die Aussicht, Helene zu treffen, konnte ihn damit aussöhnen.

Ehe seine Eltern erschienen, eilte Ava noch einmal die Treppe hoch, um nach den Kindern zu sehen, wie sie erklärte, als sei zu befürchten, jemand habe diese in ihrer Abwesenheit geraubt. Ava machte stets viel Aufhebens um ihre Mutterschaft, beharrte darauf, dass die Kinder mindestens zwei Tage bräuchten, um sich einzugewöhnen, obwohl sie bei jedem Besuch wie eine Horde Berserker durchs Haus tobten und keinerlei Anzeichen fremdelnder Scheu zeigten. Stets war sie in Angst um sie, flatterte um sie herum und beobachtete jede Bewegung, die von dem abwich, was sie kannte, um es auf »veränderte Umstände« zu schieben. Und das konnte alles sein, vom Essen, das nicht schmeckte, bis hin zu einer fiebrigen Erkrankung. Und im Haus der Großeltern zu verweilen war nun ein »veränderter Umstand«, der von kaum einem anderen übertroffen werden konnte.

So standen die Eltern lange vor Ava in der Halle, und seine Mutter sah mehrmals zu der großen Standuhr, die bereits vor fünf Minuten zur vollen Stunde geschlagen hatte. Sie kamen nie genau pünktlich zu abendlichen Veranstaltungen, schließlich sollten die Leute nicht denken, man habe sonst nichts vorgehabt und hätte nur darauf gewartet, eine Einladung für diesen Abend zu erhalten. Aber man sollte auch nicht in einem Maße zu spät kommen, das an Unhöflichkeit grenzte, und darauf steuerten sie derzeit zu.

»Wo bleibt sie denn?«, fragte Sebastians Mutter entnervt.

Paul wollte eben die Treppe hoch, um seine Frau zu holen, als Ava hinuntereilte. »Es tut mir leid, aber ich hatte den Eindruck, als hätte die Kleine Fieber.«

Die Kleine war ein zweijähriger Wildfang, ihre Jüngste, die vermutlich erhitzt war, weil sie bis zu ihrem Eintreten im Bett herumgesprungen war.

»Und?«, fragte Paul. »Hatte sie?«

»Das weiß ich nicht, Hanne behält sie im Auge.«

»Dafür wird sie bezahlt«, antwortete Paul.

Sebastian hoffte, dass dies nicht das Leben war, das ihn nach der Eheschließung erwartete. Allerdings war Ava immer schon anstrengend gewesen, im Gegensatz zu seinen beiden anderen Schwestern, von denen eine im Alter zwischen ihm und Ava stand und die andere jünger war als er. Die Ältere hatte nach München geheiratet, die Jüngere nach Insterburg, und beide hätte er eher jeden Monat ertragen als Ava, die leider nur nach Bonn geheiratet hatte.

Der Chauffeur fuhr das Automobil der Lombards vor, während der Ehemann seiner Schwester sich selbst ans Steuer setzte. Paul Falkoven war ein passionierter Rennfahrer, und auch privat stieg er am liebsten in seinen Sportwagen. Dass er der Familie zuliebe für die Fahrt nach Koblenz auf einen etwas familientauglicheren Wagen umsteigen musste, tat seinen Rennfahrerqualitäten indes keinen Abbruch, und so war er mit Ava längst um die Ecke gebraust, noch ehe Sebastian seiner Mutter in den Wagen geholfen hatte.

»Irgendwann bricht er sich noch den Hals«, prophezeite sein Vater. »Hoffentlich sitzt Ava dann nicht im Wagen.«

Als sie fünfzehn Minuten später durch das Portal in die Einfahrt des hell erleuchteten Hauses der Familie Georg Dorn rollten, stand Pauls Wagen bereits eingereiht neben den Fahrzeugen der anderen Gäste.

»Irgendwann bricht er sich den Hals«, wiederholte Sebastians Vater.

»Wenn dann nur nicht unsere Ava bei ihm im Wagen sitzt«, fügte seine Mutter hinzu.

Wenn dieser Moment sinnbildlich war für den weiteren Verlauf des Abends, dann stand ihm eine todlangweilige Veranstaltung bevor, und Sebastian überlegte bereits, wie er frühzeitig das Weite suchen konnte, ohne die Gastgeber zu brüskieren.

Georg Dorn und seine Frau Dorothea begrüßten sie in der Eingangshalle, und seine künftige Schwiegermutter umfasste seine Hand bei der Begrüßung mit beiden Händen. »Helene ist bereits im Salon.« Sie sagte das in jenem Ton verschwörerischer Mitwisserschaft, den ältere Menschen – aus Gründen, die Sebastian nicht bekannt waren – jüngeren gegenüber anschlugen, wenn es sich um Liebesdinge drehte. Als ginge Sebastian gänzlich unbedarft und unerfahren an die Sache heran und befinde sich bereits in fieberhafter Aufregung, endlich seine Verlobte zu sehen.

Er spielte das Spiel jedoch mit, lächelte und dankte ihr in gesenktem Tonfall. Dann ging er hinüber in den Salon, wo Helene sich mit einigen Freundinnen unterhielt. Dass sie dabei die linke Hand vorstreckte und die anderen jungen Frauen sich interessiert darüber neigten, ließ den Gegenstand der Unterhaltung erahnen. Der Ring hatte ein kleines Vermögen gekostet, aber wenn es eines gab, um das Sebastian sich niemals hatte sorgen müssen, dann war es Geld.

Eine der jungen Frauen wurde auf ihn aufmerksam, und sie stieß ihre Nachbarin an. Kurz darauf drehten sich alle zu ihm um, und auf Helenes Lippen erschien jenes siegesgewisse Lächeln der Besitzenden. Er trat zu ihr, gab ihr einen galanten Handkuss und führte sie unter dem Gekicher ihrer Freundinnen davon. Erstaunlich, wie wenig es bedurfte, damit aus jungen Frauen wieder Backfische wurden.

Dabei war Helene im Grunde genommen nicht einmal seine Wahl gewesen, sondern die seiner Mutter, er hatte sich lediglich einverstanden erklärt. Ebenso wenig, wie er vermutlich Helenes Wahl gewesen war. Ihre Eltern hatten sich um die diffizilen Arrangements aus Geld und noch mehr Geld gekümmert. Natürlich spielten auch die Namen eine Rolle. Die Lombards, reich geworden durch den Gewürzhandel, heirateten in die Familie Dorn, noch reicher geworden durch eine florierende Reederei. Es passte einfach in jeder Hinsicht. Und da Helene darüber hinaus recht hübsch war mit ihren karamellbraunen Locken und den blauen Augen, machte er keinen schlechten Schnitt bei der Sache. Ebenso wenig wie sie, denn Sebastian hatte sich über einen Mangel weiblicher Aufmerksamkeit – und das konnte er bar jeder Selbstgefälligkeit sagen – nie beschweren können.

Allerdings täuschte auch alle Schönheit nicht darüber hinweg, dass sie sich ermüdend wenig zu erzählen hatten, und während Sebastian sich in gesellschaftlicher Plauderei erging, überlegte er erneut, wie er sich von dieser Feier verabschieden konnte, ohne grob unhöflich zu werden. Etwas Spannenderes als die Pianospielerin, von der seine künftige Schwiegermutter schwärmte, sie sei *die* Neuentdeckung des Jahres, würde der Abend wohl mitnichten zu bieten haben.

Er war beinahe erleichtert, als Helene sich entschuldigte, da sie eine Freundin erspäht hatte, und er sich einigen Freunden zuwenden konnte, die an diesem Abend ebenfalls den Weg hierher gefunden hatten.

»Eine Dorn-Tochter also?«, fragte einer von ihnen. »Guter Fang, in jeder Hinsicht.«

»Lässt du dafür jetzt die Kleine aus dem Theater fallen?«

Die Kleine aus dem Theater war eine begabte junge Schauspielerin und Sebastians neueste Eroberung. Allerdings war dies mitnichten ein Thema, das er auf der Soiree seiner künftigen Schwiegereltern erörtert wissen wollte, und so begnügte er sich mit einem vielsagenden Blick, was seine Freunde mit einem leicht anzüglichen Grinsen beantworteten. Man verstand sich. Sebastian sah kurz auf die Uhr. Wenn er es schaffte, sich hier in spätestens zwei Stunden loszusagen, dann konnte er sie von ihrer letzten Vorstellung direkt abholen und den Abend weitaus erquicklicher ausklingen lassen, als es ihm hier in Aussicht gestellt wurde.

Ella war früh zu Bett gegangen, wälzte sich erst eine Weile hin und her und sank schließlich in einen unruhigen Schlaf. Sie träumte, mit einem Schiff auf wild brodelnder See zu fahren. Weit und breit kein Land, und immer wieder riss das Wasser seinen Schlund auf, türmte haushohe Wellen auf. Erst als sie die Augen öffnete und die lauten Schreie immer noch nicht verstummten, wusste sie, dass sie kein Teil ihres Traums gewesen waren, sondern aus dem Zimmer ihres Bruders kamen.

Mit wild klopfendem Herzen richtete Ella sich auf, schweißnass trotz der herbstlichen Kälte im Zimmer, und warf die Decke zur Seite. Rasch verließ sie ihr Bett und lief hinüber in Erics Zimmer, sah, wie ihr Bruder im Bett saß, die Augen weit aufgerissen, auf einen Punkt starrend, auf Bilder, die außer ihm niemand zu sehen vermochte. Neben seinem Bett brannte eine Lampe, er schlief nicht mehr ohne Licht, seit er heimgekommen war.

»Eric.« Sie ging zu ihm, rüttelte ihn an der Schulter, und er fuhr herum, sah sie mit wildem Blick an, ergriff sie und schleuderte sie so heftig zur Seite, dass ihr Kopf gegen den Bettpfosten schlug. Der Schmerz trieb ihr die Tränen in die Augen, und sie wollte sich von ihrem Bruder losmachen, aber sein Griff war stahlhart. »Eric! Eric, ich bin es«, schrie sie, als er sie aufs

Bett drückte und sie einen aberwitzigen Moment lang dachte, er würde sie erwürgen. Dann jedoch veränderte sich sein Blick, und sein Griff lockerte sich. Er keuchte, als sei er gerannt, schluchzte.

Ein wenig benommen richtete Ella sich auf, berührte die Stelle, wo ihr Kopf gegen das Bett geknallt war und wo sie bereits eine Schwellung ertasten konnte. Himmel, tat das weh.

»Was habe ich getan, Ella?«

»Ist nicht schlimm.« Sie schüttelte seine Decke auf und setzte sich vor ihn, umfasste seine Schultern. »Es ist nicht schlimm.«

»Was habe ich getan? Was um alles in der Welt habe ich getan?« Er schluchzte erneut auf.

»Es hat nicht wehgetan«, log sie, um ihn zu beruhigen, und erst jetzt sah er sie an, irritiert, fragend.

»Wovon sprichst du?«

»Von ...« Sie stockte. »Wovon sprichst *du?*«

Wieder wurde sein Blick gehetzt. »Die Dunkelheit, Ella. Wenn sie einmal da ist, wird es nie wieder licht.«

Sie erhob sich, wusste nicht, was sie tun sollte. »Schlaf jetzt«, sagte sie, da ihr nichts Besseres einfiel.

»Wenn ich schlafe, kommen sie zurück.«

»Dann sag ihnen, sie sollen sich fortscheren.«

Etwas blitzte in Erics Augen auf, etwas, das wieder ihren Bruder zeigte, den sie kannte, den Bruder, der Angst in belustigtem Spott bannte. Ihre Großmutter hatte ihr seinerzeit mit der unsäglichen Geschichte über Nachtmahre, die böse Menschen holten und dabei ungehorsame Kinder besonders gerne mochten, Albträume beschert. Eric hatte gesagt, dass jeder Nachtmahr sie nach einem Tag freiwillig zurückbringen würde. Außerdem – wenn die Nachtmahre böse Menschen holten, warum war die Großmutter denn dann noch hier?

Ella wünschte ihm eine gute Nacht, was ihr angesichts der Umstände geradezu höhnisch vorkam, aber sie wusste auch nicht, was sie sonst sagen sollte. Er war dreißig, sie gerade einundzwanzig geworden. Es wäre an ihm, das Zepter zu übernehmen, sie zu beschützen, das Haus für sie zu bewahren, die Firma vor dem Untergang zu retten. Und obwohl Ella wusste, dass Eric nichts dafürkonnte, dass die Dinge nun einmal waren, wie sie waren, erfasste sie eine verzehrende Wut. Unmöglich, jetzt wieder zu Bett zu gehen.

Langsam schritt sie die Treppe hinab, durchquerte die finstere Halle und ging in den Salon, wo es stets am einfachsten war, einer schönen Vergangenheit nachzuspüren, einer, die dazu geeignet war, Mut für die Zukunft aus ihr schöpfen zu können. Aber heute Nacht lauerten selbst hier Gespenster, und es waren nicht mehr die schönen Dinge, die den Raum bevölkerten, sondern all die Schrecken, die dahinter lauerten und den Moment der Schwäche nutzten, um hervorzubrechen. Das letzte Weihnachten vor dem Krieg, an dem Ella strahlend vor dem Baum gestanden hatte, während ihr Vater ihrer Mutter ein teures Schmuckstück schenkte und ihre Mutter beim Anlegen an ihm vorbei in die Ferne lächelte. Es war, als wolle der Raum ihr sagen, dass schon damals alles dabei gewesen war zu zerbröckeln, dass die Hoffnungslosigkeit selbst in jenen rückblickend so glücklichen Zeiten zäh aus jeder Ritze und jedem Spalt quoll.

Sie ging zur Verandatür und öffnete sie. Kalte Luft strömte in den Raum. Hinter Ellas geschlossenen Lidern tauchte indes der Sommer auf, flirrende Wärme über dem Garten, die Vorfreude auf sonnenwarmes Gras unter den bloßen Füßen. August vor zehn Jahren. Hinter ihr Schritte, dann Erics Stimme, voller Vorfreude. *Ella, ich werde ein Held!* Sie öffnete die Augen, drehte sich ruckartig um. Es war kalt, und der Raum hinter ihr war leer. Langsam stieß sie den Atem aus und dachte unwillkürlich an die Einladung, die Onkel Georg ihnen hatte zukommen lassen. In seinem Haus pulsierte in dieser Nacht das Leben. Ein Jahr war der Tod ihres Vaters nun her, Zeit, die Trauer abzulegen, so seine Worte. Vielleicht hätte sie gehen sollen. All die Stille. Darüber konnte man ja nur den Verstand verlieren.

Das Werksgebäude der Firma *Süßwaren Dorn* lag an der Mosel. Als Kind hatte Ella ihren Vater gelegentlich begleitet, was immer ein großartiges Erlebnis gewesen und von dem aus sie mit Taschen voller Süßigkeiten heimgekehrt war. Lutscher und Bonbons in allen Farben, klebrig süß und nach Kirschen, Äpfeln oder Zitronen schmeckend – Ella vermeinte in diesem Moment noch die zuckrigen Aromen am Gaumen zu spüren, und sah sich auf dem Teppich in ihrem Kinderzimmer sitzen, die Schätze vor sich ausgebreitet. Nachdem sie eine Nacht mit schlimmen Bauchschmerzen im Bett gelegen hatte, unterband ihre Mutter diese Maßlosigkeit und verbot ihrem Vater, sie mit ins Werk zu nehmen, wenn die Folge davon war, dass sie sich hernach an der Seite ihres Kindes die Nacht um die Ohren schlagen musste.

Die Süßwarenfabrik florierte, und die Familie Felix Dorn führte ein überaus glamouröses Leben. Für Ella, die damals noch zu klein für Partys und Ballnächte gewesen war, hatte es ein Leben bedeutet, in dem es an nichts fehlte, in dem Wünsche nur ausgesprochen werden mussten, um sich zu erfüllen. Ein eigenes Kindermädchen, Geburtstagsfeiern mit unzähligen Kindern im Garten der Villa, Picknickausflüge an den Rhein, Übernachtungspartys mit Freundinnen, zu denen ihrem Vater immer eine Überraschung einfiel und er sich auch nicht zu schade dafür war, mit einem übergezogenen Laken den kopflosen Hausgeist zu spielen. Ehe Ella jedoch das ersehnte Pony bekommen konnte, war auf einmal Schluss mit all der Herrlichkeit. Plötzlich fielen Worte wie »Sparen«, dann wurde das Kindermädchen entlassen, und schließlich ging Eric fort, um ein Held zu werden.

Während des Krieges schränkten sie sich zunehmend ein, was ihr Vater auf die veränderten Umstände schob. Ihre Eltern stritten lautstark, und während Ella auf der Treppe hockte und lauschte, fielen Wörter wie »Hörner aufgesetzt«, »Versager«, »Hure« und unzählige weitere, deren volle Bedeutsamkeit ihr erst später aufging. Dann starb ihre Mutter nach kurzer und heftiger Krankheit, während im ganzen Land die Grippe wütete. Eric war zwar aus dem Krieg zurückgekehrt, aber irgendwie auch nicht, denn manchmal kam es ihr so vor, als sei seine Gestalt nur Tünche über einem Fremden. Als ihr Vater den tödlichen Unfall gehabt hatte, munkelte man, er habe sich absichtlich davongestohlen. Die Frau tot, der Sohn gebrochen, das Vermögen verprasst. Na ja, da war noch die Tochter, aber für die lohnte das Weiterleben offenbar nicht.

Als Ella an diesem Tag nach langer Zeit zum ersten Mal wieder das gusseiserne Portal durchschritt und auf den weitläufigen Hof vor dem hohen Backsteinbau trat, fluteten Erinnerungen auf sie ein, und wieder schmeckte sie klebrige Aromen auf der Zunge. Früher einmal hatte hier reger Betrieb geherrscht, nun jedoch lag der Hof wie ausgestorben da. Unkraut wucherte zwischen den Ritzen der Pflastersteine empor, wuchs entlang der Mauer, die das Gelände umgab. Einen Moment lang befürchtete Ella, dass hier gar niemand wäre, aber dann bemerkte sie, dass Licht im Gebäude brannte, und ging auf den Eingang zu.

Ein Mann saß in der Pförtnerloge der Eingangshalle und musterte sie argwöhnisch. »Sie wünschen?«

»Ich bin Eleonora Dorn«, stellte Ella sich förmlich vor. »Ich möchte im Werk nach dem Rechten sehen.«

Der Mann nahm unwillkürlich Haltung an. »Fräulein Dorn, was für eine Freude, Sie hier begrüßen zu dürfen. Und bitte erlauben Sie mir, Ihnen noch einmal persönlich herzliches Beileid zum Verlust Ihres Vaters auszusprechen.« Von den Mitarbeitern der Fabrik war eine Karte an die Dorn-Kinder geschickt worden, und bei der Beerdigung waren erstaunlich viele Angestellte und Arbeiter erschienen, um zu kondolieren.

»Vielen Dank«, antwortete Ella.

»Darf ich Sie bei jemandem anmelden?«

»Nein, bemühen Sie sich nicht, ich möchte mir nur einen Überblick verschaffen.«

»Sehr gerne, gnädiges Fräulein.«

Langsam schritt Ella durch die Eingangshalle, wusste noch genau, wie sie zu den Bureauräumen gelangte. In den weitläufigen Fabrikhallen indes kannte sie sich nicht aus, aber das war an diesem ersten Tag wohl auch nicht nötig. Während sie die Treppe emporstieg, fiel ihr wieder auf, wie bestürzend wenig hier los war. Irgendwie schien es sich wohl noch zu rechnen, sonst wäre es mitnichten möglich, die laufenden Kosten und die Löhne zu zahlen, so viel konnte selbst sie sich zusammenreimen. Und Eric und sie kamen ja auch noch über die Runden, wenngleich mehr schlecht als recht und mit großen Abstrichen. Ella graute schon vor dem nächsten Winter, wenn das Heizmaterial wieder knapp werden würde.

Der Korridor, in dem die Bureaus lagen, war mit einem verschlissenen Teppich ausgelegt. Alles war schäbiger und vernachlässigter, als sie es in Erinnerung hatte. Einige der Bureautüren standen offen, und Ella konnte verwaiste Schreibtische erkennen, die von der Herbstsonne in kaltes Licht getaucht wurden. Langsam ging sie auf das ehemalige Arbeitszimmer ihres Vaters zu, das am Ende des Korridors lag, ein großer Raum, dessen hohe Fenster zur Mosel gingen. Den Ausblick aufs Wasser hatte er immer geliebt, was auch der Grund dafür war, dass die heimatliche Villa am Rhein lag.

Ella öffnete die Tür und hielt überrascht inne, als der Raum nicht leer war, wie von ihr erwartet, sondern

Herbert Mayer an dem großen Schreibtisch aus dunklem Holz saß. Der ehemalige Stellvertreter ihres Vaters war nicht minder erstaunt als sie, und seine Hand, die soeben noch geschäftig über das Papier geglitten war, ruhte nun untätig, während sich Herbert Mayers Blick auf Ella heftete.

»Vorsicht, die Tinte«, war das Erste, was Ella zu sagen einfiel, und in diesem Moment hatte sich auch schon ein großer Tropfen von der Schreibfeder gelöst und zerplatzte als Fleck auf dem Geschriebenen.

»Ach, herrje, verdammt«, entfuhr es dem Mann, der sich im nächsten Moment jedoch wieder seiner Manieren entsann. »Verzeihung, Fräulein Dorn.« Er legte ein Löschblatt auf den Fleck, als könne er ihn damit ungeschehen machen, aber vermutlich drohte ihm das, was Ella schon zu Schulzeiten immer wieder hatte tun müssen – das Verunzierte ein weiteres Mal zu Papier bringen. Herbert Mayer erhob sich und kam auf sie zu. »Was verschafft mir die Ehre des Besuchs?«

»Ich möchte mir einen Überblick verschaffen.«

Das löste unübersehbares Erstaunen aus. »Tatsächlich? Hat Ihr Bruder meine Geschäftsberichte nicht bekommen?«

»Das weiß ich nicht.«

»So? Ich freue mich natürlich, dass Sie hier sind, aber warum ist Herr Dorn nicht gekommen? Ist er verhindert?«

»In der Tat. Ich übernehme nun die Geschäfte.«

Herbert Mayer starrte sie an, dann brach das Lachen in einem Prusten aus ihm heraus. »Tatsächlich, Mädchen? Ich kannte Sie schon, da waren Sie noch so klein.« Er hob die Hand in Hüfthöhe über den Boden. »Damals habe ich Ihnen immer Lutscher geschenkt, erinnern Sie sich?«

»Ja, aber ich weiß nicht, was das zur Sache tut.«

»Damit meine ich, bleiben Sie bei dem, was Sie können – unsere Produkte genießen. Für die profane Arbeit sind wir Männer da, damit sollten Sie ihr hübsches Köpfchen nicht belasten.« Er hob die Hand, schien ihr in einer jovialen Geste die Schulter tätscheln zu wollen, ehe ihm aufging, dass sie aus diesem Alter inzwischen heraus war.

»Glücklicherweise weiß ich selbst am besten, was ich kann und was nicht. Mein Vater ist nun seit einem Jahr nicht mehr unter uns, und sogar mein hübscher Kopf ist dazu in der Lage, sich vorzustellen, dass die Fabrik ohne ihren Eigentümer auf Dauer nicht funktionieren wird.«

»Das stimmt, daher hatten wir darauf gehofft, dass Herr Eric Dorn hier die Führung übernehmen wird.«

»Mein Bruder ist krank.«

Betroffenheit verdrängte jede Belustigung. »Das war mir nicht bekannt. Was fehlt ihm denn?«

Schwermut würde man mitnichten als Krankheit für einen Mann gelten lassen, dergleichen erlaubte man nur Frauen. »Er möchte es lieber privat halten.«

Herbert Mayers Blick veränderte sich auf eine Art, die Ella nicht zu deuten vermochte. »Ich habe ihn vor einigen Wochen noch gesehen, da wirkte er recht gesund.«

Ella wusste nicht, wie sie erklären sollte, dass ihr Bruder durchaus auch das Haus verließ, aber eben doch krank war. »Es wird ihm gewiss bald wieder besser gehen.« Sie sah sich im Bureau um. »Wenn Sie mich nun bitte ins Bild setzen würden?«

»Wie bitte?«

»Das Werk«, erinnerte Ella ihn. »Wenn ich hier anfange, muss ich wissen, wo wir stehen und was zu tun ist.«

Wieder lachte der Mann. »Mein liebes Kind, ich wüsste gar nicht, wo ich anfangen soll. Mit Volksschulrechnen lässt sich kein Unternehmen leiten. Und getanzt wird nur auf dem Weihnachtsball.«

»Versuchen Sie es. Beginnen wir damit, dass Sie mich durch das Werk führen.«

Herbert Mayers Blick zeigte weiterhin nichts als Belustigung, aber er neigte den Kopf und deutete mit der Hand auf die Tür. »Es ist mir ein Vergnügen.«

Eine Zeit lang hatte Eric Dorn versucht, die Dunkelheit zu verdrängen, indem er sich ins Nachtleben stürzte. Als das nicht half, waren lange Liebesnächte das Mittel der Wahl gewesen, und er hungerte regelrecht nach jenen Momenten beseligenden Vergessens, die ihn in den Armen einer Frau erwarteten. Aber auch das half auf Dauer nicht, und die Lust schmeckte irgendwann schal, war nichts als Begierde geworden, die nach schneller Erfüllung strebte – ein Bedürfnis wie das nach Nahrung und Schlaf.

Letzte Nacht waren die Träume zurückgekehrt, Bilder, die auf ihn einstürmten, wenn er wehrlos war, wenn er im Schlaf lag und nicht die Möglichkeit hatte, sie einfach abzuschütteln. Das Erste, was Eric wieder wahrgenommen hatte, war das schreckensbleiche Gesicht seiner Schwester gewesen, seine Hände gefährlich nah an ihrem schlanken Hals. Hätte er, wenn es ihr nicht gelungen wäre, ihn zu wecken, die Finger von ihren Schultern genommen und sie erwürgt? Nein, dachte Eric. Nein. Er war ein Verfolgter, Getriebener, aber er war nicht verrückt.

Dennoch hatte er sie an diesem Morgen nicht sehen wollen, hatte dem Frühstück nicht beigewohnt und war von seinem Zimmer aus direkt in die Bibliothek gegangen. Er hatte nach heiterer Literatur gesucht, war dann aber nicht imstande gewesen, auch nur einen Witz zu lesen, ohne diesen innerlich zynisch zu kommentieren.

Dass Ella das Haus verließ, hatte er nicht mitbekommen, wohl aber, dass sie heimkehrte. Da sie ihm angekündigt hatte, ins Werk zu wollen, war er in gewisse Weise neugierig, wie sich dieser Besuch gestaltet hatte, und dass sie darauf verzichtete, ihn ins Bild zu setzen, war ihm eigentlich Antwort genug gewesen. Als er sie dann jedoch in den Garten gehen sah, wo sie das von Rosen überrankte, laubenartig angelegte Häuschen aufsuchte, beschloss er, nun doch mit ihr zu sprechen. Der gesamte Garten war mit Rosen bepflanzt, die im Sommer in allen Farben üppig blühten, und inmitten dieser Pracht befand sich ein Lusthaus, verspielt angelegt aus weißem Marmor und schwarzem, ziseliertem Gusseisen. Seine Mutter hatte vor vielen Jahren einmal eine Party gegeben, auf deren Einladung stand *Ballnacht im Rosenpalais*. Diesen Namen hatte das Gartenhaus seither weg. Das Rosenpalais. Eric hatte darin seine erste

Liebesnacht mit einem beständig kichernden Stubenmädchen verbracht.

Ella saß in dem laubenartigen Vorbau auf einem der zierlichen Stühle und aß Konfekt aus einer Schachtel mit dem Aufdruck *Lindt*. Sie sah kurz auf, als er kam, und wandte sich dann wieder der Schokolade zu, schob sich ein weiteres Stück in den Mund und starrte finster vor sich hin.

»Wie ist es denn gelaufen?«, fragte Eric, obwohl es doch so offensichtlich war.

Es dauerte eine Weile, bis Ella antwortete, und währenddessen verschwanden drei weitere Pralinen. »Wo sind die Berichte, die dir Herr Mayer regelmäßig zukommen lässt?«

»Ich glaube, in meinem Sekretär.«

»Hast du sie auch gelesen?«

»Hm, überflogen.«

»Verstehe.« Ella starrte auf die leere Schachtel, als fragte sie sich, wohin der Inhalt auf einmal verschwunden war. »Sie haben mich behandelt wie ein Kind, ein Kind, das bei den Erwachsenen mitspielen will.«

Das hatte Eric erwartet, und obwohl ihn der Gedanke an Ella als Werksleiterin ebenfalls amüsiert hatte, fand er den Anblick seiner kleinen Schwester, die dasaß, enttäuscht und verständnislos, alles andere als belustigend. Er ließ sich auf dem Stuhl ihr gegenüber nieder.

»Verkaufen wir alles«, sagte er. »Das habe ich gleich gesagt.«

Sie blickte hoch, und Zorn flammte in ihren Augen auf. »Und dann? Verkaufen wir auch dieses Haus hier, sobald das Geld aufgebraucht ist? Wo leben wir dann?

In einer Wohnung, solange wir die Miete aufbringen können, ehe auch der Verkaufserlös des Hauses aufgebraucht ist? Was kommt als Nächstes? Soll ich mich selbst verkaufen?«

Eric spürte, wie ihm das Blut ins Gesicht stieg. »Rede keinen Unsinn!«

Sie biss sich auf die Unterlippe und schwieg, wandte den Blick ab und sah in den Garten. Eric spürte, wie sich das schlechte Gewissen in seinen Magen grub, darin auf Übelkeit erregende Weise wühlte. In ihrem Alter sollte seine Schwester feiern und tanzen gehen, sollte Herzen erobern und die Liebe kennenlernen. Stattdessen saß sie da und haderte mit sich, weil sie in der Welt der Männer nicht ernst genommen wurde.

»Sie sehen eine hirnlose Puppe in mir«, sprach sie seinen Gedanken aus. »Im Werk waren alle Männer amüsiert, als habe jemand einen Witz gemacht, den außer mir niemand versteht. Und Herr Mayer hat mich über die Firmenfinanzen in Kenntnis gesetzt, von denen ich nichts verstanden habe.«

»Er hätte es auf eine Art formulieren können, der du folgen kannst, wenn er etwas von dem versteht, was er macht.«

Hoffnung flackerte in ihren Augen auf. »Ja, nicht wahr? Er wollte nicht, dass ich es verstehe, er wollte mir meine Grenzen aufzeigen.«

Es wäre an Eric gewesen, sie zu beschützen, für sie zu sorgen, aber er konnte ja nicht einmal sich selbst vor seinen Erinnerungen beschützen. Tatenlos dasitzen und ihrem Scheitern zusehen wollte er jedoch auch nicht, und so beugte er sich vor, sah sie an. »Dann solltest du ihm wiederum zeigen, dass deine Grenzen nicht gar so eng gesteckt sind, wie er denkt.«

»Und wie soll ich das tun?«

»Ich werde mir die Unterlagen noch einmal ansehen und sie dir so erklären, dass du alles verstehst.« Vielleicht würde ihn das auch endlich aus dieser unseligen Lethargie reißen.

»Ich wollte meinen Ohren nicht trauen!« Heinrich Dorn hatte die Hände in die Seiten gestemmt, das Gesicht puterrot. »Hörst du mir überhaupt zu, Eleonora?«

Ella hatte den Blick aus dem Fenster gerichtet, starrte gedankenverloren auf die entlaubten Zweige eines Baumes, die sich im Wind bogen. Das sommerlich anmutende Herbstwetter schien sich endgültig verabschiedet zu haben. Langsam wandte sie sich ihrem Onkel zu, vor dem sie stand wie ein gescholtenes Kind. »Ja, Onkel Heinrich, ich höre dir zu.«

»Da stehe ich in Georgs Reederei und bekomme mit, wie man sich lachend erzählt, dass meine Nichte in der heruntergekommenen Fabrik ihres Vaters auftaucht und dort das Ruder übernehmen möchte. Kannst du dir vorstellen, wie peinlich das für uns war?« Seine Stimme wurde mit jedem Wort lauter.

Da Ella vermutete, dass er auf diese Frage keine Antwort erwartete, schwieg sie.

»Du kannst froh sein, dass ich hier stehe und nicht

dein Onkel Georg, der ist nämlich fast die Wände hochgegangen. Und das jetzt, wo seine Helene gerade eine so gute Partie gemacht hat. Da ist das Letzte, was sie braucht, eine Cousine, die den Namen Dorn öffentlich ins Lächerliche zieht. Schlimm genug, dass uns der Ruf deiner Eltern anhaftet und wir die Altlasten dieses Süßigkeiten-Molochs mit uns herumschleppen müssen. Und als würde das nicht genügen, gehst du hin und machst uns zum Gespött.«

»Jemand musste sich kümmern.«

»Jemand musste sich kümmern«, äffte er sie nach. »Wo, um alles in der Welt, ist Eric? Kriegt der seinen Hintern immer noch nicht hoch?«

»Du weißt, dass es ihm nicht gut geht.«

»Ach was, nicht gut geht. Meine Söhne waren auch im Krieg. Georgs Ältester hat seinen Bruder fallen sehen, von Elisabeths dreien ist nur einer zurückgekehrt. Und sitzen die den ganzen Tag da und blasen Trübsal? Das sind Männer, die nehmen das Leben wieder in die Hände und sorgen für die Familie. Während Eric wie ein Muttersöhnchen zu Hause hockt und zulässt, dass seine Schwester sich öffentlich zum Gespött der Leute macht.« Er schnaufte, als hätten ihn die Worte verausgabt, dann wurde seine Miene unvermittelt milder. »Gib diese Zurückgezogenheit auf, Mädchen. Wir geben zu Beginn der Saison einen Ball, komm und lern neue Menschen kennen, amüsiere dich und halte dich fern von Dingen, von denen du nichts verstehst. Wir suchen einen Mann für dich, irgendeine gute Partie, hübsch genug bist du immerhin.«

Ella hatte nicht vor, ihre Pläne aufzugeben, aber

sie hatte auch nicht die Kraft, diesen fruchtlosen Disput fortzusetzen. »Ja, Onkel Heinrich, ich komme sehr gerne.« Das war nicht einmal gelogen, sie tanzte für ihr Leben gern. Und was alles andere anging, so würde er schon noch dahinterkommen, dass sie nicht so schnell klein beigab.

»Ich sage Elisabeth, sie soll hier gelegentlich mal nach dem Rechten sehen. Ist ja nichts für so ein junges Ding ohne Mutter.«

Folgsam nickte Ella, da sie wusste, sie konnte ihre Tante nicht daran hindern, bei ihnen zu Hause aufzutauchen.

»Und dann werden wir im kommenden Jahr sehen, was sich hier machen lässt«, fuhr Heinrich Dorn fort, den die plötzliche Fügsamkeit keinen Moment zu irritieren schien und dessen ausgreifende Handbewegung offen ließ, ob er den Raum, das Haus oder die darin befindlichen Menschen meinte.

»Ja, Onkel Heinrich.«

Er neigte wohlwollend den Kopf, keinerlei Argwohn im Blick ob dieses allzu leicht errungenen Sieges. »Wir lassen euch in dieser Situation natürlich nicht allein. Dieses Haus, die Firma, das geht doch alles vor die Hunde.«

Darauf indes gab Ella keine Antwort, aber offenbar wurde das auch nicht von ihr erwartet, denn ihr Onkel hielt ihr nun einen langen Monolog, in dem viel geredet, aber wenig gesagt wurde. Vor allem ging es dabei um die Vergangenheit, das Versagen ihres Vaters insbesondere. Ella warf einen verstohlenen Blick auf die Uhr und unterdrückte ein Seufzen. Wenn ihr Onkel das

Gefühl bekam, sie hörte nicht mit dem nötigen Ernst zu, würde er seinen Sermon nur mit noch mehr Vehemenz fortsetzen, und dann wurde sie ihn an diesem Tag gewiss nicht mehr los.

»Wo ist dein Bruder?«, schloss er unvermittelt.

Ellas Blick zuckte flüchtig zur Tür. »Er hat sich hingelegt.«

»Hingelegt? Ist er ein altes Weib oder was?«

»Seine Kopfschmerzen setzen ihm arg zu. Er kann kein Licht ertragen.«

Heinrich Dorn sah aus, als wolle er platzen vor Entrüstung. »Liegt im abgedunkelten Zimmer wie ein melancholisches Weibsbild mit Kopfschmerzen. Kein Wunder, dass du solche Flausen im Kopf hast, Mädchen, wenn es *das* ist, was der Mann im Haus dir vorlebt. Du musst ja annehmen, es seien die Rollen vertauscht. Mir und auch deinem Onkel Georg ist durchaus bewusst, dass dich im Grunde genommen keine Schuld trifft. Vielleicht bin ich dich zu hart angegangen. Es ist dein Bruder, den wir uns zur Brust nehmen sollten.« Und Heinrich, der sich stets eher als Mann der Tat als der Worte sah – wenngleich er Letzterer stets viele machte – schritt auf die Tür zu.

»Was hast du vor?«, fragte Ella überflüssigerweise.

»Das, was dein Vater bereits vor Jahren hätte tun sollen. Diesen verweichlichten Bengel Mores lehren.«

»Onkel Heinrich!« Ella lief ihm hinterher, aber er hatte den Salon bereits verlassen und durchquerte die Halle. »Onkel Heinrich!« Er lief die Treppe hoch, gefolgt von Ella, die es nicht schaffte, ihn einzuholen, ehe er die Tür zu Erics Zimmer aufstieß. »Onkel Heinrich, nicht!« Sie war an der Tür angelangt, als er bereits die zugezogenen Vorhänge aufzog.

Eric stieß einen wimmernden Laut aus und barg sein Gesicht im Kissen. Wenn er diese Art von Schmerzen hatte, war das Licht wie Nadelstiche, die ihm durch die Augen direkt in den Kopf fuhren, hatte er ihr einmal erklärt.

»Bist du betrunken oder was?« Heinrich Dorn schnappte sich die Karaffe vom Beistelltisch, ging zum angrenzenden Bad, und als Ella eben zu den Vorhängen lief, um diese wieder zuzuziehen, tauchte ihr Onkel auf – in der Hand die Karaffe, aus der Wasser schwappte. Es dauerte einen Moment, ehe sie verstand, was er zu tun im Begriff war, und sie stürzte auf ihn zu, um ihm die Karaffe aus der Hand zu reißen, aber er entleerte sie bereits über Erics dunklem Schopf. Der fuhr mit einem Laut, der halb Wimmern, halb Brüllen war, hoch.

»Verschwinde!«, fuhr Eric ihn an, die Augen glasig, erschreckend rot. »Ella, sorg dafür, dass er verschwindet.« Der Satz endete in einem Schluchzen. Er kniff die Augen zusammen, strich sich das Haar zurück, indes ihm das Wasser auf die Schultern tropfte und in Rinnsalen über die Brust lief.

»Du solltest jetzt besser gehen«, sagte Ella bestimmt und zog die Vorhänge wieder vollständig zu.

Heinrich Dorn starrte zum Bett, dann sah er seine Nichte an, ehe sein Blick erneut zum Bett zuckte. »Zustände sind das hier, Grundgütiger. Das ist schlimmer, als ich erwartet hatte.« Er verließ das Zimmer und bedeutete ihr mit einer Handbewegung, ihm zu folgen. »Dein Bruder ist nicht krank, sondern ein Trinker.

Einen erbärmlicheren Anblick habe ich mein Lebtag noch nicht gesehen. Gut, dass dein Vater das nicht erleben muss. Der war bei all seinen Fehlern ein gestandener Mann. Ich spreche mit Georg, und dann wird einer von uns kommen, wenn Eric wieder nüchtern ist, und ihn sich vornehmen.«

»Er trinkt nicht!«

Ihr Onkel sah sie mitleidig an, tätschelte ihr die Schulter und wandte sich ab, um zur Treppe zu gehen. Ella folgte ihm, weniger aus Höflichkeit, sondern weil sie sicher gehen wollte, dass er auch wirklich das Haus verließ. Unten öffnete er die Tür. »Wie viel Personal habt ihr noch?«

»Eine Köchin und das Stubenmädchen. Einmal in der Woche kommt eine Zugehfrau.«

Er nickte nur, sah sich um. »All diese Pracht. Ein Jammer ist das.« Dann öffnete er die Tür und verließ endlich das Haus.

2

DEZEMBER 1924

»Wie gefällt es dir?« Ella drehte sich im Kreis, sodass ihr Bruder die schimmernde Abendrobe von allen Seiten bewundern konnte. Elfenbeinfarbene Seide, die sich an ihren Körper schmiegte, indes lange, gebogene Federn in derselben Farbe, gehalten von einer perlenbesetzten Spange, einen aufregenden Kontrast zu ihrem dunklen, kinnlangen Haar bildeten.

»Und du willst dir dieses Spektakel wirklich antun?«, fragte Eric.

»Ein wenig muss ich ihnen entgegenkommen, wenn ich will, dass sie uns endlich in Ruhe lassen.«

»Und du tust das nicht womöglich, weil du gern tanzt?«

»Das ist lediglich die angenehme Dreingabe.«

Eric, der mit einem Glas in der Hand auf dem Sofa saß, die Beine lässig ausgestreckt und übereinandergeschlagen, sah sie eine Weile schweigend an. »Du siehst bezaubernd aus. Aber das weißt du ohnehin schon.«

»Ich höre es trotzdem immer wieder gerne.« Ihre Tante Elisabeth hatte ihr das Kleid geschenkt, damit sie etwas Passendes und Modernes für die Ballnacht hatte. »Und du willst wirklich nicht mitkommen?«

»Oh, ganz gewiss nicht. Mir reichen die Momente, wenn ich diese Leute hier um mich herum ertragen muss.«

Elisabeth Dorn hatte ihre Drohung wahr gemacht und besuchte sie in der Tat regelmäßig, um »nach dem Rechten« zu sehen. Als seien Ella und Eric Kinder, deren Eltern verreist waren. Allerdings kam sie seltener als befürchtet, denn sie war mit ihren eigenen Belangen ausreichend beschäftigt, wie sie stets betonte.

»Was wirst du heute Abend tun?«, fragte Ella.

»Mal sehen. Vielleicht lese ich ein Buch, oder aber ich ziehe um die Häuser. Wie kommst du heim?«

»Onkel Heinrich schickt mir einen seiner Wagen.«

»Hochherrschaftlich«, spöttelte Eric, und in seinen grünbraunen Augen tanzte ein Lachen, was ein so seltener Anblick geworden war, dass Ella diesen Moment gerne eingefangen und festgehalten hätte, um ihn hervorzuholen, wenn es gar zu schlimm wurde mit seinem Versinken in der Dunkelheit. Wenn er mit ihr die Unterlagen für das Werk durchging, dann war es ebenfalls so, als sei die Finsternis für eine Weile gebannt, und es flackerte jener Eric hindurch, den sie von früher kannte.

Das Werk. Ella hatte eigentlich nicht daran denken wollen, denn schon war das in den Winkeln ihres Bewusstseins lauernde Unbehagen hervorgekrochen und hielt sich mit kleinen Widerhaken in ihr fest. Sie war nach ihrem Besuch vor sechs Wochen kein weiteres Mal mehr dort gewesen. Stattdessen hatte sie versucht, die Firmenberichte zu verstehen, aber da ihr die genauen Kenntnisse fehlten, war dies überaus mühsam und langwierig gewesen. Immerhin zeigte Eric sich geduldig und erklärte es ihr in allen Details.

Entschieden schob Ella jeden Gedanken daran beiseite. An diesem Abend wollte sie sich amüsieren. Das letzte Mal war schon viel zu lange her. Sie drehte sich erneut vor dem Spiegel, fing dabei flüchtig den Abglanz von Erics Lächeln auf, das im nächsten Moment schon wieder schwand, als fehle ihm der Halt in seinem Gesicht. Ella hatte sich die dunklen Augen mit schwarzem Kajal geschminkt, die Wimpern getuscht und dunkelroten Lippenstift aufgelegt, was eine nahezu dramatische Wirkung hatte.

»Tante Elisabeth fällt in Ohnmacht«, prophezeite Eric.

Ella klimperte in gespielter Übertreibung mit den Wimpern. »Schockierend und umwerfend – genau so soll es sein.«

Jetzt musste er doch lachen, und er zwinkerte ihr zu. »Übertreib es nicht, sonst steht sie hier täglich Gewehr bei Fuß.«

»Gott bewahre!«

Es läutete, und kurz darauf trat das Stubenmädchen ein, um die Ankunft des Chauffeurs von Heinrich Dorn zu melden. Ella warf ihrem Bruder eine Kusshand zu und war zur Tür hinaus. Die Eingangshalle war so kalt, dass Ella eine Gänsehaut über die Arme kroch, sobald sie den Salon verlassen hatte. Das Stubenmädchen stand mit dem Mantel bereit und half ihr hinein, legte ihr den Schal um den Hals und reichte ihr die Handschuhe.

»Danke, Doris.«

Ella trat in die winterliche Kälte. Morgens hatte es geschneit, aber der Schnee war teilweise schon wieder weggetaut und sammelte sich als grauer Matsch an Straßenrändern und Bürgersteigen. Fröstelnd ging Ella die geschwungene Treppe hinunter in den Hof, wo der Wagen in das Rondell gefahren war und dort auf sie wartete. Der Chauffeur stand daneben und öffnete ihr die Tür.

»Guten Abend. Albert Thomasen, zu Ihren Diensten, gnädiges Fräulein.«

Er war noch recht jung und musste neu im Haushalt ihres Onkels sein. Ella erwiderte den Gruß und stieg ein. Im Wagen war es kaum wärmer als draußen, aber immerhin windgeschützt. Dennoch war sie durchgefroren, als das Automobil endlich vor dem Haus Heinrich Dorns vorfuhr.

Ein kalter Wind strich über den Hof und trieb schwere Tropfen Schneeregen mit sich. Ehe sie aus dem Wagen stieg, zog sie sich den Schal schützend über das Haar und beeilte sich, das Stück vom Hof bis zum überdachten Hauptportal hinter sich zu bringen. Weitere, zeitgleich mit ihr eingetroffene Gäste taten es ihr gleich und beeilten sich, dem ungemütlichen Wetter rasch den Rücken zu kehren. Lichtkegel von einfahrenden Automobilen mischten sich mit dem bleichen Schimmer der Hoflaternen, indes sich der Schneeregen auf dem gepflasterten Hof in glitschige Schlieren verwandelte.

Die Treppe war im Halbrund angelegt mit länglichen flachen Stufen. Eine ältere Dame glitt aus, und reflexhaft umfasste Ella ihren Ellbogen, womit sie ihren Sturz gerade noch verhinderte.

»Ach, vielen Dank, mein Kind.« Die Dame fing sich rasch wieder, lächelte sie an und setzte den Weg dann fort, wobei sie nun langsamer ging und sorgsam auf die Stufen zu achten schien.

Die Wärme in der Eingangshalle war erst angenehm und ließ im nächsten Augenblick das Blut in ihren Wangen kribbeln. Ella streifte sich den Schal vom Haar, ließ den Mantel von ihren Schultern gleiten, den ihr ein livrierter Diener umgehend abnahm. Sie reichte ihm den Schal, zupfte die bis über die Ellbogen reichenden Handschuhe zurecht und schritt langsam durch die Halle.

Onkel Heinrich stand mit seiner Frau Isolde am Fuß der herrschaftlichen Treppe und begrüßte jeden Gast persönlich. Er lächelte Ella jovial an. »Wie schön, dass du gekommen bist, meine Liebe.«

Seine Frau wiederholte dies wortwörtlich und fügten noch einen Kuss auf die Wange hinzu.

»Wo ist Eric?«, fragte Heinrich Dorn.

»Ihm war nicht ganz wohl.«

Ihr Onkel schüttelte daraufhin lediglich den Kopf. »Dann amüsiere wenigstens du dich.«

»Das werde ich gewiss.« Langsam ging Ella in den großen Salon, wo sich bereits eine beeindruckende Gästeschar bedeutsamer Leute mit Rang und Namen eingefunden hatte. Die meisten von ihnen kannte Ella, und so verbrachte sie die erste halbe Stunde damit, Fragen nach ihrem Befinden zu beantworten und nebulösen Andeutungen zu dem ihres Bruders zu lauschen. Ihre Tante Elisabeth reagierte in der Tat etwas verkniffen angesichts Ellas wenig dezentem Auftritt. Offenbar hatte sie sich mehr Zurückhaltung gewünscht. Die Begegnung mit ihrem Onkel Georg und seiner Frau war indes noch weniger erfreulich, denn seine Missbilligung wegen ihres eigenmächtigen Versuches, in der profanen Welt der Männer mitzumischen, hatte ihn sehr verärgert, und es war ihm offenbar ein Anliegen, dass ihr dieser Umstand bewusst blieb.

Als auch diese ermüdende Begegnung überstanden war, schlenderte Ella durch den Salon, lauschte der leisen Musik von der rückwärtigen Halle, wo zum Tanz aufgespielt wurde, und genoss die kurzen Momente, in denen sie keine freundliche Konversation machen musste. Einen Moment noch wollte sie hier stehen, in den finsteren Garten schauen, den das Licht von der Veranda nur schemenhaft erhellte, ehe es sich gänzlich verlor. Einen Moment noch, und dann würde sie tanzen, bis ihr schwindlig wurde.

»Na so etwas. Ella!« Helene konnte sich noch so sehr bemühen, ihrem Versuch, erfreutes Erstaunen vorzuheucheln, haftete einfach ein zu großer Missklang an.

Dennoch lächelte Ella, als sie sich von den hohen Fenstern weg zu ihr umdrehte. Ihre Cousine hauchte zwei Küsse neben ihren Wangen in die Luft und wandte sich dann zu dem Mann an ihrer Seite um.

»Sebastian, das ist meine Cousine Ella Dorn. Ella, mein Verlobter, Sebastian Lombard.«

Ella neigte den Kopf. »Es ist mir ein Vergnügen.«

»Ganz meinerseits.« Um seine Lippen lag ein Ausdruck spöttischer Belustigung, und unwillkürlich fragte Ella sich, was Helene ihm wohl über sie erzählt haben mochte. Die Art, wie ihre Cousine sie ansah, bestätigte die Vermutung über den Grund dieser belustigten Überheblichkeit. Es war wohl an der Zeit, die Krallen auszufahren und die Hierarchie zu klären.

Ella sah Helenes Verlobten an. Er war hochgewachsen und sah ziemlich gut aus, hatte grünblaue Augen und Haar in der Farbe von Honig. Die beiden gaben ein schönes Paar ab, auch in der Art, wie sie dastanden und so arrogant und überlegen wirkten. Ein Lächeln spielte um Ellas Mund, teilte ihre Lippen gerade ausreichend, um ihre Zähne hindurchschimmern zu lassen, geheimnisvoll hintergründig. Der Ausdruck blasierter Eleganz in Sebastian Lombards Miene wich einen kurzen Moment lang Irritation, und dann, als habe er das Spiel durchschaut, erwiderte er das Lächeln, legte eine Spur von Anzüglichkeit hinein, als wolle er verdeutlichen, dass er das Spiel, das sie gerade versuchte, durchaus in Perfektion beherrschte.

Das alles währte nur die Dauer einiger Wimpernschläge, aber Helenes aufmerksamem Blick war es natürlich nicht entgangen. Ihre Augen hatten sich kaum merklich verengt, und ihr Mund verzog sich zu einem entzückenden Lächeln. »Ich habe gehört, du hast versucht, die Geschäfte deines Vaters zu leiten?«

Ella zuckte nur mit den Schultern. »Ich habe nach dem Rechten gesehen.«

Wieder war da der Ausdruck unverhohlener Belustigung auf Sebastian Lombards Gesicht. Ganz zweifellos hatten sie darüber gesprochen und sich dabei amüsiert.

»Ich hoffe sehr, dass ihr endlich wieder zu Geld kommt«, entgegnete Helene nun, »wenngleich es mir natürlich nichts ausmacht, dir meine abgelegten Kleider zu geben. Dieses hier steht dir übrigens großartig, ich hatte letzte Saison wunderbare Erfolge damit.«

Ella spürte, wie ihr das Blut in die Wangen stieg, und es gelang ihr nur mit äußerster Anstrengung, das Lächeln nicht von den Lippen rutschen zu lassen. Mit einem leichten Neigen des Kopfes verabschiedete sich ihre Cousine von ihr und ging mit ihrem Verlobten auf die breite Flügeltür zu, die zu der Halle führte, in der gerade ein Walzer gespielt wurde.

Zögernd warf Ella einen Blick zum Fenster, das ihr die eigene Gestalt in einem sehr blassen Spiegelbild zurückgab. Das elfenbeinfarbene Kleid, in dem sie sich so elegant und mondän gefühlt hatte, das ihre schlanke Gestalt betonte und so wundervoll mit Haaren und Augen kontrastierte. Nun konnte sie nicht anders, als es sich an Helene vorzustellen, und als sie langsam den Blick wandte, fragte sie sich, wie viele der Gäste es aus der letzten Wintersaison wiedererkannten. Und selbst wenn nicht, dann würden die, die nahe genug gestanden hatten, um Helenes Worte zu hören, dafür sorgen, dass es die Runde machte. Am liebsten hätte Ella sich das Kleid vom Leib gerissen, die schockierten Blicke gesehen, wenn sie das hier vor den Augen aller täte.

Sie drehte sich und begegnete dem Blick der älteren Dame, der sie kurz zuvor auf der Treppe geholfen hatte. Die Frau betrachtete sie aufmerksam. Vermutlich hatte sie es ebenfalls gehört. Ella Dorn, die arme Verwandte, die ein Unternehmen leiten wollte, sich jedoch nicht einmal ein Kleid leisten konnte und das ihrer Cousine auftrug. Abrupt wandte Ella den Blick von ihr ab und sah zur Tür. Unmöglich, jetzt tanzen zu gehen, ausgelassen und fröhlich zu sein.

Die Umstehenden ignorierend hob Ella das Kinn und schritt durch den Salon zum Türbogen, der in die Eingangshalle führte. Onkel Heinrich und Tante Isolde hatten sich mittlerweile unter die Gäste gemischt, was ihr nur recht war. Auf keinen Fall wollte sie nun noch irgendwelche Erklärungen abgeben. Der Hausdiener reichte ihr Mantel und Schal, öffnete ihr die Haustür und wünschte ihr freundlich einen schönen Abend. Wenn ihn ihr früher Aufbruch verwunderte, so zeigte er es als gut geschulter Hausangestellter nicht.

»Sagen Sie dem Chauffeur der gnädigen Herrschaften, er möchte mich heimfahren.«

»Wie Sie wünschen, gnädiges Fräulein.«

Aufatmend trat sie hinaus und sog die frische Luft in langen Zügen ein. Dann ging sie hinunter in den Hof und wartete. Der Chauffeur erschien nur kurze Zeit später, ein Lied vor sich hin pfeifend, womit er aufhörte, als er Ella bemerkte.

»Wo soll es hingehen, gnädiges Fräulein?«

»Nach Hause bitte.«

»Ganz, wie Sie wünschen.«

Er tippte sich an den Hut und trat in die Remise, wo die Automobile der Familie standen. Kurz darauf fuhr er vor, stieg aus, öffnete ihr die Tür und schloss sie hinter ihr wieder. Im Wagen und den Blicken der Menschen entzogen stieß sie einen tiefen Atemzug aus und lehnte den Kopf zurück.

Als sie an der elterlichen Villa ankam, eilte Ella die

Stufen hoch, schlug den Türgong an, und kurz darauf öffnete Eric ihr die Tür.

»Na, das war ja ein kurzes Vergnügen.«

Ella ließ den Mantel von den Schultern gleiten, reichte ihn wortlos mitsamt Schal ihrem Bruder und ging zur Treppe.

»Waren sie garstig zu dir?«

Einen Moment lang hielt sie inne, nickte knapp und setzte ihren Weg fort. Sie warf die Zimmertür hinter sich ins Schloss und zerrte an den winzigen Knöpfen, die das Kleid im Rücken zusammenhielten. Einer löste sich und kullerte über die dunklen Dielen, indes Ella sich immer ungeduldiger daranmachte, sie zu öffnen. Sie streifte sich das Kleid von den Schultern, ließ es zu Boden fallen und hob es auf, wollte es mit einer Schere zerschneiden und in den Ofen stopfen, hielt dann jedoch inne.

Aufmerksam betrachtete sie das Kleid. Mit ihm hatte sie endlich ihr gesellschaftliches Leben wiederaufnehmen und sich amüsieren wollen. Sie ging in ihr Ankleidezimmer, öffnete den Kleiderschrank und nahm einen der satinüberzogenen Bügel heraus, ließ das Kleid daraufgleiten und hängte es auf.

Sebastian neigte den Kopf, was auf einen unbeteiligten Zuschauer wirken musste, als teile er gerade ein delikates kleines Geheimnis mit seiner Verlobten. Offenbar war auch Helene in Erwartung eines solchen, dafür zumindest sprach das Lächeln, mit dem sie ihn bedachte. »Wenn du dir eine Zukunft als meine Ehefrau erhoffst, die zu mehr taugt, als nur eine finanziell lohnenswerte

Verbindung zu sein«, sagte Sebastian sehr ruhig und beherrscht, »dann wirst du nie wieder einen derart peinlichen Auftritt hinlegen.«

Dass ihr diese Zurechtweisung nicht gefiel, zeigte lediglich ein Anflug von Röte auf ihren Wangen, ansonsten wahrte sie die Contenance. »Du hast doch selbst darüber gelacht, dass meine Cousine sich als Werksleiterin aufspielen wollte.«

Das war in der Tat belustigend gewesen, aber darum ging es ihm nicht. »Es ist vollkommen gleich, worüber wir unter uns lachen, aber sie ist eine Verwandte, und die stellt man nicht öffentlich bloß. Das zeugt von schlechter Erziehung und wenig Klasse.«

Die Röte auf ihren Wangen vertiefte sich. »Ach was, tatsächlich?« Ihr Tonfall hatte sich, obschon nicht lauter geworden, nun doch deutlich verschärft.

»Sie ist deine Verwandte, und Familie schmäht man nicht in aller Öffentlichkeit«, wiederholte er in einem Ton, als sei sie begriffsstutzig. »Alle Umstehenden haben dich gehört. Ein solches Verhalten dulde ich nicht von der Frau an meiner Seite. Hast du das verstanden?«

Obwohl sie sichtlich aufgebracht war über die Zurechtweisung, nickte sie kaum merklich. Sie hob das Kinn, zauberte gar ein Lächeln auf die Lippen, sodass niemand auf die Idee kommen könnte, dies hier wäre etwas anderes als ein vertrauliches Gespräch unter Verlobten. Sebastian ließ ebenfalls den Anflug eines Lächelns um seine Mundwinkel spielen.

Als Helene ihm von dem Auftritt ihrer Cousine im Werk erzählt hatte, hatte er sich eine Art burschikoses Mannweib vorgestellt. Dem entsprach Ella Dorn nun wahrhaftig nicht mit ihrer grazilen Figur und jener aufregenden Ausstrahlung, die unter anderen Umständen ein geradezu vortreffliches Vergnügen versprechen würde. Niemand würde jedoch abstreiten, dass er mit Helene die bessere Wahl getroffen hatte – zumindest vom Standpunkt des Ehrenmannes aus.

Da ihm nicht der Sinn nach Tanzen stand, ging er zurück in den Salon, wo er einige Freunde erspäht hatte. Er bat Helene, ihn zu entschuldigen, was sie lediglich mit einer knappen Neigung des Kopfes zur Kenntnis nahm, ganz offensichtlich verstimmt ob seiner Zurechtweisung. Nun, sei's drum.

Als er den Salon betrat, sah er ihre Cousine dastehen, einsam inmitten der Menschen, wobei ihre gesamte Haltung ausdrücken sollte, diese Einsamkeit sei selbst gewählt. Interessiert beobachtete er sie, sah, wie sie das Kinn hob und zum Ausgang ging, der in die Eingangshalle führte. Einige Gäste blickten ihr nach – insbesondere die jungen Männer –, sie jedoch beachtete niemanden, sondern setzte ihren Weg fort. Sie verließ den Salon, und während Sebastian sich zu seinen Freunden gesellte und sich in ein wenig gesellschaftlichem Geplauder erging, kehrte sie auch nicht wieder zurück.

»Bist du von allen guten Geistern verlassen, im Werk herumzuerzählen, ich hätte die französische Krankheit?«

»Wie bitte?« Ella hob den Blick von dem Buch, in dem sie gerade las, und sah ihren Bruder irritiert an. Sie war vor zwei Tagen im Werk gewesen und wollte sich nun mit einer anregenden Lektüre von dieser erneuten Demütigung ablenken. Sie war sich so sicher gewesen, alles verstanden zu haben, was Eric ihr erklärt hatte, aber man hatte sie vollständig auflaufen lassen, ihr das Gefühl gegeben, keine Ahnung zu haben.

»Du hast erzählt, ich hätte die französische Krankheit. Wie, um alles in der Welt, kommst du auf eine so absurde Idee?«

»Ich habe ja über so einiges mit den Männern dort gesprochen, aber gewiss nicht darüber.« Ella schlug das Buch zu. »Wer erzählt das denn?«

»Ich habe heute Reinhard Beck getroffen, du weißt schon, einer der Kontoristen.«

»Und der hat behauptet, ich hätte dergleichen gesagt?«

»Er wünschte mir eine gute Genesung und druckste so seltsam herum. Aus seinen Andeutungen konnte ich mir dann einen Reim machen.«

Ella krauste die Stirn. »Ich habe gesagt, du seiest krank aus dem Krieg heimgekehrt und würdest lieber nicht darüber sprechen.«

»Oh, Himmel.« Eric stöhnte auf. »Natürlich hat er da an so etwas gedacht.«

»Das bedaure ich, aber das ist wohl mitnichten meine Schuld.« Auf eine derartige Möglichkeit war Ella im Traum nicht gekommen. »Und was hast du ihm nun gesagt?«

»Dass ich eine tief sitzende Kriegsverletzung habe.«

Ella entgegnete nichts darauf, sondern stand auf und legte das Buch auf den Tisch. In dem kleinen Salon war es kalt, da sie derzeit an Heizmaterial sparten. Ihr Onkel Heinrich war am Tag nach der Feier hier gewesen, hatte sie gefragt, was, um alles in der Welt, sie sich dabei gedacht hatte, ohne jeden Abschied einfach zu verschwinden.

»Helene wird sich bei dir entschuldigen«, hatte er gesagt. »Dennoch kann das mitnichten ein Grund für eine solche Unhöflichkeit sein.«

Was er wohl sagte, wenn er erfuhr, dass sie wieder in der Firma gewesen war? Dass sie kaum heizten, dürfte er gemerkt haben, und vermutlich wartete er nur auf das endgültige Scheitern, um das Zepter zu übernehmen und das Ruder in seinem Sinne herumzureißen. Es galt, Allianzen zu schließen, und sowohl sie als auch Eric waren unverheiratet.

»Gehst du aus?«, fragte Eric.

»Ja, ich möchte zu Louise.«

Er wirkte erstaunt. »Da warst du seit Ewigkeiten nicht mehr.«

»Umso mehr ein Grund, sie wieder zu besuchen.«

Eric ließ sich auf einen Sessel fallen und griff nach dem Buch, das sie hingelegt hatte, drehte es zu sich, sodass er den Titel lesen konnte, und tat es dann als uninteressant ab. »Komm nicht zu spät heim.«

Ella, eben im Begriff, den Salon zu verlassen, drehte sich um. »Wie war das?«

»Komm nicht zu spät. Wir haben keinen Wagen mehr, und ich möchte nicht, dass du im Dunkeln noch allein durch die Stadt läufst.«

»Ach was? Tatsächlich? Spielst du dich jetzt als großer Bruder auf?«

»Ich *bin* dein großer Bruder.«

»Nun, dann hol mich doch einfach ab.« Sie gab ihm keine Möglichkeit mehr zu antworten, sondern verließ den Salon.

Louise Dalberg war seit Ellas Kinderzeit ihre engste Freundin, wenngleich sie sich im letzten Jahr ein wenig aus den Augen verloren hatten. Nachdem ihr Vater so kurz nach ihrer Mutter gestorben war, hatte Ella ein sehr zurückgezogenes Leben geführt. Schon der Tod ihrer Mutter hatte sie schwer getroffen, aber hier hatte sie sich wenigstens darauf vorbereiten können, denn es war klar gewesen, dass der schwere Verlauf der Grippe keine Genesung mehr zuließ. Der Tod ihres Vaters hingegen war gänzlich unerwartet gekommen, und dass zudem der Verdacht in der Luft hing, er habe diesen eigenmächtig herbeigeführt, machte die Sache noch weitaus schlimmer.

Sie verließ das Haus und beschloss, zu Fuß zu gehen. Es war nicht weit von ihrer Villa in der Mainzer Straße bis zur Löhrstraße, jener belebten Einkaufsstraße, in der Curt Dalberg seine Confiserie betrieb. Obwohl sie so nahe beieinander wohnten – ein Fußweg von gut zwanzig Minuten – waren sich Ella und Louise nur selten über den Weg gelaufen, als hätte eine jede von ihnen das vermeiden wollen. Es war Ella bewusst, dass dies zu einem Gutteil an ihr lag, denn ihre Freundin hatte sich durchaus bemüht und ihr auch Beistand angeboten, aber Ella war zu sehr gefangen gewesen in ihrer Trauer und dem Gefühl, ohne jeden Halt zu sein, als dass sie sich jemandem hätte anvertrauen wollen. Nun jedoch hatte sie das dringende Bedürfnis danach, ihre Freundin zu sehen, und sie hoffte, dass sie ihr nichts nachtragen würde.

Ein kleines Glöckchen schlug an, als Ella die Confiserie Dalberg betrat. Sofort umhüllte sie das verführerische Aroma von buttrigem Gebäck und Schokolade, ein Geruch, der Ella so unvermittelt in jene Momente von Behaglichkeit und Wohlbefinden versetzte, dass sie einen Augenblick lang stehen bleiben und sich wieder fangen musste. Hier waren sie also, dachte sie, die verloren geglaubten schönen Erinnerungen, nicht an einen Ort gebunden, sondern an Düfte. Sie schloss für einen Moment die Augen, wollte das Gefühl in sich einschließen, um es daheim wieder hervorholen zu können.

»Ja, sag mal«, hörte sie eine Männerstimme rufen, »ist das nicht unsere verschollen geglaubte Ella Dorn?«

Ella wandte den Kopf, sah Curt Dalberg aus dem Nebenraum kommen, ein großer, hagerer Mann, der inmitten all der Köstlichkeiten werkelte wie ein Künstler und sich trotz beständiger Verführung den Anschein asketischer Disziplin erhalten hatte. Sie lächelte. »Ich hoffe, ich komme nicht ungelegen.«

»Ungelegen? Machst du Witze, Mädchen? Gestern habe ich noch gesagt, dass wir unsere Eleonora gar zu lange nicht mehr zu Gesicht bekommen haben.« Er ging zu einer Tür zu seiner Rechten, öffnete sie und rief ins Treppenhaus: »Louise! Du wirst nicht glauben, wer hier ist!« Schweigen. »Louise!«

Schritte waren zu hören. »Was ist denn, Papa?«

Ella schlug das Herz schneller, als sie die vertraute

Stimme hörte, und als ihre Freundin im nächsten Moment in den Verkaufsraum trat, verschwamm ihr der Blick. Sie blinzelte, sah wieder klar, indes ihr Nässe in den Wimpern hing.

»Grundgütiger!« Louise zögerte einen Moment, musterte Ella prüfend, als wolle sie ausloten, ob alles noch so war wie damals, als sie im Garten der Dornschen Villa beschlossen hatten, beste Freundinnen zu sein. Dann kam sie zu ihr und flog ihr um den Hals. »Ach, Ella.«

Eine Zeit lang stand Curt Dalberg da und betrachtete die Szene, dann klatschte er entschieden in die Hände. »So, Schluss jetzt mit dem rührseligen Getue. Louise, deck den Tisch und koch Kaffee. Ich sehe indes, welche Leckereien wir auftischen können.« Und derer hatte er viele in seiner Auslage.

Ella begleitete ihre Freundin in die über der Confiserie liegenden Wohnung. Nichts hatte sich verändert, ebenso wenig wie unten im Verkaufsraum. Auch Louise und ihr Vater waren noch dieselben. Louise hatte sich nicht von ihrem langen blonden Haar getrennt, sondern trug es nach hinten gesteckt und locker eingerollt. Vorne hielt ein schmaler Reif die Haare aus dem Gesicht. Sie blieb im Eingangsbereich der Wohnung stehen, drehte sich zu Ella um und lachte. »Ich kann es kaum glauben, dass du hier bist. Du hast mir so gefehlt.«

»Du mir auch. Aber ich konnte nicht … Es war zu viel, und ich …« Ihr versagte die Stimme.

»Schon gut, du musst mir nichts erklären.« Louise ging in die Küche und begann damit, den Wasserkessel zu füllen, ehe sie ihn auf den Herd stellte. Es war schön, wieder hier zu sein, in dieser vertrauten Umgebung zu stehen und Louise die wohlbekannten Handgriffe tun zu sehen.

Es dauerte, bis das Wasser kochte, und währenddessen erzählte Louise, wie das letzte Jahr für sie verlaufen war. »Die Confiserie ist ja schon seit dem Krieg nicht mehr rentabel, aber so schlimm wie jetzt war es noch nie. Wir werden wohl schließen müssen.«

Dass sie Probleme hatten, wusste Ella, aber es hatte immer die Hoffnung in der Luft gelegen, dass es schon irgendwie weitergehen würde. Es war ja bekannt, dass selbst die Süßwarenfabrikanten im Krieg Einbußen erlitten hatten. Zunächst war es alles gar nicht so schlimm erschienen, denn die Armee hatte massenhaft Schokolade für ihre Soldaten eingekauft, sodass die Produktion sogar noch gestiegen war. Dann hatte der Krieg jedoch deutlich länger gedauert als geplant, bis die Lager für Rohkakao zwei Jahre später leer waren und es kaum noch Nachschub aus neutralen Ländern gab. Früher einmal hatte Curt Dalberg Schokolade für Pralinen und Gebäck von Ellas Vater bezogen, aber da die Produktion in den letzten Kriegsjahren eingestellt worden war, hatte die Geschäftsbeziehung dasselbe Schicksal ereilt.

Louise goss den Kaffee auf, stellte die Kanne mitsamt Porzellangeschirr auf ein Tablett und brachte alles ins angrenzende Esszimmer. Gemeinsam machten sie sich daran, den Tisch zu decken, und kurz darauf erschien Curt Dalberg mit einer Schachtel, in der sich Gebäck und Pralinen befanden.

»Ich bin gleich wieder unten, dann seid ihr für euch«, sagte er. »Nur einen Kaffee würde ich gerne mittrinken.«

»Nur zu, Papa.« Louise schenkte ihm eine Tasse ein und reichte sie ihm.

»Ich habe gehört, du hast versucht, im Werk das Ruder zu übernehmen«, sagte Curt Dalberg an Ella gewandt.

Diese befürchtete den üblichen Spott, der ihr begegnete, wann immer das Thema zur Sprache kam, aber in den Augen des Mannes lag nichts als aufrichtiges Interesse. »Ja«, antwortete sie. »Sie alle haben sich über mich amüsiert.«

Er nickte. »Ja, das glaube ich dir aufs Wort. Eric hätte man vermutlich mit mehr Respekt behandelt, nicht wahr?«

»Das ist anzunehmen.«

»Was fehlt ihm?«

»Er ist krank auf eine Weise, die ich nicht verstehe.«

Wieder nickte Curt Dalberg. »Schlimme Träume, tiefe Schwermut?«

»Ja, genau das.«

»So ging es dem Sohn meiner Schwester, meinem Neffen Alfred.«

»Wie hat er es überwunden?«

»Er hat sich das Leben genommen.« Entsetzt riss Ella die Augen auf, und Curt Dalberg hob beschwichtigend die Hand. »Schon gut, das heißt nicht, dass Eric denselben Weg gehen wird.«

»Er wacht nachts auf und schreit.«

»Das würde wohl jeder von uns, der gesehen hat, was er sehen musste.«

Ella dankte Louise, als diese ihr Gebäck auflegte. »Onkel Heinrich sagte, er sei ein Schwächling.«

Das kommentierte Curt Dalberg nur mit einem Kopfschütteln. »Und Eric schafft es nicht, ins Werk zu gehen?«

»Nein, sonst würde ich es ja tun.«

Der Kaffee war gut, aromatisch und kräftig. Ella musste später fragen, woher sie die Mischung bezogen, damit sie es ihrer Köchin sagen konnte.

»Du musst«, setzte Curt Dalberg nun an, »anders vorgehen, wenn du willst, dass die Männer im Werk dich ernst nehmen. Sag, dass du als das Sprachrohr deines Bruders fungierst. Was immer du dort tust, geschieht auf seinen Willen hin, das müssen die Männer dort begreifen. Und lass niemanden darüber im Zweifel, dass du ihn umgehend auf die Straße setzt, wenn er dir weiterhin keinen Respekt entgegenbringt.«

In ihrer Wut über die Herablassung war Ella bei ihrem letzten Besuch nur zu versucht gewesen, die gesamte Belegschaft zu entlassen.

»Wie sieht es finanziell aus bei euch?«, fragte Curt Dalberg.

»Wir leben über unsere Verhältnisse, aber ich weiß nicht, wo wir noch Einsparungen machen sollen.«

»Personal?«

»Nur noch die Köchin und das Stubenmädchen. Unser männliches Personal ist nach dem Krieg nicht zurückgekehrt, und die Haushälterin habe ich nach ihrem Tod nicht ersetzt, da wir sie nicht bezahlen könnten.«

»Das war schon richtig so. Niemand benötigt heute

noch so viel Personal, die Zeiten sind vorbei. Und die Fabrik? Geht den Bach runter?«

»Im Grunde genommen schon. Dass wir sie mit der derzeitigen Produktion nicht retten können, habe selbst ich mit meiner Schulmathematik begriffen.«

Ein Glöckchen schlug an, und Curt Dalberg erhob sich. »So, meine Damen, ich empfehle mich. Kundschaft wartet.«

Ella griff nach einer Praline und biss hinein, genoss es, wie die Schokolade auf ihrer Zunge zerschmolz. Schokolade war immer ein zuverlässiger Trost gewesen, hatte ihr stets geholfen, dem Leben wieder freundliche Seiten abzugewinnen. »Weißt du noch, wie ich unglücklich in Peter Vanderbrock verliebt war und im Rosenpalais eine ganze Schachtel dieser Pralinen verdrückt habe?«

»Du lieber Himmel, ja. Ich habe sie meinem Vater aus dem Laden stibitzt und abends einen Mordsärger bekommen.« Louise lachte.

Eine weitere Praline zerging Ella im Mund, und sie dachte nach, während sie auf die kleinen, kunstvollen Gebilde schaute. »Ich glaube«, sagte sie schließlich, »ich habe eine Idee.«

»Schokolade?«, fragte Eric, als sie ihn beim Frühstück über ihre Pläne aufklärte. »Und die übrige Produktion?«

»Die stellen wir ein. Wir spezialisieren uns.« Ella

hatte sich eingehend erkundigt, hatte am Vortag mit Curt Dalberg darüber gesprochen und seine Meinung hören wollen. Die deutsche Schokoladenfabrikation war im vollen Gang, die Anzahl der Hersteller von hundertfünfzig vor dem Krieg auf mittlerweile über dreihundert gestiegen. Es galt also, schnell zu handeln, um den Anschluss nicht zu verpassen.

»Du hast doch gar keine Ahnung von Schokolade.«

»Dafür haben wir Angestellte. Wir haben ja schon Schokolade hergestellt, die Maschinen sind vorhanden. Wir legen nur alle anderen still.«

Eric wirkte nicht überzeugt. »Haben wir Geld für so etwas?«

»Nein«, gestand Ella. »Und derzeit haben wir auch nicht gerade den Ruf, ein erfolgsgekröntes Unternehmen zu vertreten. Ich habe lange darüber nachgedacht.« Jetzt, da sie ein Ziel hatte, eine Richtung, in die es zu dirigieren galt, hatte Ella ein gänzlich neuer Elan erfasst. »Wir müssen uns in der Öffentlichkeit zeigen, leider auch du, das ist nicht zu vermeiden.«

Erics Gesicht verschloss sich und ließ keine Reaktion erkennen, weder Zustimmung noch Ablehnung.

»Es muss nicht oft sein, ab und zu, damit klar ist, wer hier die Zügel in der Hand hält.«

Jetzt zuckte ein kleines, ironisches Lächeln über seine Lippen.

»Ich bin praktisch dein verlängerter Arm, aber du ziehst im Hintergrund die Fäden. So zumindest verkaufen wir es ihnen. Und dafür musst du dich ab und zu mal sehen lassen. Ich sorge dafür, dass wir in anständiger Garderobe erscheinen und nicht wirken wie arme

Verwandte, sondern wie die beiden Kinder von Felix Dorn, dem Süßwarenmillionär.«

Jetzt grinste Eric ganz offen.

»Ich meine es ernst. Als Erstes verkaufe ich einen Teil des Hausinventars.«

Das Grinsen erstarb, stattdessen hob er die Brauen. »Wie unfassbar vulgär.«

»Antiquitäten von Papas Reisen«, fuhr Ella dessen ungeachtet fort. »Bilder, alles, was sich zu Geld machen lässt. Ich werde mit unserem Anwalt sprechen, gewiss wird er wissen, wie wir das diskret handhaben.«

Eric hatte sich auf seinem Stuhl zurückgelehnt und die Arme vor der Brust verschränkt. »Und was machen wir dann mit all dem Geld?«

»Wir kaufen Abendgarderobe und gehen aus.«

»Ach was?«

»Man darf uns nicht ansehen, dass uns praktisch das Wasser bis zum Hals steht.«

»Sollten wir dann das Geld nicht lieber etwas sinnvoller anlegen?«

Ella griff nach einer Scheibe Toast und bestrich sie dünn mit Süßrahm und Kompott. »Mein Lieber, du hast vielleicht Ahnung von Wirtschaft und Zahlen, aber ich kenne die Gesellschaft. Nichts zählt mehr als der Schein. Wenn wir erfolgreich sein wollen, dürfen wir uns nicht länger als die arme Verwandtschaft präsentieren. Alle sehen uns an und denken daran, welch Verschwender unser Vater gewesen ist. Nun werden sie uns ansehen und sich überlegen, ob sie nicht vielleicht falschlagen, ob wir nicht doch noch über ein Vermögen verfügen.«

Er wirkte nicht überzeugt, widersprach jedoch nicht. »Isst du das Frühstücksei noch?«

Seufzend schob sie es ihm hinüber. »Nimm nur.«

»Du hast keine Ahnung von Schokolade.«

»Ich nicht, aber Curt Dalberg.«

»Louises Vater? Hat er dir diesen Floh ins Ohr gesetzt?«

»Es war allein meine Idee, ich habe ihn nur nach seiner Meinung gefragt.«

»Verstehe.«

Ella griff nach der Kaffeekanne, schüttelte sie leicht, hob den Deckel und stellte fest, dass sie leer war. Hatte der Schuft sich den letzten Kaffee genommen? Kurzerhand zog sie seine Tasse zu sich hinüber, was er mit einem leichten Verengen der Augen quittierte. Ungerührt setzte sie die Tasse an die Lippen und trank.

»Nach dem Jahreswechsel gehe ich ins Werk und sage, dass wir die Produktion umstellen, dass wir ab jetzt nur noch Schokolade herstellen.« Bei dem Gedanken daran schlug ihr das Herz auf einmal schneller, und obwohl sie es sich nicht eingestehen wollte, hatte sie Sorge, dass man sie nach wie vor nicht ernst nehmen würde.

»Ich begleite dich«, entschied Eric. »Dieses eine Mal. Damit sie dir glauben, dass ich dich im Hintergrund lenke.«

Sie sah ihn an, indes die Erleichterung sie fast schwindeln ließ. »Dann wird es funktionieren«, sagte sie ohne den Hauch eines Zweifels.

»Das wollen wir hoffen. Wie willst du eigentlich dafür sorgen, dass es läuft? Das hat es ja bisher auch nicht getan, und da hatten wir mehr zu bieten als nur ein Produkt.«

Sie lächelte. »Lass mich nur machen.«

Der junge Mann kam regelmäßig einmal die Woche. Louise bemerkte, dass sie sich zunehmend darauf freute, ihn wiederzusehen, und so sorgte sie dafür, immer im Verkaufsraum zu stehen, wenn er kam, um Gebäckstücke zu kaufen. An diesem Mittwochnachmittag zwinkerte er ihr sogar zu.

»Kaffeestunde bei meinen Eltern«, sagte er, als sei er eine Erklärung für sein Auftauchen schuldig.

Es war das erste Mal, dass er etwas sagte, das über einen Gruß hinausging, und Louises Herz machte einen kleinen Satz. Sie lächelte ihn an und wünschte, sie wüsste eine Antwort zu geben, die womöglich sogar zu einer kleinen Unterhaltung führte. »Wie reizend«, hörte sie sich sagen, immer noch das Lächeln auf den Lippen.

Er nahm die Schachtel von ihr entgegen, zahlte und wünschte ihr einen schönen Tag. Das Glöckchen an der Tür schlug an, als er hinaustrat, und schien sie verhöhnen zu wollen. Sie seufzte und dachte, dass Ella in solchen Situationen gewiss immer das Richtige zu sagen wusste. Beim Gedanken an ihre Freundin hellte sich ihre Stimmung wieder auf, und sie schob den Gedanken an den jungen Mann beiseite. Nächste Woche würde er wiederkommen, und vielleicht wechselten sie dann ja erneut einige Worte.

Mittig zwischen den Regalen führte eine schmale Tür in ein kleines Bureau hinter dem Verkaufsraum.

Dort saß Louises Vater über den Rechnungsbüchern, eine Brille auf der Nase, die Stirn gekraust.

»Wie sieht es aus?«, fragte Louise und lehnte die Tür hinter sich an.

Curt Dalberg richtete sich auf, nahm die Brille ab und rieb sich die Nasenwurzel. »Nicht gut. Momentan reicht es nicht einmal mehr, um die laufenden Kosten zu decken, von Gewinnen gar nicht zu reden. Ich weiß nicht, wie lange wir noch durchhalten.«

»Und was wird dann?«

»Wenn ich das wüsste, wäre mir wohler.«

Louise ließ sich auf einem Stuhl nieder, der neben einem kleinen Tischchen an der Wand stand. »Was hältst du von Ellas Idee, die Produktion umzustellen?«

»Ella ist ein kluges Mädchen. Hat keine Ahnung vom Geschäft, aber ein Gespür für den Markt. Sie weiß, was ihre Kreise mögen, und das möchte sie produzieren.«

Es war schwer, sich Ella vorzustellen, die in einem Werk vor den Männern stand und Anweisungen gab. Allerdings war sie immer schon sehr hartnäckig gewesen, wenn sie sich etwas in den Kopf gesetzt hatte, und gab sich normalerweise nicht so leicht geschlagen. Jetzt blieb abzuwarten, ob die Männer ihr den nötigen Respekt zollten, selbst wenn sie sagte, sie spreche für Eric.

»Ich kann mir eine Stelle in einem Haushalt suchen«, sagte sie nun. »Dann müsstest du nur dich versorgen.«

Ihr Vater lächelte. »Na, hoffen wir, dass ich das Ruder noch herumreiße. Ich sähe dich ungern irgendwo die Böden schrubben.«

Louise blickte auf ihre Hände hinab, mit denen sie allerlei Leckereien aus süßem Teig und Schokolade herzustellen vermochte. »Vielleicht kann ich eine Anstellung in einer Küche finden.«

»Warten wir es ab. Noch sind wir nicht am Ende.«

Sie erhob sich und ging wieder hinaus in den Verkaufsraum. Durch die breite Fensterfront sah sie auf die geschäftige Einkaufsstraße, betrachtete die Menschen, die vorbeiflanierten, ab und zu einen flüchtigen Blick in die Auslagen warfen und weitergingen, ohne innezuhalten.

3

JANUAR 1925

Es hatte kein Weg daran vorbeigeführt, die Weihnachtstage mit der Familie zu verbringen – Heiligabend bei Tante Elisabeth, den ersten Weihnachtstag bei Onkel Heinrich, den zweiten bei Onkel Georg. Letzteres war besonders unerquicklich gewesen, da auch die Familie von Helenes Verlobten zugegen gewesen war. Die Herablassung dieser Leute war zu subtil, um greifbar zu werden, aber Ella hatte ein feines Gespür für Nuancen. Allerdings ließ man sie an diesen Tagen weitgehend in Ruhe, vielmehr war Eric Gegenstand beständiger Diskussionen, und er musste sich in ermüdender Abfolge die immer gleichen Fragen anhören, gefolgt von den immer gleichen Tadeln.

»Silvester verbringen wir daheim«, hatte er gesagt, als sie am zweiten Weihnachtstag abends nach Hause gekommen waren.

Heinrich Dorn lud sie zu einer Tanzparty ein, aber sie sagten ab und gingen früh zu Bett. Ella wäre zwar unglaublich gerne tanzen gegangen, aber sie wollte sich nicht wieder eine Blöße geben, wollte sich nicht erneut den kritischen Blicken aussetzen. Und so waren sie recht unspektakulär in das Jahr 1925 gerutscht. Am Tag nach Neujahr hatte Eric ihr eröffnet, dass sie das Werk besuchen würden.

»Heute ist ein guter Tag«, sagte er beim Frühstück. »Sie werden nicht mit dir rechnen, und mit mir erst recht nicht. Erwischen wir sie eiskalt.«

Ella war sofort dabei, und so beeilten sie sich mit dem Frühstück und verließen das Haus, nahmen die Straßenbahn bis zum Bahnhof, fuhren zum Bahnhof Moselweiß und setzten mit der Fähre nahe dem Badeplatz über. Die Fabrik lag in der Nähe von Marienlust, und während sie zu Fuß zum Werksgebäude gingen, dachte Ella, dass sie unbedingt ein Automobil bräuchten. Aber an eine derartige Ausgabe war nicht zu denken, und so blieb ihnen nichts anderes übrig, als entweder bei ihren Wegen durch die Stadt die Elektrische zu nehmen, mit der sie jedoch ungern fuhr, oder Schusters Rappen.

Der Portier nahm unvermittelt Haltung an, als er Eric bemerkte. »Herr Dorn.«

Eric grüßte, wechselte ein paar freundliche Worte und ging weiter. Sie hatte ihm genau erklären müssen, wer ihr mit Herablassung begegnet war, und der Portier hatte sich in dieser Hinsicht nichts zuschulden kommen lassen. Weniger gnädig begrüßte er Herbert Mayer, den Stellvertreter ihres Vaters, der bei ihrem Eintritt erstaunt aufblickte, hernach aufsprang und mit schon hündisch anmutender Ergebenheit auf sie zueilte.

»Es ist mir eine Freude und eine große Ehre, Sie hier am Schreibtisch Ihres Herrn Vaters begrüßen zu dürfen, Herr Dorn. Fräulein Dorn, wie reizend, Sie wiederzusehen.«

Ella schwieg, während Eric lediglich knapp nickte. »Rufen Sie alle Männer in der Eingangshalle zusammen, ich habe etwas bekannt zu geben.«

»Natürlich, Herr Dorn. Sofort.« Der Mann eilte hinaus, und Eric ging langsam im Raum umher und sah sich um.

»Man könnte meinen, Vater würde jeden Moment durch die Tür kommen, nicht wahr?«, sagte er, als er vor einem Gemälde stehen blieb, das das Moselufer bei aufgehender Sonne zeigte, zarte Farbstriche, die winzige Details auffingen.

Ella betrachtete ihren Bruder, wie er dastand, elegant und geschäftsmäßig in einen dunklen Anzug gekleidet. Sie konnte ihn sich so gut hier vorstellen, wie er hinter dem Schreibtisch saß. Aber daraus würde nichts werden, das hatte er sehr deutlich gemacht. Er würde ihr im Hintergrund helfen, so sie Unterstützung brauchte, aber er fühlte sich nicht imstande dazu, die Verantwortung für das gesamte Unternehmen zu schultern.

Die Tür wurde geöffnet, und Herbert Mayer trat ein. »Ich habe Bescheid gegeben, sie versammeln sich alle unten. Es herrscht große Aufregung, alle sind erfreut, dass Sie nun hier sind und die Zügel wieder in die Hand nehmen.«

Erstaunlich, welch kriecherische Beflissenheit der Mann an den Tag legen konnte. Wieder beließ Eric es bei einem Nicken. Obwohl er sich anderen gegenüber nie herablassend gab, beherrschte er jene standestypische Art blasierter Arroganz durchaus. »Komm«, sagte er und reichte Ella galant den Arm.

Sie gingen durch den Korridor und schritten die

Treppe hinunter zur Galerie, von der aus man die Eingangshalle des Werks überblicken konnte, die schon gut gefüllt war. Nach und nach trafen weitere Männer und sogar einige junge Frauen ein, vermutlich Kontoristinnen. Die Luft war erfüllt vom Summen der Stimmen, und Eric stand da, schweigend, abwartend. Erst als niemand mehr kam und sich zunehmend mehr Blicke nach oben richteten, begann er zu sprechen.

»Ich wünsche Ihnen allen einen wunderschönen guten Morgen und ein frohes Neues Jahr. Für alle, die mich noch nicht kennen: Ich bin Eric Dorn, der Erbe des Unternehmens. Seit dem Tod meines Vaters werde ich von Herrn Mayer über die Entwicklung der Firma auf dem Laufenden gehalten und bin recht gut im Bilde. Leider ist es mir durch eine tief gehende Kriegsverletzung bisher nicht möglich gewesen, mich in dem Maße um das Unternehmen zu kümmern, in dem es angebracht gewesen wäre.« Er machte eine kurze Pause. »Meine Schwester war an meiner Stelle hier, um sich einen Eindruck zu verschaffen. Leider wurde sie überaus unhöflich empfangen und musste zweimal unverrichteter Dinge heimkehren.«

»Herr Dorn«, mischte sich Herbert Mayer nun ein. »Wenn ich dazu anmerken dürfte …«

»Sie dürfen mich vor allem nicht unterbrechen.« Eric streifte ihn lediglich mit einem kurzen Blick, ehe er sich wieder an die Angestellten wandte. »Da ich mich gesundheitlich außerstande fühle, hier täglich zu erscheinen, werde ich das Unternehmen von daheim aus leiten, während meine Schwester hier als mein Sprachrohr und verlängerter Arm fungiert. Sie werden ihr also den nötigen Respekt entgegenbringen. Außerdem werden wir die Produktion umstellen, über die Details werde ich mit Herrn Mayer sprechen, der Sie darüber in Kenntnis setzen wird. Vielen Dank. Sie können jetzt zurück an die Arbeit gehen.«

Er wandte sich ab und bedeutete Ella, mit ihm die Galerie zu verlassen. Stimmen verwoben sich zu einem Rauschen, als die Angestellten sich langsam zerstreuten.

»Herr Dorn!« Herbert Mayer folgte ihnen mit raschen Schritten. »Natürlich war es niemals meine Absicht, es Fräulein Dorn gegenüber an Respekt fehlen zu lassen. Wenn ich diesen Eindruck erweckt haben sollte«, nun sah er Ella an, »dann bedaure ich das zutiefst.«

Ella war das nur ein spöttisches kleines Lächeln wert.

»Setzen wir das Gespräch im Bureau fort«, sagte Eric.

Dort angekommen nahm er wie selbstverständlich hinter dem Schreibtisch Platz, wies Ella an, sich neben ihn zu stellen, und bedeutete Herbert Mayer, auf einem der Besucherstühle Platz zu nehmen. »Wir werden die gesamte Produktion umstellen. Wir produzieren, bis die Lager leer sind, es wird nichts mehr nachgekauft. Danach steigen wir um auf Schokolade.«

»Wie bitte? Nur noch ein Segment?«

»Ganz recht.«

Herbert Mayer wirkte angespannt. »Entschuldigen Sie bitte, wenn es wirkt, als stelle ich Ihre Entscheidung infrage, aber ich halte das für keine gute Idee.«

»Darf man erfahren, warum nicht?«

»Weil wir gar nicht die finanziellen Kapazitäten haben, um Schokolade in dem Maße zu produzieren, dass sie ertragreich wäre. Nach dem Krieg haben wir die Herstellung nur in bescheidenem Maße aufgenommen, wir brauchen hochwertige Rohstoffe – all das kostet viel Geld.«

»Das ist mir bewusst. Zunächst einmal wird ein Teil der Belegschaft entlassen. Behalten Sie nur die, die für Lagerhaltung und Produktion von Schokolade notwendig sind. Entlassen Sie die Hälfte der Kontoristen.«

Herbert Mayer war blass geworden. »Wir können doch die Leute nicht alle einfach vor die Tür setzen.«

»Wir können sie nicht mehr bezahlen, und sie werden wohl mitnichten umsonst für uns arbeiten.«

Herbert Mayer dachte einen Moment lang darüber nach. »Wir könnten bei den Kontoristen die Frauen entlassen, damit sparen wir gut die Hälfte der Leute ein.«

»Warum die Frauen?«, fuhr Ella auf.

»Weil die Männer Familien zu ernähren haben«, erklärte Herbert Mayer geduldig. »Es dürfte dem Arbeitsklima nicht zuträglich sein, wenn wir die Frauen behalten und die Männer gehen müssen.«

In Ella wetterleuchtete es. »Ach, tatsächlich?«

Eric drehte den Kopf, sah sie an. »Schon gut, Ella.« Er wandte sich an Herbert Mayer. »Die Hälfte der Frauen und die Hälfte der Männer. Die Frauen werden ohnehin geringer bezahlt, es lohnt sich also in finanzieller Hinsicht, und niemand wird sich übervorteilt fühlen.«

Diese Lösung behagte dem Mann ganz offensichtlich nicht, aber er nickte.

»Wir werden außerdem umfirmieren. Künftig nennen wir uns nicht *Süßwaren Dorn,* sondern *Schokoladen Dorn.*«

Ein erneutes Nicken.

»Gut. Außerdem werden Sie Ihr bisheriges Bureau wieder beziehen, das hier nehme ich ein, vertreten durch meine Schwester.«

Herbert Mayer sah Ella an, die ihm ein spöttisches kleines Lächeln schenkte. Offenbar wurde ihm bewusst, dass die Karten seiner beruflichen Zukunft gerade neu gemischt wurden.

»Du hättest ihn sehen sollen.« Ella saß mit Louise im Rosenpalais und knabberte Konfekt, beide waren in dicke Mäntel gehüllt. Als Kind hatten Ella und Eric ab und zu Picknicks am vereisten Gartenteich gemacht, was von ihren Eltern immer mit nachsichtigem Kopfschütteln als kleine Überspanntheit abgetan wurde. Aber da sie so reich gewesen waren, konnten man dergleichen Eskapaden als exzentrisch beschreiben, wo sie bei anderen schlicht als närrisch gegolten hätten.

Louise nahm eine Praline und biss hinein. »Ich wäre zu gerne dabei gewesen. Wie geht es denn nun weiter?«

»Erst einmal werden Erics Anweisungen im Werk umgesetzt. Außerdem fange ich in den nächsten Tagen an, alles von Wert aus unserem Haus zu verkaufen und nur noch Dinge zu behalten, die ich für repräsentative Zwecke benötige.«

Louise hob die Brauen. »Alles von Wert? Auch den Schmuck?«

»Erbstücke meiner Großmutter zunächst nicht, aber den Schmuck meiner Mutter werde ich veräußern, außerdem Wertgegenstände meines Vaters, Antiquitäten von seinen Reisen, na ja, diese Dinge eben.«

»Und dann?«

»Dann werden Eric und ich uns in angemessener Garderobe unter die Gesellschaft mischen und alle wissen lassen, dass die Gerüchte um den Bankrott der Firma Felix Dorn eben nur Gerüchte sind.«

Der Garten lag still und verschneit da, eine winterlicher Idylle, die den Anblick ungepflegter Wildheit gnädig verhüllte. Ella liebte es, hier zu sitzen, konnte es stundenlang, selbst bei klirrender Kälte, wenn ihr der Atem vor dem Mund stand. Sie hatte sich lange und intensiv mit Curt Dalberg ausgetauscht und sich die Kataloge anderer Schokoladenmanufakturen angesehen. Nicht nur Tafelschokolade stand hoch im Kurs, sondern auch in Schokolade gegossene Figuren. Die hatten sie früher zu Ostern ebenfalls angeboten, sodass es da sogar Formen im Bestand des Werkes gab. Allerdings brauchten sie natürlich mehr, darum würde Ella sich kümmern, was hieß, sie wies die entsprechenden Mitarbeiter an, dies zu tun.

»Wie geht es euch denn nun wirklich?«, fragte Ella. »Dein Vater ist sehr vage geblieben.«

»Nicht gut. Vater möchte es nicht zugeben, aber wir werden die Confiserie nicht halten können. Es gibt kaum Kundschaft, und das bisschen, das wir verkaufen, deckt kaum die Kosten für die Rohstoffe.«

Ella wusste, dass Curt Dalberg ursprünglich geplant hatte, dass die Confiserie eines Tages an seine einzige Tochter ging, wenn diese geheiratet hätte. Das Haus gehörte ihm, er hatte es von seinem Vater geerbt, der es als Zuckerbäcker zu bescheidenem Wohlstand gebracht hatte. Im Grunde war es bei Curt Dalberg so wie bei der Süßwarenfabrik. Die Möglichkeiten waren da, aber es fehlte an einer Idee. Den Grundstein hoffte Ella mit dem Spezialisieren auf Schokolade gelegt zu haben. Sie wusste, dass ihr alle Männer der Familie nicht zutrauten, geschäftlich tätig zu werden, aber was sie nicht bedachten, war, dass Ella in einer Welt aufgewachsen war, in der Zuckerwerk stets eine existenzielle Rolle gespielt hatte. Ihr mochte das kaufmännische Wissen fehlen, aber sie kannte die Gesellschaft und sie wusste um die Verlockungen von Naschwerk, insbesondere von Schokolade.

»Was geschieht, wenn ihr die Confiserie schließen müsst?«, fragte Ella.

»Dann wird mein Vater hoffen, dass er irgendwo unterkommt, und ich werde mir ebenfalls eine Stelle suchen. Es wird wohl irgendwie gehen, es ist nur nicht das, was er sich für uns und seinen Lebensabend vorgestellt hatte.«

»So weit kommt es gewiss nicht«, sagte Ella, wusste jedoch, dass es im Grunde genommen nur so dahergesagt war, denn sie ahnte ja, dass die Kundschaft ihnen nicht von jetzt auf gleich die Türen einrennen würde.

Dennoch nahm Louise die Floskel mit einem Lächeln an, in dem sogar eine Spur von vorsichtiger Hoffnung mitschwang. Solange sie nicht gänzlich am Ende waren, wollte sie sich mit dem Aufgeben wohl nicht abfinden. Es war der Lebenstraum ihres Vaters gewesen, eine Confiserie zu haben, Kunstwerke zu errichten, die auf der Zunge zergingen.

»Hast du den jungen Mann wiedergesehen?«, wechselte Ella das Thema, um das Gespräch nicht gar zu schwermütig werden zu lassen.

Ein Anflug von Röte stieg in Louises Wangen. »Er war wieder da, um Gebäck zu kaufen.«

»Du musst ihn in ein Gespräch verwickeln, wenn du willst, dass es etwas Ernstes wird.«

»Das wäre doch seine Aufgabe, oder?«

»Vielleicht traut er sich nicht, weil er denkt, dass es zu keck wäre.«

»Wenn ich das tue, hält er mich am Ende noch für eine Dirne.«

Ella musste lachen. »Wir leben doch nicht mehr im letzten Jahrhundert. Du musst ihm ja nicht gleich um den Hals fallen. Soll ich nächsten Mittwoch da sein und ihn ansprechen?«

»Dann verliebt er sich womöglich sofort Hals über Kopf in dich. Alle Männer tun das.«

»Das stimmt doch gar nicht. Außerdem – wenn er das tut, ist er es ohnehin nicht wert und es ist nicht schade um ihn.«

Louise wirkte unschlüssig.

»Also, wenn du ihn nächsten Mittwoch nicht ansprichst, werde ich es an dem danach tun.« Ella bot ihrer Freundin das letzte Stück Konfekt an, das diese mit einem Kopfschütteln ablehnte. Sie war lange nicht so verrückt nach Pralinen wie Ella, und so war dies seit jeher ein Höflichkeitsritual zwischen ihnen. Ella aß Konfekt, Louise nahm sich immer wieder zwischendurch ein Stück, damit Ella sich nicht verfressen fühlte, und das letzte bot diese höflich an, steckte es sich dann aber stets selbst in den Mund.

»Lass mir ein wenig mehr Zeit, ja?«

»Nichts da.« Ella schloss entschieden die Schachtel. »Wer weiß, vielleicht ist er ja ein Adliger, der einsam in seiner Prachtvilla sitzt und sich verzweifelt überlegt, wie er seinen Eltern beibringen soll, dass er sich in eine Zuckerbäckerin verliebt hat. Daher kauft er wohl auch immer bei euch. Liebe geht auch bei Schwiegereltern durch den Magen.«

Louise lachte. »Was du immer daherredest.« Sie erhob sich. »Ich muss jetzt auch los, sonst steht Vater den ganzen Tag allein im Laden.«

Eric kam durch den Garten auf das Rosenpalais zugeschlendert, schenkte Louise ein Lächeln, unter dem sie noch stärker errötete, was Ella mit ein wenig Besorgnis erfüllte. Sie liebte ihren Bruder, aber sie wusste auch um seine Wirkung auf Frauen, um die gebrochenen Herzen, und so war sie augenblicklich auf der Hut. Auch Louise war der romantisch anmutenden Schwermut gepaart mit dem guten Aussehen gegenüber nicht unempfänglich. Da konnte es passieren, dass der nette Kuchenkäufer, der mittwochs kein Wort herausbekam, schnell uninteressant wurde, wenn Eric entschied, seinen Raubtiercharme spielen zu lassen. Aber entweder war es Ellas warnender Blick oder ein letzter Rest gesellschaftlichen Anstands, denn Erics Lächeln war ganz und gar brüderlich. Trotz allem wollte Ella diesbezüglich kein Risiko eingehen und beschloss, der Sache direkt den Wind aus den Segeln zu nehmen.

»Louise ist verliebt«, sagte sie und stand nun ebenfalls auf.

»Ella!«

Eric sah Louise an und hob die Brauen. »Wer ist denn der Glückliche?«

»Ach«, tat Louise mit hochroten Wangen ab, »es ist nur jemand, den ich hin und wieder sehe.«

Eric gesellte sich zu Ella und betrachtete Louise interessiert. »Ah, in der Tat?«

»Denkst du nicht auch, dass Louise ihn ansprechen sollte, solange ihm der Mut fehlt?«, fragte Ella. »Komm, leg uns die männliche Sicht der Dinge dar.«

Erics Lächeln vertieft sich. »Das solltest du sogar unbedingt. Aber da gilt es, das richtige Maß zu wahren, denn falls er lediglich zu schüchtern ist, möchtest du ihn ja durch zu viel Forschheit gewiss nicht verschrecken, nicht wahr?«

»Er kauft Gebäck bei uns«, antwortete Louise. »Allzu viel Gelegenheit, ein unbefangenes Gespräch anzufangen, gibt es da nicht.«

»Wenn er regelmäßig bei euch kauft, ist er entweder sehr angetan von eurer Ware, oder aber er kommt deinetwegen. Sag ihm, treuen Kunden serviert ihr hin und wieder eine Tasse Kaffee, und verwickle ihn hernach in ein Gespräch.«

Ella legte den Kopf schief. »Siehst du, habe ich dir doch gesagt.«

Ein zögerliches Lächeln glitt über Louises Mund. »Na ja, wir werden sehen.« Sie schob sich entschieden den Riemen ihrer kleinen Tasche über die Schulter. »Ich muss jetzt aber wirklich los. Sehen wir uns in den nächsten Tagen?«

»Ich komme dich besuchen und berichte, was es Neues gibt.«

Ella brachte ihre Freundin zum Gartentor und verabschiedete sich mit einer kurzen Umarmung von ihr, ehe Louise auf die Straße trat. Dann ging sie zu ihrem Bruder zurück, der sich mittlerweile hingesetzt hatte und die leere Pralinenschachtel in der Hand drehte. Ella ließ sich ihm gegenüber auf dem Stuhl nieder, auf dem Louise zuvor gesessen hatte, und zog sich fröstelnd den Schal enger um den Hals.

»Ich habe gesehen, du hast fast Mutters gesamten Schmuck hervorgeholt«, sagte Eric. »Willst du das alles verkaufen?«

Ella dachte an die letzten Weihnachts- und Geburtstagsfeiern, zu denen ihr Vater jene verzweifelten Versuche unternommen hatte, seine Frau durch exklusive Geschenke zu halten. Und Schmuckstücke, die ihre Mutter auf einmal trug und deren Ursprung unergründlich war. »Nur die, an denen keine schönen Erinnerungen hängen«, antwortete sie.

Gelegentlich fragte Sebastian sich, ob er jemals wieder unbefangen durch die Straßen würde gehen können, ohne Bilder vom Kriegsbeginn und Massen an aufbrechenden und heimkehrenden Soldaten vor Augen zu haben. Koblenz war zu Beginn des Großen Krieges ein wichtiger Verkehrsknotenpunkt gewesen, von hier aus hatte der Truppen-Aufmarsch nach Westen stattgefunden. Die Bahn brachte die Mannschaftstruppen sowie Munition und Verpflegung nach Frankreich. Sebastian erinnerte sich noch daran, wie er in den Straßen gestanden und die heimkehrenden Soldaten gesehen hatte, die verstümmelt und schwer verletzt in die Koblenzer

Krankenhäuser gebracht worden waren. Zu Kriegsbeginn war er achtzehn gewesen und somit noch zu jung, um eingezogen zu werden.

Es waren ambivalente Gefühle gewesen, die sich in Sebastian geregt hatten. Einerseits wollte er unbedingt ein Held sein und für sein Vaterland kämpfen, andererseits hatte er furchtbare Angst davor, als Krüppel heimzukehren. Der einstmals elegante Reiter, einbeinig unter mitleidigen Blicken an Krücken gehend, unfähig, jemals wieder eine Frau in lässiger Anmut über die Tanzfläche zu führen.

Der Krieg war weiter fortgeschritten, ebenso Sebastians Alter, und so war schließlich der Einberufungsbefehl gekommen. Nach Verdun. Das Schlachthaus. Die Knochenmühle. Als zweieinhalb Jahre nach seiner Einberufung laut wurde, der Krieg sei vorbei, war Sebastian auf die Knie gefallen und hatte gebetet. Noch heute träumte er davon, im eiskalten Schlamm zu liegen, indes Regen und Graupelschauer auf ihn niedergingen und um ihn herum Kugeln und Granaten einschlugen. Als er zu Weihnachten Ella Dorn und ihrem Bruder begegnet war und sich beständig die kleinen Sticheleien seines künftigen Schwiegervaters und von Helenes Bruder Hans gegenüber Eric Dorn anhören musste, hatte er sich innerlich gekrümmt, da er diesen Mann nur gar zu gut verstand. Ein Jahr länger, und es hätte ihn womöglich selbst den Verstand gekostet. Er hatte mehrmals versucht, das Thema zu wechseln, und war Hans schließlich sehr rüde über den Mund gefahren, hatte ihm gesagt, zu Weihnachten wünsche er es sich, über etwas Erbaulicheres zu reden.

Hernach war das Gespräch zu gesellschaftlichen Themen umgeschwenkt und somit zu Ella Dorns fragwürdigen Ambitionen. Ja, es war belustigend gewesen, sich dieses Püppchen im Werk vorzustellen, aber Himmel, musste dies in so ermüdender Regelmäßigkeit ausgebreitet werden? Sebastian hatte sich nicht einmal die Mühe gemacht, zu verbergen, wie maßlos gelangweilt er war.

Allerdings hatte Ella Dorn mehr Klasse als Helene, die zwar darauf verzichtete, stichelnde kleine Pfeile auf sie abzuschießen – offenbar eingedenk seiner Worte auf der Feier –, aber die sich darin erging, ihre Cousine mit kühler Herablassung zu behandeln, worin sie tatkräftig von Sebastians Mutter unterstützt wurde. An Ella Dorn schien das abzuperlen, sie zeigte Haltung und stoische Gelassenheit. Allein ihr Blick offenbarte, welcher Sturm in ihr tobte. Und als Helene Sebastian mit einem unschuldigen Lächeln offenbarte, Ella Dorn und ihr Bruder hätten die Einladung zu Silvester ausgeschlagen, zeigte das recht gut, dass die Spitzen offenbar doch ihr Ziel getroffen hatten.

Es ging auf den frühen Abend zu, als Sebastian sich mit einigen Freunden in der Stadt traf, um sich ein wenig zu amüsieren. Später würde er seine Geliebte besuchen und dort bis zum kommenden Morgen bleiben. Derzeit war seine Schwester Ava wieder mit ihren Kindern zu Besuch, und so hatte er es nicht eilig, heimzukehren. Sein sechsjähriger Neffe hatte ihm an diesem Morgen Kaffee über die Hose gekippt, weil er, um an das Kompott zu gelangen, auf den Tisch geklettert war. Daraufhin hatte es zwischen seiner Mutter und Ava einen Streit um Tischmanieren und das Fehlen selbiger gegeben, bis Avas Mann Paul schließlich kurzen Prozess gemacht, den Kleinen am Arm gepackt und aus dem Esszimmer befördert hatte.

Sie betraten eine Bar. Nach der frostigen Kälte war die Wärme im ersten Moment fast schon unangenehm, und Sebastian öffnete bereits im Gehen seinen Mantel. Eine Kapelle spielte Jazzmusik, und auf der Tanzfläche hatten sich so viele Paare eingefunden, dass kaum mehr Platz war und die Flächen zwischen den Tischen ebenfalls zum Tanz genutzt wurden. Es kam Sebastian immer so vor, als hungere die Gesellschaft seit Kriegsende geradezu nach Tanz und Vergnügen, als wolle man sich täglich davon überzeugen, dass man noch lebte und dies in vollen Zügen auskosten musste.

Sie steuerten einen Tisch an, und Sebastian übergab dem beflissen herbeieilenden Kellner seinen Mantel sowie Schal, Handschuhe und Hut. Sein Blick glitt durch den weitläufigen Raum, fand hier und da einen Bekannten, dem er durch Neigung seines Kopfs zunickte, ehe er sich an dem Tisch niederließ.

»Kommt Alma später auch?«, fragte Ferdinand Reisinger, sein bester Freund. Alma Kloeckner war seine Geliebte, der er auch nach Monaten noch nicht überdrüssig geworden war.

»Nein, sie hat heute Abend einen Auftritt.«

Sie waren zu viert, Freunde seit ihrer Schulzeit. Früher einmal waren sie zu acht gewesen, aber drei von ihnen waren nicht zurückgekehrt, und Heinrich, der fünfte im Bunde, ging nur selten aus, da ihm der Splitter eines Artilleriegeschosses im Oberschenkelknochen steckte und im Winter oft Schmerzen bereitete.

»Wann wird die Fessel endgültig?«, fragte Peter von Lasinsky.

»Nächstes Jahr im Frühjahr.« Sebastian hatte mit Helene bereits die Einladungskarten abgestimmt – nach seinem Dafürhalten zu früh –, goldener Druck auf dickem cremefarbenem Papier mit filigranen Prägungen am Rand. Allein für die Karten würden sie ein kleines Vermögen ausgeben, von den Kosten für die Hochzeit an sich ganz zu schweigen.

»Du bist ein Glückspilz«, sagte Peter. »Gustav Görres war sehr verliebt in Helene Dorn, ist er vermutlich immer noch.«

»Tatsächlich?«, fragte Leo Steinberg, der vierte ihrer kleinen Gruppe. »Ich dachte, dem würde ihre Cousine besser gefallen.«

»Eleonora Dorn? Was bringt die denn mit in eine Ehe?«

»Die Aussicht auf ein sehr pikantes Vergnügen möglicherweise«, antwortete Leo mit einem anzüglichen Augenzwinkern.

Sebastian sah sich gezwungen einzugreifen. »Die Rede ist hier von der Cousine meiner zukünftigen Ehefrau.«

»Da hat er recht«, sagte Ferdinand. »Im Übrigen wird Eleonora wohl von ihren Onkeln mit einer Mitgift ausgestattet.«

»Uninteressant«, tat Peter dies mit einer wegwerfenden Handbewegung ab. Er schien noch etwas hinzufügen zu wollen, als er innehielt und zum Eingang starrte. Sebastian drehte sich um, und auch die übrigen folgten seinem Blick. Eine Gruppe französischer Soldaten betrat die Bar, zwei von ihnen mit jungen Frauen am Arm. Dass Peter ein entschiedener Gegner der Rheinlandbesetzung war, wusste Sebastian, er selbst stand ihr auch kritisch gegenüber. Aber was viele Menschen in seinem Umfeld insbesondere aufregte, war der Umstand, dass in Frankreich schwarzafrikanische Soldaten während des Krieges in Europa zum Einsatz gekommen waren, was als Affront galt. »Verrat an der weißen Rasse«, nannten Menschen wie Peter es, und diese Männer hier nun in den Städten so selbstverständlich herumlaufen zu sehen stieß vielen von ihnen übel auf.

»Was will der Bimbo denn hier?«, machte Peter seinem Unmut nun doch – wenngleich leise – Luft.

»Lass es gut sein«, antwortete Ferdinand.

»Stimmt doch. Laufen hier herum, besteigen unsere deutschen Frauen und hinterlassen degenerierte Bastarde.« Was das Thema anging, redete Peter sich schnell in Rage.

»Es reicht«, entgegnete Sebastian. Das war nun wahrhaftig das Letzte, wonach ihm der Sinn stand.

Peter warf dem Mann einen weiteren bösen Blick zu, schwieg dann aber glücklicherweise. Stattdessen erhob er sich und ging auf die Tanzfläche, nachdem er praktisch im Vorbeigehen eine Frau aufgefordert hatte und diese ihm mit etwas verdutzter Miene folgte, als sei ihr ihre Zusage selbst nicht ganz geheuer. Leo hatte eine junge Frau erspäht, die er schon seit Längerem umwarb, und verließ den Tisch ebenfalls.

Ferdinand lehnte sich zurück und winkte den Kellner heran, der beflissen herbeieilte. Währenddessen beobachtete Sebastian die Tanzfläche, lotete aus, ob jemand hier war, der eine nähere Aufmerksamkeit lohnte. Mit halbem Ohr hörte er zu, wie Ferdinand die Bestellung aufgab, nickte auf die Frage hin, ob er dasselbe wünsche wie er, und bemerkte, wie Peter dem französischen Soldaten einige Male etwas zu nahe kam, als wolle er einen Zusammenstoß auf der Tanzfläche provozieren.

»Er legt es drauf an, ja?«, sagte Ferdinand, der die Szene ebenfalls beobachtete.

»Sieht so aus.«

Und als wolle Peter den Beweis für diese Vermutung liefern, schaffte er es, sich im Tanz so zu drehen, dass ihn der amerikanische Soldat in der Bewegung heftig anrempelte und wie in einem Reflex nach seinem Arm griff, als wolle er verhindern, dass er hinfiel. Peter riss sich los.

»Fass mich nicht an, Nigger!«

Nun merkten auch die übrigen Soldaten auf, beobachteten die Szene, die beiden auf der Tanzfläche hielten inne.

»Grundgütiger.« Sebastian erhob sich just in dem Moment, als Peter sich nach einer weiteren verächtlichen Bemerkung abwandte, der Soldat ihn an der Schulter packte, offenbar in der Absicht, es nicht ohne eine Entschuldigung dabei bewenden zu lassen, und Peter sich umdrehte und zuschlug. Im nächsten Moment brach ein Tumult auf der Tanzfläche aus, und Sebastian, der hineilte, um seinen Freund von weiteren Dummheiten abzuhalten, geriet mitten hinein.

Helene fuhr sich mit einer Puderquaste durch das Gesicht, betrachtete sich im Spiegel, ihren ebenmäßigen Teint, das sorgsam hochgesteckte Haar. Sie sah müde aus, hatte in den letzten Nächten gar zu viele Tanzveranstaltungen besucht. Aber ihre Eltern legten viel Wert darauf, dass die Saison entsprechend begangen wurde, und zudem wollten sie Helene mit ihrem künftigen Ehemann präsentieren. Doch so gerne Helene auch tanzte und sich präsentierte, mittlerweile empfand sie es doch als unsagbar ermüdend.

Ihre Schönheit, so ihre Mutter, sei ihr größtes Kapital, und dieses galt es sorgsam zu hüten. Sebastian wurde für den Nachmittag zum Kaffee erwartet, daher musste sie nun geschickt die Zeichen der Erschöpfung in ihrem Gesicht kaschieren. Sie warf einen letzten prüfenden Blick in den Spiegel und erhob sich.

Der Januar war für sie stets ein Monat voller Tristesse, so, als sei der Winter seiner selbst inzwischen überdrüssig, wisse aber, dass er dem Frühling noch nicht das Feld überlassen durfte. Bleiches Licht malte durch die Gardinen ein Spitzenmuster auf die honigfarbenen Holzdielen. Im Heizofen knisterte leise ein ersterbendes Feuer, und da sie nun hinuntergehen würde, lohnte es nicht, noch einmal Holz nachzulegen. Im Korridor würde es kalt sein, und Helene fror ohnehin ständig, konnte jedoch keinen Schal umlegen, weil dann ihr hübsches Kleid nicht mehr zur Geltung kommen würde. Spätestens im Salon würde ihre Mutter ihn ihr abnehmen.

Die Verlobung mit Sebastian war von ihren Eltern arrangiert worden, und Helene war froh darüber, dass er neben dem, was ihnen wichtig war – Reichtum und Ansehen –, auch noch gut aussah und einen recht angenehmen Charakter hatte. Denn sie hätte ihn auch heiraten müssen, hätte er ausgesehen wie ein Frosch. Allerdings hatte er ein klein wenig von seinem Glanz verloren, als er sie an jenem Abend im Haus ihres Onkels Heinrich so rüde angegangen war. Was hatte sie denn schon getan, außer ihrer Cousine die Grenze aufzuzeigen, die diese so subtil überschritten hatte.

Früher einmal hatte sie sich mit Ella gut verstanden, als Kinder hatten sie miteinander gespielt, und auch als Halbwüchsige waren es immer schöne Nachmittage gewesen, die sie zusammen verbracht hatten, wenn sie sich bei einem Familientreffen sahen. Ihr Vater hatte sich nie gut mit Onkel Felix verstanden, aber da sie Brüder gewesen waren, hatte man sich arrangiert. Ein Süßwarenhändler – das war hinnehmbar, solange er reich genug war. Aber dann waren ihnen Gerüchte über seine Frau zu Ohren gekommen, und er selbst warf mit dem Geld in einer Manier um sich, die schon fast als vulgär zu bezeichnen war.

Dann war der Krieg vorbei, und während Helene auf ihr Debüt vorbereitet wurde und Erfolge auf dem gesellschaftlichen Parkett feierte, war die Flatterhaftigkeit der mittlerweile verstorbenen Ehefrau Felix Dorns ein beliebtes Klatschthema, ebenso wie die Mutmaßungen, dass eine solche Frau keine Tochter herangezogen haben konnte, die über jeden Zweifel erhaben war. Felix Dorn seinerseits warf weiterhin mit dem Geld um sich, und Eric – so man ihn mal in der Öffentlichkeit sah – machte mit einer Vielzahl amouröser Abenteuer von sich reden. Das Einzige, so wurde gescherzt, wo er Volltreffer verbuchen konnte – begleitet von einem anzüglichen Augenzwinkern.

Helene fand Eric unheimlich mit seinem Wolfslächeln, das nicht so recht zu seiner geisterhaften Ausstrahlung zu passen schien, wenn er inmitten von Menschen saß und doch nicht da zu sein schien. Ebenso konnte sie mit ihrer Cousine mittlerweile nicht mehr viel anfangen. Sie war kühl und zurückhaltend, hielt sich offenbar für etwas Besseres als die übrige Gesellschaft. Hinzu kam, dass Helene stets von der übrigen Familie hofiert wurde, während Ella zunehmend außen vor stand. Tante Elisabeth sowie Onkel Heinrich hatten ausschließlich Söhne, und erst mit Ella und Helene waren zum Schluss zwei Mädchen geboren worden. Für Helene war es stets so gewesen, als hätte sie einen ganzen Haufen großer Brüder. Zu Ella war das Verhältnis der Cousins hingegen distanziert gewesen.

Ein Blick auf die Uhr sagte Helene, dass es Zeit war, im Salon zu erscheinen, und sie öffnete die Tür, um auf den Korridor hinauszutreten. Unwillkürlich fror sie und zog die Schultern hoch. Das Haus war groß und herrschaftlich, aber durchweg schwer zu heizen. In der Villa von Eric und Ella hatte ihr Vater seinerzeit ein modernes Heizsystem einbauen lassen, das warme Luft über Rohre in die Räume trug. Auf diese Weise war es eigentlich nirgendwo im Haus wirklich kalt – so denn Geld zum Heizen da war.

Sie ging langsam die Treppe hinunter und hörte, wie der Türgong angeschlagen wurde. Das Stubenmädchen eilte in die Halle und öffnete die Tür.

»Guten Tag, Herr Lombard.«

Ein kleines Lächeln huschte über Helenes Lippen, und sie nahm die letzten Stufen, trat in die Halle, wo sie erschrocken innehielt. »Was ist dir denn passiert?«, fragte sie, und unwillkürlich hob er die Hand, berührte sein Jochbein, über das sich bis hin zum Auge ein blauvioletter Bluterguss zog, der an den Rändern zu einem rötlichen Gelb ausfaserte.

»Ein Freund von mir ist gestern Abend in einer Bar mit einem Soldaten aneinandergeraten.«

Helene hob die Brauen. »Du hast in einer Schlägerei mit Soldaten mitgemischt?«

»Nein, ich wollte nur meinen Freund vor einer Dummheit bewahren, leider zu spät. Das hier«, erneut berührte er sein Jochbein, »verdanke ich dem Umstand, dass jemand mir seinen Hinterkopf gegen das Gesicht geschlagen hat – gänzlich unbeabsichtigt natürlich. Es ging tumultartig zu auf der Tanzfläche.«

»Verstehe.« Helene verzog keine Miene. »Und wer hat mit dem Streit angefangen? Doch wohl nicht der Soldat?«

»Nein, zu meinem Bedauern war es mein Freund.«

»Und warum bist du dann nicht einfach gegangen, anstatt dich in Schwierigkeiten zu bringen?«

Nun begann es, auf seinem Gesicht zu wetterleuchten. »Wird das hier ein Verhör?«

»Nein, ich bin nur interessiert.«

»Ach was? Ich bin nicht gegangen, weil er trotz allem mein Freund ist und ich nicht wollte, dass er in Schwierigkeiten gerät.«

»Und dass ich nicht will, dass mein Verlobter in

Barschlägereien mit Soldaten von sich reden macht, auf die Idee bist du nicht gekommen?«

»In der Tat nicht, nein.«

»Wir sind eine Offiziersfamilie, das weißt du.«

Sebastian tat einen tiefen Atemzug und stieß die Luft hernach langsam wieder aus. »Weißt du was, ich würde sagen, für heute ist mein Bedarf an Gesprächen mit dir gedeckt. Richte deinen Eltern aus, ich sei unpässlich.«

Wie vom Donner gerührt starrte Helene ihn an. »Du scherzt?«

»Nein, aber ich hasse Szenen, meine Liebste, daran gewöhnst du dich am besten direkt.« Er neigte den Kopf. »Ich empfehle mich.«

»Du kannst doch jetzt nicht einfach gehen.«

»Doch, meine Liebe, das kann ich durchaus.« Damit drehte er sich um, ging zur Tür, öffnete sie und war hinaus. Reglos stand Helene da, indes Fassungslosigkeit und Zorn mit ihr rangen. Kurz stieg in ihr der Impuls auf, zur Tür zu laufen, diese aufzureißen und ihn zurückzurufen, aber dieser Moment war rasch vorbei. Stattdessen trat sie in den Salon, wo ihre Eltern saßen. »Sebastian war kurz hier, um sich persönlich zu entschuldigen, dass er uns heute keine Gesellschaft leisten wird.«

Ihre Mutter zog die Stirn kraus. »Und er hatte nicht den Anstand, uns wenigstens persönlich zu begrüßen?«

»Er hat ein blaues Auge, da sein Freund sich geprügelt hat und er bei dem Versuch, ihn von weiteren Dummheiten abzubringen, einen Schlag abbekommen hat. Das war ihm wohl unangenehm euch gegenüber.«

Ihr Vater lächelte nachsichtig. »Na, scheint ja ein Draufgänger zu sein, dein Zukünftiger.«

Die Miene ihrer Mutter hingegen blieb unversöhnlich. »Trotz allem ist das kein adäquates Verhalten.«

Da die Kaffeestunde natürlich dennoch stattfinden würde, ließ Helene sich mit ihren Eltern am gedeckten Tisch nieder, und ihre Mutter läutete nach dem Stubenmädchen.

4

MÄRZ 1925

Seit Ella als Erics Sprachrohr auftrat, behandelte man sie im Werk mit Respekt. Das mochte auch dem Umstand geschuldet sein, dass es in ihrer Hand lag, Entlassungen vorzunehmen, und die Belegschaft nach der letzten Umstrukturierung auf der Hut war. Dabei hatte es ihr durchaus leidgetan, so viele Menschen auf die Straße setzen zu müssen, aber sie konnten sie nun einmal schlichtweg nicht mehr bezahlen. Ein klein wenig war in ihr die Hoffnung gekeimt, Eric könnte es sich bei dem Besuch hier überlegen und doch die Zügel in die Hand nehmen, aber davon war keine Rede. Immerhin half er ihr bei den formalen Dingen und erklärte ihr die Geschäftsberichte – meistens jedenfalls. Dann gab es immer wieder Tage, an denen er ihr sagte, sie solle ihn mit all diesen Dingen in Ruhe lassen, insbesondere wenn er die Nacht vorher wieder von Albträumen geplagt worden war.

Es gab Abnehmer für die Schokolade, das war ja immerhin schon mal etwas, denn es bedeutete, dass die Sache nicht sofort im Sande verlaufen würde. Allerdings lief es noch nicht in dem Ausmaß, wie sie es sich wünschte, aber dafür war das alles wohl noch zu neu.

Zudem – und das gestand sie sich nur schwer ein – war die Schokolade zwar durchaus gut, aber auch nicht besser als die der anderen Produzenten. Es fehlte jener sahnige Schmelz, das Aroma, das aus ihrer Schokolade etwas Besonderes machte, das es rechtfertigen würde, dafür mehr Geld zu verlangen.

Bei einer Tasse Kaffee hatte sie Curt Dalberg diesen Umstand geklagt, aber er war nicht recht bei der Sache gewesen, und später hatte Louise ihr erklärt, dass er sich zur Aufgabe seines Geschäfts durchgerungen hatte. So ging es einfach nicht mehr weiter. Daraufhin war Ella sich zutiefst taktlos vorgekommen, diesen Mann mit ihren Sorgen zu belästigen und nicht einmal mitzubekommen, wie schlecht es ihm selbst ging. Sie hätte ihn gerne eingestellt, aber sie befürchtete, ihn damit vor den Kopf zu stoßen und seinen Stolz zu verletzen. Als biete sie ihm Almosen an. Zudem waren die leitenden Posten alle besetzt, sie hätte dafür jemanden entlassen müssen, und dann säße derjenige nun da und wüsste nicht, wie er seine Familie ernähren sollte. Unmöglich konnte sie Louises Vater anbieten, als kleiner Fabrikarbeiter für sie tätig zu werden.

Um auf andere Gedanken zu kommen, spazierte Ella über die Rheinpromenade, das half ihr stets, einen klaren Kopf zu bekommen. Nach dem Tod ihrer Eltern hatte sie oft stundenlange Spaziergänge unternommen, zu Beginn, weil es sich anfühlte, als könne sie dem Schmerz um den Verlust einfach davonlaufen, später, weil es ihr in der Tat half, alles leichter zu ertragen.

Eine knappe halbe Stunde später erreichte Ella das Deutsche Eck, schon von Weitem erkennbar durch die monumentale Statue von Kaiser Wilhelm I. hoch zu Pferd – das Denkmal der deutschen Reichsgründung. Spitz ragte die Landzunge in die Mündung von Mosel und Rhein, ein belebter Platz, der gerne von Touristen aufgesucht wurde. Ein Fotograf hatte das Stativ seiner Kamera aufgebaut und stand nun da und fotografierte eine in Weiß gekleidete mondäne Schönheit mit Pelzkappe und Hermelinmantel, die wirkte, als stünde sie Modell für ein Magazin.

Ella trat an das Geländer und sah hinüber auf die andere Rheinseite, genoss den kalten Wind, der auf sie stets eine belebende Wirkung hatte. Eisprinzessin hatte sie ein Freund von Eric einmal genannt, was er auf ihre vermeintliche Gefühlskälte geschoben hatte. Der Name passte dennoch, wenngleich anders als gemeint, denn Ella war von jeher ein Kind des Winters gewesen, liebte die Kälte, den Schnee, fühlte sich lebendiger, wenn der Wind um sie toste und die Kälte ihre Sinne schärfte.

Aber auch die Momente stiller Einkehr wollten keine Lösung für die drängendsten Probleme bringen. Sie brauchte Geld, brauchte es unbedingt, wenn sie das Unternehmen halten wollte. Viel konnte man über die Entwicklung der Umfirmierung noch nicht sagen, aber das doch ganz gewiss. Ella hatte sich informiert, hatte Berichte zur Wirtschaft gelesen und wusste, dass der Schokoladenhandel derzeit in großer Blüte stand. Aber was auf der einen Seite große Möglichkeiten bot, scheiterte auf der anderen Seite an der Masse an Konkurrenz, solange man in schlichter Mittelmäßigkeit verharrte.

Sie schloss die Augen, lotete in Gedanken alle Möglichkeiten aus, die sich ihr boten. Den Schmuck hatte sie gut verkauft, aber das Geld würde nicht in das Unternehmen fließen – das wäre ohnehin nur ein Tropfen auf den heißen Stein. Und sie brauchte das Geld, um sich auf Gesellschaften zu präsentieren, wusste, wie wichtig das richtige Auftreten war.

Im Grunde genommen änderte es derzeit nur wenig, dass sie auf Schokolade allein setzte, denn das Firmenemblem Dorn war ja schon vorher bekannt gewesen, und so wie die vorherige Schokolade in der Masse unterging, tat es diese nun ebenfalls, diesbezüglich machte Ella sich keine Illusionen. Allein die Masse an Produkten hatte sich verändert, sodass sich allein dadurch mehr erwirtschaftete. Zu Ostern würde man gewiss mehr Umsatz erzielen, wenn passende Figuren in Schokolade gegossen wurden und man sie entsprechend verpackte und präsentierte.

Curt Dalberg hatte gesagt, es hänge alles an den richtigen Zutaten, an der perfekten Mischung. Und gute Zutaten waren teuer, das wusste Ella selbst. Sie würde sich mit dem Produktionsleiter unterhalten müssen und hoffte, dass er brauchbare Ideen zur Verfeinerung der Schokolade hatte. Dann würden sie alles berechnen und sehen, was sich machen ließ.

Plötzlich hatte Ella das Gefühl, dass sie beobachtet wurde. Sie öffnete die Augen und bemerkte Helenes Verlobten zu ihrer Rechten. Die Art, wie er dastand und sie mit einem Ausdruck neugieriger Belustigung ansah, ließ in ihr das dringende Bedürfnis aufsteigen, etwas Derbes zu sagen und zu beobachten, wie die Belustigung einem Ausdruck schockierter Fassungslosigkeit wich. Aber hernach würde dies womöglich Georg Dorn zugetragen werden, und dann stand wieder eine dieser Predigten an, vor denen es Ella stets grauste. Womöglich käme dann sogar Tante Elisabeth wieder häufiger, um mit dem, was sie mütterliche Fürsorge nannte, zu verhindern, dass sie, Ella, gänzlich verwahrloste.

»Hat Ihnen niemand erklärt, dass Starren unhöflich ist«, wies sie ihn somit lediglich zurecht.

»Durchaus. Ich bitte um Verzeihung.«

Sie gewährte diese mit einem huldvollen Nicken. Da sie sich nichts zu erzählen hatten und Ella nichts mehr hasste, als in peinlichem Schweigen dazustehen, schob sie die Hände in den Muff und neigte den Kopf. »Haben Sie einen schönen Tag.«

»Den wünsche ich Ihnen auch.«

Ella ging an ihm vorbei, um am Rhein entlang zurück zur Mainzer Straße zu kehren. Am kommenden Tag wollte sie Kleider kaufen und hernach zusehen, dass sie Eric dazu bekam, sie wenigstens zu einer einzigen Abendgesellschaft zu begleiten. Selbst er musste doch irgendwann begreifen, dass diese gesellschaftliche Isolation kein Zustand war, den man beständig aufrechterhalten konnte.

In Erics Ohren dröhnte das Blut, übertönte alles, selbst das Stöhnen jener Frau, die sich unter ihm wand, indes sie ihm beseligende Momente das Vergessens schenkte, in denen selbst die Albträume der letzten Nacht zerfaserten. Er versuchte, den Augenblick, in dem auch das Erwachen aus dieser Verzückung erfolgte, hinauszuzögern, bis er es schließlich nicht mehr konnte und

Schauer seinen Körper durchzuckten. Hernach ließ er sich mit rasendem Herzschlag auf das Kissen sinken, hörte nun den schnellen Atem seiner Geliebten.

Es ging auf den späten Nachmittag zu, und das fahle Licht vor dem Fenster färbte sich bleigrau. Ein vorwitziger Sonnenstrahl tastete sich zwischen dunklen Wolken hervor, malte eine buttergelbe Linie auf den Boden, schuf eine Illusion von Wärme und Licht, ehe er wieder geschluckt wurde. Illusion. So wie das eben eine Illusion von Vergessen gewesen war.

»Das gerade eben war wie dieser Sonnenstrahl«, sagte er, und die junge Frau lächelte, deutete ganz offensichtlich ihre eigene Wahrheit in seine Worte. Sie schob sich hoch, küsste ihn, was er erwiderte, obwohl er eigentlich lieber seine Ruhe gehabt hätte.

»Bleibst du über Nacht?«, fragte sie.

»Nein.« Wie immer. Er übernachtete nie bei einer Frau, wollte nicht, dass eine von ihnen Zeugin seiner Albträume wurde. Der Schlaf war der einzige Moment des Tages, an dem er keine Kontrolle über sein Tun und seine Gedanken hatte, und so hilflos würde er sich keiner Frau ausliefern. Zudem ahnte er, dass sich der Reiz im alles enthüllenden Licht des Morgens abgenutzt haben würde.

Er schloss die Augen und hoffte, dass sie den Wink verstand und ihn einen Moment in Ruhe ließ, bis er so weit war, sie ein weiteres Mal lieben zu können, ehe er ging. Offenbar zog sie auch hieraus ihre eigenen Schlüsse und kuschelte sich an seine Brust, schuf eine einseitige Vertrautheit, indes ihr Kopf an seinem Herzen lag. Im Grunde wusste er, dass er sich wie ein Schuft verhielt, aber er gaukelte schließlich nicht vor, dass es anders war. Dass jede Frau dachte, gerade sie wäre es, mit der es doch ernst werden würde, war nicht seine Schuld.

Ein weiterer Grund, warum er nachts daheim sein wollte, war Ella. Er wollte zumindest in der Nacht bei ihr sein, wenn sie schon in allen anderen Belangen des Lebens auf sich gestellt war. Wenn sich herumsprach, dass seine hübsche Schwester die ganze Nacht allein in diesem großen und still daliegenden Haus war – wer konnte schon wissen, auf welche Ideen das den ein oder anderen Halunken bringen würde?

Die Vorstellung, sie demnächst wieder auf Feierlichkeiten begleiten zu müssen, behagte ihm nicht, und es war so schwer, sich all die Zeit zusammenzureißen, so zu tun, als fühle er sich wohl inmitten so vieler Menschen, als tönten ihm nicht die Schreie in den Ohren, das Donnern der Artilleriegeschosse. Fast am schlimmsten war das Geräusch der Kugeln, es war leise, ein zischender Ton, den man erst vernahm, wenn es schon zu spät war, sich zu ducken. Um ihn herum waren die Männer wie die Fliegen zu Boden gegangen, hatten sich übergeben, während sie voranrückten.

Da waren sie wieder, die Bilder, und Eric öffnete die Augen, spürte die Hand seiner Geliebten, die sich unter der Decke suchend bewegte. Er wandte den Kopf, küsste sie, und sie zog ihn zu sich, wollte glücklicherweise kein langes Herumgetändel, sondern öffnete ihm ihren Körper, und kurz darauf zerstob auch das hartnäckigste Schreckensszenario.

Eine Stunde später stand er auf der Straße, fror ein

wenig, da er sich trotz der frühabendlichen Stunde müde und erschöpft fühlte. Kurz überlegte er, ein Taxi zu nehmen, aber er wollte das Geld nicht für solche Nichtigkeiten ausgeben, vor allem angesichts dessen, dass Ella stets überall zu Fuß hinging. Im Gegensatz zu ihr jedoch hatte er für die Kälte nichts übrig, ertrug sie kaum und versuchte, die Bilder zu verdrängen, die der kalte Wind, in dem bereits der nächste Regenschauer zu schmecken war, heraufbeschwor. Eric begann zu zittern und schritt rascher aus.

Anfang März war es immer noch schauderhaft kalt, und an Abenden wie diesem erschien es Eric, als könne ihm nie wirklich warm werden – ein gar zu vertrautes Gefühl. Er beschleunigte seine Schritte erneut, indes die Stadt bereits in abendlichem Dunkel dalag. Auf der Promenade und den Straßen waren immer noch viele Menschen unterwegs, kehrten von der Arbeit heim, flanierten, machten letzte Besorgungen. Ein Dienstmädchen eilte an Eric vorbei, wirkte gehetzt, als habe es die Zeit vergessen.

Das Gewimmel der Menschen um ihn herum hatte stets eine beruhigende Wirkung auf Eric, es hatte etwas von einer pulsierenden Lebensader, wie ein Strom, in dem er unbehelligt mitschwamm. Ganz anders als auf Gesellschaften, wo sich Massen von Menschen aufhielten und auf diffuse Art zu zerstreuen suchten, während sie jeden beobachteten und auf Schwäche lauerten. Erst als Eric die parkartigen Rheinanlagen betrat, wurde es stiller, jene Art von Stille, die nichts Beruhigendes an sich hatte oder gar zu Einkehr einlud. Es war eine Stille, der Eric, so schnell es ging, entkommen wollte.

Erst glaubte er, das Geräusch, das er vernahm, sei eine Katze, ein lang gezogenes Wimmern. Dann jedoch war ein Keuchen zu hören, ein Ächzen, und Eric erstarrte. Eine Männerstimme zischte etwas, das Wimmern erstarb kurz und setzte hernach erstickt wieder ein. Langsam ging Eric weiter, versuchte auszumachen, woher das Geräusch kam. Ein leises Rascheln war zu hören, dann ein Schaben und wieder das Keuchen und Wimmern. Langsam ging er weiter, sah die beiden Gestalten im Gras liegend miteinander ringen, wobei kaum mehr als ihre Silhouetten auszumachen waren. Der Wind fuhr durch das Gebüsch, ließ die Blätter rascheln, rauschte in den entlaubten Zweigen der Bäume. Eric war wieder in Frankreich, hörte den Wind rauschen, hörte das Wimmern, das Ächzen, sah, wie einer seiner Kameraden sich stöhnend an einer Frau verging.

Er stürzte auf die verschlungenen Gestalten zu, riss die obere hoch, ein großer Mann, der einen Grunzlaut des Erstaunens von sich gab, während die Frau leise aufschrie. Ihre Röcke waren nach oben gerafft, indes dem Mann die offene Hose herunterrutschte, um die Knöchel hing und er bei dem Versuch, diese gleichzeitig hochzuziehen und zurückzuweichen, hintenüberfiel. Eric bekam aus dem Augenwinkel mit, wie die Frau sich aufrappelte, und ging auf den Mann los. Um ihn herum tobte das Kämpfen, das Töten, und er war mittendrin, schlug auf den Mann ein, schlug und schlug, hörte, wie es knackte, gurgelnde Laute drangen in sein Ohr, und auf einmal fiel ihm jemand in den Arm.

»Genug«, schrie die Frau. »Er hat genug.«

Eric hielt inne, sah auf den Mann, der sich nicht regte, sah auf seine blutigen Knöchel. Das Herz hämmerte ihm schmerzhaft gegen die Rippen, und taumelnd kam er auf die Beine. Hatte er den Mann getötet? Er brachte es nicht über sich, nach dem Puls zu fühlen und die Ahnung Wirklichkeit werden zu lassen. Dafür ging die Frau nun neben dem Mann auf die Knie, tastete nach seinem Hals und umfasste mit den Fingern der anderen Hand sein Handgelenk. Im nächsten Moment stieß der Mann einen röchelnden Laut aus, und die Frau fuhr zurück. Der Mann kam auf die Beine, zog seine Hosen hoch, spuckte aus, fuhr sich mit dem Ärmel über den Mund, spuckte ein weiteres Mal aus und sog die Luft mit einem schniefenden Pfeifen ein.

»Dafür bezahlst du«, keuchte er. »Ich hole die Polizei.«

»Nur zu«, antwortete die Frau leise, straffte sich, sah ihn an, als fordere sie ihn heraus, seinen Worten Taten folgen zu lassen.

Der Mann spuckte ein weiteres Mal, dieses Mal jedoch genau vor ihre Füße. »Hure«, zischte er und wandte sich abrupt ab.

Die Frau presste eine Hand auf die Brust, schwankte ein wenig, nun nicht mehr so selbstsicher wie noch einen Moment zuvor. »Ich danke Ihnen«, sagte sie leise.

»Das war nicht der Rede wert.« Eric befühlte seine Fingerknöchel, hatte Schmerzen in den Händen, sobald er die Finger öffnete und schloss. Vielmehr jedoch entsetzte ihn, wozu er offenbar in seinem Zorn imstande war. Verlor er gerade langsam, aber sicher den Verstand? »Kannten Sie den Mann?«, fragte er, weniger, weil es ihn interessierte, als vielmehr, weil er nicht schweigend dastehen wollte.

»Nein, ich meine, er ist mir schon aufgefallen, weil er mich immer so penetrant angestarrt hat, aber ich kenne ihn nicht. Er muss mir gefolgt sein.«

Eric nickte nur. »Wo müssen Sie hin?«

»Zum Bahnhof.«

»Ich begleite Sie, wenn Sie das wünschen.«

»Nein, machen Sie sich bitte keine Umstände, zweimal wird mir das gewiss nicht passieren.«

»Sie wissen nicht, wo der Kerl hin ist.«

»Auf jeden Fall in die entgegengesetzte Richtung.«

Eric insistierte nicht. Ihm war kalt, die rechte Hand tat ihm mittlerweile so weh, dass er die Finger kaum bewegen konnte, und er wollte nichts so dringend wie nach Hause und trotz der noch frühen Stunde zu Bett zu gehen. Die junge Frau dankte ihm erneut, hob ihre Pelzkappe auf, die immer noch auf dem Boden lag, und eilte davon. Eric blickte ihr nach, bis sie rechts abbog, in Richtung des Markenbildchenwegs, der geradeaus direkt zum Bahnhof führte. Erst als sie aus seinem Blick war, setzte er sich selbst ebenfalls in Bewegung.

Ella war durch das Werk gegangen, wo nun alle vor ihr strammstanden, besorgt, sie könne ihrem Bruder von einem Fehlverhalten erzählen. Dabei war Eric wohl derzeit an nichts weniger interessiert. Er war vor einigen Tagen mit aufgeschürften und geprellten Fingerknöcheln der rechten Hand heimgekommen, und mit Blut an den Ärmelaufschlägen, das an den Rändern bereits eintrocknete. Ella war furchtbar erschrocken gewesen. Eric jedoch hatte ihr gesagt, er habe eine Frau in Bedrängnis verteidigen müssen.

»Hat dein Gegner die Ritterlichkeit überlebt?«, hatte Ella gefragt.

»Er wirkte noch sehr lebendig, als er ging. Allerdings saß seine Nase nicht mehr gerade im Gesicht«, war Erics lakonische Antwort gewesen, und nur das leichte Zittern, das sich darin verbarg, gab Aufschluss darüber, dass er nicht ganz so gelassen war, wie er gerne vortäuschen wollte.

Besorgt hatte Ella am Folgetag und dem darauf gewartet, dass die Polizei vor der Tür stand. Sie hatte die Zeitung gelesen, aber darin stand nichts von einem Mann, den man totgeprügelt aufgefunden hatte. Vermutlich war die Sache in der Tat glimpflich ausgegangen.

Seufzend widmete Ella sich wieder dem Text vor ihr, der sich mit der Herstellung von Schokolade befasste. Sie hatte ihn schon mehrfach gelesen und wusste rein formal, wie es funktionierte, aber das Geheimnis guter Schokolade enthüllte es ihr nicht. Die Geschäftsberichte hatte sie überflogen, hatte sich nur den Aufstellungen von Lieferantenkosten intensiver gewidmet. Sie brauchte jemanden, der ihr half, und das durfte niemand aus dem Werk sein, denn damit würde sie sich die Blöße geben zu zeigen, dass sie keine Ahnung hatte von dem, was sie hier tat. Und es wäre ein Eingeständnis dessen, dass Eric nicht gar so präsent im Hintergrund war, wie sie gerne glauben machen wollte.

Mit einem Blick auf die Uhr erhob sie sich. Es war Mittwoch, der Tag, an dem Louise ihren wöchentlichen Besuch bekam. Den Mund hatte sie aber immer noch nicht aufbekommen, und nun, da das Geschäft schließen musste und Louise vermutlich kaum mehr Gelegenheit haben würde, den Mann wiederzusehen, wollte Ella etwas nachhelfen. Sie räumte die Unterlagen zusammen, zog sich ihren Mantel an, band den Schal um und hängte sich die Tasche über die Schulter. Während sie durch das Werk zum Haupteingang ging, fiel ihr – wie so oft in den letzten Tagen – die veränderte Stimmung auf. Es lag nicht das Summen von Betriebsamkeit in der Luft, obwohl nach wie vor gearbeitet wurde, sondern es wirkte wie der verzweifelte Versuch, eine sinkende Fregatte auf Kurs zu halten, während eigentlich niemand so recht wusste, wo die Reise hinging.

Vom Werk aus war es über eine Stunde zu Fuß in die Confiserie, aber der Spaziergang war jetzt genau das Richtige. Was ihr derzeit fehlte, war eine Idee, eine Möglichkeit, ihren Namen bekannter zu machen und ihn mit herausragender Qualität in Verbindung zu setzen. Sie hielt ihr Gesicht in den Wind, spürte einige Regentropfen, tupfte sie in einem unbeobachteten Moment mit der Zunge von den Lippen.

Als sie in der Löhrstraße ankam und die vertraute Fassade mit den so sorgsam ausgesuchten Auslagen im Fenster erblickte, stieg für einen kurzen Moment ein Anflug von Traurigkeit in ihr auf. Das alles würde bald jemand anderem gehören, und wer konnte schon wissen, was derjenige damit anstellte. Sie ging zur Tür, die sich mit dem leisen Anschlagen eines Glöckchens öffnete.

Louise stand hinter dem Verkaufstresen, und ein Lächeln erhellte ihr Gesicht, als sie Ella erblickte. »Was für eine schöne Überraschung.«

»War er schon hier?«, fragte Ella und ging zu ihr, um sie auf die Wange zu küssen.

»Nein …«

»Prächtig.« Ella legte ihren Mantel im Nebenraum ab und stellte sich zu ihrer Freundin. »Wo ist dein Vater?«

»Bei der Bank.« Louise klang verzagt, als habe sich auch das letzte bisschen Hoffnung erschöpft.

»Werdet ihr das hier verkaufen oder vermieten?«

»Mein Vater möchte es vermieten, aber bisher hat er noch keinen Interessenten gefunden. Einer war hier, der kaufen wollte, aber der wollte dann das ganze Haus, und das will Papa nicht, er hat Sorge, dass wir dann nichts anderes finden, das wir uns leisten können.«

»Das Geld würde doch aber gewiss für eine Wohnung reichen, oder?«

»Möglicherweise, aber Papa hatte außerdem auf Mieteinnahmen gehofft. Der Platz hier ist famos, den will er nicht unter Wert hergeben.«

Das war verständlich. Ella sah sich um, versuchte sich vorzustellen, wie es hier in naher Zukunft wohl aussehen würde. Ihr Blick wanderte über feine Pralinen, kleine Gebäckstücke, sorgsam drapierte Bonbons aus eigener Herstellung. Sie nahm eine Praline und biss hinein, schmeckte den Schmelz auf der Zunge und zog Vergleiche zu jenen hochpreisigen, die sie vor einigen

Tagen gekostet hatte. Die hier waren ebenfalls gut, aber die Schokolade schmeckte bei den anderen einfach besser.

»Du kommst doch wohl jetzt nicht auf die Idee, die Praline zu bezahlen, oder?«, fragte Louise, als Ella ihre Geldbörse zückte.

»Natürlich werde ich das.«

»Untersteh dich! Wenn du das tust, bin ich dir ernsthaft böse.«

Ella wollte etwas entgegnen, kam jedoch nicht dazu, da in diesem Moment die Tür geöffnet wurde und ein junger Mann eintrat. Louises Haltung ließ erraten, dass das Objekt ihrer Sehnsucht gerade vor ihnen stand. Kritisch taxierte Ella ihn. Na ja, schlecht sah er nicht aus mit dem blonden Haar und den braunen Augen, die einen interessanten Kontrast dazu bildeten. Allerdings war er für ihren Geschmack etwas zu klein.

Er gab seine Bestellung auf, und Louise beeilte sich, Gebäck in eine Schachtel zu packen. Ella unterdrückte ein tiefes Seufzen und setzte ein strahlendes Lächeln auf.

»Dürfen wir Sie zu einem Kaffee einladen?«

Der Mann, dessen Blick ausschließlich Louise gegolten hatte, sah sie nun an, als bemerke er sie erst jetzt. »Wie bitte?«

»Ein Kaffee. Für unsere treuen Kunden bieten wir eine Tasse Kaffee an.«

»Ach ja?« Besonders eloquent war er offenbar nicht.

Ella beschloss, nicht lange darum herum zu reden, sondern ihn einfach vor vollendete Tatsachen zu stellen. »Mit Sahne und Zucker?«

Er zögerte, sah Louise an, als erwarte er Hilfe von ihr,

aber sie schenkte ihm nur ein etwas zittriges Lächeln. Vielleicht gab das den Ausschlag, denn er wirkte nun nicht mehr ganz so zaudernd, als er sich wieder Ella zuwandte. »Nur Kaffeesahne, vielen Dank.«

Den Kaffee musste allerdings Louise holen, da Ella sich nicht einfach in der Küche der Dalbergs bedienen konnte. Das wäre furchtbar unangenehm, wenn Curt Dalberg überraschend heimkehrte. Louise verließ den Verkaufsraum, worüber sie vermutlich sogar einen Moment lang erleichtert war, denn es war gar zu offensichtlich, dass ihr das Herz bis zum Hals schlug.

»Nehmen Sie doch bitte Platz, Herr …« Ella sah ihn fragend an.

»Schlüter, Max Schlüter.«

Na, das klang ja gar nicht mal übel. »Eleonora Dorn, ich bin eine Freundin des Hauses Dalberg.«

Es gab nur einen kleinen Kaffeehaustisch mit zwei Stühlen im Raum, eher der Dekoration geschuldet, als dass das Ensemble genutzt wurde. Max Schlüter war gerade im Begriff gewesen, den Stuhl zurückzuziehen, um sich darauf niederzulassen, als er stutzte. »Dorn? Aus der Reederei Dorn?«

»Das ist mein Onkel.«

»Ich bin Kontorist in der Reederei«, erklärte der Mann, nachdem er sich auf dem zierlichen Stuhl niedergelassen hatte. Da er in einer gelösten Plauderstimme sprach und nicht wirkte, als sei er gehetzt oder unter Zeitdruck, hielt Ella es nicht für unwahrscheinlich, dass er in der Tat mittwochs nur kam, um Louise zu sehen. Warum er dann jedoch nicht einfach den Mund aufmachte, verstand Ella nicht.

Sie sah sich um und fragte sich, warum Curt Dalberg nicht mehr Plätze anbot, den freien Platz als Café nutzte. Und warum er sich nicht auf Schokolade spezialisierte. Sie für ihren Teil würde das tun. Und während ihr Blick durch den Raum glitt, hatte sie einen Geistesblitz. Sie wartete darauf, dass Louise mit dem Kaffeetablett zurückkehrte und trat hinter den Verkaufstresen, damit es nicht zu einer verfänglichen Situation kam, wenn man von außen sah, wie Louise allein mit diesem Mann hier saß und Kaffee trank.

Allerdings waren beide so befangen, dass sich keinerlei Unterhaltung entspann, und Ella wollte mehrmals genervt die Augen verdrehen. Sie ging in den Nebenraum, wo Pralinen und Gebäck hergestellt wurden, sodass die beiden zwar allein waren, aber nicht in einer kompromittierenden Situation. Zudem brauchte sie einen Moment für sich, um die Idee, die in ihr gekeimt war, sorgsam zu hegen und wachsen zu lassen, ihr zuzusehen, wie sie mehr Raum in ihr einnahm, sich verästelte und Früchte trug.

Aus dem Verkaufsraum drangen leise Stimmen, offenbar kam endlich ein Gespräch in Gang. Ella sah sich die sauber geschrubbten Arbeitsflächen an, die Arbeitsgeräte, Formen, kleine Abtropfgitter, Zangen, winzige Spachtel und allerlei andere Dinge, deren Zweck sie nicht einmal erriet. Feine Pralinen, dachte sie, gefertigt aus hochwertiger Schokolade in eigener Produktion.

Aber der beste Plan taugte nichts, wenn sie kein Geld hatte. Ihre Onkel um ein Darlehen zu bitten, war ausgeschlossen, denn abgesehen davon, dass sie ihr dies für ihre Narreteien, wie sie es nannten, nicht gewähren würden, wollte sie nicht in ihrer Schuld stehen. Onkel Heinrich würde ihr vermutlich wieder einmal nahelegen, zu heiraten, denn auf diese Weise sei sie ihrer Geldsorgen endlich ledig. Da war er wieder, dieser kleine Schauer, wenn ihr ein Gedanke kam, der ihr die Lösung so klar aufzeigte. Sie wollte ihn beiseiteschieben, ihn als ganz und gar skrupellos abtun, konnte jedoch nicht verhindern, dass er sich beständig hervordrängte, je entschiedener sie versuchte, ihn zu verbannen.

Der Überfall hatte Clara Landauer stärker zugesetzt, als sie es ihrem Retter gegenüber hatte eingestehen wollen. Wenige Minuten später, und die Sache wäre gänzlich anders verlaufen. Und im Gegensatz zu dem, was sie den jungen Mann glauben gemacht hatte, war es kein Unbekannter gewesen, der ihr gefolgt war und versucht hatte, sie sich gefügig zu machen.

Mit Veit Landberg hatte sie eine recht stürmische Romanze begonnen, hätte sich von ihm womöglich sogar verführen lassen, wenn ihr nicht einige Vorkommnisse gezeigt hätten, dass es ein Fehler gewesen war, ihn für einen anständigen Menschen zu halten. Nach und nach hatte er an Glanz verloren, und irgendwann war es so weit, dass ihr seine Hände auf ihrem Körper zuwider waren und sie seine Küsse nicht mehr ertragen mochte. Als sie es beendete, hatte er angefangen, sie wüst zu beschimpfen, war immer wieder überraschend aufgetaucht, wenn sie alleine unterwegs war. An jenem Abend hatte er sie verfolgt, um sich in einem Moment, in dem sie unaufmerksam gewesen war, endlich das zu nehmen, was ihm seiner Meinung nach zustand.

Vermutlich würde er es wieder versuchen, und dann wäre er zudem auch noch wütend, weil sein Gesicht Schaden genommen hatte. Schöner würde ihn die gebrochene Nase gewiss nicht machen. Allerdings hatte Clara trotz ihrer Dankbarkeit, gerettet worden zu sein, die zügellose Gewalt erschreckt, mit der der unbekannte Mann auf Veit eingeschlagen hatte. Es war, als sei er gar nicht ganz bei sich gewesen, hatte sie angesehen, als erwache er im Moment ihrer Berührung aus einem gar zu realen Traum. Es schauderte sie.

Zur Polizei brauchte sie gar nicht zu gehen, denn man würde ihr mitnichten glauben, dass der Übergriff gegen ihren Willen stattgefunden hatte. Veit und sie waren so oft zusammen gesehen worden, von Freunden – seinen – als auch von Nachbarn. Er würde rasch Zeugen finden, die besagten, dass Clara ihm sehr explizite Hoffnungen gemacht hätte und man daher wohl kaum von einer Vergewaltigung sprechen konnte.

Künftig musste sie wohl zusehen, dass sie Spaziergänge nur unter Menschen wagte – für jemanden wie sie, die gerne ihre Ruhe hatte, eine grausige Vorstellung. Vergewaltigt zu werden war allerdings noch schlimmer, also würde sie wohl in den sauren Apfel beißen müssen.

Seit ihre Eltern an der Grippe gestorben waren, war Clara auf sich allein gestellt und unterrichtete verwöhnte Töchter reicher Herrschaften, die zu faul – oder dumm – waren, um in der Schule die hehren Erwartungen ihrer Erzeuger zu erfüllen. Sie gab an, dass ihre Eltern Lehrer gewesen waren, was ihr einen Anstrich des Gutbürgerlichen gab. Obwohl man in diesen Kreisen darauf setzte, dass die Töchter ohnehin heirateten, so wollte doch niemand, dass man sie als ungebildet abtat.

Allerdings hatte sie nicht vor, dies ihr ganzes Leben lang zu tun, sie wollte fort aus Stolzenfels, so hübsch es auch war, aber das Leben in Koblenz erschien ihr um einiges reizvoller. Sie wollte in die reiche Oberschicht heiraten, wollte ein Leben frei von finanziellen Sorgen führen. Und fern ihrer sorgsam gehüteten Vergangenheit.

Doch sogar dort hatte Veit ihr aufgelauert. Bisher hatte er lediglich in Stolzenfels ihre Wege gekreuzt, aber offenbar hatte er keine Skrupel, ihr auch über weitere Entfernungen zu folgen. Noch hatte Clara für dieses Problem keine Lösung, und sie konnte sich fast nichts Schlimmeres vorstellen, als mit ihren Ambitionen erfolgreich zu sein und plötzlich diesem Kerl gegenüberzustehen, der ihren Leumund mehr als fragwürdig erscheinen ließ.

Claras Eltern hatten eine Wohnung besessen, das enthob sie von der Notwendigkeit, Miete zu zahlen. Da sie sehr genügsam lebte und in einer Familie vormittags die kleinen Kinder hütete, ehe sie sich nachmittags den verzogenen Rangen widmete, wofür sie mehr schlecht als recht bezahlt wurde, konnte sie sich immerhin eine anständige Garderobe leisten, was unbedingt notwendig war, wollte sie auf dem gesellschaftlichen Parkett bestehen. Sie spielte hervorragend Klavier, und am liebsten hätte sie damit ihren Lebensunterhalt bestritten, aber das war selbstredend nahezu unmöglich. Es öffnete ihr jedoch die Türen zu den bedeutenden Häusern, und so schaffte sie es auf Feierlichkeiten, zu denen man sie niemals eingeladen hätte. Gerade hatte sie einen Brief erhalten, in dem Dorothea Dorn sie ersuchte, ihnen doch wieder die Ehre zu geben, wenn sie im Mai den Geburtstag ihrer Tochter feierten. Im letzten Jahr habe sie auf der Feier anlässlich der Verlobung so viel Begeisterung ausgelöst. Natürlich würde Clara zusagen. Und dann ihre Fühler ausstrecken.

Eric hatte mit bestürzend wenig Begeisterung auf Ellas Pläne reagiert. »Weißt du, was du dir da aufhalst?«, hatte er gefragt. »Wir hatten über das Werk gesprochen, nicht darüber, noch ein weiteres Unternehmen zu gründen.«

»Wirst du mir dennoch helfen?«

»Von welchem Geld?«

Die Antwort war Ella schuldig geblieben, denn ihr Vorhaben würde selbst ihr Bruder mit seiner oftmals zweifelhaften Moral entschieden ablehnen. Womöglich behielt er sie sogar genau im Blick, um zu verhindern, dass sie sich hinreißen ließ. Ella jedoch wusste sehr genau, was sie wollte, und würde alles daransetzen, damit es ihr gelang. Skrupel hatte sie keine, denn ihre Familie hatte ja auch keine, sie mit beständiger Herablassung zu behandeln, ganz zu schweigen davon, wie sie mit Eric umgingen. Sollten sie nur sehen, was sie davon hatten. Sie saßen um sie herum, warteten auf ihr Scheitern, bereit, die Zügel an sich zu reißen. Eric würde man womöglich in ein Sanatorium schicken und Ella über kurz oder lang in eine Ehe drängen – selbstverständlich eine, die der Familie gelegen kam. Vielleicht ein Offizier, um die militärischen Bande der Familie zu festigen und gleichzeitig in eine wichtige Familie einzuheiraten. Oder jemand, mit dem Georg Dorn eine intensivere Geschäftsbeziehung wünschte.

Ella hatte Kleider gekauft, hatte fast den gesamten Erlös aus dem Schmuck dafür ausgegeben, was Eric als geradezu wahnwitzig bezeichnet hatte. »Lass mich nur machen«, waren ihre Worte gewesen, und da er nicht die Kraft für lange Dispute hatte, beließ er es dabei. An diesem Nachmittag würde Ella einen Besuch bei Louise machen und mit ihrem Vater über die gefassten Pläne sprechen. Natürlich bestand die Gefahr, dass er rundheraus ablehnte, aber wenigstens würde er ihr zuhören.

Trotz allem schlug ihr das Herz bis zum Hals, als sie nach dem Mittagessen das Haus verließ. Es gab gewisse Dinge, die Männer irgendwie voneinander wussten, auf welchen Wegen auch immer. Und so hatte Ella durch vorsichtiges Fragen von Eric erfahren, dass Sebastian Lombard keineswegs ein treuer Verlobter war, sondern sich eine Geliebte am Theater hielt. Helene ahnte davon gewiss nichts, denn diese wachte eifersüchtig über den Verlobten, das war sehr offensichtlich zu beobachten. Ella fragte sich, ob Georg Dorn von der Umtriebigkeit seines künftigen Schwiegersohnes wusste. Gut möglich, dass ihm das gleich war, solange er diskret blieb. Männer schufen in dieser Hinsicht ihre eigene Moral, und Helene hätte man dergleichen gewiss nicht nachgesehen.

Sie passierte das Café Pickel an der Ecke Löhrstraße und Fischelstraße, blieb einen Moment davor stehen und betrachtete die Auslagen. Ihre Mutter war ab und zu mit ihr hierhergekommen, wenn sie versuchte, ein Stück Normalität zu leben. Ella hörte oft, dass sie ihrer Mutter ähnlich war, und meist klang es nicht, als sei das ein Kompliment, dabei war ihre Mutter wunderschön und warmherzig gewesen. Ob die Gerüchte, die über sie erzählt wurden, stimmten, wusste Ella nicht, nur, dass ihr Vater sie sehr geliebt und ihren Tod nicht verwunden hatte.

Ella setzte ihren Weg fort, rascher nun, da sie befürchtete, der Mut könne sie verlassen. Sie betrat die Confiserie, wo dieses Mal Curt Dalberg im Verkaufsraum stand. Bei ihrem Anblick lächelte er.

»Louise ist ausgegangen.«

»Ich wollte auch eigentlich zu Ihnen.« Ella spürte den Herzschlag in der Kehle und versuchte, ihre Stimme so fest wie möglich klingen zu lassen.

»Zu mir?« Curt Dalberg hob erstaunt die Brauen. »Was gibt es denn?«

»Etwas Geschäftliches.«

Weder lachte er, noch lächelte er herablassend, was Ella schon einmal als kleinen Sieg verbuchte. Vielleicht tat er das nur deshalb nicht, weil er sie mochte, aber das war ihr in diesem Moment gleich. Sie tat einen zittrigen Atemzug und erwischte sich dabei, wie sie nervös an ihrem Ärmelaufschlag zupfte, was sie umgehend unterließ.

»Ich möchte mich über die Manufaktur hinaus vergrößern, ich möchte hochwertige Schokolade herstellen und mich außerdem nicht nur darauf beschränken, Händler zu beliefern.«

Curt Dalberg sah sie ernst an und gab ihr mit einem Nicken zu verstehen, fortzufahren.

»Ich möchte die Confiserie mieten und Sie bitten, mir zu helfen.« Jetzt war es heraus, und mit angehaltenem Atem wartete Ella auf die Antwort.

»Du möchtest praktisch, dass ich in meinem ehemaligen Betrieb für dich arbeite?«

Wärme stieg ihr in die Wangen. »Es ist mir bewusst, wie anmaßend das klingen muss, aber ich weiß natürlich um Ihre Erfahrung und würde nie … also natürlich sind sie nicht mein Untergebener oder dergleichen, aber ich weiß so wenig über all diese Feinheiten, und es gibt niemanden, der mir in der Manufaktur hilft. Außerdem möchte ich so gerne präsenter in der Stadt sein, und Sie möchten die Confiserie doch ohnehin vermieten.«

»Das sollte keinesfalls ein Vorwurf sein, Ella«, entgegnete er. »Aber ich wüsste durchaus gerne, wie du dir das vorstellst.«

»Ich dachte mir, ich spezialisiere mich auf Schokolade, nur Pralinen in allen Formen und Farben. Die gesamte Confiserie untersteht Ihnen, ich führe sie lediglich unter dem Namen Dorn und finanziere alles. Und dann sehen wir, dass wir die Qualität der Schokolade erhöhen, damit Sie die Schokolade direkt aus der Manufaktur bekommen und hier verarbeiten können.«

»Woher nimmst du die Mittel? Nach allem, was ich

gehört habe und was du so erzählst, sind diese doch bei euch auch beschränkt.«

Wieder stieg Ella das Blut ins Gesicht. »Da habe ich schon eine Idee.«

»Verstehe.«

»Ich werde mich noch um die Feinheiten kümmern, darum, wie ich mir das alles vorstelle, aber erst wollte ich wissen, was Sie davon halten und ob Sie mir helfen.«

»Von Herzen gern, meine Liebe, aber da ich eine Tochter zu versorgen habe, kann ich das natürlich nicht ohne Bezahlung tun.«

»Oh, ich werde bezahlen, sowohl die Miete als auch ein Gehalt. Anfangs wird es vielleicht nicht so viel sein, aber wenn ich es in der Gesellschaft nach oben schaffe, nehme ich Sie mit.« Ella befürchtete, er würde sie nun doch auslachen, würde sie für lächerlich pathetisch halten.

Curt Dalberg jedoch schwieg, schien eine Weile darüber nachzudenken. Dann streckte er ihr die Hand entgegen. »Das ist ein Wort.«

»Ich kann einfach nicht glauben, dass du unsere knappen Mittel für eine Theaterkarte aus dem Fenster wirfst«, schimpfte Eric, während sie im Taxi durch die abendlichen Straßen fuhren. »Und dann noch diese Extravaganzen.«

»Wir können ja wohl nicht in Abendgarderobe zu Fuß bis zum Theater laufen, nicht wahr? Oder gar in die Elektrische steigen.«

Eric murmelte etwas, das Ella nicht verstand, das

jedoch wenig schmeichelhaft klang. Sie ignorierte ihn und sah aus dem Fenster. Es war lange her, seit sie das letzte Mal im Theater gewesen war, und obwohl sie dieses Mal weniger das Stück lockte als vielmehr der erste Vorstoß in einem geradezu wahnwitzigen Plan, freute sie sich darauf.

Das Theater befand sich am Clemensplatz in der Nähe des Kurfürstlichen Schlosses, ein Rangtheater mit einer von Pilastern geprägten klassizistischen Fassade. Fuhr man auf das Theater zu, so verstellte einem zunächst der Brunnenobelisk die Sicht darauf. Der Wagen umrundete diesen und hielt vor dem Theater. Ella entlohnte den Fahrer, der hernach ausstieg und ihnen die Tür öffnete.

Ella hatte viel Aufwand um ihr Äußeres betrieben und war sich der Blicke der Leute durchaus bewusst. Mit etwas Glück würde sich bald herumsprechen, dass man die Geschwister Dorn in eleganter Garderobe im Theater gesehen hatte. Sie grüßte lächelnd einen Bekannten und ging hernach an Erics Seite auf die rundbogigen Eingänge des Theaters zu. Das darüberliegende Haupt- und Zwischengeschoss war durch imposante Pilaster verbunden, die ein vorspringendes Kranzgesims abschloss. Darüber befand sich eine Attika mit der Aufschrift *Musis Moribus Et Publicae Laetitiae Erectum MDCCLXXXVII*.

»Du könntest ein wenig mehr Begeisterung zeigen«, zischte Ella ihrem Bruder zu, während sie das Theater betraten.

Eric antwortete nicht, aber immerhin zwang er sich bei der Begrüßung eines Ehepaares, das sie offenbar kannte, an das Ella sich jedoch nicht erinnern konnte, ein Lächeln auf die Lippen. Während sie im Foyer standen, betrachteten sie das Treiben um sie herum: Damen in eleganten Kleidern, Herren in Smokings, junge Mädchen, die versuchten, so zu wirken, als loteten sie nicht ihre Wirkung auf das andere Geschlecht aus, junge Männer, die herumbalzten. Es war jedoch nur einer, nach dem Ella Ausschau hielt. Natürlich war es ein Schuss ins Blaue, sie konnte sich durchaus irren. Aber *sie* hatte Premiere an diesem Tag, und gewiss würde er kommen.

Während Eric zur Bar ging, schlenderte Ella durch das Foyer, grüßte mal hier, mal dort, wechselte ein paar Höflichkeiten und hatte die Hoffnung schon beinahe aufgegeben, als sie ihn erblickte. Unwillkürlich begann ihr Herz wie wild zu schlagen, und sie widerstand dem Impuls, die Hand daraufzupressen. Sein Blick war bar jener Arroganz, die er im Beisein ihrer Familie an den Tag legte, sondern es lag etwas Weiches darin, als habe er gerade eine erbauliche Unterhaltung geführt. Vielleicht war er bei seiner Geliebten gewesen, hatte ihr alles Gute gewünscht, womöglich gar Blumen abgegeben.

Ella ging wie zufällig in seine Richtung, gab sich überrascht, als ihre Blicke sich kreuzten, und schenkte ihm jenes hintergründige Lächeln, das bereits auf der Feier im Haus ihres Onkels Wirkung gezeigt und Helene so erbost hatte. Auch dieses Mal reagierte er, erwiderte das Lächeln, ein wenig spöttisch, als erahnte er ein Spiel, das er weitaus geschickter beherrschte. Nun, umso besser, dachte Ella, sah ihn einen Moment länger an, als es der Anstand erlaubte, und wandte sich dann ab, um zurück zu ihrem Bruder zu gehen.

Nach dem Gespräch mit Curt Dalberg hatte Ella ihre Freundin in ihre Pläne eingeweiht. Was die Confiserie anging, war Louise erstaunlich begeistert gewesen, konnte kaum an sich halten vor Freude, dass sie gar zusammenarbeiten würden. Ella musste diesen Enthusiasmus ein wenig bremsen und einräumen, dass sie von den Feinheiten der Pralinenherstellung nichts wusste, aber das tat Louises stürmischer Begeisterung keinen Abbruch. Die Confiserie war gerettet, sie musste nicht als Dienstmädchen arbeiten, ihr Vater nicht irgendwo womöglich in einer Fabrik schuften. Das war alles, was zählte. Als das Gespräch jedoch darauf kam, wie Ella das alles zu finanzieren gedachte, hatte sie nur ungläubig die Brauen gehoben.

»Du scherzt doch wohl hoffentlich.«

»Keineswegs.«

»Es gibt so viele Männer, reiche Männer. Warum gerade er?«

Tja, warum gerade er? Er war reich, er sah gut aus, und er war willig, eine Verbindung mit der Familie Dorn einzugehen. Zudem nagte die Herablassung der Familie durchaus an Ella, allen voran Georgs, seiner Frau und seiner Kinder. Helene ließ kaum eine Gelegenheit aus, kleine Spitzen zu verteilen. Es war Zeit, sich zu behaupten, zu zeigen, dass sie diesen Umgang keinesfalls hinzunehmen bereit war. Es wäre ihnen ein Leichtes gewesen, ihr und Eric zu helfen, reich genug waren sie ja. Aber sie saßen da und lauerten auf ihr Versagen. Wenn Ella sich willig zeigte, würden sie sie womöglich mit einem Mann verheiraten, aber dann war es vorbei mit den hochtrabenden Träumen, die Schokoladenmanufaktur weiterzuführen oder gar eine Chocolaterie zu eröffnen. Von dem Werk ihres Vaters bliebe nichts mehr als eine Erinnerung, so, als habe es nie existiert. Zudem würde der Mann selbstverständlich nach Kriterien ausgewählt werden, die ihren Onkeln zum Vorteil gereichten.

Natürlich konnte auch Sebastian Lombard ihr verbieten, zu arbeiten, konnte sie daheim einsperren. Aber sie hatte seine Schwächen ausgelotet und würde einen Handel mit ihm eingehen. Er würde kein treuer Ehemann werden, gewiss nicht. Und die Art, wie er ihren Blick erwiderte, der eine stumme Verheißung versprochen hatte, legte nahe, dass er zwar zögerte, es auf ein Abenteuer ankommen zu lassen – immerhin war sie Helenes Cousine –, jedoch nicht gänzlich abgeneigt war. Einen solchen Mann konnte man durchaus in die Richtung lenken, in der man ihn haben wollte. Man konnte ihm einen Handel anbieten. Und wenn er darauf nicht einging, dann würde Ella ihn eben nicht heiraten, auch wenn sie bis dahin vermutlich ihren Ruf irreparabel aufs Spiel gesetzt hätte. Aber das Risiko musste sie eingehen.

5

MAI 1925

Als Junge hatte Eric eine tiefe Bewunderung für alles Militärische gehegt. Wie konnte es auch anders sein, wenn man in einer Garnisonsstadt aufwuchs, in der das Militär seit Jahrhunderten eine wichtige Rolle spielte. Als die Stadt vor über hundert Jahren Hauptstadt der preußischen Provinz Großherzogtum Niederrhein geworden war, hatte man die Neubefestigung von Koblenz und Ehrenbreitstein angeordnet. Koblenz wurde zu einem der umfangreichsten Festungssysteme in Europa, mit Stadtumwallung und massiven Festungsbauten auf den Höhenzügen. Mit Ehrenbreitstein, einer weitläufigen Zitadelle mit vorgelagerten Festungswerken, war das größte militärische Bollwerk am Rhein entstanden. Der Festung Koblenz ebenbürtig waren nur noch Gibraltar und die Festung Köln.

Vor über dreißig Jahren hatte man die linksrheinischen Festungswerke geschleift und die Stadt über die Stadtgrenzen hinaus besiedelt, während man Ehrenbreitstein zu Beginn des Großen Krieges noch einmal verstärkt hatte. 1920 hatte man aufgrund des Versailler Vertrags damit begonnen, Koblenz zu entfestigen, was bedeutete, die Festungswerke wurden geschleift und unbrauchbar gemacht. Ausgenommen wurde nur die Festung Ehrenbreitstein, da man um ihre historische Bedeutung wusste. Überwacht wurde die Einhaltung dieser Bestimmung von der Interalliierten Militär-Kontrollkommission, einem der Kontrollgremien der Siegermächte.

Für Eric spielte all das keine Rolle mehr – noch vor zwölf Jahren undenkbar. Voller Enthusiasmus hatte er sich damals ins Kriegsgetümmel gestürzt, überzeugt davon, als Held heimzukehren. Schon früher hatte er Erfolg bei den jungen Mädchen gehabt, dem wollte er den Glanz des Kriegsheldentums hinzufügen. Während sein Weg als Erbe seines Vaters festgestanden hatte, hatte er voller Neid auf seine Cousins geschaut, die in ihren Uniformen als preußische Offiziere glänzten. Der Krieg war ausgebrochen, ehe er den Wehrdienst hatte ableisten können, und so hatte er sich als Freiwilliger gemeldet, anfangs als Soldat, später war er zum Unteroffizier aufgestiegen. Da hatte er vom Krieg bereits die Nase gestrichen voll gehabt. Aber er hatte bis zum bitteren Ende durchhalten müssen.

Er war genau rechtzeitig wieder daheim gewesen, als seine Mutter die ersten Grippesymptome zeigte. Bis zu ihrem letzten Atemzug hatte er an ihrer Seite geweilt, als es sie innerhalb weniger Tage dahingerafft hatte. Insgeheim hatte er die Hoffnung gehabt, sich bei ihr anzustecken, um es ebenfalls hinter sich zu haben, da es ihm unmöglich erschienen war, wieder ins Leben zurückzufinden. Er war sich vorgekommen wie jemand, der unter Wasser trieb, ohne es an die Oberfläche zu schaffen.

Ella hatte besonders schwer am Verlust der Eltern zu tragen, und Eric bedauerte, dass er nicht der Halt für sie sein konnte, den sie brauchte. Im Grunde war es erbärmlich, sie für sich arbeiten zu lassen, aber so gerne Eric an der beständigen Schwermut etwas getan hätte, so konnte er es einfach nicht. Es war, als sei er vollkommen zerbrochen, und obwohl er hoffte, dass sich dieser Zustand änderte, fühlte es sich an, als ließen sich die Stücke seiner Seele nie wieder zusammensetzen, als sei es sein Schicksal, dass sie beständig aneinanderrieben und in ihm wunde Stellen erzeugten.

Nun, da sie sich auf dem Weg zum Haus seines Onkels Georg befanden, um Helenes Geburtstag zu feiern, war das Gefühl einer Last, die auf ihm ruhte und ihn fortwährend niederzudrücken schien, besonders schlimm. Eric atmete tief ein und aus, legte die Hand auf seine Brust, wollte spüren, wie sie sich beim Luftholen weitete, als müsse er sich selbst bestätigen, dass das Gefühl von Enge nur eingebildet war.

»Ist dir nicht gut?«, fragte Ella prompt.

»Nein, alles bestens.« Er zwang sich ein Lächeln auf die Lippen. Keinesfalls wollte er ihr den Abend verderben, den sie so sorgsam vorbereitet hatte. Sie trug ein aufsehenerregendes Kleid in Schwarz und Silber, das bei jeder Bewegung changierte. Die Haare hatte sie sich noch kürzer geschnitten, der neuesten Mode folgend, und ein schwarzes Samtband um den Kopf gebunden, das seitlich von einer Spange mit kurzen, schwarzen Federn und silbrigen Daunen gehalten wurde. Von der Spange hingen kleine Perlen hinab, und eine Perlenkette zierte auch Ellas Hals. Eric hatte keine Ahnung, ob ihr Plan aufgehen würde, aber sie sah umwerfend aus.

Georg hatte ihnen seinen Chauffeur geschickt, denn es kam seiner Meinung nach nicht in Betracht, dass seine Nichte und sein Neffe vor dem Haus in einem Taxi vorfuhren. Und so kamen sie hochherrschaftlich vor der festlich erleuchteten Villa an, auf dessen offenes Portal Gäste zuströmten. Der Chauffeur stieg aus, öffnete ihnen die Türen, und Eric half Ella aus dem Wagen, ganz so, wie es sich gehörte. Hernach reichte er ihr den Arm und schritt mit ihr über den kiesbestreuten Hof, dessen Mitte ein Zierbrunnen schmückte, um den die eintreffenden Wagen einen eleganten Schlenker fuhren.

»Wie schön, dass ihr da seid«, sagte Georg höflich, indes sein Blick Eric streifte und an Ella hängen blieb. Seine Augen weiteten sich kaum merklich. Helene stand an seiner Seite und nahm mit artigem Lächeln die Glückwünsche entgegen. Im Saal war ein Tisch aufgebaut, auf dem sich die Geschenke bereits türmten. Ella legte ihres dazu, ein silbernes Perlenhalsband und dazu passende tropfenförmige Ohrgehänge. Ein viel zu aufwendiges Geschenk, zu teuer, wie Eric fand.

»Sie werden damit rechnen, dass ich ihr etwas schenke, das unseren mageren Mitteln entspricht. Jetzt werden sie rätseln, ob wir irgendwo Geld haben, von dem sie nichts ahnen.«

Obwohl Eric dies Ausgabe nicht gefiel, vor allem angesichts dessen, dass Halsband und Ohrgehänge nur weitere unbedeutende Teile in Helenes gut gefüllter Schmuckschatulle waren, widersprach er nicht. Mit welchem Recht auch, er selbst hatte keinen besseren Plan als seine Schwester, und so ließ er sie machen, auch wenn ihm ein Rätsel war, aus welchen Mitteln sie ihr Leben bestreiten sollten, wenn der Erlös aus Schmuck und den paar unter Wert verkauften Antiquitäten verbraucht war – was nicht mehr lange dauern konnte.

Er ging durch den Saal, beschränkte sich auf knappe Grüße an Bekannte und frühere Freunde, wechselte hier und da ein paar Worte und nahm im Vorbeigehen ein Glas von einem der Tabletts, mit denen livrierte Diener durch den großen Salon liefen. Er wollte weitergehen, als sein Blick den großen Konzertflügel streifte, weiterglitt und dann rasch wieder zurück. Eine junge Frau saß da, spielte leise Hintergrundmusik, eine Melodie, die klang wie ein Frühlingsregen. Eric hielt inne, taxierte sie und versuchte auszumachen, warum sie ihm so bekannt vorkam. Kinnlanges, aschblondes Haar, eine schlanke Statur, ein schlichtes Kleid in einem sattgoldenen Braunton. Sie schien zu bemerken, dass er sie musterte, denn sie hob den Blick, sah ihn an, und ihre Augen weiteten sich, gefolgt von einem Missklang, als sie danebengriff. Und dann erinnerte er sich.

Ella hatte mit einiger Zufriedenheit die Blicke bemerkt, die man ihr zuwarf. Onkel Heinrich wirkte befremdet, und auch Tante Elisabeth schien die eine oder andere Frage auf der Zunge zu brennen. Sie wusste, dass ihre Onkel vor Wut getobt hatten, als sie von dem Besuch ihres Bruders im Werk erfahren hatten.

»Wo gibt es denn so was?«, hatte Georg sie bei seinem letzten Besuch angeschrien. »Ich werde nicht zulassen«, sein Zeigefinger war auf sie gerichtet gewesen, »dass du uns vor der Gesellschaft lächerlich machst. Alle reden über dich, in Kürze wird sich kaum mehr jemand finden, der dich noch heiraten will, weil du dich aufführst wie ein Mannweib.«

Ella hatte das stoisch über sich ergehen lassen, auch den Wutanfall von Heinrich und die fortwährenden Vorwürfe von Elisabeth. Wie sie wohl reagieren würden, wenn sie von ihren Plänen mit der Chocolaterie erfuhren? Aber ehe es so weit war, würde dies – falls Ellas Pläne aufgingen – wohl ohnehin keine Rolle mehr spielen. Sie beobachtete Helene, die nun ebenfalls in den Salon trat und sofort von einer Schar von Freundinnen umringt war. Ella hielt Ausschau nach Sebastian Lombard, entdeckte ihn, wie er ein wenig abseits stand, und glaubte einen flüchtigen Ausdruck von Überdruss auf seinem Gesicht zu sehen.

Sie ging wie zufällig in seine Richtung, zündete sich eine Zigarette in einer langen Spitze an und inhalierte den Rauch. Eigentlich rauchte sie nicht gerne, aber der Effekt war unschlagbar, und so tat sie es doch dann und wann. So war es denn auch der Geruch, der Sebastian Lombard dazu brachte, sich zu ihr umzudrehen, sie anzusehen, und die Art, wie er das tat, ließ den Schluss zu, dass der Eindruck unbedingt zu ihren Gunsten ausfiel. Ella atmete den Rauch durch halb geöffnete Lippen aus und lächelte ihn an.

»Möchten Sie sich nicht dazugesellen?«, fragte sie und deutete mit der Zigarette auf Helene und ihre Freundinnen.

»Ich möchte sie nicht stören, gewiss genießt sie die Aufmerksamkeit ihrer Freundinnen.«

»Sie meinen damit wohl, Ihnen steht nicht der Sinn nach einer Schar Schnattergänse, die bedeutsam kichernd Platz machen, sobald Sie sich nähern?«

Ein Lächeln zuckte über seinen Mund, aber er schwieg.

»Sie sind ja, wenn Helene nicht dabei ist, offenbar gar nicht einmal so übel.«

Er hob die Brauen. »Ach was?«

Ella zuckte die Schultern, lächelte erneut und zog an der Zigarette. »Langweilen dergleichen Veranstaltungen Sie auch so tödlich?«, fragte sie.

»Das tun sie allerdings«, gab er zu.

»Glücklicherweise gibt es ja noch die Gelegenheit, sich anderweitig zu zerstreuen«, sagte sie und hoffte, das Lächeln, mit dem sie ihre Worte begleitete, reichte als leise Andeutung. Ohne seiner Reaktion auf ihre Worte Beachtung zu schenken – schließlich wollte sie nicht gar zu offensichtlich wirken –, hatte sie sich abgewandt und beobachtete ihre Cousine. Es würde sich zeigen, ob er die gewünschte Reaktion zeigte oder nicht.

Helene machte sich daran, die Geschenke auszupacken, was von Begeisterungsrufen begleitet wurde. Ihre Freundinnen versuchten fortwährend, sich gegenseitig mit dem Bekunden von Entzücken zu übertreffen. »Wie famos«, »wie furchtbar reizend«, »wie hinreißend«.

»Wie langweilig«, murmelte Ella und hörte Sebastian Lombard neben sich leise lachen. Sie hob den Blick, sah ihn an. »Wenn Sie mich nun bitte entschuldigen.«

»Möchten Sie dem Auspacken der Geschenke nicht länger beiwohnen?«

»Sie können mir ja später erzählen, wie es war.«

»Wo möchten Sie hin?«

»Ein wenig Zerstreuung suchen.«

»Befürchten Sie keinen Skandal?«

»Sie werden nicht einmal merken, dass ich weg bin. Ich befürchte, Sie werden sich der grausamen Wahrheit stellen müssen, dass man nicht einmal Ihre Abwesenheit bemerken würde.«

Ein Lachen echter Erheiterung war seine einzige Antwort darauf, und sie wandte sich ab. In der Tat schien niemand zu bemerken, dass sie zur Verandatür ging, diese öffnete und hinaus in den abendlichen Garten trat. Da die Feier im Salon abgehalten wurde, hatte man darauf verzichtet, Lampions aufzuhängen, sodass nur die Veranda vom hinausfallenden Licht erhellt wurde, während der Rest in Finsternis dalag.

Ella ging das Herz in heftigen Schlägen, und sie war nicht gar so kühl und gelassen, wie sie Sebastian Lombard vorgaukelte. Beinahe wünschte sie sich, er würde der stummen Einladung nicht folgen, hoffte, dass es nicht gar so einfach wäre. Sie hatte Angst, sowohl vor dem, was sie zu tun gedachte, als auch vor dem, was daraus folgte. Nervös steckte sie eine neue Zigarette in die Spitze und wollte sie anzünden, aber unter ihren zittrigen Fingern wollte kein Streichholz brennen. So vertieft war sie in diese Tätigkeit, dass sie regelrecht zusammenzuckte, als neben ihr ein Ratschen zu hören war und ein kleines Licht aufflammte, begleitet vom Schwefelgeruch eines brennenden Zündholzes. Sie hatte Sebastian Lombard nicht kommen hören, der ihr nun Feuer gab, an dem sie ihre Zigarette entzünden konnte. Hernach schüttelte er das Streichholz aus und ließ es achtlos in einen Kübel fallen.

»Vielen Dank«, antwortete sie und hoffte, dass ihre Stimme fest klang.

Er steckte sich ebenfalls eine Zigarette an, sodass sie beide einfach nur schweigend dastehen konnten, ohne dass die Stille unangenehm wurde. Offenbar lotete er aus, wie weit er gehen konnte und ob er ihre Absichten richtig gedeutet hatte. Immerhin musste er befürchten, sich in Teufels Küche zu bringen, wenn sie ein lautes Geschrei anstimmte, weil er übergriffig geworden war. Ob er bei einer Frau wie Helene dieselben Bemerkungen ebenso gedeutet hätte? Oder dachte er, aufgrund der Geschichten, die über sie erzählt wurden, sie sei leicht zu haben? Nun gut, sollte er nur.

Nachdem sie aufgeraucht hatte, drückte sie den Stummel aus und ließ ihn in denselben Kübel fallen wie das Streichholz. Sebastian Lombard tat es ihr nach. Schweigend hob sie den Blick zu ihm, wartete mit wild schlagendem Herzen. Wenn sie nun den Anfang machte, sich auf die Zehenspitzen stellte und ihn küsste? Was, wenn er den Kuss nicht erwiderte und sie nur höhnisch anlächelte? Ihr Blick huschte zur Verandatür, auf die Menschen, die sich um Helene drängten.

»Niemand kann uns sehen«, sagte Sebastian Lombard, als sei das ihre Sorge gewesen. Hernach kam er zu ihr, umfasste ihr Gesicht und küsste sie, vorsichtig, jederzeit bereit, sofort damit aufzuhören, wenn sie erschrocken reagierte. Ella jedoch küsste ihn zurück, öffnete zittrig die Lippen, und er zog sie an sich, küsste sie so lange, bis ihr der Atem knapp wurde.

»War das die Art von Zerstreuung, an die du gedacht hast?«, fragte er.

Sie hoffte, dass ihr Lächeln geheimnisvoll wirkte, denn dies war gar nicht so einfach, wenn einem das Herz den Atem in raschen Stößen über die Lippen trieb. »Ich hatte an etwas mehr Abenteuer gedacht.«

»Tatsächlich?«

»Selbstverständlich nicht in der Art, die eine Ehe für mich unmöglich macht.«

»Ich denke, das lässt sich einrichten.«

Da das Licht aus dem Salon in seinem Rücken war, konnte Ella sein Gesicht nur konturenhaft erkennen, aber sie ahnte, dass er lächelte. Er nahm ihre Hand und führte sie in das Dunkel des Gartens, und sie folgte ihm ohne das geringste Widerstreben.

Clara war nicht nur erschrocken gewesen, sondern regelrecht entsetzt. Und als sie bemerkte, wie aus dem fragenden Stirnrunzeln das Aufleuchten der Erkenntnis wurde, trieb sie fortwährend die Sorge, er könne in dem Salon herumerzählen, wo er ihr begegnet war. Aber hätte er sie verteidigt, wenn er hernach so schändlich an ihr handeln würde? Vielleicht, wenn er erkannte, dass sie keine von ihnen war und er inzwischen der Meinung war, dass es letzten Endes ja eigentlich ihre Schuld gewesen war. Was trieb sie sich auch allein im Dunkeln in den Rheinanlagen herum, da war sie doch selbst schuld, wenn jemand das als Einladung empfand.

Er hatte nicht lange dort gestanden und sie angesehen, sondern sich abgewendet und wieder in die Menschenmange gemischt, wo er doch in gewisser Weise die ganze Zeit isoliert wirkte. Als das junge Fräulein Helene die Geschenke auspackte, erlaubte man Clara eine kurze Pause, um die Finger zu strecken und zu entspannen. Diesen Moment nutzte der Mann, um wie beiläufig zu ihr zu kommen, ein Glas in der Hand, ein nonchalantes Lächeln auf den Lippen. Er sah auf eine raubtierhafte Art gut aus, was auf Clara jedoch nicht besonders anziehend wirkte. Zwar mochte sie es, wenn Männer ein wenig draufgängerisch waren – das hatte sie ursprünglich auch an Veit angezogen –, aber am wichtigsten war ihr Charakter. Und die rohe Gewalt, mit der dieser Mann auf Veit eingeschlagen hatte, schreckte sie ab. Es war nicht so, dass Veit keine Prügel verdient hatte, auf keinen Fall wollte sie ihn in Schutz nehmen, und er tat ihr auch nicht leid. Aber hätte sie nicht eingegriffen, hätte er das Ganze womöglich nicht überlebt.

Und nun stand dieser Mann vor ihr, auf einer Feier, die so wichtig für sie war, einer der Namen, durch die sie Kontakte zu knüpfen hoffte – wissend, dass sie mit gerafften Röcken unter einem Mann im Park gelegen hatte. Über kurz oder lang würde vielleicht sogar nur das von der ganzen Geschichte übrig bleiben. Sie tat einen tiefen Atemzug, gab sich Mühe, den Blick des Mannes ruhig zu erwidern.

»Leider blieb mir bei unserer letzten Begegnung keine Zeit, mich vorzustellen«, sagte er. »Entschuldigen Sie bitte das Versäumnis. Eric Dorn.«

Clara stieß hastig den Atem aus. Auch das noch. »Clara Landauer.«

Er nickte, wiederholte den Namen leise, als müsse er ihn auf der Zunge schmecken, was den Eindruck des

Raubtieres verstärkte. »Ich hoffe, Sie sind unbehelligt heimgekommen?«

»Glücklicherweise ja.«

Wieder nickte er. »Das freut mich.«

»Sie sind einer der Söhne der Familie?«, wagte sie zu fragen und hoffte, dass es nicht zu dreist wirkte.

Er neigte den Kopf, als verrate er ein pikantes Geheimnis und zögere noch, dies öffentlich zu machen. »Der ungeliebte Neffe.«

Darauf wusste sie nichts zu erwidern.

»Dann will ich Sie nun allein lassen, ehe es noch zu Gerede kommt.« Er deutete beinahe unmerklich mit dem Kinn auf die Menschen. »Einen schönen Abend wünsche ich Ihnen.«

»Vielen Dank, den wünsche ich Ihnen auch.«

Clara sah ihm nach, versuchte diese ruhige, freundliche Stimme, diese Zurückhaltung mit der Ausstrahlung des Mannes in Einklang zu bringen. Er war gefährlich, dachte sie, auf mehr als eine Weise. Das bewies allein schon die Tatsache, dass sie hier saß und über ihn nachdachte, und das nicht mit jener Dankbarkeit, die man einem Retter entgegenbrachte, sondern mit sehr ambivalenten Gefühlen. Jetzt galt es, achtsam zu sein.

»Und? Wie war es?«

Louise saß mit Ella im Rosenpalais und sah sie mit jener Erregung an, die der Enthüllung pikanter Ereignisse vorausging.

»Er hat mich geküsst.«

»Dir ist aber klar, dass ein Kuss für einen Mann nicht heißt, auf eine lohnenswerte Verbindung zu verzichten?«

»Das weiß ich doch, es ist lediglich ein Schritt in die Richtung, in der ich ihn haben will. Er wird die Verlobung mit Helene nicht so ohne Weiteres lösen.«

Louise zögerte, als überlege sie, wie sie das, was sie zu sagen beabsichtigte, unverfänglich formulieren sollte. »Auch wenn er dich, hm, entehrt, wird er dich wahrscheinlich nicht heiraten. Du wärst nicht die Erste, die in dieser Hinsicht auf falsche Erwartungen setzt. Für Männer ist es nicht so bedeutsam wie für uns, sie haben weniger zu verlieren.«

»Auch das weiß ich, mach dir keine Sorgen. Natürlich schlafe ich nicht mit ihm, ich bin ja nicht toll.«

Erleichterung ließ Louises Blick einen Moment lang ganz weich werden. »Da bin ich froh. Und war es denn schön? Also, ihn zu küssen?«

»Hmhm, war schon nicht schlecht.« Sie hatte Louise nicht alles erzählt, hatte verschwiegen, dass Sebastians Liebkosungen nach mehreren Küssen und in der Abgeschiedenheit des Gartens sehr kühn geworden waren. Selbst bei der Erinnerung daran überlief Ella ein kleiner Schauer. Sie hatte ihm erst Einhalt geboten, als er den Versuch machte, ihr Kleid zu öffnen. Allerdings hatte die Erinnerung an diese unerwartete Sinnlichkeit sie die ganze Nacht begleitet. »Aber kommen wir jetzt zum Wichtigsten. Die Kreationen. Ich habe mir einige Gedanken gemacht.«

»Erzähl!«

»Wir zielen auf Frauen ab, Kreationen für Frauen, für glücklich Verliebte, für unglücklich Verliebte, für Verführerinnen, für Verführte, für Männer, die nach kleinen Aufmerksamkeiten für die Verlobte, die Ehefrau oder die Geliebte suchen. Für«, sie senkte die Stimme, »sinnliche Vergnügen.«

Louise wurde rot. »Was genau meinst du?«

Ella zog ein Buch hervor, das sie in der Bücherei entdeckt und zunächst als uninteressant abgetan hatte, da sie Schokolade nicht im Sinne von Medizin interessierte. Dann jedoch, nachdem sie es kurz durchgeblättert hatte, hatte sie es doch mitgenommen. »Schokolade ist ein Aphrodisiakum, zumindest wird das behauptet, ich hatte bisher noch nicht die Gelegenheit, den Wahrheitsgehalt zu erkunden.«

»Ach, du lieber Himmel. Derart verruchte Dinge wird mein Vater in seiner Confiserie gewiss nicht dulden.«

»Herrje, Louise, verrucht! Denkst du, du bist vom Himmel gefallen, oder was?«

Louise war immer schon entzückend anzusehen gewesen, wenn das Rot auf ihren Wangen immer dunkler wurde. Als Kind hatte man sie oft »Apfelbäckchen« gerufen, wenn sie etwas angestellt hatte und die Farbe ihrer Wangen dies bereits verriet, noch ehe die Untat entdeckt worden war.

»Wir fangen ganz unverfänglich an mit reizvollen Pralinen, die wir als Trost bei Liebeskummer bewerben. Und der freie Platz in der Confiserie wird ebenfalls genutzt, wir verbinden sie mit einem kleinen Café, das so gestaltet ist, dass sich sowohl Mütter mit ihren Töchtern, Freundinnen, aber auch Verliebte gern darin aufhalten. Es wird nicht Chocolaterie Dorn heißen, sondern *Das Rosenpalais, Confiseriewaren aus dem Hause Dorn*«. Die Idee war ihr in der Nacht gekommen, als sie ohnehin nicht hatte schlafen können, weil sie immer noch Sebastians Liebkosungen nachspürte und jenen kleinen Flammen, die hernach in ihr gezüngelt hatten. Die Confiserie nach dem Rosenpalais im Garten zu benennen, hätte ihrer Mutter gefallen. »Wir sprechen in der Werbung auch die Männer an, so in der Art wie: Keine Frau kann einem Mann widerstehen, der ihr die richtige Schokolade mitbringt.«

»Aber das stimmt doch gar nicht. Peter Waldmann könnte mir eine Wagenladung Schokolade schenken, ich würde ihm stets widerstehen können.«

»Meine Liebe, ich sagte, die *richtige* Schokolade. Ein Mann, der das vermag, ist feinfühlig und kennt die Geliebte durch und durch. Vermutlich sind sie bereits sehr vertraut.«

Louise wirkte nicht überzeugt.

»Dann lassen wir das zunächst.« Ella hob ihre Teetasse an die Lippen. »Erst einmal brauchen wir eine genaue Kostenaufstellung. Ich möchte so bald wie möglich mit der Planung beginnen.«

»Was die Qualität von Schokolade angeht, kann ich dir genauso gut wie Papa sagen, wo das Problem liegt. Du hast die falschen Lieferanten. Es gibt Schokoladensorten, die sehr wenig Aroma haben, aber gerne in Massen bezogen werden, weil sie günstig sind. Vermutlich ist das auch bei euch so. Das müsst ihr ändern. Ich werde dir eine Liste guter Lieferanten geben, also wirklich guter, noch besser als unsere bisherigen. Wenn du wirklich so starten willst, wie du dir das vorstellst, musst du besser sein als das Bisherige, also auch besser als wir. Du musst so überragend gute Schokolade anbieten, dass die Leute darüber sprechen.«

»Ich könnte die Produktion verkleinern und dafür teurere Rohschokolade einkaufen.«

»Dann musst du aber auch die Preise für das Endprodukt anheben, sonst bekommst du die Kosten nicht wieder rein. Und dafür musst du dir einen neuen Auftritt ausdenken, sonst weiß niemand, dass im alten Gewand etwas Neues steckt, und keiner sieht dann ein, für ein altbekanntes Produkt mit einem Mal mehr zu bezahlen.«

Das war natürlich einleuchtend. Bisher machten die Schokoladentafeln nicht viel her, da war Spielraum für Veränderungen. Vielleicht ein goldener Schriftzug auf Burgunderrot? Ella schlug das vor, und Louise nickte nachdenklich. »Wäre zumindest auffällig.«

Vor allem wäre es ein Anfang, ein Zeichen dafür, dass sich etwas veränderte. Außerdem wirkten Gold und Burgunderrot königlich, und vermutlich würde man die neuen Schokoladentafeln gar nicht mit den vorherigen in Verbindung bringen. Der Schriftzug würde sich ebenfalls verändern, würde eleganter werden, vielleicht mit einem kleinen Logo darüber, etwas Prägnantes aus der Region, der stilisierte Umriss einer Festung. Sie würde sich mit dem Verkaufsleiter im Werk unterhalten müssen, auch wenn der bisher einen furchtbar fantasielosen Eindruck auf sie gemacht hatte.

»Du wirst im Verkauf stehen«, sagte Ella. »Dein

Vater geht in die Herstellung, leitet alles und kümmert sich um die Zahlen. Ich lege das alles in seine Hände. Aber im Verkauf stehen Frauen.« Sie lehnte sich vor, um zu sehen, ob Louise noch Tee hatte, und schenkte ihr nach. »Du wirst sehen, wir werden großen Erfolg haben. Vor allem hat dein Max dann weiterhin einen Grund, zu kommen.«

Leider ließ sich die Sache mit ihm sehr schleppend an. Er schien zwar durchaus Interesse zu haben, zeigte jedoch nur sehr zögerliche Versuche einer Annäherung. Darum würde sich Ella später kümmern, erst einmal galt es, ihr eigenes Liebesleben in Angriff zu nehmen. Das war immerhin die Voraussetzung dafür, dass die Pläne aufgingen.

»Woher haben sie auf einmal so viel Geld?«

Helene fand es unsagbar ermüdend, dass ihre Mutter das Thema nicht einfach ruhen lassen konnte. Wen interessierte es schon, woher Ella und Eric es hatten? Über das Geschenk hatte sie sich selbst gewundert und fand es tatsächlich ganz hübsch. Aber im Grunde interessierte es sie nicht, wovon es bezahlt worden war.

»Ich hoffe, sie beziehen es nicht über unlautere Methoden«, fuhr ihre Mutter fort, und ihr Vater blickte vom Essen auf.

»Was meinst du mit *unlauter?* Denkst du, sie haben einen Raub begangen?«

»Nun ja, so seltsam, wie sie sich in letzter Zeit gebärden, weiß man ja nie, was sie so treiben. Wobei ich weniger an Raub als an Glücksspiel denke.«

Das schien ihr Vater für nicht abwegig zu halten.

»Wir werden sehen«, sagte er. »Wenn dem wirklich so ist, wird die Glückssträhne nicht ewig halten. Entweder er betrügt dann, oder er versetzt alles, was er hat. Wenn ich herausbekomme, dass er spielt, werde ich versuchen, das zu unterbinden.«

»Wie willst du das tun? Er ist ein erwachsener Mann.«

Helene langweilte sich unsäglich, und ein Blick über den Tisch besagte, dass es ihrem Bruder ebenso erging. Er sah sie an und verdrehte die Augen. Wen interessierten schon Ella und Eric? Helene hätte viel lieber über die Gäste auf ihrer Feier gesprochen, über die Geschenke, darüber, wie zahlreich alle erschienen waren, über ihre Zukunft im Hause Lombard. Ihre Schwiegereltern hielten große Stücke auf sie, und Sebastians Mutter hatte mehrfach betont, wie sehr sie sich darauf freute, sie als Tochter willkommen zu heißen.

6

JUNI 1925

Dass Ella ein Treffen mit ihm nicht allzu offensichtlich herbeiführen durfte, erschwerte die Sache ein wenig, denn schließlich sollte er nicht denken, sie stelle ihm nach oder mache sich gar Hoffnungen. Und so hieß es, geduldig die nächste Soiree abzuwarten. Zudem musste sie die Sache möglichst bald ins Rollen bringen, denn es war nicht zu erwarten, dass er sich lange würde hinhalten lassen, und vermutlich wäre er vom Küssen allein recht bald gelangweilt, immerhin dürfte er etwas ausgefallenere Vergnügen gewöhnt sein.

Heinrichs Frau Isolde gab die nächste Soiree in ihrem Haus. Sie hatte die vielversprechende junge Pianistin, die bereits auf Helenes Geburtstag gespielt hatte und von Tante Dorothea stets als ihre Entdeckung gerühmt wurde, eingeladen, und zu Ellas Erstaunen schloss sich auch Eric an.

»Du sagst doch selbst, ich sollte öfter mal ausgehen«, erklärte er auf ihre unverhohlene Verblüffung hin.

Ihr Repertoire umfasste noch zwei Abendkleider, das, was sie an diesem Abend tragen würde, nicht mit eingerechnet. Sobald sie anfing, Kleider in zu kurzem Abstand zweimal zu tragen, wäre jedem bald klar, dass der Wohlstand nur vorgetäuscht war. Sie hatte bereits auf Helenes Geburtstag hier und da die Andeutung fallen gelassen, dass sie anfangen würden, in hochwertige Schokolade zu investieren und in Kürze sogar eine Chocolaterie besäßen.

Als sie an diesem Abend im Haus ihres Onkels eintraf, trug sie eine Abendrobe aus elfenbeinfarbener Seide, dazu ein Perlenband in den Haaren und wieder eine lange Perlenkette um den Hals. Und natürlich durften die langen Handschuhe nicht fehlen, die jede Abendgarderobe vervollständigten. Als sie den Salon betrat, war sie sich der Blicke, die sie und Eric auf sich zogen, durchaus bewusst. Schon bald hatte sie Sebastian erspäht, schenkte ihm jedoch zunächst keine Beachtung, bemerkte aber durchaus, dass er dann und wann zu ihr hinübersah.

Sie ging zum Büfett, wo Schokoladenkonfekt auf silbernen Platten angeordnet war, nahm eine Praline und biss hinein. Himmel, war das herrlich. Einen Moment lang schloss Ella die Augen und genoss es, wie die Schokolade und ihre sahnige Füllung ihr auf der Zunge zergingen. Als sie die Lider hob, begegnete sie Sebastians Blick, in dem ein Anflug von Belustigung lag.

»So gut?«, fragte er.

»Beinahe so gut wie meine Kreationen.«

Er hob eine Braue.

»Sie sollten vorbeikommen, wenn ich eröffne.« Vor anderen Leuten wahrte sie die höfliche Distanz. Zwar wäre er als Helenes Ehemann immerhin Familie, was einen persönlicheren Umgang rechtfertigen würde, aber noch waren die beiden nicht verheiratet – und nach Ellas Dafürhalten würden sie das auch nie –, und so war es besser, Gerede zu vermeiden.

»Das werde ich unbedingt.«

Dass er hier stand und sich mit ihr unterhielt, gab immerhin Aufschluss darüber, dass er nicht beabsichtigte, es bei den Küssen im Garten zu belassen. Nun gut, immerhin hatte Ella ihm praktisch in Aussicht gestellt, dass er beim nächsten Mal gewiss etwas weiter gehen konnte. Gesagt hatte sie das zwar nicht, hatte ihre Zurückhaltung jedoch in einer Art gezeigt, die ihn darauf hoffen ließ, beim nächsten Mal erfolgreicher zu sein. Immerhin wusste er um seine Verführungskraft und hatte weitaus mehr Erfahrung. Da war es nur verständlich, dass er dachte, er halte die Zügel in der Hand.

Ella senkte kurz den Blick, hob ihn wieder und sah sich hernach um. »Wie gefällt Ihnen die Soiree?«, fragte sie.

»Eine furchtbar steife Veranstaltung.«

»Die Pianistin ist sehr gut.«

Er warf der jungen Frau am Klavier einen kurzen Blick zu und zuckte die Schultern. »Durchaus, ja.«

»Wird meine Cousine nicht sehr ungehalten, wenn Sie hier stehen und mit mir sprechen, anstatt Ihre kostbare Zeit ihr zu widmen?«

»Zeit ist in der Tat ein kostbares Gut, und ich habe nur wenig davon zu verschenken, vielmehr heißt es, jede Sekunde davon auszukosten.«

»Verstehe.« Sie lächelte auf eine Art, die ihn erahnen lassen musste, woran sie dachte.

Und er sprang prompt darauf an. »Leider ist die Art

der Geselligkeit nicht dazu geeignet, sich unbemerkt zurückzuziehen.«

Der Anflug von Verlegenheit war nicht gespielt, denn so durchtrieben und erfahren sich Ella gab, so war all das doch sehr theoretischer Natur. Sie spielte ein Repertoire aus, das sie allein durch Beobachten und Lesen erlangt hatte. »Ich bin mir nicht sicher, ob es so klug ist, es ein weiteres Mal darauf ankommen zu lassen.« In ihrer Stimme lag ausreichend Unsicherheit, um ihm die Möglichkeit zu geben, sie umzustimmen.

Er lächelte, widersprach jedoch nicht, was in Ella die Sorge auslöste, er könne ihr womöglich insgeheim beipflichten. Auf diese Art wäre ihr ganzer schöner Plan in Gefahr. Aber auf der Soiree konnte sie nicht mit ihm verschwinden, das war völlig unmöglich. Niemals würde Sebastian ein so offenkundiges Risiko eingehen. Auf seine Kosten wollte er gewiss dennoch kommen. Keine lange Affäre, aber doch ein wenig Spaß.

Er war gelangweilt, das konnte man ihm ansehen, wenn er sich unbeobachtet glaubte, spielte seine Rolle als aufmerksamer Verlobter jedoch perfekt. Während die Pianistin für die Hintergrundmusik sorgte – Perlen vor die Säue geworfen –, war das Geplauder der Gäste ein stetes Summen, in dem zwischendurch eine lautere Stimme oder ein Lachen aufschwappte.

Inzwischen hing Helene wieder an Sebastians Arm und ließ sich von ihm durch den Raum führen. Wenn jemand Ella und Sebastian bemerkt hätte und eine Annäherung erahnte, würden ihre Onkel sie sehr nachdrücklich zur Rechenschaft ziehen, und hernach wäre es ihr nicht mehr möglich, ihren Plan weiterzuverfolgen, denn man würde sie im Auge behalten und Sebastians Eltern darauf hinweisen, es mit ihrem Sohn ebenso zu halten. Ein verstohlener Kuss wäre mitnichten ein Grund, die Verlobung zu lösen, er wäre lediglich ein Ärgernis und würde dafür sorgen, dass sich die Familie noch stärker in ihr Leben einmischte.

»Eleonora«, hörte sie die Stimme ihrer Tante Elisabeth, die mit ihrem Sohn Richard erschienen war, der in schmucker Offiziersuniform die Aufmerksamkeit der Frauen genoss. Während er und die anderen Cousins damals als Kind oft mit Helene gespielt hatten, hatten sie Ella nie besonders nahegestanden. Und so fiel der Gruß nur kühl aus, aber das war auch nicht der Grund, warum Elisabeth sie nun am Arm nahm, in einer Geste, die Vertrautheit vorgaukeln sollte.

»Mein liebes Kind, ich weiß, dass es schwer sein muss, hier zu stehen, während sich beständig alles um Helene dreht und dein Glück auf der Strecke bleibt.« Ella kam nicht dazu, ihrer Überraschung Ausdruck zu verleihen, denn ihre Tante redete weiter. »Für sie war es so einfach und für dich so schwer. Der Tod der Mutter und dann des Vaters, meines lieben Bruders. Und dann Erics Vernachlässigung der Pflichten dir gegenüber. Natürlich treibt dich das zu Taten, die deiner nicht würdig sind.«

»Ich …«

Elisabeth jedoch dachte nicht daran, den Redefluss zu unterbrechen. »Und dann stehen wir da und machen dir nur Vorwürfe. Ich habe Heinrich und Georg gesagt, dass sie aufhören sollen, dir zuzusetzen und vielmehr verstehen sollen, warum du so handelst. Du brauchst eine Familie, einen Mann, der sich um dich kümmert, Kinder, die dein Herz wieder mit Freude füllen.«

Ach, dachte Ella, darauf lief es also hinaus. Ein vielversprechender Anwärter war gefunden worden. Sie ließ sich von ihrer Tante in den angrenzenden Salon führen, wo diese sie auf Armeslänge vor sich hielt. »Arvid von Oedinghof ist ein Freund deines Cousins Hans, ein Offizier der Reserve, der im Unternehmen seines Vaters tätig ist. Du kennst vermutlich das Hotel Oedinghof?«

Natürlich kannte Ella es, ebenso wie sie den Hotelier flüchtig von Begegnungen im Haus ihres Onkels und aus der Zeitung kannte. Seinen Sohn indes konnte sie nicht einordnen. Wenn er jedoch ein Freund von Hans war, konnte er kein angenehmer Mensch sein. Und es tat ohnehin nichts zur Sache, sie hatte keine Zeit, es herauszufinden.

»Er wird eines Tages dieses großartig laufende Hotel erben, und er braucht eine Frau an seiner Seite, die repräsentativ ist, die Familienlinie fortsetzt« – was so viel hieß, wie Kinder gebären, vorzugsweise Söhne –, »und ihn in allen Belangen, die das Hotel angeht, unterstützt. Er ist ein moderner Mann und wird dir auch deine kleinen Eskapaden im Werk deines Vaters, Gott sei seiner Seele gnädig, nicht nachtragen.«

Damit war alles gesagt, dachte Ella. Dieser Mann käme nicht als Ehemann für sie infrage. Zwar wäre sie versorgt, und das war ja letzten Endes der Sinn des Ganzen gewesen – der Umstand, nicht auf der Straße landen zu wollen. Aber auf diese Weise wollte sie es nun auch nicht. Damit wäre alles verloren, das Schokoladenwerk und auch Eric. Was würde aus ihm, ganz allein in dem großen Haus, indes seine Onkel dabei zusahen, wie er die Firma in den Bankrott treiben ließ? Zudem wollte sie nicht, dass das Vermächtnis ihres Vaters auf diese Weise zugrunde ging, von ihm sollte nicht nur das Scheitern in Erinnerung bleiben. Kaum einer fand ein gutes Wort über ihre Eltern, kaum einer fand es derzeit über Eric, und all das, was Ella bisher geplant und auf die Beine gestellt hatte, wurde als »kleine Eskapade« bezeichnet, ein närrischer Fehltritt, den sie gutmachte, indem sie sich ihrer eigentlichen Bestimmung zuwandte – Ehefrau und Mutter. Die Ehe bot gewiss einen Vorteil für die Familie, sonst hätten sie sie nicht angeleiert. Ella indes wollte nicht die Frau eines Hoteliers sein, allein die Vorstellung, ständig von einer Vielzahl fremder Menschen umgeben zu sein und auch den Unhöflichsten noch mit Freundlichkeit zu behandeln, war ihr ein Graus.

»Ist er heute hier?«, fragte sie.

»Nein. Ich gebe in zwei Wochen eine große Gartenparty, dort wird er ebenfalls sein, dann stellen wir euch offiziell einander vor.«

»Ich weiß nicht, ob ich da hin passe, in ein Hotel.«

»Du wirst wunderbar sein.«

»Aber ich …«

»Nein, Ella, kein Aber.« Die Freundlichkeit in der Miene ihrer Tante gefror zu Härte. »Ich bin es leid, dass beständig die Stadtgespräche um dich kreisen, dass ich mir anhören muss, ich hätte an dir Mutterpflichten zu erfüllen, obwohl du eine erwachsene Frau bist und es an Eric wäre, dich am kurzen Zügel zu halten. Georg ist es leid, dass du dich ins Gerede bringst, denn er fürchtet um Helene. Und Heinrich ist es leid, dich immer wieder vergebens zurechtzuweisen.«

»Hast du nicht gerade noch gesagt …«

»Unterbrich mich nicht! Du wirst zu meiner Gartenparty kommen, und du wirst diesen Mann kennenlernen und dich von deiner besten Seite präsentieren. Oder aber wir werden Konsequenzen aufzeigen, von denen du lieber nichts wissen möchtest.«

Ella schwieg.

»Unterschätze uns nicht. Wir haben deinem Treiben lange genug zuzusehen. Du wirst kommen. Hast du mich verstanden?«

»Ja.«

»Gut. Dann darfst du gehen und dich nun weiter amüsieren.«

Abrupt wandte Ella sich ab und kehrte zurück in den Salon, wo sie Eric sah, der am Rande der Menge stand und die Pianistin beobachtete. Es war jene Art von Aufmerksamkeit, die um ihre Tugend fürchten ließ. Sie bemerkte, dass Heinrichs beide Söhne sie taxierten, vermutlich war im Familienkreis über die geplante Verbindung gesprochen worden, und nun war man froh, eine Lösung gefunden zu haben, die die abtrünnig gewordene Verwandte wieder auf Kurs brachte. In Ella brodelte es vor Wut. Sie würde diesen Mann nicht heiraten, auf gar keinen Fall, und die Zeiten, wo man dergleichen erzwingen konnte, waren glücklicherweise vorbei. Aber es würde ein lästiger Kampf werden.

»Ich gehe«, sagte sie zu Eric. »Kommst du mit, oder willst du hier weiterhin wie ein liebestoller Gockel diese Frau anstarren?«

Eric wandte sich zu ihr um, hob fragend die Brauen. »Also? Was ist?«

»Ich komme mit dir.« Er warf der jungen Frau einen letzten Blick zu und begleitete Ella in die Eingangshalle. »Nehmen wir wieder Onkel Heinrichs Wagen?«

»Nein, wir gehen zu Fuß. Sie können mir allesamt gestohlen bleiben, ich will nichts von ihnen.«

Wieder hob Eric die Brauen. »Haben sie dich geärgert?«

Ella stieß ein undamenhaftes Schnauben aus. »Sie wollen mich verheiraten.«

»In der Tat?« Erics Blick flog zum Salon und wieder zu Ella zurück. »Sagt wer?«

»Komm, reden wir draußen weiter. Ich kriege hier drin keine Luft mehr.« Ella nahm seinen Arm und zog ihn zur Tür, die von dem livrierten Hausdiener dienstbeflissen geöffnet wurde. »Tante Elisabeth hat es mir gerade gesagt.«

»Und wer ist der Glückliche?«

»Arvid von Oedinghof.«

»Hotel Oedinghof?«

»Ja. Kennst du ihn?«

»Er ist ein Freund von Hans, ich bin ihm gelegentlich begegnet, wenn ich ausgegangen bin. War er heute hier?«

»Nein, er kommt in zwei Wochen zu Tante Elisabeths Gartenparty. Und sie hat mir sehr eindringlich Konsequenzen angedroht, wenn ich nicht erscheine.«

Eric schwieg. Dass die ganze Familie dergleichen für sie entschied, ohne ihm auch nur ein Wort zu sagen, zeigte recht deutlich, dass man ihn für nicht fähig erachtete, in dieser Sache mitzureden, und seine Mitsprache auch nicht geduldet würde. Man wollte zunächst Ella gewinnbringend verheiraten, um ihn würde man sich später kümmern, wenn die Schwester erst einmal aus dem Haus war.

»Ich heirate ihn natürlich nicht.«

»Natürlich nicht«, war Erics einzige Antwort. Danach schwiegen sie den restlichen Weg über.

Ella hatte den ganzen Vormittag mit Louise in der Confiserie verbracht, wo sie mit Curt Dalberg Listen von Lieferanten für Kakaobohnen durchgingen. Später war Louise mit zu ihr gekommen, damit sie sich hier für die Gartenparty umkleideten.

»Denkst du wirklich, dass sie nichts dagegen haben, wenn ich dich begleite?«, fragte Louise zum fünften Mal.

»Haben sie nicht. Sie sind froh, dass ich überhaupt komme. Außerdem brauche ich deine Hilfe, damit mein Plan funktioniert.«

»Dein närrischer Plan. Ich weiß nicht, ob ich mir ein Gelingen überhaupt wünschen soll.«

»Wenn nicht, dann ist es aus, sowohl mit meinem Schokoladenwerk als auch mit eurer Confiserie.«

»*Deine* Confiserie.«

Mit einer knappen Handbewegung tat Ella diese Haarspalterei ab. »Du weißt so gut wie ich, dass es im Grunde immer eure bleiben wird. Ohne das Wissen von dir und deinem Vater bin ich aufgeschmissen. Ebenso wie ohne Erics Erklärungen, was die Zahlen angeht. Im Grunde genommen habe ich nur Ideen und steuere das Geld bei.«

»Rede dich nicht beständig klein.« Louise zog ein zartgrünes Kleid an und drehte sich um, damit Ella ihr den Reißverschluss schließen konnte. »Aber ich wünschte, du würdest einen anderen Weg wählen.«

»Dann sag mir, welchen. Meine Verwandten? Gelegenheit zu helfen hatten sie wahrhaftig genug, aber alles, was von ihnen kommt, sind Schmähworte über meine Eltern und meinen Bruder und nun der Versuch, mich mit diesem Hotelier zu verheiraten.« Bei dem Gedanken daran meldete sich Ellas Magen, wie so oft in letzter Zeit. Sie hatte Angst, sowohl vor dem, was sie zu tun gedachte, als auch vor dem, was ihre Verwandten womöglich zu tun imstande waren. Was, wenn ihre Pläne scheiterten, und ihre Familie ihr – auf welche Art auch immer – Daumenschrauben anlegten, damit sie diesen Mann ehelichte?

»Dass sie das alles hinter Erics Rücken planen, ist schändlich«, sagte Louise. »Er ist doch letzten Endes derjenige, der seine Einwilligung geben muss.«

»Ich habe keine Ahnung, was sie vorhaben.« Ella ließ sich vor ihrem Frisierspiegel nieder und brachte die Haare mit einer Brennschere in Form. An diesem Tag würde sie ein blaues Kleid tragen, dazu eine Spange im Haar mit kurzen blauen und silbernen, fächerartig angeordneten Federn. Sie wendete viel Sorgfalt für ihr Äußeres auf, Tante Elisabeth würde zufrieden sein und annehmen, sie lege sich für diesen Kerl so ins Zeug.

Elisabeth hatte ihre Wagen mit Chauffeur geschickt, und eine Stunde später standen sie zusammen mit einem finster dreinblickenden Eric in der Halle. Die Angelegenheit mit der geplanten Brautschau Ellas und die Tatsache, dass man ihn dabei überging, als sei er nicht vorhanden, während man sie in eine Ehe zwang, hatte ihm in den letzten beiden Wochen zugesetzt, das war unübersehbar. Dass er an diesem Tag überhaupt mitkam, obwohl klar gewesen war, dass die Einladung an ihn nur der Höflichkeit zuliebe ausgesprochen worden war, zeigte überdies, dass er der Sache durchaus Bedeutung beimaß. Ella vermutete, Tante Elisabeth wertete den Umstand, dass sie ihre Freundin mitbrachte, zu ihren eigenen – Elisabeths – Gunsten, denn den Zukünftigen einer Freundin zeigen zu wollen, war so typisch weiblich und offensichtlich ein Indiz dafür, dass die Rechnung aufging.

Doris öffnete die Tür und wünschte ihnen einen schönen Abend. Draußen wartete der Chauffeur bereits neben einer glänzenden schwarzen Limousine, Tante Elisabeths ganzer Stolz. Eric half seiner Schwester und Louise in den Wagen, stieg ebenfalls ein und blickte schweigend hinaus, als das Automobil anfuhr. Es war ein herrlicher Sommerabend, und unter anderen Umständen hätte sich Ella womöglich sogar auf die Party bei ihrer Tante gefreut, bedeutete dies doch einen Abend in Ausgelassenheit und Tanz. Aber sie hatte einen Plan gefasst, und der verursachte ihr eine so fortwährende Übelkeit, dass ihr war, als müsse sie sich übergeben, wenn der Wagen weiterhin über das Pflaster ruckelte.

Dieses Mal war eine weitaus größere Gästeschar anwesend als am Abend der Soiree, und Elisabeth durfte ihre Party schon jetzt als gesellschaftlichen Erfolg verbuchen. Im Salon spielte eine Kapelle zum Tanz, wenngleich die Musik nach Ellas Geschmack etwas zu gediegen war.

Elisabeth kam auf sie zu, umfasste ihre Hände, als freue sie sich wahrhaftig, sie zu sehen. Dann wandte sie sich Louise zu, und Ella, die nicht damit rechnete, dass ihre Tante sich an sie erinnerte, machte die beiden miteinander bekannt.

»Wie reizend«, antwortete Elisabeth. »Schön, dass du ebenfalls hier bist«, sagte sie an Eric gewandt.

»Na, das war doch das Mindeste, den Mann persönlich kennenzulernen, den ihr ohne mein Wissen für meine kleine Schwester ausgesucht habt.«

Ein Anflug von Röte trat auf Elisabeths Wangen, und sie nickte zum Garten hin. »Er ist mit seiner Familie bereits hier. Ihr könnt euch ja ganz zwanglos kennenlernen.«

Ganz zwanglos, dachte Ella, in der Tat. Um keinen Anlass für einen erneuten Streit zu liefern, lächelte sie freundlich und hakte sich bei Louise ein, als sie an Elisabeths Seite den Salon verließen und hinaus in den Garten gingen.

Arvid von Oedinghof war gar nicht mal unattraktiv, wenngleich nicht unbedingt Ellas Typ. Er hatte dunkles Haar, blaue Augen und ein offenes Lächeln. Immerhin entpuppte er sich nicht als das Ekel, das sie als Hans' Freund und Wahl ihrer Familie erwartet hätte. Eigentlich wirkte er gar nicht wie ein herrischer Patriarch,

der sie auf sein Haus und die Aufgabe, seine Kinder zu gebären, beschränkte. Aber der äußere Schein konnte natürlich trügen, und Ella war nicht bereit, diesbezüglich ein Risiko einzugehen.

Da es zunächst um ein formloses Kennenlernen ging, war es glücklicherweise nicht notwendig, sich in langen Plaudereien zu ergehen, sie hätte ohnehin nicht gewusst, was sie ihm erzählen sollte, und Geschichten aus seinem Hotel interessierten sie herzlich wenig. Louise war da weitaus stärker angetan. Na, sollte sie.

Sebastian war an diesem Tag ohne seine Familie erschienen und ging an Helenes Seite durch den Garten, wobei es nicht wirkte, als würden sie angeregt plaudern. Ihre Blicke trafen sich kurz, und Ella deutete ein Lächeln an, von dem nur er wissen konnte, wem es galt. Hernach wurde er wieder ihren Blicken entzogen, als ihn einige Freunde umringten.

Erst zum späteren Abend hin gelang es Ella, einen Moment ungestörter Abgeschiedenheit zu schaffen, als sie sich in den Wintergarten zurückzog. Sie hatte es nicht einmal darauf angelegt, mit Sebastian allein zu sein, sie wollte einfach einen Moment fern der kritischen Blicke ihrer Verwandtschaft sein. Als sie Schritte hörte, beschleunigte sich ihr Herzschlag, und sie drehte sich um. Sebastian war ihr gefolgt, wusste aber vermutlich ebenso gut wie sie, dass dies nur ein kurzes Vergnügen sein würde. Trotzdem hatte er nicht widerstehen können. Er kam zu ihr, zog sie an sich und küsste sie. Ella drängte sich an ihn, ließ zu, dass sein Arm sie umschlang und so eng an sich drückte, dass ihr sein Verlangen nicht entgehen konnte, während die andere

Hand sich in sehr gewagten Liebkosungen über ihren Körper bewegte.

»Nicht.« Ella löste sich von ihm. »Nicht, hör auf.« Sie war außer Atem. »Wenn uns jemand sieht …«

»Man munkelt, dein Zukünftiger sei ebenfalls hier?«

Unwillig wandte sie sich von ihm ab. »Hör schon auf!«

»Er gefällt dir nicht?«

»Ich wurde ja nicht einmal gefragt.«

»Ich im Grunde genommen auch nicht, aber manchmal muss man sich eben den Umständen beugen.«

»Na«, murmelte sie, »dann beug dich ihnen nur.«

Sie rieb sich die Oberarme, fror in der sommerlichen Wärme. »Du hast mir im Garten ein klein wenig Abenteuer versprochen seinerzeit, nicht wahr? Wie steht es damit?«

Sein Blick flog zu dem ausladenden Fenster, aber von hier aus waren die Gäste nicht zu sehen. »Ich denke, das hier ist nicht der passende Ort dafür.«

»Nein, aber was, wenn ich einen wüsste?«

»In dem Fall könnte ich durchaus versucht sein.«

»Natürlich möchte ich dich nicht davon abhalten, dich auf der Feier meiner Tante zu amüsieren.«

»Ich glaube, kein Amüsement könnte an diesem Abend das übertreffen, das du mir in Aussicht stellst.«

»Gut möglich, dass ich den Hotelier hernach heiraten muss.«

»Das ist sogar sehr wahrscheinlich.«

»Er wird merken, wenn er nicht der Erste ist.«

Sebastian lächelte. »Es gibt Tricks, es ihn nicht merken zu lassen, aber du solltest das Risiko natürlich nicht eingehen. Keine Sorge, es gibt sehr viele Spielarten sinnlichen Vergnügens, die ohne das Rauben deiner Unschuld einhergehen.«

Das Blut stieg Ella heiß ins Gesicht, und so gerne sie sich abgebrühter gegeben hätte, so konnte sie in diesem Moment doch nichts dagegen tun, dass sie seine Offenheit in Verlegenheit brachte.

»Sicher, dass du das willst?«, fragte er.

Sie straffte sich. »Ganz sicher. An meinem Künftigen reizt mich nichts, da möchte ich vorher noch auf meine Kosten kommen.«

»Das wirst du.«

Ella schlug das Herz schneller. »Wenn du aus dem Wintergarten gehst und in den Korridor zu deiner Linken biegst, ist am Ende die Bibliothek. Dorthin verschlägt es heute gewiss niemanden.«

»Dann werde ich dort auf dich warten.«

Sie nickte nur, wartete, bis er weg war und eilte nach draußen zu Louise. Ihre Hände waren kalt, und sie konnte nicht verhindern, dass sie zitterte und erneut Übelkeit in ihr aufstieg.

»Es ist so weit«, sagte sie. »In etwa fünfzehn Minuten wirst du vor den Klatschbasen andeuten, du würdest befürchten, ich könne mich in Schwierigkeiten bringen, du habest mich gesehen, wie ich mit einem Mann zur Bibliothek gegangen bin. Aber auf dich würde ich nicht hören. Dann gehst du zu Onkel Heinrich und sagst ihm dasselbe. Sieh zu, dass du besorgt klingst.«

»Dafür muss ich mich nicht anstrengen.«

»Aber nur Onkel Heinrich, keinesfalls Georg, ja?« Nicht auszudenken, was geschah, wenn *er* sie erwischte.

»Du solltest das nicht tun.«

»Zu spät.« Ella wandte sich ab und schaffte es ungesehen zurück in den Salon. Sie eilte zur Bibliothek, wo Sebastian bereits auf sie wartete. Es war wichtig, dass die Situation so eindeutig war, dass es für ihn kein Entkommen mehr gab. Eine kleine Koketterie oder sogar einen Kuss würde man ihm nachsehen, es waren also andere Maßnahmen nötig. Und es mussten mehrere Leute sehen, denn bemerkte es nur die Familie, würde man die Sache rasch und diskret unter den Teppich kehren. Aber alle sollten wissen, dass Sebastian Lombard nicht die Finger von Helenes bisher unbescholtener Cousine lassen konnte.

Der hatte indes nicht vor, lange Worte zu machen, sondern zog sie an sich und küsste sie. Recht bald fand seine Hand wieder zielstrebig den Weg zu den Verschlüssen ihres Kleides, und dieses Mal ließ sie ihn gewähren. Er sank mit ihr auf den dicken Teppich vor dem blank gefegten Kamin, zog ihr das Kleid über die Schultern, begann, indes er sie weiterküsste, ihr Mieder aufzuschnüren. Widerstreitende Gefühle tobten in Ella. Einerseits war da ein Kribbeln, das tief in ihr aufstieg, eine Wärme in ihrem Bauch, der Wunsch, Sebastian würde stetig so weitermachen, andererseits hemmte die bohrende Angst jede tiefer gehende Sinnlichkeit, denn mit halbem Ohr lauschte sie stetig auf Schritte vor der Tür. Sie streifte Sebastian das Jackett von den Schultern, löste die Krawatte, öffnete die Knöpfe seines Hemdes und ließ eine Hand hineingleiten, streichelte seine Brust, spürte, wie sich die Muskeln unter ihren Fingern anspannten.

Sebastian schob das Mieder auseinander, und es kostete Ella viel Selbstbeherrschung, sich nicht mit den Armen zu bedecken. Die Scham ließ ihr Gesicht glühen, und sie schloss die Augen, als seine Finger sie behutsam streichelten und kurz darauf sein Mund dem Weg seiner Hände folgte. Keuchend und atemlos wand sie sich unter seinen Zärtlichkeiten, vergrub die Finger in seinem dichten Haar. Im nächsten Moment riss ein Aufschrei sie aus ihrer Verzückung, und sowohl sie als auch Sebastian fuhren hoch.

Vier Frauen standen vor der Tür, eine von ihnen ausgerechnet Tante Elisabeth, die sie anstarrte, als habe sie eine Erscheinung des Leibhaftigen. Ehe ihrem beständig auf- und zuschnappenden Mund ein Wort entweichen konnte, drängte Heinrich sich hinein.

»Um des lieben Himmels willen«, donnerte er. »Was hast du getan?«

Es war schwierig, das Mieder so zusammenzuziehen, dass es sie ausreichend bedeckte, und so schlang Ella die Arme um ihre Brust, musste das Erschrecken nicht heucheln und kam zitternd auf die Beine. Neben ihr knöpfte Sebastian hastig sein Hemd zu.

»Du!« Heinrich richtete den Finger auf ihn, aber noch ehe er das Donnerwetter beginnen konnte, kam Georg in die Bibliothek, erfasste das Geschehnis mit einem Blick, stürzte auf Ella zu und ohrfeigte sie, dass ihr Kopf zur Seite flog.

»Georg.« Heinrich hob beschwichtigend die Hände, und Sebastian öffnete den Mund, schien etwas sagen zu wollen, als Georg Ella am Arm packte, ausholte und erneut zuschlug, dieses Mal so heftig, dass der Schmerz in ihrem Kopf explodierte und ihr schwarz wurde vor Augen. Sie ging zu Boden, blinzelte, sah, wie ihr Onkel erneut nach ihr greifen wollte, hörte alles wie durch Watte, Heinrichs Schreie, sah, wie Sebastian zu ihrem Onkel stürzte, sich zwischen sie und ihn stellte, indes Heinrich ihn mit beiden Händen festhielt und auf einmal auch Eric da war, ohne dass Ella hätte ausmachen können, wo er so plötzlich herkam.

Langsam ließ das Klingeln in ihren Ohren nach, nur ihr Blickfeld wirkte noch verschwommen, wurde kurz klarer, wenn sie blinzelte, und verschwamm erneut. Das Mieder war ihren Fingern entglitten, klaffte wieder auf, und sie schlang die Arme um den Oberkörper, spürte im nächsten Moment die Wärme eines Jacketts um ihre Schultern und zog es vor der Brust zusammen. Eric war neben ihr in die Knie gegangen, legte schützend den Arm um sie. Georg versuchte indessen, sich loszureißen, aber Sebastian war Heinrich zur Hilfe gekommen. An der Tür weinte Elisabeth hysterisch, und Sebastian beteuerte beständig, dass alles seine Schuld sei.

Eric sah auf. »Und du willst ein nobler Mann sein«, sagte er in kaltem Zorn zu Georg. »Drischst mit einer Faust auf deine Nichte ein.«

»Diese Hure hat es mit dem Verlobten meiner Tochter getrieben!«

»Dann verprügle ihn, er hat sein Gelöbnis gebrochen, nicht meine Schwester.«

»Lasst mich los.« Georg hatte sich wieder gefangen, zog seinen Anzug zurecht, bemüht, wieder zu seiner imposanten, autoritären Erscheinung zurückzufinden. Ella hatte schon als Kind einen mit Angst gemischten

Respekt vor ihm gehabt. Die Hand hatte er jedoch nie zuvor gegen sie erhoben.

Heinrich wandte sich an die Frauen. »Würden Sie uns bitte allein lassen?«

Die Frauen wandten sich ab, nur Elisabeth blieb stehen und sah Ella an. »Du infames, undankbares Geschöpf.«

»Das reicht jetzt«, sagte Heinrich. »Und es bringt uns nicht weiter. Sebastian, wenn du wieder angezogen bist, nimm deinen Wagen, und fahr heim. Ich denke, nicht nur mein Bedarf an deiner Anwesenheit ist fürs Erste gedeckt. Denk dir eine Ausrede für deine Eltern aus.«

Sebastian sah Ella an, zögerte. »Es war allein mein Vergehen«, wiederholte er.

»Niemand bestreitet das«, entgegnete Heinrich. »Aber wir müssen sehen, wie es nun weitergeht.«

Sebastian nickte und wandte sich ab, schien noch etwas zu Georg sagen zu wollen, entschied dann jedoch offenbar, dass das keine gute Idee war. Als er außer Sichtweite war, wandte Heinrich sich an Ella, die Hände in die Seiten gestemmt. »Und was machen wir nun mit dir, hm?«

»Da muss sich viel Zorn angestaut haben, damit er so zuschlägt«, sagte Eric und reichte Ella einen neuen Kühlbeutel. Nach der unseligen Geschichte waren sie sofort nach Hause gefahren, was allen überaus recht gewesen war. Nun saßen sie im kleinen Salon, und Doris hatte einen Imbiss gebracht, den jedoch keiner von ihnen anrührte.

Ellas linke Gesichtshälfte war angeschwollen und

hatte sich bläulich verfärbt. Ein Blick in den Spiegel hatte ihr offenbart, dass sie fürchterlich aussah, aber nichts anderes hatte sie erwartet. Ein Wunder, dass sie noch alle Zähne im Mund hatte und ihr Jochbein nicht gebrochen war. Der Kopfschmerz hatte sich verschlimmert, hämmerte in ihr, indes es sich anfühlte, als presse jemand von innen einen Löffel gegen ihr linkes Auge.

Ehe sie heimgefahren waren, hatten sie Louise daheim abgesetzt, die vor Schreck über Ellas Anblick in Tränen ausgebrochen war. Auf Ellas Frage hin, wie Georg davon erfahren hatte, hatte sie gesagt, er habe mitbekommen, wie sie mit Heinrich gesprochen hatte, aber das war ihr zu spät aufgefallen. Und hernach war sie zu Eric gelaufen, da Georgs so offensichtlicher Zorn ihr Angst gemacht hatte.

»Du bist auch wütend auf mich«, sagte Ella nun zu ihm.

»Ja, verdammt noch mal! Was hast du dir dabei gedacht, es mit diesem Kerl zu treiben? Von allen Männern, die anwesend waren – warum ausgerechnet er?«

»Ich will ihn heiraten.« Ellas Stimme klang in ihren eigenen Ohren, als habe sie eine Kartoffel im Mund.

Eric starrte sie an, als hätte sie den Verstand verloren. »Du hast das mit *Absicht* eingefädelt?«

»Ja, aber eigentlich sollten mich nur ein paar Klatschtanten sehen und Heinrich.«

»Warum, um alles in der Welt. Bist du verliebt in ihn?«

»Nein. Er ist reich.«

»Reich ist der Hotel-Erbe auch.«

»Aber der kommt nicht infrage.«

»Warum nicht?«

»Weil er will, dass ich repräsentativ an seiner Seite im Hotel lebe und ihm Kinder gebäre.«

Eric stieß den Atem in einem langen Zug aus. »Und nun?«

»Sebastians Geld ist unsere Rettung, verstehst du?«

»Ach, Ella …« Er wandte sich ab, schwieg einen Moment lang, ehe er sie wieder ansah. »Dafür hättest du doch auch diesen Hotelier heiraten können. Ich hätte das Werk verkauft und …«

»Nein, und denk nicht, ich hätte das alles nicht in Gedanken bereits durchgespielt. Aber ich kann das nicht mehr, verstehst du, mich darauf zu beschränken, ein reines Vorzeigeobjekt zu sein und repräsentativ an der Seite eines Mannes zu glänzen. Anfangs sollte das alles einfach nur die Lösung sein, damit wir wieder zu Geld kommen. Ich dachte, wenn ich hingehe und mir alles ansehe, dann läuft es irgendwie wieder, das hat es ja damals auch getan. Aber die Zeiten haben sich geändert, und wir haben den Anschluss verpasst. Ich musste mir Lösungen überlegen, und je länger ich das mache, je mehr ich plane, je mehr Möglichkeiten ich ausschöpfe … Eric, das ist es, was ich tun möchte, verstehst du? Und wenn ich nur auf diese Weise an Geld komme, dann ist das eben so.«

»Indem du dich verkaufst?«

»Das tue ich nicht, ich heirate einen reichen Mann, darauf wäre es doch ohnehin hinausgelaufen.« Ella schloss die Augen, wollte, dass der Schmerz in ihrem Kopf wich, sich in den hintersten Winkel ihres Bewusstseins zurückzog. Warum wirkte die Tablette nicht endlich?

»Was, wenn er sich weigert, dich zu heiraten?«, fragte Eric. »Ich habe kein Mittel, um ihn dazu zu zwingen.«

»Du nicht, aber Onkel Heinrich hat ausreichend Einfluss, und selbst Onkel Georg verliert lieber den Verlobten seiner Tochter als dass er eine Nichte mit einem so üblen Leumund hat. Er wird dafür sorgen, dass die Lombards sich fügen.«

Louise hatte ihrem Vater alles erzählt, einschließlich ihrer Mitwirkung an der ganzen Angelegenheit, denn er war nicht so einfach zu täuschen, und sobald er raushatte, dass sie es gewesen war, die Heinrich Dorn auf die Sache aufmerksam gemacht hatte, war für ihn alles klar gewesen.

»Daher wollte sie dich dabeihaben, ja?«, hatte er gefragt. »Menschenskinder«, murmelte er danach mehrmals.

»Ich wollte sie davon abhalten, aber sie war so fest entschlossen.«

»Du hättest dich einfach nicht dafür hergeben sollen. Grundgütiger, warum hast du mir nicht davon erzählt?«

»Weil sie meine Freundin ist.«

»Und als solche solltest du sie vor so einer Torheit schützen.«

»Sie hätte es doch ohnehin getan, wenn nicht mit meiner Hilfe, dann ohne.«

Ihr Vater war im mittlerweile geschlossenen Verkaufsraum hin und her gegangen, kopfschüttelnd, die Stirn gekraust. »Und jetzt? Heiratet sie diesen Kerl, oder was?«

»Darauf läuft es hinaus, nach allem, was ich gehört habe.«

»Der Verlobte ihrer Cousine. Und du hilfst ihr auch noch dabei. Das ist schändlich.«

»Helene wird einen anderen Mann finden, einen, der sie nicht betrügt.«

Um den Mund ihres Vaters zuckte es verächtlich. »Das mag sein, aber es war nicht an euch, diese Entscheidung für sie zu treffen. Und nun hat Ella diesen Fremdgänger am Hals.«

»Aber sie weiß darum und geht die Sache nicht unter falschen Voraussetzungen an.«

»Kinder! Ihr habt keine Ahnung vom Leben.«

Louise wollte vehement widersprechen, unterließ es jedoch, da der Disput sie ermüdete und sie wusste, es gelänge ihr ohnehin nicht, ihren Vater vom Gegenteil zu überzeugen.

»Ich könnte Ella die Unterschrift unter dem Mietvertrag verweigern«, sagte er.

»Das könntest du, aber das wäre wahrhaft schändlich. Du bist ein Geschäftsmann, du darfst dein Wort nicht brechen. Wenn sie diesen Weg für sich ausgesucht hat, mit welchem Recht willst du ihr ihn verweigern? Du bist nicht ihr Vater.«

»Nein, aber deiner. Und solltest du jemals …«

»Du solltest mich eigentlich besser kennen«, entgegnete sie scharf.

Ihr Vater schwieg, war nun stehen geblieben und sah sich im Verkaufsraum um. »Ihre Ideen«, sagte er schließlich, »sind erstaunlich gut, sie hat ein Gespür dafür. Aber ich wünschte, sie hätte einen anderen Weg gewählt. Warum hat sie keinen Kredit von der Bank genommen?«

»Weil sie keinen bekommen würde ohne Sicherheiten. Sie hätte das Haus setzen können oder das Werk, aber das Risiko wollte sie nicht eingehen. Zudem hätte man ihr ohnehin keinen Kredit bewilligt, Eric hätte gehen müssen, und der hätte wohl eher alles verkauft, als sich diese Schulden ans Bein zu binden und am Ende ohnehin alles zu verlieren.«

Ihr Vater stieß einen langen Seufzer aus. »Dann warten wir ab, was nun passiert.«

Er kam nachmittags, als Ella sich gerade im Salon zu einer Tasse Tee niedergelassen hatte. Ihr Gesicht war um den linken Wangenknochen herum immer noch angeschwollen, inzwischen in ein dunkles Purpur gefärbt, an den Rändern fast schwarz bis um ihr Auge herum. Ella mochte kaum in den Spiegel schauen und vermied es, das Haus zu verlassen. Und so erschrak sie nicht schlecht, als Doris ihr Sebastian Lombard meldete. Natürlich hatte sie damit über kurz oder lang gerechnet, aber konnte er nicht warten, bis sie wieder einigermaßen vorzeigbar war? Immerhin hatten diese grässlichen Kopfschmerzen nachgelassen. Schlafen konnte sie indes nur auf der rechten Seite oder auf dem Rücken.

»Bitte ihn hinein, Doris«, antwortete sie. »Und bring ein weiteres Gedeck.«

»Sehr wohl, gnädiges Fräulein.«

Jetzt hieß es also, sich dem Unvermeidlichen stellen. Ella holte tief Luft und stieß sie langsam wieder aus, als könne dies ihr Herz dazu bringen, nicht mehr gar so schnell zu schlagen. Und dann trat er auch schon ein, so vital, dass Ella sich neben ihm noch angeschlagener fühlte.

»Bitte, bleib sitzen«, sagte er.

»Dann nimm bitte ebenfalls Platz, es ist anstrengend, zu dir aufzusehen.«

Dass ihr Anblick ihn schockierte, hatte er nicht gut verbergen können. Er räusperte sich und ließ sich auf dem Sessel ihr gegenüber nieder, als Doris mit einem zweiten Gedeck erschien.

»Danke, du kannst jetzt gehen«, sagte Ella und wollte nach der Kanne greifen, aber Sebastian kam ihr zuvor.

»Bemüh dich nicht.« Er schenkte sich eine Tasse Tee ein, rührte diese jedoch nicht an und taxierte Ella stattdessen über den kleinen Tisch hinweg. »Hat dein Onkel mit dir gesprochen?«

»Onkel Heinrich war gestern hier.« Und er war angesichts ihres Aussehens nicht weniger schockiert gewesen als Sebastian.

»Dann weißt du sicher, dass sie mir unverhohlen die Pistole auf die Brust gesetzt haben, falls ich gedenke, dich entehrt sitzen zu lassen. Das wäre nicht nötig gewesen, weißt du. Du hättest einfach deinen Bruder schicken können, wir hätten das ohne jede Drohgebärde abgehandelt, schließlich bin ich kein Schuft, der eine junge Frau öffentlich kompromittiert und dann ihre Cousine heiratet, als wäre nichts geschehen. Meine Eltern sehen das natürlich ein wenig anders, mussten aber ebenfalls einräumen, dass ich keine Wahl hatte. Was meine Mutter angeht, erwartet dich übrigens eine recht unerquickliche Zukunft, aber das nur nebenbei.« Nun griff er doch nach der Tasse, nippte daran, nahm hernach einen größeren Schluck und stellte sie wieder zurück.

Ella blinzelte. »Meine Onkel haben sich für dieses Vorgehen entschieden, ich hatte da nicht mitzureden.«

»Weißt du, was mich irritiert hat«, fuhr er fort, ohne darauf einzugehen. »Dass deine beste Freundin deine Onkel und deinen Bruder zu uns geschickt hat. Ich habe sie auf noch keiner Gesellschaft zuvor gesehen, und dann bringst du sie mit, und sie kompromittiert dich derart? Seid ihr noch Freundinnen, oder war es das nun? Aber«, er wartete ihre Antwort nicht ab, »das kann ja nicht sein, denn immerhin wirst du ihre Confiserie übernehmen, nicht wahr? Ich komme also nicht umhin zu vermuten, dass du das alles geplant hast. Aber warum?«

Ella zögerte, dachte dann jedoch, dass es nichts brachte, darum herum zu lavieren, sondern sagte geradeheraus: »Ich brauche Geld.«

Sebastian hob die Brauen. »Geld hätte der Hotelier auch gehabt. Und dass du in mich verliebt bist, mag ich nicht glauben.«

»Er hätte mich nicht weiter im Werk arbeiten lassen.«

»Ach, und du denkst, ich tue das? Meine Liebe, wenn ich will, kann ich dich daheim einsperren und jedes Jahr ein Kind gebären lassen.«

Einen Moment lang wurde Ella flau im Magen, sie fing sich jedoch sofort wieder. »Siehst du, die Sache ist die. Du kannst aus dieser Ehe nicht raus, gleich, wie du es drehst und wendest. Du könntest dich weigern, aber vermutlich würden deine Eltern dem nicht zustimmen, denn da spielen, neben gesellschaftlichen, auch wirtschaftliche Aspekte mit hinein. Und welcher Vater würde dich nach dieser Geschichte wohl noch mit seiner Tochter verheiraten wollen? Auch als Mann sind dir – wenngleich weniger eng gesteckt – gewisse Grenzen gesetzt.« Sie benetzte die Lippen mit dem inzwischen erkalteten Tee in ihrer Tasse, versuchte ihre Nervosität zu überspielen, während sie sich abgebrühter gab, als sie eigentlich war. »Du wirst mir meine Chocolaterie finanzieren und meine Schokoladenproduktion. Im Gegenzug dazu bekommst du jede Freiheit, die du haben willst. Mir ist es gleich, ob du dir eine Geliebte nimmst oder nicht.«

»Und das soll ein Vorteil sein? Die hätte ich mir auch in einer Ehe mit Helene nehmen können.«

»Aber sie hätte ein großes Geschrei angestimmt, ich tue das nicht.«

»Und das soll alles sein? Das sind die Vorteile, die du zu bieten hast?«

»Du wolltest doch eine Verbindung mit der Familie Dorn, die bekommst du nach wie vor.«

»Ja, mit dem erfolgreichen Reeder, nicht mit dem Versager und der Hure.«

Ella stieg das Blut ins Gesicht. »Mein Bruder ist krank und kein Versager.«

»Ach, *das* stört dich? Nicht die Hure?«

»Ein solcher Vorwurf ist von einem Mann, der seine Verlobte betrügt, indem er selbst vor ihrer Cousine nicht haltmacht, nun mehr als lächerlich. Aber mein Bruder kann für das alles nichts, also halte ihn da heraus.«

»Meine Liebe, wenn du denkst, dass du gewonnen hast, muss ich dich enttäuschen. Ich werde dich heiraten, aber ich werde keinen Pfennig in dein Unternehmen stecken.«

Sie taxierte ihn, was er mit einem leicht höhnischen Lächeln über sich ergehen ließ.

»Wenn du meine Chocolaterie und meine Manufaktur finanzierst, biete ich dir im Gegenzug die Gewissheit, dass jedes meiner Kinder, die immerhin deinen Namen tragen werden, von dir ist.«

Seine Augen weiteten sich, und es hatte ihm sichtlich die Sprache verschlagen. Allerdings entging seinem aufmerksamen Blick gewiss nicht, dass ihre Hände zitterten, als sie sich erneut Tee einschenkte, und daraus zog er womöglich seine eigenen Schlüsse. Sie würde ihn nicht betrügen, nicht seinetwillen, sondern wegen möglicher Kinder, die sie dem väterlichen Zorn und Argwohn nicht aussetzen wollte. Eher würde sie ihn nicht heiraten, gleich, welche Konsequenzen das hätte.

»Und«, fuhr sie fort, »ich möchte weiterhin hier wohnen. Ich begleite dich zu jedem offiziellen Anlass und werde tadellos an deiner Seite stehen, gleich, welche Eskapaden du dir erlaubst.«

Er schwieg weiterhin. Schließlich erhob er sich ruckartig. »Also gut.« Damit war für ihn offenbar alles gesagt, denn ohne ein weiteres Wort drehte er sich um und ging.

Das Schwerste war, dass man von Helene fortwährend verlangte, Haltung zu zeigen. Nur kein Mitleid erregen, mahnte ihre Mutter. Aber das war leichter gesagt als getan, wenn ihr Verlobter sie ausgerechnet mit Ella betrog. Er hatte doch selbst gelacht, als Helene ihm erzählt hatte, wie Ella sich als Werksleiterin aufführte und Geschäftsfrau werden wollte. Und dann so etwas?

»Du musst nicht denken, er hätte das getan, weil er sie liebt oder weil sie ihm wichtiger ist als du«, erklärte ihre Mutter. »Im Gegenteil. Sie bedeutet ihm nicht das Geringste, genau daher hat er so an ihr gehandelt. Weil er sich dachte, dass sie eine von *diesen* Frauen ist und nicht eine von denen, die man heiratet.«

»Heiraten wird er sie nun dennoch.«

»Weil er sich hat erwischen lassen, aber das hat er nicht geplant. Ella ist ein durchtriebenes Stück, und immerhin ist es gut, dass dies vor deiner Eheschließung passiert ist und nicht danach.«

Das alles war kein Trost, und in Helene tobten im Wechsel Wut, Traurigkeit, eine verzehrende Eifersucht und der wilde Wunsch nach Rache. Dass ihr Vater mit Heinrich die Lombards aufsuchte, um Sebastian zu einer Heirat mit Ella zu bewegen, empfand sie als Verrat, wenngleich er ihr versicherte, dass er wohl kaum eine andere Wahl hatte.

Alle, dessen war sie sich nur zu gewiss, redeten über sie. Vielleicht lachten sie sogar, weil es ihren Verlobten ausgerechnet nach Ella verlangt hatte. Wie hatte Sebastian sie nur so demütigen können? Er wusste doch, was sie von Ella hielt, hatte mitbekommen, wie man über sie sprach. Und doch hatte er die Finger nicht von ihr lassen können.

Als Helene im Salon saß und sich ihre Zukunft in trüben Farben ausmalte, brachte das Stubenmädchen eine in Seidenpapier eingeschlagene Schachtel.

»Das wurde eben für Sie abgegeben, gnädiges Fräulein.«

Irritiert nahm Helene das Präsent entgegen, löste die Schleife und wickelte das Seidenpapier ab. Die Schachtel darunter war zartrosa mit kleinen geprägten Rosen darauf. Helene hob den Deckel und starrte den Inhalt an. Sechs Pralinen waren es, dunkle Schokolade mit mattem Glanz, verziert mit etwas, das wie Blattgold aussah. Auf den Pralinen lag ein Kärtchen, auf dem mit zierlicher Schrift geschrieben stand: *Tröster gegen Liebeskummer. Ella*

Wut stieg in einer heißen Welle in ihr auf, und Helene warf die Schachtel mit aller Kraft gegen die Wand.

TEIL 2

7

NOVEMBER 1925

In der Luft lag der Duft von Schokolade, schwer und aromatisch, darunter auch ein Hauch von Zimt und Marzipan. Ella stand im Fertigungsraum der Chocolaterie, und ihre Nasenflügel blähten sich leicht, als sie mit geschlossenen Augen die Aromen einatmete. Gleich, wie vertraut ihr diese inzwischen waren, sie wurde ihrer niemals überdrüssig.

Es mochte an dem Skandal liegen, vielleicht ging jedoch auch einfach ihr Konzept auf, aber das *Rosenpalais* war vom Zeitpunkt seiner Eröffnung an gut besucht. Das Café war hübsch eingerichtet worden mit zierlichen gusseisernen Tischen und Stühlen. Die Wände waren in einem zarten altrosafarbenen Ton gestrichen worden, außerdem hatte Ella anstelle der alten und recht altbackenen Lampe einen hübschen Kronleuchter aufhängen lassen, der warmes Licht spendete und vor allem jetzt im Winter lauschige Gemütlichkeit schuf. Die Verkaufstheke war erneuert und modernisiert worden, ebenso die Regale, die allesamt aus Nussbaumholz gefertigt waren. Sie waren zwar ein recht teurer Spaß, aber es traf ja keinen Armen, und wenn es weiterhin gut lief, würde sich das Unternehmen bald selbst tragen.

»Meine Schokolade ist in aller Munde«, scherzte Ella gelegentlich, was sich ebenso auf den Skandal bezog, der selbst über die Hochzeit hinaus Stadtgespräch blieb und stets in einem Atemzug mit *Schokoladen Dorn* genannt wurde. Was die Hochzeit und ihr Eheleben anging, so hatte sie allerdings nur wenig zu lachen. Ihre Schwiegereltern verachteten sie und machten kein Geheimnis daraus. Dass sie und Sebastian nach den Flitterwochen in getrennte Häuser gezogen waren, heizte die Gespräche natürlich an, und Magda Lombard, Sebastians Mutter, war darüber außer sich geraten, wenngleich sie insgeheim vermutlich froh war, die ungeliebte Schwiegertochter nicht im Haus zu haben.

Die Hochzeit hatte im August stattgefunden, und eines musste Ella ihrer Familie lassen – sie zeigte wirklich Haltung. Alle waren zur Eheschließung erschienen und hatten eine Feier in ihrem Elternhaus ausgerichtet. Eric hatte sie zum Altar geführt, und nach außen hin war alles tadellos erschienen. Nur innerlich brodelte es. Ella ignorierte das allerdings, und oft war ihr, als stünde sie im Auge des Sturms, der um sie herum toste, ohne sie zu berühren. Helene sprach nicht mehr mit ihr, aber was das anging, vermisste sie nichts.

Um den Schein zu wahren, hatten sie und Sebastian eine Hochzeitsreise gemacht. Nach Venedig – immerhin. Dort war Ella noch nie gewesen, und sie hätte es vielleicht sogar genießen können, wäre Sebastian auch nur einen Tag an ihrer Seite geblieben. Aber den hatte es schon in der ersten Nacht fortgezogen, und eigentlich war er nur ins Hotel zurückgekehrt, um sich umzukleiden.

»Bist du bei einer Frau?«, hatte sie nach zwei Tagen schließlich – nicht ohne Verärgerung – gefragt.

»Hattest du mir diesbezüglich nicht gewisse Freiheiten gewährt?«

»Na, besonders wählerisch bist du ja nicht. Hast du nach unserer Ankunft die Erstbeste genommen, die es an die Kaimauern gezogen hat?«

Daraufhin hatte er gelacht. »Meine Liebe, im Gegensatz zu dir bin ich nicht das erste Mal hier.«

Zwei Wochen lang blieb Ella sich selbst überlassen. Sie kaufte sich einen Reiseführer und spazierte durch die Stadt, ließ sich in Gondeln durch die Kanäle fahren und ging exquisit essen. Viel Freude hatte sie an all den Unternehmungen jedoch nicht, so schön die Stadt auch war. Es machte keinen Spaß, wenn es niemanden gab, mit dem man all das Neue teilen konnte, und so zogen sich die zwei Wochen furchtbar lange hin. An den meisten Tagen verpasste sie Sebastian, bemerkte nur an der Kleidung, die für das Zimmermädchen aufgehängt war, dass er die Räumlichkeiten aufgesucht und sich umgekleidet hatte. Nach einigen Tagen glaubte Ella, mitleidige Blicke des Personals zu bemerken, woraufhin sie das Kinn hob und sie allesamt ignorierte.

Hatte Sebastian nicht etwas davon gesagt, dass er einen Erben produzieren musste? Wie stellte er sich das denn vor? Nicht, dass Ella besonders erpicht darauf gewesen wäre, mit ihm das Bett zu teilen, jedoch war diese Zurückweisung demütigend. Ja, sie hatte ihn in die Falle gehen lassen, aber war er nicht freiwillig hineingetappt? Wäre er ein treu sorgender Verlobter gewesen, hätte sie ihn doch gar nicht so weit bekommen. Sie hatte ihn ja schließlich nicht mit vorgehaltener Waffe gezwungen. Und, verdammt noch mal, natürlich war sie erpicht darauf, mit ihm zu schlafen, immerhin war sie nicht aus Stein, und was sie in der Abgeschiedenheit von Garten und Bibliothek getan hatten, hatte ihr durchaus gefallen.

Am Abreisetag war er morgens in aller Frühe gekommen, als Ella mit den gepackten Koffern im Zimmer stand. Er hatte mit ihr gefrühstückt – was eine sehr schweigsame Veranstaltung gewesen war –, und dann waren sie aufgebrochen. Die ganze Rückfahrt über hatte sie aus dem Fenster geschaut, erst, damit er nicht bemerkte, wie nah sie den Tränen war, später, weil sie so wütend auf ihn war.

Sein Wagen hatte sie beide am Bahnhof abgeholt, und Sebastian hatte dem Chauffeur gesagt, er möge bitte Frau Lombard zuerst zur Villa Dorn an der Mainzer Straße fahren. Nachdem er sie dort abgesetzt hatte, hatte sie erst eine Woche später wieder von ihm gehört, als er sie angerufen und ihr gesagt hatte, sie müsse ihn auf eine Feier bei seiner Schwester begleiten. Und so ging es eigentlich fortwährend.

Aber Ella wollte nicht auch noch, während sie hier war, an ihre desaströse Ehe denken. Das hier war ihr Bereich, ihre Leidenschaft, und damit hatte Sebastian nur insofern zu tun, als dass er ihr alles finanzierte. An diesem Abend würde sie mit ihm ausgehen, und so reichte es, sich erst wieder mit ihm zu befassen, wenn es an der Zeit war, sich umzukleiden – in eines jener Kleider, die er allesamt bezahlte.

Sie trat durch die Verbindungstür in den Verkaufsraum und von dort in das Café, in dem alle Tische besetzt waren. Louise ging herum und nahm Bestellungen auf, musste den Verkaufstresen in dieser Zeit jedoch unbeaufsichtigt lassen. Bisher hatten sie trotz guter Besucherzahlen nicht den Andrang, dass das zum Problem werden konnte, aber wenn es weiterhin aufwärtsging, würden sie noch jemanden einstellen müssen.

Curt Dalberg befand sich den ganzen Tag über in der Herstellung und arbeitete somit nur noch hinter den Kulissen. Er hatte sie hinsichtlich der Produktion in der Manufaktur beraten, und sie setzten nun auf Kakaobohnen aus Ecuador und Madagaskar. Das Ergebnis war eine unvergleichlich aromatische Schokolade, kein Vergleich zu der vorherigen. Auch die Produktionsprozesse waren verfeinert worden. Da die neuen Schokoladentafeln nun hochpreisiger waren, zog der Verkauf nur zögernd an, allerdings sorgte die edle Verpackung dafür, dass man sie nicht unbedingt mit dem alten Produkt in Verbindung brachte. Da machte die Erscheinung wohl zunächst mehr her als der Name, aber Ella hoffte, dass in Kürze beides im besten Sinne untrennbar miteinander verbunden sein würde.

Sie ging durch den Raum, grüßte, fragte, ob alles zum Besten sei, und wünschte den Gästen einen schönen Tag. Neben fertig verpackten Pralinen in kleinen Schachteln boten sie in den Regalen auch spezielle Kaffee- und Teesorten an. Nur wenig und kleine Packungen, da es Ella wichtig war, auf Exklusivität zu setzen. Zudem gab es natürlich Trinkschokolade in rot-goldenen Dosen, da führten sie verschiedene Größen. Was ebenfalls begehrt war, war ein großes Stück tropfenförmige Schokolade am Stiel, die sowohl von Kindern als Lutscher gegessen werden konnte als auch mit heißer Milch zu sahnigem Kakao wurde.

In den Auslagen befanden sich Pralinen in allen Formen und Sorten, matt glänzende Schokolade, die leise knackte, wenn man daraufbiss und ihr exquisites Inneres preisgab. Da lagen Rosentrüffel, die mit getrockneten Rosenblättern verziert waren, Pistazien-Marzipan-Pralinen, Pralinen mit Walnuss und Marzipan, Weichkrokant mit Früchten, Kaffeetrüffel, Veilchen-Pralinen, Butterkrokant-Blättchen, Zimttrüffel und vieles mehr. Besonders gern mochte Ella die feinen Pralinen mit Aprikosenkaramell. Es fiel ihr schwer, nicht beständig zu naschen, wenn sie im Verkaufsraum stand.

Zu Louises Freude war im letzten Monat auch Max Schlüter wieder an einem Mittwoch erschienen, um Pralinen zu kaufen. Er sagte, er bringe seiner Mutter zur Teestunde bei seinen Eltern stets eine kleine Aufmerksamkeit mit, da er das Gebäck ja nun nicht mehr hier kaufen konnte. Für Ella hieß das, dass er eigentlich nur aus dem Grund kam, um Louise zu sehen, denn er blieb sogar einen kurzen Moment, um sie nach ihrem Befinden zu erkundigen und die Einrichtung des Cafés zu loben.

»Wohin geht ihr heute Abend?«, fragte Louise, während sie neben Ella hinter dem Verkaufstresen stand.

»Ach, irgendwelche Bekannten von Sebastian, ich habe schon wieder den Namen vergessen. Er kommt um acht und holt mich ab.«

»Dann muss du gleich los, nicht wahr?«

Ella blickte auf die Uhr und nickte. So richtig Lust hatte sie nicht. Louise war die Einzige, der sie erzählt hatte, dass die Ehe nicht vollzogen worden war, und die hatte sie daraufhin nur aus großen Augen angesehen. Eric konnte es sich vielleicht denken, denn weder übernachtete sie bei Sebastian noch er bei ihr. Allerdings hatte sie ihm nicht erzählt, wie die Flitterwochen verlaufen waren, nicht, weil sie Sebastian verteidigen wollte, sondern weil es zu demütigend war.

Als sie sich gegen fünf Uhr auf den Weg nach Hause machte, sank ihre Stimmung mit jedem Schritt, den sie sich vom Café fortbewegte. Sie wünschte, sie könnte die Wärme und Behaglichkeit von dort mitnehmen, ein Wunsch, der umso stärker wurde, als auf halbem Weg ein kalter Nieselregen auf sie niederging. Das Licht der Straßenlaternen mischte sich unschön mit der diesigen Dunkelheit und malte schmierige gelbe Pfützen auf die nass glänzenden Straßen. Ella zog die Schultern hoch und eilte weiter, als ein Wagen neben ihr langsamer wurde. Erst ignorierte sie ihn und ging weiter, dann wurde die Beifahrertür geöffnet, und sie hörte Sebastians Stimme.

»Steig ein.«

Sie wollte zögern, stolz ablehnen, aber damit träfe sie eher sich selbst als ihn, denn nicht er war es, der frierend und nass wie ein Straßenhund durch die Stadt lief. Also ließ sie sich auf den komfortablen Ledersitz auf der Beifahrerseite sinken und zog die Tür hinter sich zu. Sebastian fuhr meist selbst und vertrat den Standpunkt, dass der Tross an Dienstboten auf Dauer obsolet werden würde – eine Ansicht, die Ella teilte, seine Eltern jedoch nicht.

»Danke«, sagte sie, als er anfuhr.

»Dafür nicht.« Er legte einen Hebel um und fuhr an. Regen verschmierte die Scheiben, und die Wischer, die per Hand über eine Kurbel bedient wurden, sorgten immer nur für die Dauer eines Lidschlags für klare Sicht. Ella sah hinaus auf die Straße, die Hände im Schoß gefaltet, schweigend. Mit dem Automobil dauerte der Weg nicht lange, sodass sie wenige Minuten später zu Hause war.

»Ich brauche Gewürze«, sagte sie unvermittelt. »Für die Weihnachtspralinen. Wir fangen Ende des Monats damit an. Bekomme ich sie von euch? Ich würde dann Curt Dalberg damit beauftragen, ihr müsst mir nur die Preise schicken.«

Er parkte vor dem Haus. »Ich sage unserem Verkaufsleiter Bescheid.«

»Ist gut, danke.« Ella tastete nach dem Türgriff. »Du bist um acht Uhr hier?«

»Wie besprochen.«

»Dann bis später.«

»Bis später.«

Sie stieg aus und öffnete das Tor zum Hof, als sie hörte, wie Sebastian bereits wieder losfuhr. Einen Moment lang blieb sie stehen und sah sich um, versuchte, das alles mit den Augen eines Außenstehenden zu sehen, die beginnende Verwahrlosung des einstmals prächtigen Hofes, der Brunnen in der Mitte der als Rondell angelegten Auffahrt, der aus weißem Marmor und nun von schmierigem Moos überzogen war.

Unkraut quoll zwischen den Steinplatten hervor, die Hecken mussten dringend gestutzt werden. Einzig das Haus wirkte gepflegt, dafür sorgten Stubenmädchen und Zugehfrau.

Ella ging zur Haustür und zog ihren Schlüssel hervor. Es war ihr viel zu lästig, jedes Mal zu warten, bis Doris erschien, wenn sie sich in der Zeit schon dreimal selbst ins Haus lassen konnte. In der Halle war es düster, und Ella beeilte sich, in ihr Zimmer zu kommen, wo sie rasch den nassen Mantel abstreifte, ihren Hut abnahm und sich mit den Fingern durch das feuchte Haar fuhr. Sie ließ sich vor ihrem Frisiertisch nieder und betrachtete sich im Spiegel. Vor ihr lagen alle Utensilien, die sie brauchte, um an diesem Abend wieder die Maske der zufriedenen Ehefrau aufzumalen.

»Sie sieht aus wie das, was sie verkauft«, hatte Ferdinand mal über Ella gesagt. Seither musste Sebastian stets an den sahnigen Schmelz von Schokolade denken, wenn er Ellas dunkelbraunes Haar sah und die braunen Augen. Er hatte niemandem erzählt, dass er sie bisher nicht angerührt hatte, weil er sie nicht bloßstellen wollte. Ferdinand hatte es jedoch trotzdem erraten.

»Bestrafst du nicht eher dich als sie?«

Es ging ihm ja gar nicht ums Bestrafen, es verlangte ihn derzeit einfach nicht danach, mit ihr zu schlafen. Wobei das auch wieder nicht stimmte, er war nur noch nicht gut auf sie zu sprechen, war zu wütend auf sie und wusste, dass er gewiss nicht zärtlich mit ihr umgehen würde. Also ließ er es derzeit lieber ganz.

»Sie ist doch eine wunderschöne Frau.«

Natürlich war Ella überaus hübsch, das bestritt er ja auch nicht. »Wunderschön ist Alma auch«, war seine einzige Antwort gewesen.

»Wie kommt es, dass deine Ehefrau dir die ganzen Liebschaften nachsieht?«

»Das ist unsere Abmachung. Dafür bezahle ich ihr ihren kleinen Zeitvertreib.«

»Ein wenig beneide ich dich, das wird jedenfalls nicht langweilig.«

Na ja, wie man es nahm. Sein Vater hatte ihm vor einigen Tagen ins Gewissen geredet.

»Dir ist klar, dass ich einen Erben nur von deiner rechtmäßigen Ehefrau anerkennen werde, nicht wahr?«, hatte er gesagt. »Also komm nicht auf die Idee, mir einen Bastard vor die Nase zu setzen. Ich war und bin mit deiner Ehefrau nicht einverstanden, aber Eleonora ist nun einmal die Einzige, die dir legitime Kinder schenken kann.«

Auch das wusste Sebastian, aber mit den Kindern hatte er es nun nicht gar so eilig. Momentan gefiel ihm das Arrangement ganz gut. Er war verheiratet, kam dennoch ausreichend auf seine Kosten und konnte tun und lassen, was er wollte. Wenn formelle Anlässe anstanden, wie an diesem Abend, hatte er eine hübsche Frau an seiner Seite, die stilvoll war und sich in der Gesellschaft tadellos zu bewegen wusste. Das Verhältnis zur Familie Dorn hatte sich indes unerquicklich entwickelt, denn Georg Dorn nahm ihm die Demütigung seiner Tochter sehr übel. Rief sich Sebastian allerdings in Erinnerung, wie jener auf Ella losgegangen war – mit der Faust! –, dann war ihm herzlich egal, was dieser

Mann von ihm dachte. Allerdings stand seine Familie in geschäftlichem Kontakt mit ihm, und der hatte sich nicht zum Besten entwickelt.

Gelegentlich lief Helene ihm über den Weg, und obwohl sie sich den Anschein zu geben suchte, dass ihr das alles gleich sei, war unübersehbar, dass er sie verletzt hatte, und das tat ihm wahrhaftig leid. Ginge es nach ihm, wäre er mit ihr verheiratet, denn auch mögliche sinnliche Freuden mit Ella wogen den Ärger, den er nun hatte, nicht auf. Seine Eltern waren außer sich gewesen, als sie von der ganzen Geschichte erfahren hatten, seine Mutter hatte noch schlimmer getobt als sein Vater, denn während er vor allem die geschäftlichen und finanziellen Einbußen sah, kam bei ihr noch der Punkt der ungeliebten Schwiegertochter hinzu. Helene hatte sie lieb gewonnen, was nicht verwunderte, denn schließlich war sie ihre Wahl gewesen, und in gewisser Weise passten sie auch zusammen. Von der Aussicht, Ella zur Schwiegertochter zu bekommen, war sie regelrecht entsetzt gewesen, hatte sich nahezu wie eine Furie gebärdet, ihn angeschrien, ihm Vorwürfe gemacht. Selbst seinem Vater war das irgendwann zu viel geworden, und der hatte an Zornausbrüchen selbst nicht gespart.

Wen Sebastian aus der gesamten Familie eigentlich recht gern mochte, war Eric. Der jedoch war seinerseits nicht gut auf Sebastian zu sprechen, was der ihm im Grunde genommen nicht einmal verübeln konnte. Selbst seine eigene Schwester Ava hegte momentan offenbar einen Groll gegen ihn, und das wiederum war beinahe schon ein Segen, denn es bedeutete, dass sie nur selten kam, was wohl Ausdruck ihrer Missbilligung sein sollte. Wirklich bedauern konnte Sebastian die Abwesenheit ihrer pöbelnden Brut jedoch nicht, und er hegte im Stillen bereits die Ahnung, dass Ava die »Strafe« bald beenden würde, wenn sie merkte, dass sie nicht zu der gewünschten Bestürzung führte.

An diesem Abend waren sie bei einem Freund eingeladen, der seine Verlobung bekannt gab, und glücklicherweise bestand nicht die Gefahr, einem anderen Mitglied der Familie Dorn über den Weg zu laufen, sodass es eine recht unterhaltsame Veranstaltung zu werden versprach. Er absolvierte einen Pflichttanz mit Ella und verbrachte die Zeit in anregenden Gesprächen mit seinen Freunden. Sollte sie sich nur mit Tanzen vergnügen, er wusste, wie gerne sie das tat, und es war in der Tat ein schöner Anblick, ihr beim Charleston zuzusehen.

»Hast du es schon mitbekommen?«, fragte sein Freund Ferdinand nun. »Peters jüngerer Bruder ist mit einem sehr fragwürdigen Schlägertrupp durch Bonn gezogen, um, wie er sagte, für Ordnung zu sorgen.«

»Und wie ist die Sache geendet?«

»Seine Eltern haben ihm ins Gewissen geredet, aber Peter hat Verständnis gezeigt. Schwafelte was von schwarzer Schande, na ja, du weißt ja, wie er ist.«

Um der alten Zeiten willen hatte Sebastian bis jetzt an dieser Freundschaft festgehalten, aber wenn das so weiterging, würde er sich überlegen, ob es das wert war. Er mochte seine geselligen Abende nicht damit verbringen, sich fragwürdige Reden anzuhören und flammende Plädoyers zur Bewahrung des Deutschtums, das Peter offensichtlich von den Besatzern gefährdet sah.

Hinter all dem, so Peter, steckten ohnehin die Juden, die sich daran machten, das deutsche Volk zu vernichten. Daher hatte man auch die schwarzen Soldaten ins Land geholt, um die deutsche Frau mit Mischlingsbastarden zu schwängern und die deutsche Rasse damit praktisch hinauszuzüchten. Bestürzend war, dass Peter diesen Unsinn wahrhaftig glaubte und er damit nicht allein war.

Sebastian ging in den kleinen Salon und zündete sich eine Zigarette an. Er hatte gerade den ersten Zug genommen, als Ella ebenfalls eintrat, grüßend in Richtung einer jungen Frau lächelte und zu ihm kam.

»Müde getanzt?«, fragte er.

»Nein, noch lange nicht.« Sie schob sich ihre lange Zigarettenspitze zwischen die Lippen, neigte den Kopf, und er gab ihr Feuer.

»Gibt es noch einen Herrn hier, mit dem du nicht getanzt hast?«

Sie hob den Blick. »Eifersüchtig?«

»Gewiss nicht.«

Langsam sah sie sich um, als würde sie in der Tat beginnen, die Anwesenden zu zählen. »Wenn ich mich nicht lange aufhalte, schaffe ich gewiss die Hälfte.«

Er fragte sich, ob sie es absichtlich zweideutig formulierte.

»Oder aber ich entscheide, dass es für heute genug ist und lasse dich heimfahren.«

»Also bist du doch eifersüchtig?«

»Nein, vielleicht ist mir einfach danach, dir den Spaß zu verderben.«

»Hast du Helene heute wieder getroffen?«

»Was hat sie denn nun damit zu tun.«

»Immer, wenn du ihr oder jemandem aus ihrer Familie begegnest, bist du hernach unleidlich.« Sie stieß den Rauch in einem langen Atemzug aus. »Noch unleidlicher als sonst.«

»Willst du dich beklagen?«

In ihrem Blick lauerte eine seltsame Resignation hinter einer Tünche aus Gleichgültigkeit. »Wie könnte ich?« Sie drückte ihre Zigarette aus und verließ den Salon wieder, zweifellos, um tanzen zu gehen.

Zweimal hatte Clara Eric Dorn auf Feiern wiedergesehen, wo sie für die musikalische Begleitung gesorgt hatte. Inzwischen wusste sie über den Gesellschaftstratsch, den sie aufschnappte, dass er seit dem Krieg verändert war, düster und in sich gekehrt, der ungeliebte Außenseiter der Familie. Leider hatte Clara eine ganz fatale Schwäche für ungeliebte Außenseiter. Dass nun auch noch seine Schwester diesen Skandal ausgelöst hatte, ihrer Cousine den Verlobten ausgespannt und geheiratet hatte, um an sein Geld zu kommen, machte diesen Teil der Familie nur noch interessanter. Sie stand der Sache etwas zwiespältig gegenüber, wusste natürlich, dass man so etwas einfach nicht tat. Aber der Verlobte hätte ja schließlich Nein sagen können. Anstelle der Cousine wäre sie froh, ihn los zu sein. Und er hatte jetzt eine Frau, die wenigstens wusste, woran sie war.

Gefährlich wurde die ganze Sache für Clara, als ihr

bewusst wurde, dass Eric Dorn sich für sie interessierte. Er tat das nicht offen, vielmehr zeigten seine Blicke dies. Dass er eine solche Zurückhaltung an den Tag legte, machte ihn nur umso interessanter. Mit aller Entschiedenheit wollte Clara sich seine gewalttätige Attacke auf Veit in Erinnerung rufen, aber auch das minderte die Anziehung nicht, die dieser Mann – den sie doch überhaupt nicht kannte – auf sie ausübte.

Sie fuhr nach wie vor jedes Wochenende in die Koblenzer Innenstadt, schlenderte durch die Marktstraße, den Jesuitenplatz, die Firmungsstraße und natürlich die Löhrstraße, wo sie stets auch an Ella Dorns *Rosenpalais* vorbeikam. Bisher war sie immer nur kurz vor der Auslage stehen geblieben, an diesem Tag jedoch zog es sie unweigerlich hinein. Es war wohl ein ähnlicher Impuls, wie stets durch die Kaiserin-August-Anlagen zu schlendern – der bisher uneingestandene Wunsch, Eric Dorn außerhalb offizieller Anlässe wiederzusehen. Obwohl sie nicht wusste, was sie in diesem Fall tun sollte, aber vielleicht reagierte er ja auch als Erster.

Sie schob die Tür zur Chocolaterie auf, hörte das leise Glöckchen anschlagen. Im nächsten Augenblick stieg ihr ein weicher, aromatischer Duft in die Nase, jene zarte, herb anmutende Note, die allein Schokolade anhaftete. Geradeaus kam man zum Verkaufstresen mit den Auslagen, rechter Hand befand sich das Café mit sechs Tischen. Eine Säule teilte den Raum und war kunstvoll bemalt mit Rosenmotiven, die alt wirkten und von feinen Sprüngen durchzogen waren, als handle es sich bei der Säule um Porzellan. Feine Rosen aus Seidenpapier lagen zur Dekoration in den Regalen zwischen den Waren, gebündelt in winzigen Vasen auf den Tischen, indes auf dem Verkaufstresen ein kleiner Bund echter Rosen stand, vermutlich im Gewächshaus gezogen. Dort zog auch eine Etagere mit Pralinen die Blicke auf sich. Pralinen lagen außerdem in feinen Schachteln in den Regalen, neben kleinen Tafeln Schokolade und edel aussehenden Dosen, die mit Tee oder Kaffee befüllt waren, zudem gab es Dosen mit Trinkschokolade in verschiedenen Größen. Zögernd trat Clara näher, als eine junge Frau mit einem blonden Bob, die gerade noch im Gespräch mit einem Gast gewesen war, sich lächelnd näherte.

»Guten Tag.« Ihre Stimme war frisch und herzlich. »Was kann ich für Sie tun?«

Clara sah unschlüssig zu den Tischen, wusste nicht so recht, was sie hier eigentlich wollte. Die Schokolade war gewiss zu kostspielig für ihre mageren Mittel. »Ich … Ich würde gerne eine heiße Schokolade trinken.«

»Gerne. Nehmen Sie bitte Platz.« Die junge Frau deutete auf einen Tisch am Fenster. »Ich komme sofort.«

Clara setzte sich, und die junge Frau öffnete die angrenzende Tür, sprach mit jemandem und kam wieder zurück. Sie ging zum Verkaufstresen, nahm einen kleinen Block zur Hand und notierte etwas, ehe sie wieder aufblickte, weil eine ältere Dame zusammen mit einem halbwüchsigen Mädchen eintrat. Da Clara sie nicht unhöflich anstarren wollte, wandte sie sich ab und sah hinaus. Im Café war es umso gemütlicher, da es draußen so diesig war und ein böiger Wind durch die Straßen wehte. Menschen hasteten vorüber, Männer mit hochgeschlagenen Mantelkragen, Frauen, die ihren Schal bis zum Kinn gebunden hatten. Eine junge Frau führte ihren Hund aus, wobei es eher so wirkte, als sei es umgekehrt.

»Ihre heiße Schokolade.«

Clara schreckte auf und drehte sich um. »Oh, vielen Dank.«

Die junge Frau stellte ein kleines silbernes Tablett vor ihr ab, auf dem eine Tasse Kakao stand und ein kleines Tellerchen mit einer Praline. »Unsere Spezialität, Rosentrüffel. Darf ich Ihnen sonst noch etwas bringen?«

Clara lehnte dankend ab, und die junge Frau zog sich zurück. Sie nahm die Praline und biss hinein. Das Aroma war wunderbar ausbalanciert, nicht zu intensiv nach Rosen, genau in einem Maße, dass es sich hervorragend mit der dunklen Schokolade mischte. Clara steckte sich den Rest in den Mund und ließ ihn langsam auf der Zunge zergehen. Am liebsten hätte sie noch mehr davon gehabt, was wohl auch Sinn der kleinen Aufmerksamkeit war.

Am kommenden Tag würde Clara nachmittags wieder unterrichten. Sie tat es im Grunde genommen gerne, aber oftmals waren die Eltern schwieriger als die Mädchen, und nicht selten gab man ihr die Schuld, wenn der Stoff hernach nicht saß, weil die Kleinen lieber am Tisch herumhampelten, anstatt ihr zuzuhören. Einige Lichtblicke gab es, Kinder, die danach gut wurden in der Schule. Allerdings war dies auch der Moment des Abschieds, da sie anschließend nicht mehr gebraucht wurde. Also musste sie die Sternstunden gehen lassen und sich weiterhin intensiv denen widmen, deren Lerneifer zu wünschen übrig ließ.

Clara seufzte und löffelte etwas Sahne von ihrer Schokolade, ehe sie den Rest hineinrührte und die Tasse an die Lippen hob. Nach der Kälte draußen tat das heiße Getränk gut, und sie trank genießerisch in kleinen Schlucken. Obwohl es sehr unwahrscheinlich war, dass ihn ausgerechnet an diesem Tag sein Weg in die Chocolaterie führte, hielt sie Ausschau nach Eric Dorn. Sie hatte Veit vor einigen Tagen gesehen, allerdings eher zufällig, und in ihr war eine diffuse Angst aufgestiegen. Er jedoch hatte sie nur gegrüßt und war weiter seiner Wege gegangen. Auf der Hut blieb sie dennoch, obwohl es den Anschein machte, er sei endlich einsichtig.

Eine elegante Gestalt in einem langen, grauen Mantel und einem dazu passenden, eng am Kopf anliegenden Hut eilte am Fenster vorbei zielstrebig auf den Eingang zu. Die Tür wurde geöffnet, und mit dem frischen Luftzug kam Ella Dorn hinein.

»Himmel, ist das draußen ungemütlich«, sagte Ella, nachdem sie die Tür hinter sich geschlossen hatte. Sie ließ ihren Blick durch das Café schweifen, lächelte und wandte sich wieder Louise zu. »Tut mir leid, dass ich erst jetzt komme, ich hatte noch zu tun.« In Wahrheit hatte sie mit Sebastian gestritten, und bei dem Gedanken daran kochte sie immer noch vor Wut. Sie ging durch die Tür, die ins Treppenhaus führte und wo sich die Garderobe befand, hängte Mantel, Schal und Hut auf und warf die feinen Lederhandschuhe achtlos in einen dafür angebrachten Korb.

Um sich von ihrem Ärger abzulenken, begrüßte sie Curt Dalberg im Fertigungsraum. »Ich habe eine neue Idee«, sagte sie.

»Nur heraus damit.« Er hatte Tee gekocht, und Ella, der die Kälte in den Knochen saß, schenkte sich ebenfalls eine Tasse ein. So gern sie den Winter mochte, das Nasskalte ertrug sie kaum.

»Ich dachte an Pralinen mit Rosenmarzipan. Und eine besondere Leckerei – Trüffelmousse-Rosen-Schokolade. Bekommen Sie das hin?«

»Möchtest du mich beleidigen?«

»Ach, natürlich nicht.«

Curt Dalbergs Refugium war so, wie Ella sich als Kind die Küche eines Zuckerbäckers vorgestellt hatte. Hier waren sämtliche Zutaten für Leckereien ordentlich etikettiert, es gab ein großes Regal mit verschiedenen Gewürzen, weißen und braunen Zucker, Marzipan, Nougat und natürlich Schokolade, die täglich aus der Manufaktur kam.

»Ich werde mich morgen daranmachen, die Rezepte zu entwerfen«, sagte er.

Ella ließ sich auf einem Stuhl nieder und trank ihren Tee. »Der Zimt für die Weihnachtspralinen ist leider noch nicht da, und ich weiß auch nicht, wann ich ihn bekomme.« Das hatte sie erfahren, als sie in dem Kontor des Gewürzhandels Lombard angerufen hatte. Dort war ihr beschieden worden, dass man von einer Bestellung nichts wisse. Daraufhin war sie persönlich hingefahren, hatte Sebastian in seinem Bureau aufgesucht und gesagt, dass offenbar ein Fehler vorliege. Er wiederum behauptete, er habe die Bestellung weitergegeben.

Irgendwo zwischen seinem Bureau und dem zuständigen Mitarbeiter war sie offenbar verloren gegangen. Woraufhin sie ihn darum gebeten hatte, ihr Zimt aus dem Lager bringen zu lassen, nur um dann zu erfahren, dass dieser bereits an die Händler gegangen war und sie die nächste Lieferung abwarten müsse.

»Ich kann da jetzt nicht einfach was abzweigen«, hatte Sebastian gesagt. »Wir müssen erst nachbestellen, Zimt ist um diese Jahreszeit gefragt.«

»Ach, was du nicht sagst. Daher hätte ich ihn ja auch gebraucht.«

Sie verdächtigte seinen Vater, die Bestellung einfach nicht ausgeführt zu haben, immerhin ging sie über seinen Tisch. Dagegen wiederum verwahrte sich Sebastian. Außer sich vor Wut hatte sie sein Kontor verlassen.

»Bestell ihn woanders«, sagte Curt Dalberg. »Ich habe einen Lieferanten in Köln, den rufe ich an.«

Ella nickte. »Ist gut.«

Aufmerksam taxierte er sie, und sie senkte den Blick auf den Tee, als könne sie darin verborgene Wahrheiten lesen.

»Bereust du es?«, fragte er.

Sie sah auf, zögerte, dann schüttelte sie den Kopf. »Nein, ohne ihn hätten wir das hier nicht.« Sie machte eine ausholende Handbewegung. »Und auch sonst ist er nicht gerade geizig, ich hatte lange nicht mehr so viele Kleider.«

»Na, die wird er schon allein deswegen bezahlen, weil er will, dass du an seiner Seite hübsch aussiehst.«

»Mir gleich, warum er es tut. Hauptsache, er tut es.«

Sie stellte die Tasse ab und erhob sich. »Ich werde mal sehen, ob ich Louise helfen kann.« Damit war sie zur Tür hinaus und trat in den Verkaufsraum.

Die Frau an dem Tisch am Fenster kam ihr bekannt vor, wenngleich sie sie zunächst nicht einordnen konnte. Einen Moment lang sah sie zu ihr, wandte den Blick dann wieder ab, um nicht unhöflich zu wirken, sah wieder hin und krauste die Stirn. Schließlich fiel es ihr ein. Die Pianistin, von der Tante Isolde und Tante Dorothea so schwärmten.

»Wie geht es dir?«, riss Louise sie aus ihren Gedanken.

»Gut«, antwortete sie obenhin.

Louise nickte nur, wohl wissend, dass dies nicht der passende Ort für tiefer gehende Diskussionen war. Sie hob die Hand, berührte ihren bloßen Nacken, wie sie das gelegentlich tat, seit sie sich das Haar abgeschnitten hatte.

»Ich weiß nicht, ob es mir gefällt«, hatte sie gesagt, als sie vom Friseur gekommen war.

»Es ist entzückend. Und du wirst merken, dass es viel leichter ist, sich morgens zu frisieren. Wenn eine Frisur mit langem Haar nicht richtig sitzt, sieht es schnell altbacken aus. Aber wir sind jung und modern.«

Daraufhin hatte Louise gelacht, so richtig wohl schien sich mit der neuen Frisur jedoch noch nicht zu fühlen.

»Warst du heute in der Manufaktur?«, fragte sie.

»Nein, da gehe ich morgen früh hin.« Sie sah sich die Auslagen an. Direkt vor ihr lag rechteckiges Walnuss-Rosmarin-Krokant und runde Orangenpralinen mit einem goldfarbenen Ornament auf der dunklen Schokolade. Sehr exklusiv und kostspielig waren die Safranpralinen, verziert mit feinen Safranfäden. Es gab Minzpralinen, Kaffeemarzipan, Blätterkrokant, Pistaziennougat, knusprige Nougatpralinen, Pralinen gefüllt mit Honigmarzipan, Haselnüsse auf Orangenmarzipan und überzogen mit dunkler Schokolade. Auf der Etagere konnte man die Pralinen probieren, ehe man seine Wahl traf.

Ella hatte sich viel Mühe gegeben, damit sie eine Atmosphäre schuf, die sommers wie winters zum Verweilen einlud. Rosen waren stets präsent, aber auf eine diskrete, zurückhaltende Art. Außerdem probierte sie stets neue Spezialitäten aus, in denen entweder Rosenwasser oder Rosenöl enthalten waren. Sie bot auch Rosentee an, sowohl hier im Verkauf an den Tischen als auch zum Mitnehmen.

Ein weiteres Mal flog Ellas Blick zu dem Tisch, an dem die junge Pianistin saß. Dieses Mal sah diese gleichzeitig zu ihr, und Ella schenkte ihr ein freundliches Lächeln, das die Frau zögerlich erwiderte. Die Tasse vor ihr war mittlerweile leer, und so ging Ella zu ihr.

»Wünschen Sie noch etwas?«

»Nein, danke.« Die Frau wirkte unschlüssig, und Ella fragte sich, ob sie nur der Wunsch nach einem heißen Getränk hier hineingeführt hatte oder ob sie insgeheim hoffte, hier auf Eric zu treffen, dessen Interesse an ihr – mochte er es auch noch so subtil andeuten – Ella nicht entgangen war. Vielleicht beruhte das ja auf Gegenseitigkeit.

»Wenn Sie noch etwas wünschen, sagen Sie gerne

Bescheid.« Ella schenkte ihr ein weiteres Lächeln und ging zurück zu Louise. Deren Blick hing an der Tür, die sich in diesem Moment öffnete. Max Schlüter trat ein, das Gesicht rot vor Kälte, ein wenig verlegen wirkend. Er war nett, aber für Ellas Geschmack hatte er viel zu wenig Biss. Allerdings war er gewiss verlässlich, nicht so wie Sebastian. Wieder stieg der Zorn in ihr auf, und sie beeilte sich, ihn zurückzudrängen. Anstatt an ihren pflichtvergessenen Ehemann wollte sie lieber an die Romanzen denken, die sich hier anzubahnen schienen.

8

DEZEMBER 1925

Seit dem Krieg hatte Eric nicht mehr viel übrig für Schnee. Er hatte nichts Feierliches an sich, nichts, das an behagliche Weihnachten denken ließ. Er war kalt, nass, und wenn er sich auf niedrige Hecken und Böschungen legte, gemahnte er an Leichenberge auf Schlachtfeldern. Es war eine Zeit, in der Eric nicht aufhören konnte zu frieren, gleich, wie gut geheizt wurde – und allein, dass sie das konnten, war Ellas unseliger Hochzeit zu verdanken. Das Werk lief einigermaßen gut, wenngleich die Einnahmen die Ausgaben vermutlich gerade so deckten.

Irgendwie erschien ihm Ellas gesamte Ehe seltsam. Sie war still aus den Flitterwochen zurückgekehrt, mit ihren Koffern daheim vor der Tür abgesetzt wie unerwünschter Besuch, den man glücklich wieder nach Hause verfrachtet hatte. Ob Sebastian sie in dieser Zeit angerührt hatte, wusste er nicht, wohl aber, dass er es danach nicht tat. Im Grunde genommen interessierte es Eric nicht besonders, aber es war eine Demütigung für Ella, auch wenn sie sich bemühte, sich nichts anmerken zu lassen. Sebastian holte sie zu Anlässen, an denen sie ihn begleiten sollte, ab und brachte sie hernach wieder nach Hause.

Georg ließ seinerseits keine Gelegenheit aus, sowohl ihm als auch Ella klarzumachen, was er von ihnen hielt. Dass es überhaupt so weit gekommen war, war allein Erics Schuld, daraus machte er keinen Hehl.

Die Tanzbar, in die er an diesem Abend ging, war gut besucht. Es wurden Tanzschlager gespielt mit leicht frivolen Sätzen, die sich derzeit großer Beliebtheit erfreuten und von den tanzenden Gästen entsprechend honoriert wurden. Früher einmal hatte Eric gerne getanzt, inzwischen konnte er dem nicht viel abgewinnen, es hatte zu viel mit Kontrollverlust zu tun. Die einzigen Momente, in dem er sich diesen erlaubte, war in der körperlichen Liebe.

Er war mit einigen seiner früheren Freunde verabredet, denn hin und wieder zog es ihn aus seiner selbst gewählten Isolation hinaus in Geselligkeit. Zudem bestand die Möglichkeit, eine Frau für eine Nacht zu finden. Ella hatte ihm beiläufig erzählt, dass die Pianistin – Clara Landauer – in ihrem Café gewesen sei, er hatte jedoch bemerkt, dass sie ihn aufmerksam taxierte. Sie gefiel ihm, das war seiner Schwester offenbar nicht entgangen, wenngleich er sich nicht ganz sicher war, wo diese Sache hinführen sollte.

»Ah, Dorn, da bist du ja«, rief einer der vier Männer an dem Tisch, den er ansteuerte. Constantin Frank war seit der Schulzeit einer jenen losen Freundschaften gewesen, mit denen man sich gerne mal traf, um oberflächliche Gespräche zu führen. Die drei anderen waren Alexander Weilburg, Fritz Grün und Andreas van Pelt. Sie saßen da, zwei von ihnen mit kubanischen Zigarren, deren Geruch sich schwer in die Luft legte.

»Machst dich mal wieder rar in letzter Zeit«, sagte Alexander.

»Die Geschäfte«, scherzte Fritz, wohl wissend, dass derzeit eher Ella diesbezüglich im Gespräch war.

Eric ließ sich auf den letzten freien Stuhl fallen und nahm eine angebotene Zigarre. »Ich war dort, um die Angestellten wieder auf Kurs zu bringen.«

»Und? Hat es etwas gebracht?«

»Das möchte ich meinen, jedenfalls wissen sie wieder, wo ihr Platz ist.«

»Mich wundert, dass Sebastian Lombard deiner Schwester weiterhin erlaubt, sich in großem Stil dem Geschäft zu widmen. Die Lombards sind doch in dieser Hinsicht sehr konservativ.«

»Sie fasst es wohl irgendwie richtig an«, mutmaßte Fritz, was den Männern – außer Eric – ein süffisantes, leicht anzügliches Grinsen entlockte.

»Gehört die Chocolaterie eigentlich dir oder ihr?«, fragte Alexander.

»Mir«, antwortete Eric. »Wobei Ella sie nach meinem Dafürhalten auch haben dürfte, aber das ist so eine Erbschaftssache. Familienbesitz ist eine Treuhand, die von Generation zu Generation für die Nachwelt verwaltet wird. Wenn sie Ella gehört, bekommen die Erben der Lombards sie. Und die haben noch mehr Geld und die Früchte von Ellas Arbeit nun wahrlich nicht nötig.«

»Wohnt sie mittlerweile bei den Lombards?«, wollte Alexander wissen.

»Nein.« Mehr hatte Eric dazu nicht zu sagen und hoffte, damit hätte es sich erledigt.

»Übrigens wird Constantin heiraten«, sagte Fritz.

»Nicht im Traum«, entgegnete Constantin.

»Scheint dein Vater anders zu sehen.«

»Wer ist denn die Glückliche?«, fragte Eric.

»Die Tochter eines Industriellen aus Bonn«, antwortete Maximilian an Constantins Stelle.

»Sie sieht aus wie ein Pferd.« Constantin hatte das Gesicht verzogen.

»Dann lässt sie sich bestimmt gut reiten«, witzelte Fritz, woraufhin Eric die Augen verdrehte.

»Kommst du zu kurz in letzter Zeit?«

Fritz lief rot an. »Gewiss nicht.«

»Ich heirate sie nicht«, bekräftigte Constantin ein weiteres Mal, als täte es irgendetwas zur Sache, was seine Freunde dazu dachten.

Eric indes war herzlich egal, ob sein Freund den Bund der Ehe einzugehen dachte. Die einzige Ehe, die ihm nicht gleichgültig war, war die jenes Mannes, der gerade die Bar betrat – mit einer Frau im Arm.

»Hey, ist das nicht dein Schwager?«, fragte Fritz.

»In der Tat.« Eric erhob sich.

Sebastian hatte die Hand leicht um Almas Hüfte gelegt, als sie die Tanzbar betraten, spürte ihre Bewegungen und hatte bereits sehr konkrete Vorstellungen davon, wie die Nacht weitergehen würde.

»Ich stehe in direkter Konkurrenz zu Gerda von Lohe«, erzählte Alma. »Sie ist natürlich keine echte *von*, aber sie denkt, das würde keiner merken. Dabei spricht sie ein so hundsordinäres Französisch, dass klar ist, sie hat es nicht in der höheren Töchterschule gelernt, sondern von ihren Liebhabern aufgeschnappt.«

»Ich wusste nicht, dass du Französisch sprichst.«

»Du weißt so einiges von mir nicht, mein Liebster. Aber das macht nichts, umso mehr gibt es zu entdecken.«

Sie steuerten einen kleinen Tisch für zwei Personen an, und Sebastian rückte gerade den Stuhl für Alma zurecht, als Eric unvermittelt vor ihm stand.

»Oh, guten Abend.« Sebastian bemühte sich nicht einmal um ein Lächeln.

»Guten Abend.« Eric sah an ihm vorbei zu Alma, die interessiert aufblickte. »Meine Dame.«

Im Gegensatz zu Sebastian schien Alma keinerlei Schwierigkeiten damit zu haben, Eric herzlich anzulächeln. »Mein Herr.«

»Eric Dorn«, stellte Sebastian ihn vor. »Mein Schwager.«

»Ach?« Almas glatte Stirn krauste sich kaum merklich.

»Alma Kloeckner«, stellte Sebastian sie vor.

»Ich weiß, wer sie ist. Ganz so armselig ist es um meine kulturelle Bildung nun nicht bestellt.«

Nun merkte Alma auf. »Sie haben mich auf der Bühne gesehen?«

»Mehr als einmal.« Dieses Mal rang sich Eric sogar ein Lächeln ab, eines von der Art, die Männer auf der Hut sein ließ und bei Frauen oftmals jenen Ausdruck aufmerksamen Interesses hervorrief, wie er nun bei Alma zu sehen war.

»Wolltest du etwas Bestimmtes oder nur freundlich Guten Abend sagen?«, fragte Sebastian.

»Ich wollte dich an den Umstand erinnern, dass du verheiratet bist.«

»Vielen Dank, aber da mir deine Schwester gerade heute die Rechnung für ihre neuen Kleider vorgelegt hat, dürfte es mir schwerfallen, das zu vergessen.«

Wieder spielte dieses düstere Lächeln um Erics Lippen. »Und wie kommt es, dass sie daheimsitzt, während du dir hier in Begleitung einer Frau die Zeit vertreibst?«

»Ich halte mich an unsere Übereinkunft, und gerade diese Art des Zeitvertreibs hat mir deine Schwester ausdrücklich erlaubt.«

In Erics Augen glomm Zorn auf, schmolz in seinem Blick zu Härte, und einen Moment lang befürchtete Sebastian gar, er würde auf ihn losgehen, was nicht zu Erics kultiviert wirkendem Äußeren passen wollte. »Hältst du dich eigentlich für einen Ehrenmann?«, fragte er beiläufig.

Sebastian hob die Brauen. »Willst du behaupten, ich sei keiner?«

»Bisher bleibst du mir den Beweis noch schuldig.«

Jetzt war es an Sebastian, drohend die Augen zu verengen. »Willst du tatsächlich hier und jetzt meine Ehre infrage stellen?«

»Prügelt euch, Jungs«, hörte er Alma sagen. »Aber gebt mir vorher noch Zeit, das Weite zu suchen. Ich habe einen Ruf zu verlieren.«

Sebastian sah sie an, stieß den Atem in einem langen Zug aus, und auch Eric entspannte sich, lächelte. »Natürlich tun wir nichts dergleichen, meine Dame. Mein Schwager ist gewiss ein Ehrenmann und wird sich seiner Frau gegenüber auch künftig wie einer verhalten. Denn bei allem Groll, den er hegt, weiß er recht gut, dass ein einfaches Nein von seiner Seite genügt hätte, damit er nie in diese prekäre Situation geraten wäre, die schließlich zu der Heirat geführt hat.«

»Na«, sagte Alma, »da hat er eigentlich recht.«

Sebastian neigte den Kopf, taxierte seinen Schwager. »Ich bin mir dessen durchaus bewusst. Und wenn deine Schwester, hm, Grund zur Klage hatte, bedaure ich das.«

»Sie beklagt sich nicht, das muss sie nicht. Sie sitzt abends daheim, während du dich mit deiner Geliebten amüsierst. Mehr muss ich nicht wissen, nicht wahr?«

Sebastian schwieg.

»Also gut.« Eric nickte ihm zu und wandte sich an Alma. »Verzeihen Sie bitte, meine Dame. Natürlich ist es nichts Persönliches, und es ist wahrhaftig nicht so, dass ich nicht verstehen könnte, dass man Ihnen verfällt.«

Alma lachte entzückt. »Was Sie nicht sagen.« Sie blickte ihm nach, als er zu seinen Freunden zurückging. »Was für ein attraktiver Mann.«

»Hmhm«, machte Sebastian. »Streckst du die Fühler aus?«

»Und selbst, wenn? Du bist verheiratet, mit welchem Recht erhebst du auf mich einen Ausschließlichkeitsanspruch?«

Ein langer Seufzer entrang sich Sebastians Brust. Dabei hatte der Abend so nett begonnen. Er sah zu Eric hinüber, der sich inzwischen wieder den Gesprächen mit seinen Freunden widmete. Das war das erste Mal gewesen, dass er mehr als drei Worte mit Eric gewechselt hatte.

»Würdest du?«, fragte er.

Alma antwortete nicht, sondern sah kurz zu Eric hinüber, der in genau diesem Moment aufblickte und ihr zuzwinkerte. Dann wandte sie sich wieder an Sebastian und lächelte. »An diesem Abend zumindest bin ich ganz die Deine.«

Ella hatte schon im Vorfeld geahnt, dass Weihnachten im Kreis von Sebastians Familie sehr unerquicklich werden würde – wenngleich die Aussicht, Heiligabend mit ihrer eigenen Familie zu verbringen, nicht gerade verlockender war. Eric hatte sämtliche Einladungen zu Heiligabend abgesagt, und Ella hatte ein schlechtes Gewissen, ihn allein zu lassen. Dies zerstreute er jedoch mit den von einem vielsagenden Blick begleiteten Worten: »Wer sagt denn, dass ich allein sein werde?«

Sie hatte Sebastian bereits im Voraus gesagt, dass er die Geschenke für seine Familie besorgen solle, denn keinesfalls würde sie sich die Blöße geben, seiner Mutter etwas zu überreichen, das diese mit spitzen Fingern entpacken und beiseitelegen würde.

»Meine Mutter weiß durchaus, was sich gehört«, hatte er darauf geantwortet.

»Deine Mutter weigert sich bisher, mit mir mehr als drei Worte zu wechseln.«

Dem hatte er nicht gut widersprechen können, und immerhin kümmerte er sich nun um die Geschenke. Er kam abends sogar persönlich, um Ella abzuholen, und schickte nicht den Chauffeur. Sie hatte viel Aufwand um Garderobe und Kosmetik betrieben – durchaus mit einigem Erfolg, wie sie an den Blicken ihres sonst so distanzierten Ehemannes bemerkte. Ihr dunkelgrünes Kleid schimmerte bei jeder Bewegung seidig, Ausschnitt und Saum waren in cremefarbener Spitze abgesetzt, Perlen und eine Spange mit grüner Feder vervollständigten das Ensemble.

Die Begrüßung in der Villa Lombard fiel eisig aus, und Sebastians Eltern machten keinen Hehl aus ihrer Abneigung. Das fing ja gut an, dachte Ella, als sie Sebastians Schwester Ava und deren Mann Paul begrüßte, die jedoch um einiges freundlicher waren als seine Eltern. Ava war direkt wieder abgelenkt, da ihre Jüngste eine Vase umgeworfen hatte.

»Wenn ihr weiter wie die Wilden um den Baum tobt«, drohte Paul Falkoven, »dann wird es die Geschenke erst morgen geben.« Daraufhin war immerhin Ruhe eingekehrt, und sie konnten sich zu Tisch begeben. Ava äußerte ihren Unmut, dass die Kinder ausgerechnet Heiligabend aus dem Umfeld der Familie verbannt werden sollten.

»Meine Liebe, es ist ja nur während des Essens, wir wollen ja nicht, dass der Truthahn zum Wurfgeschoss wird, nicht wahr?«, sagte ihre Mutter. »Von Verbannung kann keine Rede sein, der Tisch im Kinderzimmer ist so reizend gedeckt.«

Ella saß neben Paul, zu ihrer anderen Seite, am Kopfende des Tisches, Sebastians Vater, ihr gegenüber Ava. Paul hatte sie als Tischdame zu ihrem Platz geführt, ihr den Stuhl zurechtgerückt und sich auch ansonsten untadelig verhalten. Zum ersten Gang wurde Suppe gereicht, und Ella kam es vor, als würden selbst die Angestellten sie mit Herablassung behandeln. Als sie den Hausdiener bat, ihr nachzuschenken, musste sie die Bitte zweimal wiederholen, ehe er zu ihr kam. Bei der Auswahl zum zweiten Gang kippte ihm beinahe die Platte mit dem Fleisch auf ihren Schoß. Ella war normalerweise nicht leicht aus der Ruhe zu bringen, aber die Art, wie sie bei Tisch ignoriert wurde und wie gleichzeitig jeder sie zu beäugen schien, zerrte an ihren Nerven. Als ihr die Gabel aus der Hand rutschte und klirrend auf das polierte Parkett fiel, spürte sie, wie sie rot anlief. Der Hausdiener schien wieder nichts gehört zu haben, und erst, als Ella ihre Bitte um eine neue Gabel wiederholte, setzte er sich in Bewegung, erschien jedoch erst so viel später, dass Ella sich fragte, ob er sich in einer Küche am Ende der Straße bedient hatte. Mittlerweile war schon fast Zeit für den dritten Gang. Als der Hausdiener die Gabel achtlos vor ihr ablegte, knallte Ava die Hand mit der Serviette auf den Tisch.

»Franz, wenn Sie sich heute Abend nicht ausreichend bei Kräften fühlen, um bei Tisch adäquat zu bedienen, dürfen Sie sich gewiss gerne zurückziehen und Hanne das Bedienen überlassen.«

Magda Lombard blickte auf. »Ava, Liebes, ich denke nicht, dass dieser Ton angemessen ist. Wir sind bei Tisch, und es ist Heiligabend.«

Ava stieß Sebastian so heftig an, dass der zusammenzuckte. »Sagst du nicht auch mal was?«

»Mir ist das Fehlverhalten durchaus aufgefallen, aber ich dachte mir, Ella wäre es lieber, dies nicht zum Mittelpunkt des Tischgesprächs zu machen, sondern das später diskret zu klären.«

Dieser Schuft. Wieder stieg Ella das Blut ins Gesicht, und auf Sebastians fragenden Blick hin zuckte sie nur mit den Schultern.

»Franz«, wandte sich Sebastian nun an den Hausdiener. »Wenn Sie die Mutter des künftigen Erben des Hauses Lombard weiter schmähen wollen, fühlen Sie sich frei, sich um eine neue Stelle zu bemühen.«

Der Diener wurde blass und stammelte eine Entschuldigung. Das Stubenmädchen, das neben dem Servierwagen stand, warf Ella einen verstohlenen Blick zu. Freunde hatte sie sich unter der Dienerschaft vermutlich dadurch nicht gemacht.

Nach dem Essen gingen sie in den Salon, und kurz darauf wurden die Kinder hineingeführt, aufgeregt und mit leuchtenden Augen. Damit sie nicht mit leeren Händen auftauchte, hatte Ella Schokolade mitgebracht, eine große Schachtel der teuersten Pralinen für die Gastgeberin, eine etwas kleinere für ihre Schwägerin und Schokoladenlutscher, die Curt Dalberg aus Kuvertüre gegossen hatte, für die Kinder. Für einen Moment waren die Geschenke vergessen, als die Kinder die Süßigkeiten auspackten und die Erlaubnis bekamen, sie sofort zu verspeisen. Ava bedankte sich mit einem freundlichen Lächeln für die Pralinen und öffnete gleich die Schleife, um die Schachtel zu öffnen, während Magda Lombard Ella kühl zunickte und die Pralinen zur Seite legte.

Papier raschelte, als sich die Kinder an das Öffnen der Geschenke machten, während Ava hinterherhastete und ihnen die schokoladenbeschmierten Münder und Hände abwischte. Ella hatte Sebastian Karten für das Theater geschenkt, eine kleine Spitze, die sie sich nicht verkneifen konnte. Zudem würde bei jedem kostspieligeren Geschenk ohnehin mitschwingen, dass er es selbst bezahlt hatte. Von ihm bekam sie wenig einfallsreich eine Halskette. Von seinen Eltern dazu passende Ohrgehänge und von seiner Schwester ein Buch über die Geschichte der Schokolade.

»Ich hoffe, du findest es nicht vermessen«, sagte Ava.

»Nein, keinesfalls.« In der Tat war es das einzige Geschenk, über das sie sich freute.

Ihr Schwiegervater, der bis auf die Begrüßung kein Wort mit ihr gesprochen hatte, schien bei diesem Vorhaben bleiben zu wollen und führte schon bald eine lebhafte Unterhaltung mit Sebastian und Paul, während seine Mutter sich mit Ava unterhielt, die immer wieder durch ihre Kinder abgelenkt war. Vor allem die Kleinste war sehr anstrengend.

Die Mittlere hatte gerade einen Wutanfall, weil die Haare ihrer Puppe zerzaust waren und sie sie nicht entwirrt bekam. Ihr Vater sagte ihr, sie habe doch eine neue Puppe bekommen, aber die Kleine beharrte darauf, dass sie nun mit der alten spielen wolle. Es folgte die Drohung, sie ins Bett zu schicken, was wiederum zu Widerspruch von Ava führte. Ella, die derzeit ohnehin nichts mit sich anzufangen wusste, kniete sich schließlich neben das Kind und begann, die Haare der Puppe zu entwirren. Ein Haarband hatte sich darin verknotet, und es forderte viel Geduld, die Puppenhaare daraus zu lösen. Währenddessen fuhr ihr der Älteste zweimal mit der Bahn über die Füße.

Als es Zeit war, zur Messe zu gehen, war Sebastian so freundlich, ihr die Hand zu reichen und ihr aufzuhelfen, hielt ihr sogar den Mantel auf, damit sie hineinschlüpfen konnte. Offenbar hatte er sich entschlossen, die Form zu wahren, möglicherweise war daran auch Avas Tritt gegen seinen Knöchel schuld, den Ella aus ihrer am Boden sitzenden Position gut hatte sehen können.

Die Messe in der Liebfrauenkirche war dafür sehr schön, und das versöhnte Ella ein klein wenig mit dem Abend. Sie erwartete, dass Sebastian sie hernach direkt heimfahren würde, umso erstaunter war sie, als er ihre Finger umfasste und allen nach einem nächtlichen Umtrunk im Salon der Familie eine gute Nacht wünschte. Irritiert ließ Ella sich von ihm die Treppe hochführen, durch den stillen Korridor bis zu einer Tür, die er aufstieß.

Es war das erste Mal, dass Ella Sebastians Zimmer betrat, und sie wusste nicht so recht, was sie erwartet hatte, aber diesen Raum in warmen Tönen von altem Holz gewiss nicht. Die Holzdielen hatten die Farbe von dunklem Honig angenommen, glänzend gewachst und poliert. Die Vorhänge vor den hohen Fenstern waren zugezogen, aber Ella, die stets neugierig darauf war, welchen Blick man von Räumen aus hatte – und erst dann konnte sie entscheiden, ob ihr das Zimmer gefiel –, ging hin und schob einen vorsichtig zur Seite. Die Finsternis gab ihr nur ihr eigenes Spiegelbild zurück, aber als sie näher ans Fenster trat, genauer in die Dunkelheit spähte, konnte sie die Silhouetten von Bäumen ausmachen.

»Ist das der Garten?«, fragte sie, ohne sich umzudrehen.

»Ja.« Das leise Klicken, mit dem die Tür ins Schloss gedrückt wurde, begleitete das Wort.

Ella drehte sich um, indes ihr der Herzschlag in der Kehle pochte. »Und was tun wir nun, hm?«

»Wonach ist dir?«

Sie antwortete nicht.

»Du bist wütend auf mich«, stellte er fest.

»Na, was denkst du wohl?« Das Pochen in ihrer Kehle schien sich zusammenzuklumpen und machte ihr das Schlucken schwer. Sie würde gewiss nicht hier und jetzt vor ihm in Tränen ausbrechen, und so wandte sie sich abrupt von ihm ab und sah wieder hinaus in die Dunkelheit.

Sebastian war hinter sie getreten, strich behutsam mit einem Finger über ihren Nacken, was ein leises Kribbeln auslöste. Ella zog die Schultern hoch, wollte, dass er aufhörte. »Warum willst du, dass ich bleibe? Um die Form zu wahren? Dann hättest du mir früher Bescheid sagen sollen, damit ich wenigstens Kleidung mitnehme. Ich habe nicht einmal ein Nachthemd dabei.«

»Du brauchst keins, ich bin dein Ehemann, es gibt keinen Grund, dich vor mir zu zieren.«

Ein kurzes Lachen entwich Ellas Kehle. »Ach was? Wann hätte ich denn die Gelegenheit gehabt, mich daran zu gewöhnen?«

»Wir könnten heute damit anfangen.«

»Und wenn mir gerade heute nicht danach ist, was dann?«

»Du kannst dich einfach ins Bett legen, ich rühre dich nicht an, wenn du das nicht willst.«

Ella zögerte, dann begann sie ihr Kleid zu öffnen, schob es über ihre Schultern, hörte die feine Seide rascheln, als es zu Boden fiel, ließ das Unterkleid folgen und war gerade im Begriff, das Mieder zu öffnen, als sich Sebastians Hand über ihre legte, ihr Einhalt gebot.

»Nicht so hastig«, sagte er. »Das Entkleiden ist der halbe Spaß.« Ein Lachen schwang in seiner Stimme mit, und er senkte den Kopf, küsste sie.

»Ich bin auf dich fast genauso wütend wie auf deine Eltern«, sagte sie, als er ihren Mund lange genug dafür freigab. »Aber ich möchte keine jungfräuliche Ehefrau mehr sein.«

»Verstehe.«

»Am liebsten würde ich die Wände hochgehen und auf dich einschlagen.«

»Dann lass uns diese leidenschaftliche Wut in andere Kanäle leiten.« Wieder nistete ein Lachen in seinen Mundwinkeln. Er hob sie hoch, und sie umschlang seinen Kopf mit den Armen, senkte den Mund auf den seinen, während er sie zum Bett trug.

Es dauerte nicht lange, da lag ihre Miederwäsche in einem Haufen zusammen mit seiner Kleidung am Fußende des Bettes, Ellas Körper schien nur noch auf das zusammenzuschmelzen, was sich unter Sebastians Händen und seinem Mund befand. Sie drehte sich mit ihm, sodass er auf dem Rücken lag, küsste ihn und machte sich daran, ihn ebenso zu erkunden wie er sie, ihre Neugier auf all das Neue zu stillen. Das Eindringen war nicht so schmerzhaft, wie sie erwartet hatte, ein kurzer Moment, in dem es wehtat, ehe sie einen harmonischen Rhythmus gefunden hatten. Und schließlich die Wärme, die sich tief in ihrem Bauch aufbaute und in einem Rieseln hoch in ihre Brust stob, wieder und wieder, ehe sie verebbte. Ella spürte Sebastians Erschauern in ihren Armen, und er senkte den Kopf, um sie zu küssen, ein Kuss, der träge war und gesättigt. Danach sank Sebastian auf das Kissen, zog sie an seine Brust und die Decke über sie beide.

»Das war ein wunderbares Weihnachtsgeschenk«, sagte Ella, als sie wieder so weit zu Atem gekommen war, dass sie mehr als zwei Worte hintereinander artikulieren konnte, ohne erneut Luft zu schöpfen.

Er grinste, ein wenig zu selbstgefällig für ihren Geschmack.

»Oh, ich meinte nicht den Verlust meiner Jungfräulichkeit, das war ja wohl eher ein Geschenk für dich. Aber du hast mir heute einige verborgene Wahrheiten über mich selbst enthüllt, das weiß ich durchaus zu schätzen.«

»Kannst du nicht einfach sagen, dass es dir gefallen hat?«

Sie schwieg, lächelte aber in sich hinein, während sie seinen Herzschlag unter ihrer Hand spürte. Ihre Lider wurden schwer, und eine angenehme Schläfrigkeit überkam sie, ein sanfter Halbdämmer, der sie umhüllte. Sie musste dann doch eingeschlafen sein, denn sie wurde wach, als Sebastian sie behutsam auf das Kissen gleiten ließ und auf den Rücken drehte, um sie küssen.

Einen Moment brauchte sie, um sich aus der Schwere des Schlafes hervorzukämpfen und den Kuss zu erwidern. Als Sebastian ihren Mund losließ, bog sie den Kopf zurück, bot ihm ihre Kehle, genoss die Schauer, die seine Küsse darauf auslösten und die letzten Reste der Müdigkeit damit vertrieben.

Ella erwachte, brauchte einen Moment, um sich zu orientieren und daran zu erinnern, wo sie war, warum sie nackt in einem Bett lag, inmitten zerwühlter Decken und Laken. Dann kam die Erinnerung, und sie blinzelte in die Dunkelheit, versuchte auszumachen, ob es schon Morgen war oder noch finstere Nacht. Sie kroch aus dem Bett und tappte leise zum Vorhang, schob ihn zur Seite und bemerkte die bleigraue Färbung, die der Himmel am Horizont annahm.

Aus dem Bett getrieben hatte sie jedoch nicht der Umstand, dass sie trotz der wenigen Stunden Schlaf hellwach war, sondern dass sich ihre Blase recht unangenehm bemerkbar machte. Sie hatte allerdings schlechterdings nichts zum Anziehen, und in ein Laken gehüllt konnte sie mitnichten in den Flur hinaustreten. Sie wollte bereits damit beginnen, ihre komplette Abendgarderobe anzulegen, als sie Sebastians Hemd bemerkte, das auf dem Boden lag. Sie zog es über, knöpfte es zu und krempelte die Ärmel hoch. Das Hemd ging ihr bis fast zu den Knien. Das entbehrte zwar jeden Anstands, aber es würde sicher nicht ausgerechnet dann einer der Männer auf den Flur treten, wenn sie gerade darüberhuschte.

Den Weg zum Badezimmer schaffte Ella in der Tat

ungesehen, und als sie die Tür verriegelte, atmete sie auf, wenngleich eher aus Erleichterung darüber, ihre Blase von dem Druck befreien zu können. Hernach wusch sie sich die Hände und betrachtete sich im Spiegel, die zerzausten Haare, die Lippen, die roter und voller wirkten als sonst. Wundgeküsst, dachte Ella, obschon sie sich nicht wund anfühlten. Sie berührte sie mit ihren Fingerspitzen, musste lächeln. Es war wunderbar gewesen, darauf würde sie künftig gewiss nicht ohne Weiteres verzichten wollen. Immerhin bezog sich der Begriff ehelicher Pflichten auch auf *seine* Verpflichtungen.

Immer noch lächelnd verließ Ella das Bad und stieß beinahe mit ihrer Schwiegermutter zusammen. Die blickte sie aus großen Augen konsterniert an.

»Es mag nicht dem entsprechen, was du von zu Hause gewöhnt bist, aber hier herrscht ein gewisser Anstand«, sagte sie eisig. »Und nun möchte ich dich bitten, dir umgehend etwas Passendes anzuziehen.«

Der Zorn auf diese Frau schwelte immer noch in ihr, und gewiss würde Ella diese angedeutete Schmähung ihrer Eltern nicht dulden. »Ich dachte mir, auf diese Weise hat Sebastian gleich weniger auszuziehen«, antwortete sie mit einem hinreißenden Lächeln.

Magda Lombard lief dunkelrot an, öffnete den Mund, schien etwas sagen zu wollen, aber Ella hatte sich bereits umgedreht und eilte zurück in Sebastians Zimmer.

»Wo warst du?«, fragte er und streckte sich schläfrig, ehe er mit anerkennendem Blick ihren Aufzug musterte.

»Im Bad. Deine Mutter ist fast in Ohnmacht gefallen.«

Er lachte. »Nicht dein Ernst?«

»Sie kam gerade durch den Korridor, als ich zurück zu dir wollte.«

»Und dann hat sie dir einen Vortrag über Anstand gehalten?«

»Ganz recht.«

»Und du hast dir das brav angehört?«

»Ja. Und ihr danach gesagt, auf diese Weise hättest du gleich weniger auszuziehen.«

Jetzt war es an ihm, schockiert auszusehen. »Du scherzt?«

»Das liegt ganz bei dir.«

»Grundgütiger, Ella.« Seine Stimme schwankte zwischen Belustigung und Unglauben. »Na, da wird sie meinem Vater ja gewiss einiges zu erzählen haben.« Er erhob sich und ging ins Ankleidezimmer, aus dem er in einem Morgenmantel hervortrat. »Ich lasse das Frühstück ins Zimmer kommen. Ich glaube, das ist besser für die morgendliche Harmonie. Nichts hasse ich mehr, als schon beim Frühstück zu streiten.«

»Hervorragende Idee.« Ella für ihren Teil war auch nicht erpicht darauf, seinen Eltern an diesem Morgen gegenüberzusitzen.

Er zwinkerte ihr zu und verließ das Zimmer, während sie sich wieder ins Bett kuschelte. Jetzt, da sie so dalag, überkam sie doch wieder eine angenehme Schläfrigkeit, und sie beschloss, noch einen Moment lang die Augen zu schließen. Die plötzliche Helligkeit und der Duft nach Kaffee sowie Sebastians »Für eine Geschäftsfrau bist du wirklich eine Langschläferin«, weckten sie. Sie drehte sich um, legte sich stöhnend einen Arm über die Augen, blinzelte zögernd ins Licht und richtete sich auf, gähnte herzhaft und streckte die Arme über den Kopf, während Sebastian sich bereits am Servierwagen bediente.

»Meine Mutter hat mich wissen lassen, dass dank deiner Anwesenheit die Sitten hier verlottern. Den ersten Weihnachtstag im Bett verbringen anstatt mit der Familie – wo gibt es denn so etwas?« Er ahmte ihren Stimmfall gekonnt nach und reichte Ella eine Tasse Kaffee.

»Ach, der ist gut«, sagte sie nach dem ersten Schluck. Aromatisch und kräftig, genau so, wie sie Kaffee mochte. Sie bestrich ein Stück knusprig gebackenes Weißbrot mit Süßrahm und biss hinein.

»Ehm«, sagte Sebastian, »ich sage es dir lieber jetzt, ehe du es anderweitig erfährst. Meine Mutter hat deine Schokolade unter den Dienstboten verteilt.«

Ella schwieg, nickte dann kaum sichtbar. »Weißt du«, sagte sie, »das ist wie damals, als wir Kinder waren. Meine Cousine hatte leckere Bonbons, wir haben uns darum gestritten, und sie hat sie schließlich allesamt in den Rinnstein gekippt, um mich zu bestrafen. Meine Pralinen landen wenigstens nicht im Rinnstein, nicht wahr? Jemand wird sich daran erfreuen, vielleicht seinen Liebsten eine Freude machen, vielleicht die Geliebte überraschen, vielleicht einen Antrag versüßen oder ein Geständnis.« Sie trank den Kaffee aus und schenkte sich eine weitere Tasse ein. »Nur eine Person hat nichts von dieser ausgesuchten Köstlichkeit – deine Mutter.«

Sebastian drehte sich zu ihr um, sah sie schweigend

an. »Du magst recht haben«, sagte er schließlich. »Aber du weißt so gut wie ich, dass es darum nicht geht. Sie wollte dich demütigen, und gleich, wie die Dinge liegen, ob ich dich heiraten wollte oder nicht, ich habe es nun einmal getan. Wenn sie dich nicht respektiert, wie kann dann eines deiner Kinder je respektabel werden? Einen Sohn würde sie vielleicht noch hinnehmen, aber in einer Tochter würde sie fortwährend dich suchen, in jeder Verfehlung, in jeder Tat. Das werde ich nicht dulden.«

»Darauf hoffe ich.« Die Vorstellung, ein Kind zu gebären, ängstigte sie auf einmal, die Ungewissheit, der sie dieses Kind ausliefern würde. Wie konnte sie das guten Gewissens tun? Aber hatte sie eine Wahl? War das nicht ihr Beitrag zur Ehe gewesen? Sein Geld für ihr Geschäft im Gegenzug für einen Erben?

»Woran denkst du?«, fragte er.

Sie schüttelte nur den Kopf und stellte ihre Tasse ab. Dann schlang sie einen Arm um seinen Hals, zog ihn an sich und küsste ihn, schob die Hand in seinen Morgenmantel, während er sich daranmachte, die Knöpfe des Hemdes zu öffnen und es ihr vom Körper zu streifen. Schon bald geriet das Frühstück in Vergessenheit sowie der familiäre Unfrieden, und Ella konnte – und wollte – an nichts anderes mehr denken als daran, wie sie diese so jäh auflodernde Lust ihrem Gipfelpunkt entgegentrieben.

Später, als sich ihr Herzschlag wieder beruhigt hatte, trank sie eine weitere Tasse Kaffee, während Sebastian immer noch auf dem Rücken lag und weitaus verausgabter wirkte als sie. »Da macht sich doch bemerkbar, dass du älter bist als ich, nicht wahr?«, sagte sie, und er öffnete ein Auge.

»Ich bin noch keine dreißig!«

»Nein, aber knapp davor.«

»Ich könnte durchaus jetzt noch einmal, wenn du mir nur einen Moment Zeit gibst.«

»Ist da jemand in seinem männlichen Stolz gekränkt?« Sie wich seiner Hand aus, die nach ihr griff und stand auf. Am liebsten wollte sie unter die Dusche gehen und hernach noch einmal in Ruhe eine Tasse heiße Schokolade trinken, aber gewiss nicht in diesem Haus. Sie begann unter Sebastians Blicken damit, sich anzukleiden, empfand dabei erstaunlich wenig Verlegenheit. Kurz darauf war sie ausgehfertig.

»Du weißt, dass wir heute Abend in Bonn sind bei Ava und der Familie ihres Mannes?«, fragte er.

Sie stöhnte auf. »Ach je, ich hatte es verdrängt.«

Mit einem sardonischen Lächeln erhob Sebastian sich nun ebenfalls. »Warte einen Moment, ich kleide mich an und bringe dich nach Hause.«

Nachdem er das Zimmer verlassen hatte, gönnte sich Ella noch eine weitere Tasse Kaffee, obwohl sich die ersten bereits deutlich bemerkbar machten. Aber sie würde warten, bis sie daheim war, in ihrem eigenen Bad, wo auf dem Korridor keine Schwiegermutter darauf wartete, ihr zu sagen, was sie von ihr hielt. Hoffentlich war Eric nicht in Sorge, wobei er sich ja denken konnte, dass sie gewiss nicht entführt und verschleppt worden war.

Sebastian erschien bald darauf mit feuchtem Haar, frisch rasiert und komplett angekleidet. »Wenn du so weit bist, können wir los«, sagte er. »Ich hole dich heute um vier Uhr wieder ab.«

»Ist gut.«

In der Eingangshalle trafen sie auf Ava, die ebenfalls abfahrbereit war und ihre Kinderschar um sich sammelte. Sie wünschte ihnen einen guten Morgen, taxierte erst Ella, dann Sebastian.

»Deine Frau hat hier nicht einmal Garderobe?« Ehe er dazu kam zu antworten, wandte sie sich an Ella. »Du bist mir jederzeit willkommen, meine Liebe. Und glaub mir, unsere Schwestern sind auch sehr liebenswert. Was Arroganz, Snobismus und Dünkel angeht, hat Sebastian alles allein geerbt.«

Der warf ihr nur einen kurzen Blick zu und schwieg.

Ella jedoch lächelte. »Vielen Dank, das weiß ich zu schätzen.«

»Es ist ein Wunder, dass aus ihm überhaupt etwas geworden ist, so oft, wie sein Lehrer ihm mit dem Lineal eins überziehen musste oder mein Vater ihm mit dem Rohrstock den Hosenboden …«

»Schon gut, das reicht jetzt«, warf Sebastian ein. »Wir können los, ja?«

»Aber jederzeit.« Ella warf Ava ein weiteres Lächeln zu, dann ließ sie sich von Sebastian in den Mantel helfen und verließ mit ihm das Haus. Darauf, sich von seinen Eltern zu verabschieden, legte sie keinen Wert, ihr reichte, dass sie sie an diesem Abend schon wieder treffen musste. Sebastian schien das zu ahnen und wies nicht auf das Versäumnis hin.

»Ich bin pünktlich um vier Uhr hier«, sagte er, als er den Wagen in die Auffahrt zur Villa Eric Dorn fuhr.

Sie bat ihn nicht hinein, verabschiedete sich auch nicht mit einem Kuss von ihm, weil er ebenfalls keine ähnlich gearteten Anstalten machte. Offenbar gab es keine Intimität jenseits seines Bettes, aber damit konnte Ella gut leben.

»Du solltest vielleicht tatsächlich eine komplette Garderobe in unserem Haus unterbringen. Für alle Fälle.«

Was wohl so viel bedeutete, dass es nach seinem Dafürhalten nicht bei diesem einen Mal bleiben sollte.

»Das werde ich tun.« Sie stieg aus und beugte sich noch einmal zum Automobil hinunter. »Bis später.«

Der Wagen fuhr davon, und Ella ging langsam die Einfahrt hoch. Da sie keinen Schlüssel bei sich hatte, schlug sie den Türgong an, und kurz darauf öffnete Doris ihr die Tür.

»Der gnädige Herr schläft noch«, sagte sie, als Ella eintrat.

»Hat er wieder Kopfschmerzen?«

»Nein, er war nur spät daheim.«

Ella nickte und ging die Treppe hinauf, wollte erst in ihr privates Bad, hielt dann jedoch inne und ging zum Zimmer ihres Bruders. Hier herrschte immer noch dämmrige Dunkelheit, nur erhellt von einer kleinen Lampe, und es war sehr kalt, weil die Heizung im oberen Stockwerk noch nicht angefacht worden war. »Eric?«

Er drehte sich im Bett herum, tat einen langen Seufzer und schlief weiter. Das sah zumindest nicht nach Kopfschmerzen aus, dafür wirkte sein Schlaf zu entspannt. Erleichtert stieß Ella den Atem aus und verließ das Zimmer. Sie hatte ein schlechtes Gewissen, weil sie ihn an diesem Abend wieder alleinließ, aber er hatte ihr gesagt, sie sei nun einmal eine Verpflichtung eingegangen, und sie könne kein Geld von Sebastian annehmen, um ihm dann ausgerechnet Weihnachten abzusagen.

In ihrem Zimmer streifte Ella die Kleidung ab, suchte frische Wäsche heraus, nahm ein Tageskleid vom Bügel und ging in ihr Badezimmer. Dort stand sie eine Zeit lang vor dem hohen Spiegel und betrachtete sich, stellte die stumme Frage, ob man es ihr ansah, ob sich ihr Blick verändert hatte, ihre Art, sich zu bewegen. Ob man die katzenartige Geschmeidigkeit, die sie nach der genossenen Liebe in den Gliedern gespürt hatte, bemerkte. Aber alles war wie immer, und selbst das leise Pochen in ihr, das wie das sanfte Nachglühen genossener Leidenschaft war, wurde langsam schwächer.

Sie schaltete den Boiler ein und drehte die Gasflamme höher, damit das Wasser schneller erhitzt wurde. Währenddessen setzte sie sich auf den Wannenrand und ließ den gesamten Vortag noch einmal vor ihrem inneren Auge vorbeiziehen. Bedeutete das nun, dass ihre Ehe sich normalisierte? Dass er sich damit abgefunden hatte, mit ihr und nicht mit Helene verheiratet zu sein? Ella hoffte es, denn sie mochte keinen Unfrieden und hasste diesen Groll, der beständig in Sebastian zu schwelen schien. Ja, sie war nicht Helene und hatte nicht dieselben finanziellen Vorteile zu bieten, aber das hieß ja nicht, dass sie im Gegenzug rein gar nichts in die Ehe einzubringen hatte. Und irgendwann würden die Manufaktur und ihre Chocolaterie so erfolgreich werden, dass sie dem Rest der Familie in dieser Hinsicht nicht mehr nachstand.

9

FEBRUAR 1926

»Ich muss gestehen, dass mir der Kerl nicht gefällt.«

»Aber Papa, warum denn nicht?« Louise stand mit ihrem Vater in den frühen Morgenstunden in der kleinen Küche, die an den Fertigungsraum für Schokoladenprodukte grenzte. Da dieser stets kühl sein musste, hatte man eine Küche davon abgeteilt, in der Gebäck hergestellt wurde. Jetzt wurden darin lediglich noch die kleinen Schokoladenkuchen für das Café gebacken, weiteres Gebäck gab es nicht mehr. Die Schokoladenkuchen fanden indes großen Anklang, und da man sie ausschließlich erwerben konnte, wenn man sich ins Café setzte, wirkten sie wie ein Besuchermagnet.

»Er wirkt zu glatt«, sagte ihr Vater.

»Eher schüchtern und zurückhaltend.«

»Na, wenn du meinst. Und er arbeitet für Ellas Onkel, ja?«

Louise nickte.

»Dann wird er sich wohl gewiss nicht als herumstreunender Sittenstrolch entpuppen.«

»Aber Papa!«

Ihr Vater beugte sich zum Ofen und zog ein Blech mit Schokoladenkuchen hervor. Der Duft von frisch

Gebackenem erfüllte die kleine Küche. Louise stibitzte sich einen der kleinen Kuchen mit spitzen Fingern vom Backblech und ließ ihn fast fallen.

»Seit deiner Kindheit weißt du, dass Dinge, die aus dem Ofen gezogen werden, heiß sind. Und doch greifst du immer wieder direkt danach«, tadelte ihr Vater.

»Du hast mir, als ich fünf war, mal versprochen, dass ich von deinen Kuchen welche abbekomme, und dann haben meine Cousins nichts mehr übrig gelassen. Das hat mich für alle Zeiten geprägt.«

Curt Dalberg schüttelte den Kopf, musste aber doch schmunzeln.

Als der Kuchen so weit abgekühlt war, dass man ihn anfassen konnte, brach Louise ihn auf. Die Konsistenz war saftig, der Schokoladenkern flüssig, genau die Sorte Kuchen, die sie am liebsten mochte. Es gab auch kleine Schokoladenkuchen mit Nüssen oder Mandeln, mit Zimtaroma, saftig oder trocken, je nach Geschmack.

»Guten Morgen«, war Ellas fröhliche Stimme zu hören. »Ich sehe, hier wird gearbeitet«, fügte sie mit Blick auf Louise lachend hinzu.

»Vorkosten«, antwortete Louise mit vollem Mund. »Falls Papa eine Zutat vergessen hat oder so.«

»Das will ich nicht gehört haben«, sagte ihr Vater.

Ella wirkte frisch und ausgeschlafen – trotz der frühen Stunde.

»Bist du mit der Bahn gekommen?«, fragte Louise, denn Ella sah nicht aus, als sei sie gerade durch den Schneeregen gelaufen.

»Sebastian hat mich abgesetzt, er musste ohnehin

früh in sein Bureau.« Ein Anflug von Röte war in Ellas Wangen gekrochen.

Curt Dalberg sah sie kurz an und widmete sich dann dem nächsten Kuchenblech. Was er von dieser Ehe allgemein und dem Ehemann im Besonderen hielt, war kein Geheimnis, und daran änderte wohl auch nicht, dass Sebastian Lombard sich in letzter Zeit immerhin von seiner höflicheren Seite zeigte. Ella hatte Louise erzählt, dass sie Heiligabend mit Sebastian geschlafen hatte, ebenso in den folgenden Nächten, da sie bis Silvester ständig irgendwo gemeinsam eingeladen waren und sie danach bei ihm übernachtete. Nach Neujahr sahen sie sich seltener, aber letzte Nacht waren sie offenbar wieder zusammen gewesen.

»Wie war es denn?«, hatte Louise gefragt, nachdem Ella ihr von der verspäteten Hochzeitsnacht erzählt hatte.

»Unbeschreiblich.«

Daraufhin war Louise fast schon ein wenig neidisch geworden, denn insgeheim war sie auf diese Erfahrung ebenfalls aus, und sie hatte bereits sehr sinnliche Träume gehabt, in denen Max Schlüter eine Rolle spielte, und an die sie nicht einmal denken konnte, ohne rot zu werden.

Die letzte Nacht war offenbar auch unbeschreiblich gewesen, wenn man Ellas glänzende Augen und das feine Lächeln richtig deutete. Louise nahm die Schürze ab und ging in den Verkaufsraum, um alles für den heutigen Tag vorzubereiten. Sie und Ella hatten sich dafür entschieden, eine weitere Verkäuferin einzustellen. Ella hatte am Vortag die entsprechende Anzeige herausgegeben, und Louise hatte sie bereits am frühen Morgen im Schaufenster ausgehängt.

Max Schlüter kam inzwischen regelmäßig und plauderte stets mit ihr, was ihr Vater zwar duldete, jedoch sichtlich ungern.

»Ihm ist eben keiner gut genug für dich«, war Ellas Meinung dazu.

Vermutlich lag es wirklich daran, und Louise hoffte, dass ihr Vater irgendwann eine höhere Meinung von Max haben würde. Sie war so unbändig verliebt in ihn und wollte, dass ihr Vater ihnen seinen Segen gab. Immerhin hatte er immer einen anständigen Mann für sie gewollt, und da es nun keine Confiserie mehr zu erben gab, war ihm gewiss wichtig, dass der Mann über ein gutes Auskommen verfügte, was bei Max ja nun der Fall war.

Sie ging zur Tür, schloss auf und hängte das Schild mit der Aufschrift »Geöffnet« auf. Die Auslagen hatten sie schon in aller Frühe vorbereitet, ebenso die Etagere mit den neuen Pralinenproben. Louise nahm hinter dem Verkaufstresen Aufstellung, dabei wanderte ihr Blick immer wieder zur Tür, obschon sie wusste, dass Max Schlüter um diese Zeit unmöglich schon kommen konnte.

»Ich war vorhin an der Kastorstraße und habe den Müllers geholfen, ihren Hausstand zu retten, soweit das möglich ist«, sagte ihr Vater.

In der zweiten Dezemberwoche hatte es zu tauen begonnen, was zum Anschwellen von Rhein und Mosel führte. Der kommende Frost hatte die Wasserführung vermindert, sodass das erneute Tauwetter steigende

Durchflüsse auf den Rhein bewirkte. Am Zusammenfluss von Rhein und Mosel war das Wasser im Januar über die Ufer getreten, und ein Teil des Rhein- und Moselufers hatte unter Wasser gestanden. Über die Kastorstraße hatte man Bretter gelegt, um den Menschen einen Übergang zu ermöglichen, durch die Kornpfortstraße fuhren Boote. Vor sechs Jahren hatte das Hochwasser die amerikanischen Besatzungstruppen vollkommen überrascht. Ihr Wagenpark am Lützeler Moselufer war von Wassermassen des reißenden Flusses umspült worden, sodass nur noch die Wagendächer hervorgeschaut hatten. Louise kannte nicht wenige, die das alles mit einiger Schadenfreude kommentiert hatten.

»Ich fahre später auch hin und sehe, ob ich helfen kann«, sagte sie. Wieder flog ihr Blick zur Tür, als könne sie allein durch ihre bloße Willenskraft die Zeit dazu bringen, schneller zu verfliegen.

Claras Schützlinge, die sie vormittags stets betreute, waren erkrankt, und da an diesem Nachmittag kein Unterricht anstand, genoss Clara einen freien Tag. Das bedeutete zwar, dass sie kein Geld verdiente, da sie nach reiner Arbeitszeit bezahlt wurde, aber da dieser Umstand nun einmal nicht zu ändern war, konnte sie die freie Zeit auch genießen.

Ihr Weg führte sie wieder einmal in die Koblenzer Innenstadt, und obwohl sich ihre Ahnung, Veit könne einen weiteren Übergriff wagen, nicht bestätigte, warf sie doch immer wieder einen Blick über die Schulter. Weihnachten und Silvester waren sehr einsame Tage gewesen, an denen ihr schmerzlich bewusst geworden war, dass sie niemanden hatte. Im Jahr davor hatte Veit sie am ersten Weihnachtstag besucht, hatte ihr einen Korb mit Leckereien mitgebracht. Sie hatten Kerzen angezündet, und es war beinahe feierlich gewesen – ein Versprechen, wie es künftig sein könnte. Vielleicht war das der Grund gewesen, nicht schon früher mit ihm zu brechen, weil stets die Hoffnung auf ein gänzlich anders geartetes Leben mitschwang. Irgendwann war klar, dass es Veit vor allem darum ging, dass sie seine Geliebte wurde. Und dass seine Familie sie niemals akzeptiert hätte. Er wollte sie nicht loslassen, wollte das, was ihm seiner Meinung nach als Gegenleistung für all die – auch finanzielle – Zuwendung zustand.

Sie stieg aus dem Zug und ging zu Fuß zur Löhrstraße. Selbst zu früher Stunde herrschte bereits Geschäftigkeit auf den Straßen, Menschen auf Fahrrädern und in Automobilen strebten ihren Zielen entgegen, Waren wurden auf Lastenfahrrädern gefahren, Fußgänger hasteten vorbei, andere flanierten und beobachteten das lebendige Treiben. Als Clara am *Rosenpalais* ankam, wollte sie bereits nach dem Messinggriff greifen, um einzutreten, als sie das Schild neben dem Eingang bemerkte und innehielt.

Das Café suchte eine weitere Angestellte für den Verkauf und die Bedienung im Café. Im Geist überschlug Clara die Möglichkeiten, die das für sie bot. Würde sie das der Gesellschaft, die sie anstrebte, näher bringen? Bisher hatte sich als Pianistin kaum eine Möglichkeit geboten, mit den Männern der Gesellschaft ins Gespräch zu kommen, denn man nahm sie zwar wahr, aber allenfalls als Künstlerin, die sich – ähnlich wie Theaterschauspielerinnen – entweder als kleine Liaison eigneten oder zur Unterhaltung der Gäste. Hätte sie eine reiche Familie im Hintergrund, sähe das vermutlich anders aus.

Aber stand eine Caféhaus-Angestellte anders da? Clara wusste es nicht, andererseits würde sie gemeinsam mit der jungen Frau Lombard und ihrer Freundin die Gäste bedienen. Vielleicht wäre das eine Möglichkeit, sich mit den beiden Frauen anzufreunden und auf diesem Weg Zugang zu den begehrten Kreisen zu bekommen. Als Pianistin konnte sie ja trotz allem weiterhin arbeiten. Und vielleicht verdiente sie hier ja sogar mehr Geld als bisher. Vor allem hätte sie mit Erwachsenen zu tun und nicht mehr ausschließlich mit Kindern – wobei sie die Kleinen durchaus mochte, aber für die Eltern war sie kaum mehr als eine etwas bessere Dienstbotin. Verglichen damit wäre das hier durchaus ein Aufstieg.

Sie zögerte, die Hand auf dem Griff, während ihr das Herz in raschen Schlägen ging. Dann traf sie eine Entscheidung und trat rasch ein, ehe sie es sich anders überlegen konnte. Da man sie inzwischen kannte, schenkte ihr Fräulein Dalberg ein herzliches Begrüßungslächeln.

»So früh heute?«, fragte sie.

»Ja, ich habe heute frei.« Einen Moment lang zauderte Clara, überlegte ein weiteres Mal, ob sie diesen Schritt tun sollte, und hörte sich dann sagen: »Sie suchen eine Mitarbeiterin?«

»Ja. Frau Lombard ist ja nicht immer hier, und für mich allein ist es inzwischen etwas zu viel geworden.«

»Muss man dafür gelernte Konditorin sein?«

Fräulein Dalberg lachte. »Nein, da würde mein Vater sich nie hineinreden lassen.«

Claras Herz schlug schneller. »Ich suche gerade eine neue Arbeit, meine bisherige ist etwas unbeständig.«

Die Miene der jungen Frau nahm einen geschäftsmäßigen Ausdruck an. »Frau Lombard ist im Fertigungsraum, ich hole sie rasch.«

Inzwischen schlug Claras Herz so schnell, dass es ihr in den Ohren dröhnte. Tat sie wirklich das Richtige? Im nächsten Moment trat Fräulein Dalberg mit Ella Lombard aus dem Nebenraum. Die sah sie erstaunt an.

»Fräulein Landauer?«

»Ich ...« Clara war nie um Worte verlegen, aber auf einmal kam ihr ihr Anliegen furchtbar dumm vor. Zwei Stellen aufgeben, um eine anzutreten, von der sie nicht einmal wusste, ob sie etwas taugte, nur um näher an Ella Lombard zu sein. Und dadurch an ihrem Bruder. Sie war sich sicher, dass die junge Frau ihr diese Gedanken am Gesicht ablesen konnte und spürte, wie ihr das Blut vom Hals langsam in die Wangen stieg. »Ich suche eine neue Stelle und habe den Aushang gelesen.« Immerhin gelang es ihr, ihrer Stimme mehr Festigkeit zu geben, und nun knöpfte sie auch den Mantel auf, als könne das den Eindruck erwecken, sie sei so rot, weil sie aus der Kälte ins Warme gekommen war.

»Das hat ja schneller geklappt, als ich dachte«, antwortete Ella Lombard, halb an ihre Freundin gerichtet. Dann wandte sie sich Clara zu. »Sie sind Pianistin, nicht wahr?«

»Ja, aber die Gelegenheit dazu, auf Veranstaltungen

zu spielen, bekomme ich nur selten.« Die Hoffnung, jemals große Konzerte zu geben, hatte sie schon lange begraben.

»Haben Sie Erfahrung im Verkauf?«

»Nein, aber ich lerne schnell.«

Ella Lombard lächelte. »Was tun Sie bisher?«

»Morgens hüte ich kleine Kinder, nachmittags unterrichte ich ältere, die in der Schule nicht mitkommen.«

Nachdenklich taxierte Ella Lombard sie. »Können Sie uns Zeugnisse vorlegen?«

»Durchaus, ja. Ich brauche nur ein paar Tage, damit meine Arbeitgeber mir eines ausstellen.«

»Wir beraten uns dann und geben Ihnen Bescheid.«

Das war ja immerhin etwas, und Clara konnte wohl auch nicht erwarten, von einem Moment auf den anderen eingestellt zu werden. Vielleicht war das jedoch auch Ella Lombards höfliche Art, ihr eine Absage zu erteilen. Clara ging zu einem der freien Tische, ihrem Lieblingsplatz direkt am Fenster. Im nächsten Moment stand Fräulein Dalberg vor ihr.

»Eine heiße Schokolade?«

»Ja, vielen Dank.« Clara hätte gerne auch ein Stück Kuchen dazu bestellt, aber dafür reichten ihre Mittel nicht. Die heiße Schokolade, die sie hier hin und wieder trank, konnte sie sich gerade so leisten, und das auch nur, weil sie dafür auf anderes verzichtete. Sie stützte das Kinn in die Hand und starrte hinaus auf die Straße, empfand beim Anblick eines Tages, der nicht so richtig hell werden wollte, nur wenig Lust, das heimelige Café zu verlassen.

Jemand näherte sich der Eingangstür, den Kopf gegen

den Wind gesenkt, eine Hand am Hut, um zu verhindern, dass dieser weggeweht wurde. Die Türglocke schlug an, und der Mann betrat das Café.

»Na so was«, sagte Ella Lombard. »Was führt dich denn hierher?«

»Offiziell gehört mir das Café immerhin, da dachte ich, ich könnte mal nach dem Rechten schauen.«

»Ach was?«

»Außerdem wollte ich sehen, wie es dir geht, nachdem du weder gestern noch heute Morgen heimgekommen bist.«

»Du wusstest doch, dass ich bei Sebastian bin.«

»Ich traue dem Schuft nicht über den Weg, wie du weißt.«

Als würde ihnen bewusst, dass sie nicht allein waren, wandten sich die Blicke der beiden Clara zu, die tief errötete, als sei sie beim Lauschen an der Tür erwischt worden. Eric Dorns Mundwinkel umspielte ein Lächeln, und er kam zu ihr, was Claras Herz wieder in Aufruhr versetzte, sodass es heftig gegen die Rippen hämmerte.

»Guten Morgen, Fräulein Landauer«, sagte er, und nun kam auch Ella Lombard zu ihnen.

»Fräulein Landauer wird sich hier bewerben«, sagte sie, und es war nicht herauszuhören, ob es lediglich eine Information oder der Satz in eine leise Warnung gekleidet war. Angesichts des Raubtierlächelns war es gewiss Letzteres, ein kleiner Hinweis darauf, nicht mit dem Ruf der künftigen Angestellten zu spielen. *Seiner* Angestellten, denn streng genommen arbeitete sie ja – so sie genommen wurde – für ihn.

»Erlauben Sie?«, fragte er und deutete auf den Stuhl ihr gegenüber.

Clara vermochte nur zu nicken. Ihr Bewusstsein schien die Brutalität zu verdrängen, mit der er auf Veit eingedroschen hatte, verdrängte, wie sehr sie dies erschreckt hatte, und ließ es rückblickend zunehmend heroisch erscheinen. Gefährlich, das wusste Clara, und doch konnte sie nichts dagegen tun. Aus dem Mann, dessen Gewalt sie abgeschreckt hatte, wurde der distanzierte Außenseiter, der höflich über das schwieg, was ihr zugestoßen war. Gepaart mit seiner Eleganz, dem Lächeln und seinem Aussehen war es einfach unwiderstehlich.

Ella Lombard verdrehte die Augen und verließ den Tisch wieder. In diesem Augenblick war das Glöckchen erneut zu hören, und zwei ältere Damen betraten das Café, von ihr mit Namen begrüßt, so herzlich, dass sie nicht anders konnten, als sich willkommen zu fühlen.

»Wie sind Sie mit meiner Schwester verblieben?«, fragte Eric Dorn.

»Ich werde meine Zeugnisse vorlegen, und sie berät sich mit Fräulein Dalberg.«

Er nickte langsam, ohne sie aus den Augen zu lassen. Unwillkürlich hob Clara die Hand, berührte ihr Haar, wollte überprüfen, ob es noch richtig saß, wurde sich der Geste und ihrer Bedeutung bewusst und senkte die Hand rasch wieder. Das Lächeln um Eric Dorns Lippen vertiefte sich. Er wusste um seine Wirkung auf sie und kostete sie weidlich aus. Hoffentlich verspielte sein Interesse an ihr nicht ihre Möglichkeiten, hier zu arbeiten.

»Arbeiten Sie derzeit woanders?«

Sie gab ihm dieselbe Antwort wie seiner Schwester zuvor.

»Wie kommt man vom Hüten kleiner Kinder auf den Wunsch, in einem Café zu arbeiten?«

Ihr lag bereits auf der Zunge, dass sie dies heute Morgen spontan beim Lesen des Aushangs beschlossen hatte, fürchtete aber, dass er sie dann als wankelmütig wahrnahm. »Ich möchte lieber etwas Beständigeres machen.«

Er fragte nicht weiter nach, sondern nickte nur, dann hob er die Hand. »Ella, kannst du mir einen Kaffee bringen, Liebes?«

Seine Schwester hob die Brauen, und es war wohl nur der Anwesenheit der drei Gäste zu verdanken, dass sie ihm nicht an den Kopf warf, er solle sich gefälligst selbst einen holen. So neigte sie lediglich den Kopf, ging zur Anrichte und nahm die Kaffeemaschine in Betrieb. Kurz darauf war ein mahlendes Geräusch zu hören, und das Aroma von Kaffee erfüllte den Raum. Am Nachbartisch servierte Louise Dalberg Schokoladenkuchen, und der verführerische Duft ließ Clara flau werden im Magen.

»Louise«, rief Eric Dorn. »Bring doch Fräulein Landauer bitte auch ein Stück Kuchen.« Er sah sie an. »Auf Kosten des Hauses natürlich.«

Louise Dalberg sah sie an, ebenso die beiden älteren Damen, und Clara wurde wieder rot. »Natürlich«, sagte die junge Frau. »Kommt sofort.«

Verlegen rührte Clara den Rest der Sahnehaube in den Kakao und setze hernach die Tasse an die Lippen.

Ella Lombard stellte eine Tasse Kaffee vor ihrem Bruder ab und ging wortlos zurück zum Verkaufstresen, wo sie sich leise mit Louise Dalberg unterhielt. Clara biss sich auf die Lippen, hoffte, man redete nicht über sie und den Eindruck, den es machte, dass Eric Dorn bei ihr saß. Gleichzeitig wollte sie so gern, dass er noch einen Moment blieb, dass er sich mit ihr unterhielt und wünschte, ihr würde etwas Geistreiches einfallen, um eine Konversation in Gang zu bringen. Allerdings hatten sie gesellschaftlich überhaupt keine Anknüpfungspunkte.

Louise Dalberg ging in den angrenzenden Raum und kam kurz darauf mit einem Stück Kuchen zurück, das sie vor ihr auf den Tisch stellte.

»Vielen Dank«, sagte Clara an Eric Dorn gerichtet, als die junge Frau wieder gegangen war.

»Keine Ursache.« Er trank seinen Kaffee, dann stellte er die Tasse mit einem leisen Klirren auf der Untertasse ab. »Gehen Sie mit mir aus?«, fragte er unvermittelt.

Clara verschluckte sich an ihrem Stück Kuchen und hustete, bis ihr die Tränen kamen. »Ich …«, krächzte sie und räusperte sich, »ich möchte für Ihre Schwester arbeiten.«

»Na ja, streng genommen arbeiten Sie für mich.«

»Aber dann kann ich doch erst recht nicht mit Ihnen ausgehen.«

»Ich wüsste nicht, was dagegenspricht. Es hat keinerlei Einfluss auf die Entscheidung meiner Schwester.«

Clara spürte, wie sie rot anlief. »Ich würde dennoch lieber erst warten, wie sie entscheidet. Nicht, dass sie denkt, ich …« Sie verstummte.

Eric Dorn lächelte, erhob sich und nahm seinen Mantel von der Garderobe hinter ihm. »Dann warten wir gespannt ihre Entscheidung ab. Bis dahin, mein Fräulein.«

Mit brennenden Wangen verabschiedete sich Clara von ihm und sah ihm nach, wie er sich von den beiden jungen Frauen verabschiedete, zur Tür ging und im Vorbeigehen den Aushang abriss. Ella Lombard stutzte einen Moment lang, dann lief sie ihm nach.

»Darf man fragen, was das werden soll?«, fragte Ella ihren Bruder, als sie ihn auf der Straße einholte.

»Du sagtest doch, ich solle mich mehr um die Belange des Unternehmens kümmern.«

»Damit meinte ich die Unternehmensführung und nicht, dass du eine Frau einstellst, weil du sie dir als nächste Bettgefährtin erhoffst.«

»Dafür müsste ich sie nicht einstellen. Übrigens, hat Sebastian dir erzählt, dass ich mit seiner Geliebten schlafe?«

Ella schloss einen Moment lang die Augen, als sich ein dumpfer Kopfschmerz hinter ihrer Stirn bemerkbar machte. »Warum denkst du, dass ich das wissen muss?«

Ein knappes Schulterzucken war Erics einzige Antwort darauf.

»Mir ist es gleich, mit wem du schläfst, und mir ist auch gleich, wen sich Sebastian gerade auserkoren hat, allerdings finde ich den Gedanken befremdlich, dass mein Mann und mein Bruder sich dieselbe Frau teilen.«

»Na ja, wenn du es so formulierst, klingt es in der Tat etwas seltsam. Allerdings vermute ich, dass Sebastian mit ihr gebrochen hat. Für einen Mann, der neben seiner Frau Liebschaften unterhält, ist er erstaunlich besitzergreifend, was Frauen angeht.«

»Das seid ihr Männer doch alle. Bei dir wäre es gewiss nicht anders.«

Wieder erntete sie nur ein Schulterzucken.

»Ich weiß noch nicht, ob ich die Pianistin einstelle. Je länger ich darüber nachdenke, umso weniger ist mir danach.«

»Tu es, ja? Mir zuliebe.«

Ella sah ihm in die Augen, suchte nach Spott, fand dort aber wieder nur diese abgründige Dunkelheit. »Eric, ich kann nicht zulassen, dass du sie nimmst und verschlingst. Ich glaube, sie ist anständig, sie unterrichtet Kinder und spielt Klavier. Du suchst dir doch sonst nicht die Unbescholtenen aus.« Fröstelnd rieb sie sich über die Arme. Sie hätte ihren Mantel mitnehmen sollen, aber sie hatte es so eilig gehabt, ihrem Bruder auf die Straße zu folgen.

Der stand nun vor ihr und schwieg.

Einen tiefen Seufzer ausstoßend gab Ella nach. »Ich überlege es mir, ja? Eigentlich finde ich sie ja sehr nett, aber wir sollten zumindest sehen, wer sich noch bewirbt. Immerhin müssen wir ja auch alle zusammenpassen.«

»Ja, natürlich.« Seine Stimme klang abwesend, als sei er gedanklich gar nicht mehr bei ihr. Ella hasste diese Momente, wenn er ihr entglitt. Er nickte ihr zu, den Blick an ihr vorbei in die Ferne gerichtet, und setzte seinen Weg fort. Frierend eilte Ella zurück in das Café, wo Clara Landauer gerade bezahlte.

»Was hat er gesagt?«, fragte Louise, nachdem die junge Frau das Café verlassen hatte.

»Er möchte, dass sie für uns arbeitet.«

»Hat er Interesse an ihr?«

»Das möchte ich fast annehmen.«

»Hmhm«, machte Louise nachdenklich. »Und was denkst du darüber?«

»Ich bin mir noch nicht sicher.«

Ella trank eine weitere Tasse Kaffee, unterhielt sich noch einen Moment mit Curt Dalberg, danach machte sie sich auf den Weg in die Manufaktur. Dort hatte sie sich seit zwei Wochen nicht mehr blicken lassen, und es war gewiss gut, wenn sie ab und zu Präsenz zeigte. Man wagte zwar nicht mehr, ihr herablassend zu begegnen, aber gar zu sehr wollte sie die Zügel nun auch nicht schleifen lassen.

Sebastian hatte ihr gesagt, sie könne jederzeit den Wagen der Familie mitsamt Chauffeur haben, aber Ella würde lieber jeden Weg zu Fuß gehen, als in das Haus seiner Eltern zu fahren und diese um den Wagen zu bitten. Sie trat hinaus und hielt ein Taxi an, um sich zum Werk bringen zu lassen, und als sie dort ausstieg, kam es ihr vor, als sei es noch trüber und grauer geworden.

Ella grüßte im Vorbeigehen den Portier und betrat die Eingangshalle. Ihre Schuhe klackerten auf dem Marmorboden, und sie nickte dem Mitarbeiter am Empfang zu, ehe sie zur Treppe ging, die zur Brücke über den Werksbereich führte. Im Grunde genommen war es nicht nötig, diesen zu betreten, aber sie fand, dass es gewiss ein gutes Signal an die Mitarbeiter sendete, wenn sie zeigte, dass sie nicht nur mit den oberen Etagen verkehrte, sondern sich für jeden von ihnen interessierte.

Sie bezogen die Kakaobohnen in luftdurchlässigen Jutesäcken und sortierten sie hier vor Ort, was bedeutete, Zweige und Verunreinigungen wurden entfernt. Hernach wurden die Bohnen geröstet, damit diese ihren Geschmack entwickelten und sich die Schale löste. Waren die Bohnen von ihrer Schale befreit, wurden sie nach dem Abkühlen gebrochen und gereinigt, was dadurch geschah, dass man sie Pressluft aussetzte, wodurch die letzten feinen Schalenreste entfernt wurden. Hernach ging es ans Mahlen und Raffinieren, um aus den Bohnen eine dickflüssige Kakaomasse entstehen zu lassen, die durch die Reibungswärme erzeugt wurde. Je nach Art der Schokolade, die man herstellen wollte, wurde anschließend Zucker, Kakaobutter und Milch zugefügt. Das Conchieren der Schokolade ging über mehrere Tage, in der sie gerührt und belüftet wurde. Je länger conchiert wurde, umso besser das Aroma. Zum Schluss kam die Schokolade in große Behälter zum Setzen und Reifen, das zog sich über mehrere Wochen, damit sich der Geschmack intensivierte. Ein Teil der Schokolade ging nach dem Reifen an die Chocolaterie und wurde dort von Curt Dalberg verarbeitet, der größte Teil jedoch wurde hier temperiert, geformt und verpackt, um in den Handel transportiert zu werden.

Da die Produktion ein so aufwendiger und langwieriger Prozess war, mussten sie gut verkaufen, um die anfallenden Kosten nicht nur zu decken, sondern auch Gewinne zu erzielen. Die neuen Lieferanten waren teuer, ebenso die gut geschulten Arbeiter, denn Ella hatte einige austauschen müssen, die es mit den Feinheiten nicht so genau nehmen wollten. Inzwischen fuhren sie Gewinne ein, nicht in dem Maße, dass sie bereits von einem lukrativen Unternehmen sprechen konnten, aber sie konnten sich durchaus sehen lassen. Da sie ihre Chocolaterie separat abrechnete, verzeichneten sie dort wesentlich früher Gewinne, denn auch das Café war stets gut besucht.

Ella machte ihren Rundgang durch die Produktion, unterhielt sich mit einigen Arbeitern, fragte nach dem Befinden, nach der Familie, gratulierte einem zur Geburt seines Sohnes und fragte ihn, ob er seinen kleinen Präsentkorb schon am Empfang abgeholt habe. Dieser Vorschlag war von Curt Dalberg gekommen – ein Korb mit Pralinen und Blumen für die Mutter. Sie hatten extra dafür eine eigene Schachtel kreieren lassen, auf der ein Storch abgebildet war, der ein Bündel trug, zartgrün mit goldener Prägung. Die Schachtel konnte später für kleine Erinnerungsstücke benutzt werden. Zudem lag ein Brief dabei, mit dem die Eltern bis zu einem bestimmten Betrag im Kaufhaus für ihr Neugeborenes einkaufen und es auf Ellas Namen anschreiben lassen konnten. Bei den Mitarbeitern kam das gut an. Gerne hätte Ella so etwas auch den weiblichen Angestellten angeboten, aber die schieden in der Regel aus dem Unternehmen aus, sobald sie heirateten.

In wenigen Tagen würde sie ihre erste Soiree geben, und im Bureau ging sie noch einmal die Liste der Eingeladenen durch, stets in Sorge, sie könnte jemanden vergessen haben. Die Einladungen hatte sie selbst geschrieben, und ihre neue Vorzimmerdame – eine resolute Witwe in den Vierzigern – hatte diese zur Post gebracht. Es waren fünfzig Einladungen, zweiundvierzig Personen hatten zugesagt. Immerhin, das war kein schlechter Schnitt. Sebastians Eltern würden nicht kommen, aber nichts anderes hatte Ella erwartet, die Einladung an sie war ohnehin nur der Höflichkeit halber erfolgt. Ava hatte erst zugesagt, dann aber eine Absage geschickt, da das Kindermädchen krank war und sie bei den Kindern bleiben wollte. Ella schlug den aktuellen Geschäftsbericht auf und überflog die Zahlen. Nach wie vor verstand sie von all dem Finanziellen nur wenig, aber es wurde besser, dank Erics Hilfe. Das brachte sie zu Clara Landauer und der Frage, wie sie nun vorgehen sollte. Sie würde abwarten, wie viele Bewerberinnen sich melden würden und dann in Absprache mit Louise, die die meiste Zeit mit der Frau verbringen musste, entscheiden. Allerdings musste Eric den Arbeitsvertrag unterschreiben, was dazu führte, dass sie in ihrer Wahl nicht ganz so frei war, wie sie es gerne wäre.

»Wie lange wollt ihr diese absurde Wohnsituation noch aufrechterhalten?«, fragte Werner Lombard an seinen Sohn gewandt.

Der jedoch zuckte nur mit den Schultern. »Bisher hatte ich nicht den Eindruck, dass euch an Ellas Anwesenheit hier gelegen ist.«

»Darum geht es nicht«, mischte sich nun auch seine

Mutter ein. »Es hat etwas mit Anstand zu tun. Diese Frau wollte dich um jeden Preis heiraten, und nun weigert sie sich, den Platz an deiner Seite einzunehmen.«

Sebastian war dieses Arrangement indes sehr recht, auf diese Weise war seine Frau wie eine Geliebte, die er aufsuchen konnte, wann es ihm beliebte, die repräsentativ an seiner Seite stand, wenn er dies benötigte, und bei der er nicht stets aufpassen musste, sie nicht zu schwängern. Es kostete ihn zwar deutlich mehr, als er normalerweise für eine Geliebte auszugeben bereit war, aber alles in allem machte er keinen schlechten Schnitt dabei. Und diese Bequemlichkeit sollte er aufgeben um den Preis, ständige Dispute zwischen seiner Frau und seinen Eltern ertragen zu müssen? Zudem wollte er gar nicht mit Ella zusammenwohnen, er mochte sie nicht einmal besonders.

»Wie kannst du dir sicher sein, dass ihre Kinder von dir sind?«, fragte seine Mutter nun.

»Ich möchte dich bitten, nicht geschmacklos zu werden«, antwortete er, musste dabei jedoch an die Drohung denken, die Ella ausgestoßen hatte, um ihn dazu zu bringen, ihren Lebenswandel zu bezahlen. Allerdings hatte sie ja nun keinen Grund, ihm untreu zu sein, immerhin kam er ihrer Forderung nach, und sie hatte ihm ihr Wort gegeben, dass er in dieser Hinsicht keine Bedenken haben musste. Zudem war sie noch Jungfrau gewesen, als er Weihnachten das erste Mal mit ihr geschlafen hatte. Was für ein unglaubliches Vergnügen das gewesen war. Im Nachhinein hatte er sich einen Narren geschimpft, sich dies so lange versagt zu haben. Kein Groll konnte größer sein als das Verlangen, das ihr Körper in seinem Bett unter seinen Händen in ihm ausgelöst hatte.

»Sie kann dort doch alles Mögliche treiben, ohne dass du es merkst.«

»Es mag dich erstaunen, das zu hören, Mutter, aber es gibt auch verheiratete Frauen, die in ehelicher Gemeinschaft mit ihren Männern leben und diesen dennoch in unbeobachteten Momenten Hörner aufsetzen. Zudem kann ich mir nicht vorstellen, dass Eric Dorn dergleichen in seinem Haus dulden würde.«

»Eric Dorn«, spuckte sein Vater.

Alma hatte Weihnachten mit Ellas Bruder verbracht, was Sebastian angesichts ihrer vorherigen Andeutungen nicht verwundert hatte. Ein wenig Bedauern empfand er allerdings schon, denn er mochte Alma eigentlich sehr gern. Aber da er nun einmal keinen Eigentumsanspruch auf sie erheben konnte, musste er sie ziehen lassen.

»Warum macht sie ihre Soiree nicht hier, wie sich das gehört hätte?« Seine Mutter konnte einfach keine Ruhe geben. Ein erquickliches Frühstück stellte Sebastian, der morgens ohnehin nicht gerade gesprächig war, sich anders vor.

»Da musst du sie selbst fragen«, antwortete er und überlegte, ob er sich die zweite Tasse Kaffee nicht in Ruhe im Bureau genehmigen sollte. Allerdings fing sein Tag immer mit zwei Tassen an, und er sah nicht so recht ein, darauf zu verzichten, nur, weil seinen Eltern an diesem Morgen einfiel, dass ihnen die aktuelle Wohnsituation seiner Ehefrau nicht passte.

»Ich habe gehört, sie bezieht Gewürze ausschließlich von der Konkurrenz in Köln«, beschwerte sich nun sein

Vater. »Offenbar macht sie sich nur wenig Gedanken über das Gerede der Leute.«

»Wundert es dich wirklich, dass sie das tut?« Sebastian bereute es, sich gerade die zweite Tasse eingeschenkt zu haben. Offenbar fanden seine Eltern bei diesem Thema kein Ende. »Nachdem wir sie Weihnachten so haben hängen lassen?«

»Das war ein Versehen.«

Sebastian hob die Brauen und ging nicht darauf ein. Sein Vater wusste so gut wie er, dass dies mitnichten versehentlich passiert war, nur hatte dieser eben nicht damit gerechnet, dass Ella nachtragend war.

»Wie auch immer.« Er kippte den Kaffee in einem Schluck hinunter und erhob sich. »Ich komme heute Abend nur kurz heim, um mich umzukleiden. Solltet ihr euch überlegt haben, doch die Soiree meiner Ehefrau zu besuchen, seid ihr gerne eingeladen, mich zu begleiten. Bis dahin.« Er nickte seinen Eltern zu und verließ das Esszimmer.

»Georg weigert sich strikt!«

Ihre Tante hätte es nicht so sehr betonen müssen, denn Ella hatte das Schweigen ihres Onkels durchaus richtig gedeutet. Sie hatte ihm eine Einladung zukommen lassen, was eine Selbstverständlichkeit gewesen war, als nächster Familienangehöriger. Immerhin musste ja so langsam wieder Normalität einkehren. Aber er hatte nicht darauf reagiert, hatte weder zu- noch abgesagt, was im Grunde genommen nur einen Schluss zuließ. Ella lag nichts an ihm, vor allem nicht, nachdem er ihr mit seinem Fausthieb fast den Kiefer gebrochen hätte. Dass sie trotz allem auf ihn zukam, ihn einlud, hätte er durchaus honorieren können. Aber die Demütigung saß offenbar zu tief, und nicht nur er, sondern auch Tante Dorothea, Hans und Helene bemühten sich tunlichst, ihr aus dem Weg zu gehen. Bei Helene konnte Ella das sogar verstehen, vielleicht war sie wirklich in Sebastian verliebt gewesen. Sie konnte ja nicht ahnen, was Ella ihr erspart hatte.

»Offenbar hast du dazu nichts zu sagen?«

Ella seufzte und zog die langen Handschuhe über, während sie sich in dem Standspiegel in ihrem Ankleidezimmer betrachtete. »Ich kann ihn ja schlecht zwingen, meiner Einladung zu folgen, nicht wahr?«

»Er ist dein Onkel, du solltest dich stärker um Versöhnung bemühen, nach dem, was du der Familie angetan hast.«

»Was habe ich der Familie denn angetan? Helene einen untreuen Ehemann erspart?«

»Dazu wäre es gewiss nicht gekommen, wenn du ihn nicht verführt hättest.«

Ella drehte sich vor dem Spiegel, begutachtete ihre Frisur von allen Seiten. Das Kleid war weiß mit einem untergründigen rosa Schimmer, eine Farbe, die sich in dem schmalen Band, das um Stirn und Haare lag, wiederfand. »Ich habe ihn nicht gezwungen, weißt du. Er war so erpicht darauf, dass eine leise Andeutung von mir gereicht hat.«

»Du hättest an deine Cousine denken sollen.«

»Du meinst so, wie Helene an mich gedacht hat, als sie mich vor den Gästen bloßgestellt oder sich mit Sebastians Eltern über mich lustig gemacht hat?«

»Es war also nur eine kleinliche Retourkutsche?«

»Ich brauchte einen Mann mit Geld, und Sebastian war verfügbar. Möglicherweise hätte ich aber mehr Skrupel gehabt, wenn Helene sich nicht gar so garstig benommen hätte.«

»Wir haben dir einen wohlhabenden Mann ausgesucht, der bereit gewesen wäre, dich zu heiraten«, ereiferte sich Elisabeth.

»Wie gütig von ihm, nicht wahr?«

»Du bist ein undankbares Geschöpf.«

»Ich weiß, ich höre es ja immerzu von euch.« Ella war mit ihrem Äußeren zufrieden und drehte sich nun zu ihrer Tante um. »Ihr habt nicht einmal Eric in eure Entscheidung miteinbezogen, und als mein älterer Bruder hätte er das letzte Wort gehabt, das sollte euch doch bewusst sein.«

»Eric! Der ist doch nicht mal Manns genug, sich um sich selbst zu kümmern.«

Ella war diese Art von Disputen so furchtbar leid, und so ersparte sie sich eine Antwort darauf. Es war ohnehin langsam Zeit, in den Salon zu gehen, wo Heinrich nebst Frau und Söhnen allein mit Eric war. Glücklicherweise war Elisabeths Sohn Richard nicht auch hier, der war von allen arroganten Schnöseln in der Familie der arroganteste, und er wurde nicht müde, jeden Kriegsheimkehrer, der all das nicht mit mannhafter Stärke stemmte wie er, als Schwächling zu bezeichnen. Dabei hatte Ella bemerkt, dass er selbst nicht so unbeschadet heimgekehrt war, wie er stets behauptete. Sie hatte beobachtet, wie er unkontrolliert zitterte, wenn ein Pfeifen zu hören war. Nachdem sie Eric davon erzählt hatte, meinte der, es sei wie eine Konditionierung, diese Angst vor dem Pfeifen der Granaten während des Fluges, das Wissen um den unweigerlich folgenden Aufprall. Aber Richard würde eher sterben, als zuzugeben, dass er einer der von ihm verachteten Kriegszitterer war.

Wortlos verließ Ella ihr Zimmer, aber Elisabeth hatte offenbar nicht vor, Ruhe zu geben, sondern folgte ihr zeternd. »Im Übrigen musste viel Glas gekittet werden gegenüber der Familie Arvid von Oedinghof. Nach einem Blick auf ihn ziehst du dich vor Sebastian Lombard aus. Wie wir dagestanden haben!«

Jetzt musste Ella trotz allem grinsen.

»Das kann ich wahrhaftig nicht komisch finden!«

Wieder gab Ella keine Antwort, sondern ging die Treppe hinunter. Der Parkettboden der Eingangshalle glänzte im Licht des Kronleuchters, und die geschwungene Treppe mit der Galerie und den kunstvoll gefertigten Balustraden war der perfekte Blickfang, sobald man das Haus betrat. Georg und Heinrich hatten ihrem jüngsten Bruder dieses Haus immer schon geneidet, das – obwohl kleiner als ihre Wohnsitze – in stilvoller Eleganz angelegt und modern ausgestattet war. Seit wieder Geld zur Verfügung stand, lief das Heizsystem den ganzen Winter über, sodass es behaglich und warm war.

Im Salon saß Eric mit Heinrich und seinen beiden Söhnen, und seinem Gesichtsausdruck war zu entnehmen, dass das Gespräch wenig erquicklich verlaufen war. Auf den ersten Blick hätte man seine Haltung entspannt nennen können, wäre da nicht die Starre in seinen Schultern, die winzige Falte zwischen seinen Brauen. Ella trat ein, und die Männer erhoben sich von ihren Plätzen.

»Wie erklärst du deinen Gästen eigentlich, dass du sie hier empfängst und nicht im Haus deines Gatten«, fragte Heinrich.

»Gastgeber ist das Haus Dorn, ich stehe meinem Bruder lediglich zur Seite.«

Ihr Cousin Frank grinste in unverhohlenem Spott, während sein Bruder Conrad erst Eric und dann sie musterte.

»Ist deine Frau unpässlich?«, fragte sie Conrad.

»Die Umstände machen ihr zu schaffen, sie ist früh zu Bett gegangen.«

Die Umstände waren ihre dritte Schwangerschaft nach zwei Fehlgeburten. Da Conrad der ältere Sohn war, wurde von ihm die Produktion des Erben erwartet, auf den Schultern seiner Frau ruhte also eine schwere Verantwortung. Das brachte Ella zu jener, die auf sie gesetzt wurde, denn auch das Haus Lombard erwartete einen Erben. Aber daran wollte sie derzeit keinen Gedanken verschwenden.

»Gibt es dir eigentlich nicht zu denken, dass dein Ehemann nicht möchte, dass du bei ihm wohnst?«, fragte Frank, der sich bissige kleine Seitenhiebe nie ganz verkneifen konnte. Das mochte daran liegen, dass er Helene sehr mochte und es Ella übel nahm, ihr den Verlobten abspenstig gemacht zu haben.

»Wir sind gemeinsam zu diesem Arrangement übereingekommen«, antwortete Ella. »Im Übrigen geht es außer uns wohl niemanden etwas an.«

»Das tut es durchaus«, antwortete Heinrich, »wenn in der Öffentlichkeit darüber geredet wird, warum meine Nichte nicht bei ihrem Ehemann wohnt, während der nachts andere Frauen beglückt.«

»Heinrich!« Elisabeth lief rot an.

»Verzeihung«, sagte dieser nun.

Ella fand das Getue ihrer Tante in höchstem Grade lächerlich. Sie war dreifache Mutter, und so durfte man wohl annehmen, dass der Vorgang ihr geläufig war. Allerdings ärgerte sie sich über Sebastian. Stellte er sich so Diskretion vor?

Heinrich holte bereits tief Luft, offenbar im Begriff, seinen Sermon nun erst richtig zu beginnen, als der Türgong angeschlagen wurde.

»Entschuldige mich«, sagte Ella, »das ist gewiss Sebastian.«

»Hat dein Ehemann keinen Schlüssel?«, empörte sich Elisabeth.

»Gott bewahre«, antwortete Eric.

Ella wandte sich rasch ab und verließ mit einem tiefen Aufatmen den Salon. Sie kam zeitgleich mit Doris in der Eingangshalle an. »Danke«, sagte sie, »ich mache das schon.«

»Sehr wohl, gnädige Frau.«

Ella ging zur Tür und öffnete sie. Es war Louise, allerdings stieg Sebastian gerade aus seinem Automobil, sodass Ella ihre Freundin begrüßte und schon in den Salon schickte, während sie an der Tür stand und wartete. Sebastian trug einen dunklen Mantel mit weißem Schal und einen Hut in der Farbe seines Mantels. Die Begrüßung fiel distanziert aus, sie machten nie viel

Aufhebens darum und begrüßten sich auch nicht wie ein verliebtes Pärchen mit Küssen. Es war, als führten sie zwei Leben, ein offizielles, in dem sie sich nicht einmal besonders mochten, und eines bei Nacht, wo sie sich eng umschlungen selbstvergessen und verletzlich zeigten. Ella war das nächtliche bei Weitem lieber, es war leichter im Umgang, Schweigepausen ließen sich wegküssen, ehe sie unangenehm wurden, und selbst ein Streit konnte sich in Leidenschaft entladen, die weitaus befreiender war, als sich anzuschreien.

»Bin ich zu spät?«, fragte er.

»Nein, komm nur rein. Meine Familie ist früh dran.«

»Georg?«

»Gottlob, nein.«

Sie nahm ihm Mantel, Hut und Schal ab, brachte es in die Garderobe, hernach legte sie die Hand auf seinen dargebotenen Arm und ließ sich in den Salon führen.

»Ich wusste nicht, dass du Max Schlüter eingeladen hast«, sagte Louise aufgeregt, als sie den Gegenstand ihrer heimlichen Hingabe durch die Tür in den festlich hergerichteten großen Salon treten sah.

»Ich dachte mir, es wird Zeit für ein zwangloses Zusammentreffen«, antwortete Ella und berührte den Arm ihrer Freundin. »Komm.« Sie ging auf Max Schlüter zu, der etwas verlegen wirkte, und begrüßte ihn mit einem herzlichen Lächeln.

»Ich freue mich sehr, dass Sie meiner Einladung gefolgt sind.«

»Die Freude ist ganz meinerseits.« Seine Wangen

hatten einen leichten Rotton angenommen. »Wie kam ich zu der Ehre?«

»Ich dachte mir, dass es sehr nett wäre, auch langjährige Kunden unter meinen Gästen begrüßen zu dürfen.« Ella überließ ihn Louise und zog sich zurück, ehe diese darauf reagieren konnte. Es wurde Zeit, der ganzen Sache einen kleinen Schubs zu geben.

Kurz hatte sie überlegt, Clara Landauer einzuladen, um ihren Bruder ein wenig aus der Lethargie zu reißen, aber erst einmal wollte sie sehen, ob sie überhaupt mit ihr zurechtkam. Nachdem sie ja nicht die Wahl gehabt hatte, ob sie sie einstellte oder nicht, hatte sie sich Erics Wunsch gefügt, dabei hatten sie eine Bewerberin gehabt, die ihnen überaus vielversprechend erschienen war. Sehr ärgerlich. Aber vielleicht funktionierte es ja, und sobald Eric bei ihr gelandet war – in welcher Hinsicht auch immer –, konnten sie sich ja wieder von ihr trennen. Da ihr Bruder gewiss nicht auf eine Ehe aus war, würde sie sich vermutlich ohnehin von dem Café verabschieden, sobald Eric ihrer überdrüssig war und sie merkte, dass sie nur dafür getaugt hatte, ihm ihre Unschuld zu schenken.

Ella hatte ein sehr ausgesuchtes Büfett auftischen lassen, und vor allem die Süßspeisen erfreuten sich großer Beliebtheit. Natürlich gab es jede Menge Schokolade, verschiedene Sorten Pralinen, kleine Kuchen, Plätzchen mit Schokoladentropfen, mit Schokolade glasierte Herzwaffeln und winzige Tafeln. Auch heißer Kakao wurde angeboten, geschöpft aus einem kleinen Schokoladenbrunnen, mit Milch aufgegossen und garniert mit einer Haube aus Sahne.

Ella hatte neue Werbekarten drucken lassen, die ihre Kreationen anpriesen und einige davon auch auf dem Büfett abgelegt. Daran, dass es weniger wurden, erkannte sie, dass sie durchaus den Geschmack der Leute traf. Sie lächelte und setzte ihren Weg durch den Salon fort, grüßte mal hier, mal da, blieb zwischendurch stehen, um einige freundliche Worte zu wechseln. Die Gäste unterhielten sich gut, waren in anregende Gespräche vertieft und sprachen dem Essen zu. Alles bestens.

»Bist du zufrieden?«, fragte Sebastian.

»Ja, es läuft gut.«

Sie standen ein Stück abseits der Gäste, und Ella hatte sich eine Zigarette angesteckt, setzte die Spitze an die Lippen und tat einen tiefen Atemzug, ehe sie den Qualm langsam ausstieß. Sebastian hob sein Glas an die Lippen, nippte daran und sah sie über den Rand hinweg an. »Meine Mutter erwartet, dass du die nächste Feier in unserem Haus gibst.«

Ella spürte, wie sich ein Krampf zwischen ihren Schulterblättern ausbreitete, und hob die Schultern, um die Starre zu lösen. »Warum?«

»Weil du meine Ehefrau bist und als solche Feierlichkeiten im Haus der Familie zu geben hast.«

»Ah ja, das habe ich also zu tun?«

»Möchtest du darüber jetzt mit mir diskutieren? Da würdest du ohnehin den Kürzeren ziehen, meine Liebe.«

Ella beobachtete die Gesellschaft, beobachtete Eric, der mit zwei seiner Freunde zusammenstand und den Blick in die Ferne geheftet hatte, während die anderen sich unterhielten. Sie würde beim nächsten Mal diese

Frau einladen, mal sehen, ob sich dann etwas änderte. »Du brauchst nicht den gestrengen Ehemann herauszukehren, ich diskutiere nicht mit dir. Die nächste Feier richte ich in deinem Haus aus, ich habe dir gesagt, ich erfülle meine Pflichten dir gegenüber, und ich halte mich an meine Vereinbarung, solange du dich an deine hältst.«

Er taxierte sie, dann nickte er knapp.

»Sag mal, Ella«, Frank war näher gekommen, »hast du wirklich einen Kontoristen von Onkel Georg eingeladen?«

Sie drehte sich zu ihm um. »Ja. Kennst du ihn?«

»Nein, zumindest nicht, bis er uns ungefragt erzählt hat, was er beruflich macht.«

Ella ließ den Blick durch den Salon schweifen und entdeckte Max, der etwas linkisch bei einer Gruppe von jungen Leuten stand, Louise an seiner Seite, die zumindest eine der Frauen kannte und sich mit ihr unterhielt. »Er macht Louise den Hof.«

»Ja, das ist unübersehbar. Na ja, vom Stand her ist das gewiss auch naheliegend.«

Sebastian stieß hörbar den Atem aus. Dergleichen Stillosigkeit war ihm stets ein Gräuel.

»Die Ständegesellschaft gehört zunehmend der Vergangenheit an, Frank«, sagte sie. »Sonst wärst du lediglich ein Soldat aus dem Fußvolk und müsstest einem Offizier von Wasauchimmer die Stiefel putzen.«

In seiner Entrüstung ähnelte Frank seinem Vater, lief ähnlich wie dieser rot an und wirkte wie ein Hahn, dem der Kamm schwoll. Ella lächelte, tat einen Zug von ihrer Zigarette und atmete ihm dem Qualm wie unabsichtlich ins Gesicht. Er sah sie aus verengten Augen an, dann wandte er sich ab und ging zurück zu seinen Freunden, nicht ohne deutlich zu machen, dass er Max Schlüter mit Verachtung strafte, damit diesem nur nicht entging, dass er sich nicht bei seinesgleichen aufhielt.

»Die angeheiratete Verwandtschaft ist leider dieselbe geblieben«, stellte Sebastian fest.

»Magst du ihn auch nicht?«

Er antwortete darauf nur mit einem vielsagenden Blick.

»Zu mir war er früher eigentlich nicht so garstig, auch wenn er mich nie wirklich gemocht hat. Mit Eric hat er sich immerhin einigermaßen verstanden, aber das hat sich seit dem Krieg geändert.«

»Dein Bruder ist immer noch schlecht auf mich zu sprechen, nicht wahr?«

»Bleib doch über Nacht und frühstücke morgen mit uns zusammen. Vielleicht können wir damit das Eis brechen.«

»Das würde ich zu gerne, aber ich bin leider im Anschluss noch anderweitig verabredet.«

Das Angebot, in ihrem Bett zu nächtigen, schlug er gewiss nicht aus, um seine Freunde zu treffen, und Ella spürte, wie eine gänzlich unerwartete Welle der Eifersucht in ihr aufbrandete. Sie senkte die Lider, hoffte, dass ihm das verräterische Aufflackern in ihren Augen entgangen war, was angesichts seines aufmerksamen Blickes jedoch nicht sehr wahrscheinlich schien. »Nun gut.« Die Festigkeit in ihrer Stimme verhakte sich in ihrer Kehle, schmerzte und drohte ihr zu entgleiten.

»Dann werden wir den Versuch der Aussöhnung wohl ein anderes Mal in Angriff nehmen müssen.«

»Ich werde gewiss darauf zurückkommen.«

Sie nahm ihm das Glas aus der Hand und kippte den Rest in einem Zug herunter, ehe sie es dem vorbeieilenden Kellner – sie hatte vier für den Abend gemietet – auf das Tablett stellte. »Wie lange bleibst du noch?«

»Bis zum offiziellen Ende. Ich weiß durchaus, was sich gehört.«

Sie wiederum wusste, dass sie nicht das Recht hatte, ihm eine Szene zu machen, auch wenn sie dies aufgrund dieser so offensichtlichen Zurückweisung zugunsten einer anderen Frau nur zu gerne täte. Sie wollte aufbrausen, die Wände hochgehen, ihn anschreien und sich hernach in ihrem Bett mit ihm versöhnen, indes er ihr beständige Treue schwor. Aber wie die Dinge nun einmal standen, konnte sie sich nur mit einer sie selbst abstoßend anmutenden Fügsamkeit in seine Abendplanung ergeben.

Gesellschaften beizuwohnen, bei denen ihre Cousine zugegen war, blieb für Helene weiterhin schwer erträglich. Glücklicherweise ergaben sich diese Gelegenheiten nur selten, und natürlich hatte ihre Familie abgelehnt, als Ella die Frechheit gehabt hatte, sie zu ihrer Soiree einzuladen. Ihre Mutter trichterte ihr fortwährend ein, Haltung zu zeigen, während ihr Vater zumindest Verständnis dafür zeigte, dass sie sich zutiefst gedemütigt fühlte und weder Sebastian noch seiner Familie über den Weg laufen wollte. Da die höhere Gesellschaft von Koblenz recht überschaubar war, ließ sich das jedoch unmöglich vermeiden.

Die Wintersaison hatte sie sonst immer so geliebt, die Feierlichkeiten, die Bälle. Jetzt hatte sie stets das Gefühl, jeder taxierte sie, lotete aus, warum ein Mann sich wohl für ihre Cousine entschied, wenn er sie, Helene, hätte haben können. Vermutlich dachten viele, es läge gar an ihr, sie sei weniger anziehend und begehrenswert als Ella. Sie war die Frau, die man um des Geldes willen heiratete, während man sich mit der lasziven Ella vergnügte.

Sie traf Arvid von Oedinghof auf einem Spaziergang, während der Tag um sie herum ebenso trüb war wie ihre Stimmung. Da er ein guter Freund von Hans war, sah sie ihn natürlich hin und wieder, mal kam er zu Besuch, mal lief man sich auf einer Feier über den Weg. Helene hatte sich angewöhnt, jeden Tag einen Spaziergang in den Kaiserin-Augusta-Anlagen zu machen, ging dabei aber nie bis zur Höhe des Schwanenteichs, weil sich dort die Villa von Ella und Eric befand. Dass Ella nicht bei Sebastian wohnte und man munkelte, er sei ihr keineswegs treu ergeben, löste stets eine angenehme Welle von Genugtuung bei ihr aus. Offenbar waren auch seine Eltern keineswegs erpicht darauf, die Schwiegertochter im selben Haus zu haben. Bei einem der seltenen Male, bei denen Helene auf Sebastians Mutter getroffen war, hatte diese betont, wie traurig sie der Umstand mache, dass sie Helene nicht als Tochter in die Familie hatte aufnehmen dürfen.

Arvid von Oedinghof neigte den Kopf, lächelte, als er sie bemerkte. »Ein kleiner Lichtblick an einem gar zu düsteren Tag.«

Ein Windstoß bog die Zweige, und unwillkürlich hob Helene die Hand, als ihr seidener Schal ihr ins Gesicht wehte. »Düster ist gut, alles andere erschiene mir gerade sehr unpassend«, antwortete sie.

»Ich möchte keine Ratschläge aufdrängen, aber diesen Kummer ist wahrhaftig kein Mann wert.«

»Ich habe keinen Kummer, vielmehr bin ich außer mir vor Zorn.« Das stimmte nicht so ganz, aber Helene würde sich – dem Rat ihrer Mutter folgend – keine Blöße geben. Zornig zu sein war nicht gar so demütigend wie Kummer.

»Ihre Cousine hat sich nach einem Blick auf mich zu dieser Tat hinreißen lassen, die schon fast verzweifelt angemutet hat.«

»Verzweiflung?« Helene hob die Brauen. »Das war kalt und berechnend, von Verzweiflung keine Spur.«

»Warum sollte sie das sonst getan haben? In großer Liebe sind die beiden offenbar nicht entbrannt.«

»Er bezahlt ihr die Chocolaterie, also war alles Kalkül. Sie hätten ihr diese Spielerei gewiss nicht durchgehen lassen, nicht wahr?«

»Nein, das ist wohl anzunehmen.«

»Wie sie Sebastian dazu bekommen hat, weiß ich nicht, aber sie lässt ihm alle Freiheiten, das war vielleicht ein Anreiz.« Helene zuckte die Schultern. »Nun ja, wie auch immer, es ist ja nun mittlerweile gleich, nicht wahr?«

Obwohl es erst früher Nachmittag war, wurde es

bereits düster, da verrußte Wolken sich über den Himmel schoben und das Licht schluckten. Die Luft schmeckte feucht und kalt.

»Ich sollte heimkehren«, sagte Helene. »Es wird gewiss bald sehr ungemütlich.«

»Darf ich mich als Begleiter anbieten?«

Helene lag eine höfliche Ablehnung auf der Zunge, aber dann nickte sie. Die Leute würden sie sehen und sich vielleicht ihren Teil denken, aber im Grunde war es ohnehin egal, was sie tat. War sie allein, ging man davon aus, sie trauere Sebastian hinterher oder bekäme keinen mehr ab, weil man munkelte, es müsse ja Gründe haben, dass er Ella seiner Verlobten vorgezogen habe. Ging sie an der Seite des Freundes ihres Bruders, würde man möglicherweise mutmaßen, dass er sie aus Mitleid begleitete. Für was sie sich auch entschied, es wäre im Grunde genommen immer das Falsche, also konnte sie einfach das tun, womit sie sich wohlfühlte.

10

APRIL 1926

Ella griff in die Schale auf ihrem Nachtschränkchen, nahm eine weitere Praline, biss die Hälfte ab, beugte sich über Sebastian und schob ihm diese bei einem Kuss in den Mund, tat hernach dasselbe mit der anderen Hälfte, schmeckte Schokolade auf seiner Zunge, kostete den Kuss aus und löste sich schließlich von ihm. Sebastian richtete sich auf, drückte sie in das Kissen, setzte den Kuss fort, intensiver und verzehrender als zuvor. Sie zog ihn auf sich, schlang die Beine um seine Hüften, ohne sich aus dem Kuss zu lösen, spürte, wie er sich in ihr bewegte.

»Ich habe gerade an dir die aphrodisierende Wirkung meiner neuesten Pralinenkreation ausprobiert«, gestand sie, als sie wieder zu Atem kam. »Und wie ich sehe, hat es funktioniert.«

Sebastian öffnete die Augen nur einen winzigen Spalt. Er schien sogar atemloser zu sein als sie. »Ich kann dir versichern, dass da gänzlich anders geartete Reize eine Rolle gespielt haben.«

»Du bist mit jedem Bissen Schokolade erregter geworden.«

»Meine Liebe, du liegst nackt bei mir im Bett. Du

hättest mir mit deiner Zunge Karotten in den Mund schieben können, der Effekt wäre derselbe gewesen.«

Sie richtete sich auf. »In der Küche müssten noch Radieschen sein.« Unwillkürlich griff sie nach dem Morgenmantel, und Sebastian stöhnte auf.

»Im Ernst, Ella?«

Sie stand auf und schlang den Gürtel um ihre Hüften, wich geschickt seinem Griff aus, ließ dann aber doch zu, dass er sie zurück aufs Bett zog.

»Denk doch nur an die Vermarktung«, sagte sie. »Wenn ich damit werben kann, dass ich selbst auf die Wirkung der Schokolade an einem sehr willigen Testobjekt gesetzt habe.«

»Untersteh dich.«

»Hast du Angst, die Leute denken, du könntest nicht ohne?«

Das war ihm offenbar nicht einmal eine Antwort wert.

»Beim ersten Mal vorhin hast du länger gebraucht, um in Fahrt zu kommen«, stichelte sie.

»Da war ich geduldig«, korrigierte er, »und beim zweiten Mal hast du es sehr rasch vorangetrieben. Und die Art und Weise, wie du mich mit der Schokolade gefüttert hast, hat auch das Ihre dazu beigetragen.«

»Wie du meinst.« Ella hatte Erfolg mit diesen pikanten kleinen Mischungen, die sie als *Anregung der Sinne* verkaufte – das klang nicht ganz so verrucht, und doch wusste jeder, was gemeint war. Sie streckte sich und zog die Decke bis zur Brust, kuschelte sich in das Kissen.

»Ist dein Bruder morgen zum Frühstück überhaupt da?«

»Er kommt gewiss heute Nacht zurück, er bleibt nie bis zum kommenden Morgen fort, warum auch immer.«

Es war das erste Mal, dass Sebastian bei ihr schlief, normalerweise ging sie immer mit zu ihm, und auch das war in den letzten Wochen selten der Fall gewesen, da sie nicht so oft miteinander ausgegangen waren. Karneval war in dieser Saison an ihr vorbeigegangen, so wie das der Fall war, seit ihre Eltern verstorben waren. Als Kind und Halbwüchsige hatte sie das närrische Treiben geliebt, nun jedoch scheute sie die Erinnerungen, die es barg und war froh darum, dass Sebastian sich an diesen Tagen mit seinen Freunden amüsiert hatte. Vielleicht würde sie im kommenden Jahr wieder mitmischen, irgendwann war es wohl einfach an der Zeit.

»Ich gebe übrigens demnächst wieder eine Gesellschaft«, sagte Ella träge.

»Du weißt, dass wir übereingekommen sind, dass diese in unserem Haus stattfinden wird?«

»Ja, ich halte mein Wort.« Wenngleich Ella kein gutes Gefühl dabei hatte, aber sei's drum. Sie schloss die Augen und stellte sich vor, wie sie ihre neuesten Kreationen anpries – sahnige Himbeertrüffel in dunkler Schokolade. Ein kleines Lächeln zupfte an ihren Mundwinkeln, und über diesen Gedanken schlief sie ein.

Als sie die Augen wieder öffnete, schien die Sonne bereits durch die Vorhangspalten. Sie gähnte und reckte sich. Neben ihr lag Sebastian, immer noch schlummernd. Leise, um ihn nicht zu wecken, stand sie auf und ging in ihr Bad, verrichtete die Morgentoilette und trat schließlich in ein Handtuch gewickelt und mit feuchtem Haar in ihr Zimmer, um direkt wieder im Ankleidezimmer zu verschwinden. Im Vorbeigehen hatte sie bemerkt, dass auch Sebastian sich inzwischen regte, und als sie angezogen ins Zimmer trat, lag er auf einen Ellbogen gestützt da und betrachtete sie, wie sie sich an ihren Frisiertisch setzte und ihr Haar kämmte. Sie hatte es mit einem weichen Handtuch so weit trocken gerubbelt, dass es nurmehr feucht war und sich gut frisieren ließ. Sie legte eine Wasserwelle, glättete einige widerspenstige Locken und drehte sie seitlich zum Gesicht ein.

»Weißt du, wo unser Esszimmer ist?«, fragte sie, als Sebastian zum Bad ging.

»Ja, ich denke, ich werde es finden.«

»Ansonsten läute nach Doris, die zeigt es dir. Ich bereite Eric darauf vor, heute mit dir zu frühstücken.«

»Darauf muss er *vorbereitet* werden?«

Sie grinste. »Das wird sich zeigen.« Sie wusste, dass Sebastian ein ruhiges Frühstück über alles ging, nichts hasste er mehr als Dispute am frühen Morgen.

Nachdem sie mit ihrer Frisur zufrieden war, begann sie, sich zu schminken, und war gerade fertig damit, als Sebastian das Bad verließ, ein Handtuch um die Hüften. Sie sah ihn im Spiegel an und klimperte übertrieben mit den Wimpern, dann drehte sie sich zu ihm um, gab ihm einen Kuss und sagte ihm, dass sie unten auf ihn warten würde.

Der Tisch im Esszimmer war bereits gedeckt, und Eric stand an der Anrichte, um sich Kaffee einzuschenken. Er blickte auf und musterte sie aufmerksam, ehe er die Kaffeetasse an die Lippen hob.

»Sebastian ist hier«, sagte sie.

»Ich weiß, du warst nicht zu überhören.«

Ella spürte, wie ihr das Blut in die Wangen stieg.

»Oh, du musst nicht verlegen werden, es ist schön, wenn er wenigstens in einer Sache als Ehemann nicht versagt.«

Das fing ja gut an.

»Hm, also, er wird gleich hier zum Frühstück erscheinen.«

»Habe ich mir fast gedacht. Schaffe ich es noch, einen Kaffee zu trinken, ehe ich die Flucht ergreifen muss?«

Ungeduldig stieß Ella den Atem aus. »Könntest du bitte bleiben? Es wäre gewiss gut, wenn dieser Groll nicht mehr zwischen euch stünde.«

»Ach?« Erstaunt sah er sie an. »Und du denkst, ich kann hier so sitzen und mit ihm Konversation machen? Das gelingt mir ja nicht einmal mit Leuten, die ich mag.«

»Bleib bitte trotzdem, ja? Immerhin habe ich Clara deinetwegen eingestellt.« Ella nahm sich ebenfalls eine Tasse Kaffee und lehnte sich mit dem Rücken an die Anrichte. »Kannst du es dann bitte mir zuliebe tun?«

»Also gut.« Eric zog einen Stuhl vom Tisch zurück und ließ sich darauffallen.

Angespannt blieb Ella an der Anrichte stehen und nippte an ihrem Kaffee, während sie auf Schritte lauschte. Schließlich hörte sie Sebastian näher kommen und drehte sich zur Tür um.

»Guten Morgen«, sagte er, als er den Raum betrat.

»Guten Morgen«, antwortete Eric und lehnte sich

auf seinem Stuhl zurück, verschränkte die Arme vor der Brust, wirkte abwartend, lauernd.

Ella reichte Sebastian eine Tasse Kaffee und stellte hernach die Kanne auf den Tisch, nahm links von Eric Platz, während sich Sebastian ihr gegenübersetzte. Für gewöhnlich saß sie am anderen Tischende, auf dem Platz der Hausherrin, aber das erschien ihr an diesem Morgen nicht so passend. Eric schwieg, trank Kaffee, belegte eine Scheibe kross gebackenes Weißbrot mit hauchdünn geschnittenem Braten, während Sebastian seinerseits nur Kaffee trank, wie er dies stets tat, um erst einmal richtig wach zu werden.

Anfangs war das Schweigen erwartungsvoll gewesen, bereit, mit Worten gefüllt zu werden, sich in den Pausen dazwischen in Einträchtigkeit zu wandeln. Nun jedoch wurde es zunehmend schwerer, lastete auf dem Raum, füllte sich mit Feindseligkeit, mit nicht erfüllbaren Erwartungen. Ella war das unerträglich, und sie beschloss, eine Bombe mitten in diese Stille zu werfen, hoffte, dass nach der zerstörerischen Detonation etwas Neues entstand, dass die verkrustete Oberfläche aufbrach und fruchtbaren Boden freigab, in dem der Keim zu familiären Banden gelegt werden konnte.

»Sebastian, du warst doch auch in Verdun, nicht wahr?«

Erics Gesicht wurde starr, die Lippen ein schmaler Strich, die Tasse zitterte in seiner Hand, wurde abrupt abgestellt, klirrte auf der Untertasse. In Sebastians Augen wiederum glomm etwas auf, das Ella an Erics dunkle Momente gemahnte, etwas Hartes und Kantiges.

»Was für ein reizendes Thema zum Frühstück, Eleonora«, sagte er mit einer Kälte, die in seiner Stimme glitzerte wie Raureif.

Auch Erics Blick war bar jeder Wärme, vielmehr sah er sie an wie jemanden, der einem den Verband von einer Wunde gerissen hatte und diese ungeschützt dem Schmerz preisgab. »Ich habe keine Ahnung, warum meine Schwester der Meinung war, dies sei der passende Auftakt zu einem morgendlichen Gespräch«, entgegnete er, Sebastian zugewandt.

Eleonora, meine Schwester – beide kleideten die Wut gegen sie in Distanziertheit. Ella schenkte sich erneut Kaffee ein und beobachtete die beiden Männer am Tisch. »Mein Fehler«, gestand sie und gab sich reuevoll. »Ich dachte nur, dass ihr vielleicht über gemeinsame Erlebnisse reden wollt.«

»Und da suchst du ausgerechnet Verdun aus? Für ein gemütliches Gespräch beim Frühstück?« Sebastian kam fast über den Tisch gesprungen.

»Welche Gemeinsamkeiten sollen wir denn austauschen?«, fragte Eric nun. »Die herumfliegenden Knochensplitter? Das Pfeifen der Artillerie? Wie es sich angefühlt hat, wenn neben einem der Boden aufgerissen wurde und man das, was von seinen Kameraden übrig war, in einem Krater inmitten einer blutigen Masse vorgefunden hat?«

»Oder wie man jemandem, von dem kaum mehr übrig war als der Torso und der einen um Erlösung anflehte, diese verweigern musste? Weil man seine eigenen Leute nicht umbrachte?« Sebastian war bleich geworden.

Ella erhob sich. »Es tut mir leid. Ich wollte nicht … Entschuldigt mich bitte!« Sie wandte sich ab und verließ rasch das Speisezimmer, schloss die Tür hinter sich und hoffte, dass keiner von ihnen so ritterlich sein würde, ihr nachzueilen. Aber da sie gerade der Zorn einte, die so brutal heraufbeschworenen Erinnerungen, würde man wohl geeint der Meinung sein, dass es ihr ganz guttat, ein wenig unter der brüsken Zurechtweisung zu leiden. Strafe musste schließlich sein. Langsam stieß sie den angehaltenen Atem aus, lauschte, hörte sie miteinander sprechen, ohne verstehen zu können, was sie sagten. Sehr gut, immerhin brüllten sie sich nicht an oder verfielen wieder in dumpfes Schweigen. Zufrieden mit sich ging Ella zur Garderobe, holte einen leichten Mantel und trat hinaus in den ungewöhnlich sonnigen Aprilmorgen. Im Vorbeigehen bat sie Doris, ihr heiße Schokolade in das Rosenpalais im Garten zu bringen.

Louise konnte es kaum glauben, dass sie und Max an diesem Nachmittag tatsächlich miteinander ausgingen. Ihr Vater war wenig begeistert gewesen, er blieb dabei, dass er dem Kerl nicht über den Weg traute.

»Er ist grundanständig«, hatte Louise ihn – wie so oft – beruhigt.

»Er hat etwas Verschlagenes, da steckt gewiss mehr dahinter.«

»Ach, was du immer wieder für Gespenster siehst.«

Immerhin hatte er ihr nicht verboten, mit Max auszugehen, und so schlenderte sie nachmittags bei herrlichem Sonnenschein durch die Stadt, er stets in höflichem Abstand, aber manchmal, wenn ihnen Menschen entgegenkamen, gingen sie enger, und dann berührten sich ihre Arme, ihre Schultern, und manchmal auch ihre Hände, was Louise einen wohligen kleinen Schauer durch den Körper rieseln ließ. Nach ihrem Dafürhalten könnte er ruhig ein wenig forscher sein. Sie würde ihn zu gerne küssen, und sie beneidete Ella glühend um die sinnliche Erfahrung, die diese bereits gesammelt hatte. Wenn es sogar mit einem Mann schön war, den man gar nicht liebte, wie mochte es dann wohl mit einem sein, an den man sein Herz verloren hatte?

So jedoch spazierten sie brav nebeneinanderher über die Löhrstraße, blieben vor dem Hohenfelder Haus stehen, wo sich das Atelier für Innen- und Ausbau von Carl Bernd befand, vornehme Wohnräume, gutbürgerliche Ausstattung und Kunstgegenstände. Louise mochte das Geschäft und stellte sich oft vor, wie sie ihre eigenen Wohnräume wohl einrichten würde. Bei dem Gedanken daran, dies mit Max zu tun, war erneut dieses angenehme Rieseln zu verspüren.

Während sie weiterging, unterhielten sie sich über die Chocolaterie. Immerhin hatten sie die förmliche Distanz verloren und sprachen sich mit ihren Vornamen an. Das war wohl als erster Schritt in die richtige Richtung zu verstehen. Louise hatte Max erzählt, dass Ella sie und ihren Vater vor dem Bankrott gerettet hatte.

»Das war sehr edel von ihr«, sagte er, »wenngleich ich natürlich nicht ganz richtig finde, dass sie dies auf Kosten des Glücks ihrer Cousine getan hat.«

»Das fand ich auch nicht richtig, und Ella weiß das

auch, aber letzten Endes war es ihre Entscheidung und nicht meine.«

»Du hast immerhin dein Bestes getan, sie daran zu hindern, wenngleich deine Warnung an ihren Onkel leider zu spät kam.«

Louise spürte, wie ihre Wangen glühten. Es gab offenbar doch noch Leute, die glaubten, dass es ihr in der Tat um Schadensbegrenzung gegangen war.

»Es waren einige sehr ungemütliche Tage in der Reederei«, gestand Max. »Herr Dorn war übelster Stimmung, was wir selbstverständlich alle verstanden haben, aber, nun ja … er war wirklich sehr, sehr unleidlich.«

»Bekommst du Schwierigkeiten, wenn er erfährt, dass wir uns treffen?«, fragte Louise erschrocken.

»Selbst, wenn – ich bin sein Angestellter, nicht sein Leibeigener. Falls es ihn stört und er mich deshalb entlässt, suche ich mir eben eine neue Arbeit. Ich bin gut in dem, was ich mache, gewiss finde ich etwas.«

»Wenn er dich ohne Zeugnis entlässt?«

»Die Stadt ist klein, und die Sache mit Ella Dorn – ich meinte Lombard – hat sich herumgesprochen. Wenn man erfährt, dass ich entlassen wurde, weil ich ihrer Freundin den Hof mache, dann wird das fehlende Zeugnis vermutlich nicht allzu schwer wiegen.«

Das hoffte Louise zutiefst, dennoch keimte die Sorge in ihr auf und ließ sich auch nicht verdrängen. Gleichzeitig war sie gerührt von seiner so offen bekundeten Zuneigung zu ihr. »Du machst mir also den Hof?«, fragte sie und versuchte die Frage neckend klingen zu lassen.

»Das ist doch offensichtlich, nicht wahr?«

Louise versuchte sich an jenem Lächeln, das Ella so gut beherrschte und das die Männer stets so offenkundig bezauberte. Ob ihr die Kopie gelang, wusste sie nicht, sah jedoch, dass Max durchaus darauf reagierte. Sie bogen in das Löhr-Rondell ein, wo sich die Herz-Jesu-Kirche befand und von wo aus man zum Kaiserin-Augusta-Ring kam. Hier waren sie in diesem Moment die einzigen Spaziergänger, und nun wagte Max es, ihre Hand zu umfassen. Louise sah zu ihm auf, hoffte, dass er den innigen Wunsch nach einem Kuss verstand, und so führte er sie in den Schatten der Kirche, zog sie an sich und strich ihr mit der anderen Hand sacht über die Wange. Dann senkte er den Kopf und küsste sie. Im nächsten Moment ließ ein Räuspern sie auseinanderfahren, und als Louise aufblickte, sah sie einen Geistlichen im Talar dastehen und sie streng mustern. Ihr stieg das Blut ins Gesicht, Max jedoch schien bar jeder Verlegenheit, zwinkerte dem Geistlichen sogar noch frech zu, nahm ihre Hand und zog sie mit sich.

Er tauchte so plötzlich hinter ihr auf, dass Clara ein Schrei entfuhr. »Veit!«

»Du hast mich bereits vergessen, ja?«

Das ganz gewiss nicht, wenngleich sie froh gewesen wäre, ihn aus ihren Gedanken und Erinnerungen verbannen zu können. »Was willst du?«

»Denkst du, das hier«, er zeigte auf sein Gesicht, auf die schiefe Nase, »ist vergessen?«

»Du solltest bedenken, was dem vorausgegangen ist.« Sie wollte sich abwenden, wollte ins Haus eilen, ehe man sie hier auf der Straße mit ihm disputieren sah. Ihr war sehr gelegen an ihrem guten Ruf. Er jedoch griff nach ihrem Arm.

»Die ganze Zeit über hast du vor mir kokettiert, und als es dann darum ging, einzufordern, was du mir versprichst und vorenthältst, kommst du mit dieser Jungfer-rühr-mich-nicht-an-Attitüde.«

»Ich war verliebt in dich und dachte, es sei dir ernst. Aber für dich war ich von Anfang an nur etwas zum Herumspielen.«

»Hätte ja noch etwas Ernstes werden können.«

»Ja, gewiss. Vor allem nach deinem Überfall in Koblenz.«

»Dieser Kerl, der mich damals vermöbelt hat, ich kriege noch raus, wer er war.«

»Viel Spaß dabei.« Entschieden befreite sie ihren Arm aus seinem Griff und ging mit raschen Schritten zum Haus, schloss die Tür auf und trat ins Innere, das im Halbdunkel dalag. Licht fiel aus dem einzigen Fenster im Eingangsbereich, wo sich Sonnenstrahlen einen Weg durch die vergilbten Spitzengardinen bahnten und auf dem Mosaikboden tanzten. Es war ein hübsches altes Haus mit freundlichen, überwiegend älteren Bewohnern. Das war einerseits sehr angenehm, weil Clara nie wirklich allein war. Andererseits hatten aber gerade diese Herrschaften einen sehr intensiven Blick auf sie und loteten genau aus, ob das, was sie tat, den guten Sitten entsprach. Denn sie war eine alleinstehende junge Frau, und da wusste man ja, was alles geschehen konnte.

Ihre Schritte klangen dumpf auf den hölzernen Treppenstufen, und Clara dachte, dass sie bald die schweren Stiefel gegen leichtere Schuhe für Frühjahr und Sommer eintauschen musste. Allerdings waren die vom letzten Jahr schon so ausgetreten, dass sie damit nicht mehr unter die Leute gehen konnte, und für neue fehlte momentan schlechterdings das Geld. Vielleicht änderte sich das nun, da sie eine besser bezahlte Stelle hatte, gewiss konnte sie sich nun eine etwas ansprechendere Garderobe leisten. Bisher hatte sie drei schöne Kleider, die sie aber nur an Abenden trug, wenn sie Auftritte hatte. Da man sie als Pianistin ohnehin nur als Hintergrundbegleitung wahrnahm, fiel es nicht auf, dass sie stets zwischen denselben Kleidern wechselte und diese auch schon ein wenig aus der Mode waren. Die Eltern der Mädchen, die sie betreut und unterrichtet hatte, hatten nicht gut gezahlt. Wenn sie unzufrieden war, könne sie ja gehen, wurde ihr beschieden. Sie wusste, dass sie die Stelle zum Unterrichten nur bekommen hatte, weil man an einen Mann wesentlich mehr hätte bezahlen müssen. Immerhin waren die betretenen Gesichter, als sie gekündigt hatte, sehr befriedigend gewesen.

Die Arbeit in der Chocolaterie gefiel ihr, und sie kam gut mit den beiden jungen Frauen aus. Eric Dorn hatte sie zu ihrem Bedauern aber seither noch nicht wiedergesehen. Andererseits wusste sie auch nie, wie sie ihm begegnen sollte, war meist befangen in seiner Gegenwart. Und zudem hing stets die Angst über allem, dass er irgendwann erfahren würde, wie sie zu Veit gestanden hatte. Würde das dem Vorfall eine andere Note verleihen? Würde er gar denken, sie sei selbst schuld, und er hatte diesen Mann für nichts und wieder nichts verprügelt? Clara wollte nicht darüber nachdenken und hoffte, dass Veit sie endlich in Ruhe lassen würde. Sie verstand seine Nachstellungen ohnehin nicht, es war ja nicht so, als sei er in tiefer Liebe zu ihr entbrannt. Aber das war es wohl auch nicht, sondern vielmehr verletzter Stolz, weil sie es gewagt hatte, ihm den Laufpass zu geben, ohne dass er zum Zug gekommen war.

Clara ging in ihre kleine Küche, um sich Kaffee aufzubrühen. Dass sie keine Miete zahlen musste, war ein wahrer Segen, und innerlich dankte sie ihrem Vater immer wieder dafür, dass er seinerzeit vorgesorgt und eine Wohnung gekauft hatte, die noch vor seinem Tod abbezahlt war. Sie hatte hier schöne Kindheitstage verbracht, und obwohl zum Monatsende von dem Gehalt ihres Vaters so gut wie nichts übrig geblieben war, hatten sie nicht gedarbt. Natürlich waren Reisen nicht möglich gewesen, aber die hatte Clara im Grunde auch nicht vermisst. Wenn das Wetter schön war, waren sie an der Mosel entlangspaziert, manchmal hatte ihr Vater ihnen auch ein Zugbillett spendiert, dann waren sie einfach drauflosgefahren, so weit, wie er es sich leisten konnte. Das war jedes Mal spannend gewesen, da Clara vorher nie wusste, wo sie aussteigen würden.

Und doch hing die Vergangenheit wie ein Damoklesschwert über ihr, und sie wusste, käme jemals die Wahrheit heraus, würde das wohl alle Ambitionen, irgendwann in die höhere Gesellschaft aufzusteigen, zunichtemachen. Selbst der gehobene Mittelstand würde die Nase rümpfen und ihr den Rücken kehren, vermutlich könnte sie nicht einmal mehr als Pianistin auftreten oder in der Chocolaterie arbeiten. Aber glücklicherweise wusste niemand außer ihr selbst von all dem, und es war auch nicht anzunehmen, dass sich das je ändern würde, daher war diese Unruhe eigentlich unnötig.

Der Abend sollte ein voller Erfolg werden, aber das ungute Gefühl, das in Ella bereits beim Betreten des Hauses Lombard aufgekeimt war, verdichtete sich, als sie die Gästeliste sah. Ihre Schwiegermutter hatte die Einladungen schreiben wollen, was Ella zunächst abgelehnt hatte, aber da Sebastian sie gebeten hatte, es ihr zu überlassen, hatte sie schließlich nachgegeben.

»Ein wenig Arbeitsteilung tut eurem Verhältnis zueinander gewiss gut.«

Vor allem tat es jedoch dem Umstand gut, dass Magda Lombard kurzerhand selbst entschied, wer kommen durfte und wer nicht. »*Mein* Haus, *meine* Regeln«, sagte sie, als Ella sie aufgebracht zur Rede stellte.

»*Meine* Feier, *meine* Gäste«, antwortete Ella.

Ihrer Schwiegermutter war dieser Einwand jedoch nur ein schwaches Lächeln wert, und da Ella wusste, ein Streit würde nun, zwei Stunden vor Eintreffen der ersten Gäste, nichts bringen, schwieg sie zähneknirschend und ging auf Sebastians Zimmer, um sich umzukleiden. Zornbebend kam sie dort an und ließ sich recht schnell überzeugen, dass ein kurzer Abstecher in sein Bett eine sehr gute Möglichkeit war, die Wut abzureagieren, um hernach den Gästen entspannt gegenübertreten zu können. Dadurch verlor sie allerdings mehr Zeit als geplant, und so musste sie sich ranhalten, um pünktlich fertig angezogen und frisiert in der Halle zu stehen.

Sebastian, der deutlich eher fertig war als sie, verrichtete ziemlich geschickt Zofendienste, indem er ihr nacheinander Wäsche, Mieder und Kleid reichte, letzteres schloss und sich hernach auf die Suche nach dem zweiten Handschuh machte. Währenddessen legte Ella noch einmal Hand an ihre Frisur, steckte die Spange fest, strich über die langen dunkelgrünen Federn, die dieselbe Farbe hatten wie das Kleid, und zupfte noch einige Locken zurecht, die sie anschließend mit Frisiercreme fixierte. Endlich kehrte Sebastian mit dem Handschuh zurück.

»Wieso nimmst du kein anderes Paar? Du hast doch weiße Handschuhe genug.«

»Nein, ich habe vergessen, neue mitzubringen, die anderen, die noch hier sind, haben einen Fleck, der sich nicht entfernen lässt.«

»Unsere Wäschefrau ist sehr geschickt, ich kann sie ihr geben.«

»Wenn sie deiner Mutter treu ergeben ist, schneidet sie den Fleck vermutlich heraus.«

»Du übertreibst.«

Seufzend ersparte sich Ella eine Antwort darauf und zog die Handschuhe an. »Also los, auf in den Kampf«, sagte sie.

Sebastian reichte ihr den Arm, und gemeinsam verließen sie das Zimmer. Als sie den langen Korridor entlanggingen, merkte Ella, wie die Anspannung einer leisen

Vorfreude wich, und als sie an der Treppe ankamen, war sie sogar versöhnlicher Stimmung ihrer Schwiegermutter gegenüber. Diese verflog jedoch augenblicklich, als sie bemerkte, dass diese bereits mit ihrem Ehemann Aufstellung in der Halle bezogen hatte, als sei dies ihr Empfang. Noch ehe Sebastian reagieren konnte, nahm Ella die Hand von seinem Arm und ging rascher die Treppe hinunter.

»Vielen Dank, dass du hier auf uns gewartet hast«, sagte sie. »Aber den Empfang der Gäste übernehmen wir nun.«

Magda Lombard spitzte die Lippen, das tat sie stets, wenn etwas ihren Unmut erregte, und in Ella löste dies mittlerweile den Drang aus, ihr ins Gesicht zu schlagen. »In meinem Haus empfange ich die Gäste, das war immer so, und so wird es bleiben.«

In Ella brodelte es, was Sebastian offenbar bemerkte, denn er umfasste ihre Hand, drückte in einer Geste, die beruhigend wirken sollte, ihre Finger. Ella jedoch machte sie nur noch aggressiver, und brüsk entzog sie ihm die Hand. »Wusstest du, dass sie es so geplant hat?«

»Nein«, antwortete er.

»Du kannst dich nun echauffieren, solange du möchtest«, sagte Magda Lombard, »aber angesichts dessen, dass du hier nicht einmal wohnst, hast du hier mitnichten das Hausrecht.«

»Ich bin die Ehefrau deines einzigen Sohnes, falls dir das entfallen sein sollte.«

»Es dürfte mir äußerst schwerfallen, dies zu vergessen, da mir dein stets wiederkehrender Anblick diesen Umstand stetig unangenehm in Erinnerung ruft.«

»Mutter«, mahnte Sebastian.

Ella sah zu seinem Vater, der schweigend danebenstand, jedoch nicht wirkte, als sei er bereit, für sie Partei gegen seine Frau zu ergreifen. Vielmehr begegnete er Ellas Blick mit einer Kälte, die sie einen Moment lang sogar den Disput mit seiner Frau vergessen ließ. Dieser Mann, der die Ehe zwar nicht gewollt hatte, ihr jedoch eher zurückhaltend begegnete, hegte eine so tiefe Abneigung gegen sie, dass die seiner Frau sich im Vergleich dazu harmlos ausnahm. Da Ella nichts tun konnte, um ihre Schwiegermutter von ihrem Vorhaben abzubringen, blieb ihr nichts anderes übrig, als sich in das Unvermeidliche zu fügen, und sie nahm mit Sebastian Aufstellung neben ihr.

Die ersten Gäste trafen ein, ganz offenkundig Freunde der Lombards, die Ella nicht kannte. Sie begrüßten Ellas Schwiegereltern und bedankten sich für die Einladung, ehe sie an Ella und Sebastian – »meine Schwiegertochter kennt ihr ja, nicht wahr?« – weitergereicht wurden. So ging es in einem fort, und Ella ahnte mittlerweile, dass nicht nur die Gästeliste geändert, sondern die Einladungen auch nicht in ihrem Namen ausgesprochen worden waren. Da sie jedoch Geschäftsfrau genug war, um nicht als zänkisch wahrgenommen werden zu wollen, bemühte sie sich um ein fortwährendes Lächeln, das nicht ein einziges Mal verrutschte, während der Besucherstrom an ihnen vorbeiflanierte.

Als es schließlich so weit war, dass sie sich im Salon unter die Gäste mischen konnten, strebte Ella zum Büfett, um zu sehen, ob wenigstens dieses ihren Wünschen entsprechend ausgestattet worden war. Anfangs schien dies der Fall zu sein – bis sie auf den Bereich mit den Süßwaren stieß. Sie drehte sich zu ihrer Schwiegermutter um, die ihr gefolgt war, offenbar, um den zu erwartenden Ausbruch rasch hinter sich zu bringen.

»Wo sind die Pralinen, die Kuchen und die Sahnetrüffel?«, fragte Ella.

»Die habe ich dem Personal überlassen, wir beziehen unsere Süßwaren grundsätzlich von der Confiserie Steinmann, und das Gebäck fertigt unsere Köchin an. Bisher sind wir damit stets gut gefahren, und ich sehe nicht ein, das zu ändern.«

Einen Moment lang starrte Ella sie sprachlos an, dann zischte sie: »Weißt du, welchen Wert die Schokolade hatte, die ich habe liefern lassen?«

»Mein Sohn bezahlt das alles, möchte ich annehmen, nicht wahr?«

Es war Magda Lombard anzusehen, dass sie auf einen Ausbruch lauerte, aber den Gefallen würde Ella ihr nicht tun. Sie blieb stumm, nickte nur knapp, ehe sie sich abrupt abwandte. Unmöglich, sich oberflächlich parlierend unter die Leute zu mischen und in Gesellschaftsklatsch zu ergehen. Auch Ellas Selbstbeherrschung hatte ihre Grenzen, und so spazierte sie langsam durch den Salon, lächelte mal hierhin, mal dorthin und ließ sich nicht anmerken, wie schwer ihr dies fiel. Dabei hoffte sie, niemand würde sie ansprechen, denn sie traute ihrer Stimme nicht, wusste nicht, wie viel Festigkeit sie dieser verleihen konnte, indes ihr die Kehle schmerzte. Im Grunde genommen hatte sie nichts dagegen, dass das Personal Pralinen von ihr bekam, aber die Art, wie dies geschah, sollte sehr deutlich zeigen, dass ihre Waren in den Augen Magda Lombards nichts wert waren, nichts, mit dem man sorgsam umging, sondern etwas, das man in Massen verschenkte. Billigware. Für Ella, die viel Wert auf Exklusivität legte, war das ein Affront, und genau darauf hatte ihre Schwiegermutter es angelegt.

Ella ging sorgsam mit ihrer Ware um, verschenkte im Café zum Tee, einer heißen Schokolade oder zum Kaffee eine Praline, verkaufte sie jedoch teuer. Sie waren ein hochwertiges Geschenk, und jeder, der die seidenbezogene Schachtel des *Rosenpalais* sah, sollte wissen, dass er etwas sehr Ausgesuchtes und Hochwertiges bekam. Und nun lag diese Schokolade – der Kuchen, der nicht einmal so zu verkaufen war, sondern normalerweise ausschließlich im Café angeboten wurde – unten in der Küche oder im Dienstbotenzimmer. Wer sollte denn diese Menge, die für eine ganze Gesellschaft gedacht war, essen? Selbst wenn man den gemieteten Kellnern etwas schenkte, war noch ziemlich viel übrig, das konnte doch keiner alles vertilgen, ohne Bauchweh zu bekommen. Vermutlich würde es schlicht und ergreifend im Müll landen, wenn es nach ein, zwei Tagen offen auf Tellern liegend alt schmeckte. Der Kuchen würde austrocknen, die Schokolade bei falscher Lagerung einen weißlichen Überzug bekommen. Ella mochte gar nicht daran denken.

Eine Zeit lang stand sie da, am Rande des Salons, betrachtete die Leute, die ihre Gäste hätten sein sollen. Ihr Blick fiel auf Sebastian, der sich mit einigen Freunden unterhielt, lächelte, einmal grinste und etwas sagte, was die Übrigen laut auflachen ließ. Ella biss sich auf die Unterlippe, dann – als sie sich sicher war, es würde keiner bemerken – verließ sie den Salon. Die Genugtuung, sich auf der Feier Magda Lombards freundlich und angepasst zu geben, würde sie ihren Schwiegereltern nicht geben. Ebenso wenig die, hier eine Szene zu machen. Beides käme ihnen vermutlich sehr gelegen.

Ella durchquerte die Halle und ließ sich ihren Mantel geben, dann trat sie hinaus in den diesigen Aprilabend, atmete die frische, kühle Luft. Sie würde zu Fuß nach Hause gehen, von der Kaiser-Friedrich-Straße aus war es nicht weit, und ein Spaziergang würde ihr guttun. Sie drehte sich noch einmal zu dem Haus um, sah die Gäste durch die hell erleuchteten Fenster, dann wandte sie sich ab und verließ den Hof.

»Wo, um alles in der Welt, ist deine Frau?« Es war kurz vor Mitternacht, und Sebastian fiel auf, dass er Ella seit längerer Zeit nicht gesehen hatte. Bisher hatte er jedoch keinen weiteren Gedanken daran verschwendet, denn es waren viele Gäste anwesend, und er hatte nicht besonders auf sie geachtet. Vielmehr war er erleichtert gewesen, dass sie ihn nicht aufgesucht und eine Szene vom Zaun gebrochen hatte, was er angesichts dessen, wie die Abendgesellschaft von seiner Mutter letzten Endes geplant und umgesetzt worden war, erwartet – und befürchtet – hatte.

Jetzt sah er sich suchend um, als könnte sie in der Nähe stehen und von seiner Mutter lediglich nicht entdeckt worden sein. »Vielleicht macht sie sich gerade frisch?«

»Dann macht sie das aber bereits ziemlich lange. Das letzte Mal habe ich sie vor über drei Stunden gesehen, als sie sich über mein Büfett beschwert hat.«

»Hat sie? Was gab es denn zu beanstanden?«

»Sie hatte sich den Bereich der Süßwaren anders vorgestellt.«

Sebastian sah zum Büfett, das auch zu später Stunde noch gut besucht und stetig aufgefüllt wurde. Sein Blick fiel auf die Süßwaren, Pralinen, Kuchen, Kaltschalen, Desserts. »Was gab es auszusetzen? Fand sie ihre Schokolade inmitten der anderen Dinge nicht ausreichend gewürdigt?«

»Ihre Schokolade?« Seine Mutter krauste die Stirn. »Ach, du meinst die Pralinen, die dort liegen? Die sind nicht von ihr, die habe ich zusammen mit dem Kuchen bei der Confiserie Steinmann bezogen, wie immer.«

»Ich dachte, Ella hätte etwas liefern lassen?«

»Das ist richtig, aber das wurde hier nicht mehr benötigt.«

Dass Ella ihm auch das nicht mitgeteilt hatte, fand Sebastian – bei aller Erleichterung über die ausgebliebene Szene – nun doch etwas beunruhigend. »Sie war vermutlich sehr aufgebracht?«

»Ach, was weiß denn ich? Abgesehen davon, merken die Leute doch den Unterschied nicht einmal, eine Frau lobte sogar die Schokolade und sagte, dass meine Schwiegertochter etwas davon verstünde. Die jedoch ist nicht einmal hier, um das Lob zu empfangen, sondern verschwindet klammheimlich von ihrer eigenen Abendgesellschaft.«

Sebastian hob eine Braue. »*Ihre* Gesellschaft?«

»Es war doch ihr Wunsch, sie hier zu geben, nicht wahr?«

»Mutter, tu mir den Gefallen und beende diese Farce, ja?« Erneut sah er sich um, suchte mit den Augen den Raum ab.

»Wenn sie schon beleidigt davonläuft, wundert es mich ja, dass sie nicht einmal dir Bescheid gibt. Das lässt für mich eigentlich nur den Schluss zu, dass sie nicht will, dass du ihr Fortgehen bemerkst.«

»Vermutlich, weil sie wusste, ich würde sie daran hindern.«

»Oder weil sie etwas vor dir verbirgt.«

Sebastian sah sich nach möglichen Mithörern um. Das Letzte, was er nun wollte, war Getratsche, weil seine Mutter seiner Ehefrau nicht traute. »Denkst du, sie räumt gerade heimlich unseren Tresor aus?«

Seine Mutter warf ihm einen schrägen Blick zu. »Wenn sich Frauen zu derlei Heimlichkeiten hinreißen lassen, könnte auch eine Angelegenheit dahinterstecken, die sie diskret vor ihrem Ehemann zu verbergen sucht.«

Einen kurzen Moment lang taxierte Sebastian seine Mutter aus verengten Augen, dann schüttelte er den Kopf. »Ich möchte dich bitten, auf dergleichen Anspielungen zu verzichten.« Dass Ella einen Liebhaber hatte, glaubte er in der Tat nicht, aber selbst, wenn sie einen hätte, würde sie wohl mitnichten so ungeschickt vorgehen, sich von einer Feier fortzuschleichen, um ihn zu treffen, wo sie doch Gelegenheiten genug dazu hätte, ohne dass Sebastian je davon erfahren würde.

»Wohin gehst du?«, fragte seine Mutter nun.

»Sie suchen.« Er gab ihr keine Gelegenheit zu widersprechen.

Es war so einfach herauszubekommen, dass Ella gegangen war, dass Sebastian sich fragte, ob seine Mutter wirklich nicht selbst auf die Idee gekommen war, den Hausdiener zu fragen. Ella hatte sich ihren Mantel bringen lassen und die Gesellschaft verlassen, schon recht früh, wie er nun erfuhr. Seufzend zog er sich seinen Mantel an und trat in die Nacht hinaus, die trotz der tagsüber frühlingshaften Temperaturen sehr kalt war. Fröstelnd schlug Sebastian den Mantelkragen hoch, überlegte kurz, das Automobil zu nehmen, aber da es darin kaum wärmer war als draußen, ging er die kurze Strecke zu Fuß.

Das Haus der Dorns lag still und dunkel da, und Sebastian fragte sich, ob sie wirklich schon alle schliefen. Eric war vermutlich gar nicht daheim, er hatte die Feier abgesagt mit der Begründung, anderweitig verabredet zu sein – vermutlich wälzte er sich gerade mit Alma im Bett. Ein Gedanke, den Sebastian rasch wieder beiseiteschob. Er war zwar nicht eifersüchtig, aber ein klein wenig wurmte es ihn doch, einfach so aufs Abstellgleis geschoben und ersetzt worden zu sein. Immerhin kam er mit Eric inzwischen sogar einigermaßen gut aus, was in gewisser Weise Ellas Taktlosigkeit am Frühstückstisch zu verdanken war.

Sebastian zögerte kurz, dann zog er am Klingelstrang, läutete noch ein weiteres Mal, als sich beim ersten Mal nichts tat. Er wollte gerade gehen, als die Tür geöffnet wurde und ein Dienstmädchen schlaftrunken an der Tür erschien, einen Morgenmantel unter dem

Kinn zusammenhaltend, das Haar für die Nacht eingeflochten.

»Herr Lombard?« Nun wirkte sie erschrocken. »Ist etwas passiert?«

»Nein, ich wollte nur fragen, ob meine Frau hier ist.« Ihm war bewusst, wie sich das anhörte, aber daran konnte er nun nichts ändern.

»Nein, die gnädigen Herrschaften sind beide nicht hier, zumindest nicht, dass ich wüsste. Soll ich trotzdem rasch in ihrem Zimmer nachschauen gehen?«

»Das wäre sehr freundlich.«

Doris nickte, schloss die Tür, und Sebastian wartete. Mit der Möglichkeit, dass Ella nicht daheim war, hatte er gar nicht gerechnet. Kurz darauf öffnete sich die Tür wieder, und Doris sah ihn an, wirkte nun ein wenig bekümmert. »Sie ist nicht hier, gnädiger Herr. Ist etwas passiert?«

»Nein, sie ist nur schon früher gegangen, da war ich der Meinung, sie sei daheim. Vermutlich ist sie bei ihrer Freundin.«

»Das wird gewiss so sein.« Doris unterdrückte ein Gähnen.

Sebastian nickte ihr freundlich zu und wandte sich ab. Besorgt war er nicht, aber nun doch ein klein wenig verärgert. Immerhin hätte Ella ihm sagen können, wohin sie ging, anstatt einfach zu verschwinden. Hatte sie nicht damit gerechnet, dass er sie suchen würde? Er ging wieder zurück nach Hause, um seinen Wagen zu holen, da ihm nach einem längeren Fußmarsch nicht der Sinn stand, vor allem angesichts dessen, dass sie möglicherweise gar nicht dort war, wo er sie vermutete.

Als Ella vor der Tür ihrer Chocolaterie gestanden hatte, hatte dort noch Licht gebrannt, nicht das große, das den Raum im Winter schon nachmittags in warmes Licht tauchte, sondern das kleinere von einem der an der Wand befestigten Kandelaber, das vor allem dann brannte, wenn es um Weihnachten herum besonders feierlich wirken sollte und ansonsten eher dekorative Zwecke erfüllte.

Mit ihrem Schlüssel sperrte Ella die Tür auf, trat ein und schloss hinter sich wieder ab. Sie ging zum Fertigungsraum und klopfte an, ehe sie eintrat. Curt Dalberg blickte auf, und seine Augen weiteten sich erstaunt.

»Ach, ich dachte, es wäre Louise. Was machst du denn hier?«

Ella knöpfte ihren Mantel auf und lockerte den Schal. Anstelle einer Antwort zuckte sie nur die Schultern und sah sich um, bemerkte, dass er dabei war, neue Kreationen zu schaffen. »Was wird das?«, fragte sie.

»Pistaziennougat. Ich möchte den Geschmack gerne verfeinern.«

Neugierig griff Ella nach einer der fertigen Pralinen, die noch nicht verziert waren und wirkten wie Rohlinge, biss hinein und ließ sich die Füllung auf der Zunge zergehen. »Der Nougat überlagert die Pistazien noch zu stark«, sagte sie.

»Ja, dachte ich mir auch schon. Ich probiere es mit fünfzig Gramm Pistazien auf zweihundert Gramm Nugat. Auf die Schokoladenhülle streue ich zerhackte Pistazienkerne. Mal sehen, ob der Geschmack dann etwas intensiver herauskommt.«

Ella nickte, ließ sich den Mantel von den Schultern

gleiten und hängte ihn im Café an die Garderobe. »War Louise traurig, dass sie nicht eingeladen war? Sie hat mir gesagt, es sei kein Problem, aber sie wirkte etwas verletzt.«

»Nein, ich denke, sie hat es verstanden.«

»Meine Vorahnung, dass das Ganze zu einer Farce wird, hat sich als richtig herausgestellt.« In ihrem teuren Abendkleid ließ Ella sich an seiner Seite nieder und sah ihm zu, wie er Nougatwürfel in einem Wasserbad schmolz und stetig rührte. »Kann ich das machen?«

Er sah sie an, dann reichte er ihr den länglichen Löffel. »Du musst die ganze Zeit über rühren, bis eine glatte Masse entsteht. Danach hebst du die Pistazienstücke unter.«

Sie nickte und begann mit der Arbeit, sah, wie die Nougatwürfel langsam einschmolzen, atmete den warmen, schokoladigen Duft. »Ist Louise noch wach?«

»Nein, sie ist früh zu Bett gegangen. Sie wirkte etwas angeschlagen, ich hoffe, sie brütet nichts aus.«

»Ich komme morgen und sehe nach ihr«, versprach Ella. Sie rührte stetig weiter, langsame Bewegungen in der cremigen Masse. »Ist es so gut?«, fragte sie.

Curt Dalberg sah in die kleine Schale und nickte. »Jetzt können die Pistazien hinein.« Er zeigte ihr, wie man die Kerne vorsichtig unterhob. Hernach schüttete er die Masse in eine rechteckige Form und stellte sie kalt.

»Morgen werden sie mit Schokolade überzogen, dann mal sehen, wie sie gelungen sind.« Er erhob sich von seinem Hocker. »Magst du eine schöne Tasse Tee, oder ist es dir dafür zu spät?«

»Ich trinke sehr gerne einen Tee mit dir.« Seit sie sich täglich sahen, hatten sie die höfliche Distanz abgelegt. »Aber halte ich dich nicht von der Arbeit ab?«

»Das ist nicht so schlimm, das meiste ist schon fertig.« Er ging in die angrenzende Teeküche, und Ella stand auf, trat zum Fenster und sah hinaus in die Finsternis. Hinter dem Haus lag ein gepflasterter Hof, den eine Mauer einfasste und in dem sie mit Louise schon als Kind oft im Sommer gesessen und Limonade getrunken hatte. Damals hatte Louises Mutter noch gelebt und sich gelegentlich dazugesetzt, um im Sonnenlicht zu sticken.

»Willst du erzählen, was heute Abend passiert ist?«, fragte Curt, als er mit einem Tablett, auf dem Teetassen, Zucker und Sahne standen, zurückkam. Sie ließen sich an dem kleinen Tisch am Fenster nieder.

»Sebastians Mutter fand es unangemessen, dass ich meine erste Gesellschaft bei mir daheim gegeben habe und nicht in der Villa Lombard. Also habe ich schließlich nachgegeben und eine Abendgesellschaft in ihrem Haus geplant. Mir hätte schon in dem Moment, als sie sich eingemischt hat, klar sein müssen, dass das nicht funktionieren wird. Sie hat alles übernommen, von der Gästeliste bis hin zum Büfett, hat mich nicht nur bei der Begrüßung in die zweite Reihe gestellt, sondern auch meine gesamte Schokolade und den Kuchen dem Personal geschenkt, um selbst das Süßwarenbüfett auszustatten.«

Curt nahm einen Schluck Tee und schwieg, schien über das Gesagte nachzudenken. »Und daraufhin bist du gegangen?«

»Ganz recht.«

»Was hat dein Mann dazu gesagt?«

»Er hatte nicht die Gelegenheit, etwas zu sagen.«

»Verstehe. Wird er nicht in Sorge sein?«

Sie zuckte nur mit den Schultern.

»Es mag alles schwer zu ertragen sein, Ella, aber du hast ihn in diese Ehe gelockt, das solltest du nicht vergessen.«

»Aber doch nur, damit wir überleben können, wir alle.« Unvermittelt waren ihr Tränen in die Augen gestiegen.

»Du hättest auch an der Seite des Hoteliers überlebt. Eric hätte die Firma vielleicht untergehen lassen, aber das wäre dann Sorge deiner Onkel gewesen, die mitnichten zugelassen hätten, dass er auf der Straße landet, gleich, wie sie zu ihm stehen. Immerhin steht da mehr auf dem Spiel als die Zukunft deines Bruders. Und ich hätte im Leben nicht verlangt, dass du so unglücklich wirst, nur, damit es hiermit«, er machte eine ausholende Bewegung, »weitergeht.«

Ella wischte sich mit dem Handrücken über die Augen. »Denkst du denn, ich wäre an der Seite des Hoteliers glücklicher geworden? Ein Schmuckstück an seiner Seite, das die Verantwortung trägt für den Fortbestand seiner Familie? Hier kann ich wenigstens das tun, was mich glücklich macht. Vielleicht wäre ich mit meiner Schwiegermutter im Hotel auch nicht ausgekommen, und dann hätte ich nicht einmal eine Aufgabe gehabt, die mich erfüllt.«

Curt neigte den Kopf, ob bejahend oder nachdenklich, vermochte Ella nicht zu unterscheiden. Sie trank schweigend ihren Tee aus und ließ den Blick auf dem Fenster ruhen, sah ihr durchscheinendes Spiegelbild in der Dunkelheit. Sie hörte, wie Curt seinen Stuhl zurückschob, um aufzustehen. Langsam drehte sie sich um, sah zu, wie er eine rechteckige Form aus der Kühlung nahm, den Rahmen löste und vorsichtig anhob.

»Was ist das?«, fragte sie.

»Weiches Mandelkrokant. Ich mache aus der Hälfte davon Schichtpralinen.« Er begann, Schokolade zu temperieren, maß immer wieder die Temperatur, bis er schließlich zufrieden war und die Masse beiseitestellte. Weiches Mandelkrokant bestand aus Mandeln, Zucker, Sahne und Butter, wurde nach dem Abkühlen in Würfel geschnitten und umhüllt von Vollmilchschokolade, in die Curt kleine Stempel setzte, die er nach dem erneuten Abkühlen wieder löste. Für die Schichtpralinen verwendete er Marzipan, das er zu gleichen Teilen mit Nougat verknetete. Es hatte etwas Beruhigendes, ihm bei der Arbeit zuzusehen, und da Ella weder über Sebastian noch über den misslungenen Abend sprechen wollte, sah sie Louises Vater schweigend bei der Arbeit zu und versuchte, sich die Abläufe zu merken.

Es war nach Mitternacht, als der Türgong anschlug. Sie fuhr erschrocken auf, als der dunkle Ton die Stille durchschlug. »Bekommt ihr späten Besuch?«

»Jemand ist an der Caféhaustür«, sagte Curt und wischte sich die Hände an einem Tuch ab. »Bleib sitzen, ich gehe. Wer weiß, wer dort steht.«

Ella hatte allerdings eine recht konkrete Vorstellung, die sich bewahrheitete, als sie Sebastians Stimme hörte.

»Guten Abend«, antwortete Curt. »Curt Dalberg, der

Vater von Louise. Wir hatten bisher nur kurz auf der Hochzeit das Vergnügen. Ich vermute, Sie möchten zu Ella?«

Ehe Sebastian antworten konnte, trat Ella in den Verkaufsraum, schlang die Arme um den Oberkörper, da sie in der kalten Luft, die durch die offene Tür drang, fror. »Was gibt es?«, fragte sie schroffer als beabsichtigt.

Sebastian trat ein, und Curt schloss die Tür hinter ihm. »Ich lasse euch beide nun besser allein. Ella, ich räume hinten noch rasch auf, verschließt du später die Tür?«

Sie nickte nur und sah Sebastian an, der wirkte, als würde er nur mühsam an sich halten.

»Du hättest wenigstens sagen können, das du gehst, das hätte mir die Peinlichkeit erspart, mitten in der Nacht gestehen zu müssen, dass ich nicht weiß, wo du bist.«

»Mitten in der Nacht?«, spottete Ella. »Da kann ich ja froh sein, dass du es überhaupt bemerkt hast.«

In seinem Gesicht wetterleuchtete es. »Warum, Ella? Du hättest wenigstens mir etwas sagen können.«

»Du hättest mich doch gar nicht gehen lassen.«

»Vermutlich nicht, das stimmt.«

Ella verschränkte die Arme vor der Brust, hob das Kinn. Eine Antwort auf das Offensichtliche zu geben ersparte sie sich.

»Was machst du hier überhaupt? Heulst du dich bei dem Vater deiner Freundin aus?«

»Nein, wie kommst du darauf?«

»Deine Augenschminke ist bis zu den Mundwinkeln zerlaufen.«

Abrupt wandte Ella sich ab, sah in den Spiegel, der an einer Wand des Cafés angebracht war. Herrje, er hatte recht. Von jedem Auge zog sich ein Rinnsal über ihre Wangen, verschmiert, da sie mehrmals darübergewischt hatte. »Nimm einen Moment Platz«, forderte sie ihn auf und ging in die Teeküche, um vor dem winzigen Spiegel die Schlieren aus dem Gesicht zu wischen. Sie benetzte ein Taschentuch mit Wasser und rieb damit über ihre Wangen, bis die Tränenspuren getilgt waren.

Als sie zurück in den Verkaufsraum kam, sah sie Sebastian zwischen den Café-Tischen stehen, die Hände hinter dem Rücken verschränkt, während er sich umsah. Ella wurde bewusst, dass er noch nie hier gewesen war, ein Umstand, über den sie bisher nicht weiter nachgedacht hatte, weil das eben ihre Welt war und nicht seine und sie diese seit Beginn ihrer Ehe getrennt hielten.

»Gefällt es dir?«, fragte sie nun.

Er drehte sich zu ihr um. »Ja, es ist sehr hübsch. Hast du es so übernommen?«

»Nein, früher gab es nur den Verkaufstresen und andere Regale, ich habe das Café eingerichtet und die gesamte Dekoration entworfen, auch die der Säule. Louise hat die Regale eingerichtet und kümmert sich darum, die Schokolade in den Auslagen ansprechend auszustellen.«

Sebastian sah sich die Dosen genau an. »Teurer Spaß«, sagte er.

»Das stimmt, aber die Kosten für die Produktion sind auch hoch, und wir haben von Anfang an gesagt, dass wir auf Qualität und Exklusivität setzen.« Sie nahm eine kleine, rechteckige Dose, entnahm ihr eine Mokka-Nuss-Praline und schob sie Sebastian in den Mund, ehe sie die offene Dose auf einem Tisch abstellte. »Magst du heiße Schokolade trinken?«

Er sah sie an, hob eine Braue. »Und wen läutest du dafür aus dem Bett?«

»Ich kann das inzwischen schon ganz gut selbst.«

Jetzt spielte ein kleines Lächeln um seine Lippen. »Dann bin ich natürlich nur allzu neugierig.«

»Setz dich so lange.« Sie ging in den Fertigungsraum, nahm einen Topf, setzte Milch auf und rührte von Curt zusammengestelltes Lebkuchengewürz hinein. Eigentlich passte das eher zu Weihnachten, aber solange es nachts noch so kalt war, befand Ella, konnte man sie nach wie vor auf diese Art trinken. Mit einem Rundmesser hackte sie halbbittere Schokolade, die sie in die aufgekochte Milch rührte, bis sie die Intensität hatte, die sie sich wünschte. Sie probierte, befand, dass der Geschmack gerade richtig war, nicht zu süß mit einer leicht herben Note, die den Geschmack der Gewürze unterstrich.

Sebastian sah sie an, als sie den Verkaufsraum betrat, wieder dieses leise Lächeln auf den Lippen. »Sehr häuslich, Ella«, spöttelte er.

Sie stellte die Tasse vor ihm ab und setzte sich ihm gegenüber.

»Trinkst du nichts?«

»Ich hatte vorhin schon Tee.«

Unter ihrem aufmerksamen Blick nahm er den ersten Schluck und gleich darauf den nächsten. »Sehr gut«, sagte er. »Ich bin eigentlich kein Freund von Trinkschokolade, meist ist sie mir zu süß, aber die hier gefällt mir.«

Ella lächelte. »Ich würde gerne sagen, es sei meine Entdeckung, aber sie stammt von Louise.«

»Immerhin kannst du sie zubereiten.«

»Ja, das ist wenigstens etwas, nicht wahr?« Versonnen ließ sie ihren Blick durch den Raum schweifen, und das Herz ging ihr schneller, weil sich darin so viele Hoffnungen und schöne Momente verbargen. »Inzwischen behandeln sie mich im Werk auch respektvoller. Bei meinem ersten Besuch haben sich alle über mich lustig gemacht, und es hat mich viel Überwindung gekostet, ein weiteres Mal hinzugehen, nur, um dasselbe zu erleben. Curt hat mir den Rat gegeben, meinen Bruder vorzuschicken, mich als sein Sprachrohr auszugeben, während er alles im Hintergrund leitet. Dabei war alles meine Idee, ich wollte nicht, dass wir das Werk verlieren.«

In Sebastians Augen lag etwas, das sie nicht deuten konnte. Vielleicht ein Anflug von schlechtem Gewissen? Weil auch er zusammen mit Helene über sie gelacht hatte? Ella senkte den Blick, sah seine Hand an, die auf dem Tisch lag, fragte sich, wie es wäre, wenn sie hinüberlangte und ihre Finger darum schloss. Wie eigenartig intim das wäre, so intim, dass sie es nicht wagte – was ja an und für sich schon bizarr war, denn ihre Hände hatten seinen Körper so intensiv erforscht wie er den ihren. Und doch brachte sie diese kleine Geste nicht über sich, befürchtete, Sebastian könne konsterniert reagieren und die Situation ins Peinliche kippen. Würde er ihr sagen, er wolle mit ihr ins Bett, würde sie sich ohne Weiteres vor ihm ausziehen und sich nicht so entblößt fühlen wie in den Moment, in dem sie seine Hand umfasste.

»Was wirst du heute Abend noch tun?«, fragte sie. Trotz des Tees legte sich langsam eine bleierne Müdigkeit über sie, was wohl kein Wunder war, denn sie war schon früh wach gewesen, aufgeregt, weil die Feier im Haus seiner Eltern bevorstand. »Wirst du zurückfahren und die Abendgesellschaft genießen?«

Er schnitt ihr eine Grimasse. »Und mich von meiner Mutter fragen lassen, warum du nicht mitgekommen bist? Na, ich kann mich bremsen.«

»Du könntest bei mir schlafen.« Sie fing seinen Blick auf, lehnte sich zurück und verschränkte die Arme vor der Brust. »Wobei ich *schlafen* wörtlich meine. Ich bin ziemlich müde.«

»Besteht die Möglichkeit, dass du dich umstimmen lässt?«

»Morgen vor dem Frühstück vielleicht.«

»Das klingt unterhaltsamer als das, was mich morgen früh daheim erwartet.«

»Dann solltest du nicht lange darüber nachdenken, nicht wahr?« Sie stand auf, nahm die leere Tasse und brachte sie in den angrenzenden Raum. Als sie zurückkehrte, hatte Sebastian bereits ihren Mantel von der Garderobe genommen, hielt ihn auf, sodass sie hineinschlüpfen konnte, und zog sich seinen an. Sie verließen die Chocolaterie, und die Kälte ließ Ella frierend die Schultern hochziehen.

»,Sag mal, wie hattest du dir eigentlich den Heimweg vorgestellt?«, fragte Sebastian. »Zu Fuß mitten in der Nacht?«

»Ja, aber das hätte Curt wohl nicht zugelassen. Entweder hätte er mich begleitet oder mir das Gästezimmer angeboten. Früher habe ich ab und zu bei Louise übernachtet, aber das ist lange her.«

Sebastian öffnete ihr die Beifahrertür. »Ich kaufe dir ein Automobil«, sagte er und schloss die Tür, ehe sie darauf antworten konnte.

11

JUNI 1926

Schon wieder unterlief Louise in der Adresszeile ein Fehler, sie schrieb *Coblenz*, obwohl es doch seit letztem Monat *Koblenz* hieß. So war es in Berlin am 14. Mai durch das Preußische Staatsministerium festgelegt worden. Seufzend setzte sie den Brief erneut auf und lauschte dabei mit halbem Ohr Clara, die gerade eine Kundin bediente. Sie war sehr anstellig, und bei den Kundinnen schien sie gut anzukommen – allerdings war es schwer, Clara nicht zu mögen, sie machte es einem leicht. Louise hätte gerne eine Frau eingestellt, die Erfahrung im Verkauf hatte, aber sie konnte sich mit Clara gut arrangieren, und ohnehin blieb ihr keine andere Wahl, als sich Erics Wunsch zu beugen. Ella hatte da weitaus mehr gehadert.

»Bleibt es bei heute Abend?«, fragte Clara, fast schon ein wenig schüchtern. Sie kam nur schwer aus sich heraus, das war auch Ella schon aufgefallen.

»Ja, natürlich. Es wird gewiss sehr amüsant.« Sie würden das erste Mal gemeinsam ausgehen, und Louise freute sich schon die ganze Zeit auf den Abend. Sie steckte den Brief in einen Umschlag und verschloss diesen, um ihn später zur Post zu bringen. Normalerweise verrichtete sie sämtliche Schreibarbeiten oben im Arbeitszimmer, aber da gerade ein Tisch frei war und sie sich gerne im Café aufhielt, hatte sie die Korrespondenz kurzerhand hierher verlegt. Es waren Entwürfe für Werbeprospekte, für die sie Angebote einholte. Sie wollten zum Herbst hin einen kleinen Pralinenkatalog herausgeben mit saisonalem Konfekt. Falls sie damit Erfolg hatten, würden sie das im Frühjahr wiederholen.

Sie erhob sich und ging in den Fertigungsraum, wo Ella gerade mit einer Schürze um ihr Kleid Schokolade temperierte. »Wo ist mein Vater?«

»Musste kurz einige Besorgungen machen.«

Louise ließ sich auf einem Hocker nieder und sah ihrer Freundin zu. »Ich habe Max gestern getroffen.«

»War es nett?«

»Ja, und er hat eine wirklich schöne Wohnung, wenngleich sie zu klein ist für zwei Personen.«

»Du warst bei ihm daheim?«

Louise sah sich rasch um, als könnte ihr Vater auf einmal als Lauscher an der Tür stehen. »Es ist nicht, was du denkst. Wir haben uns nur geküsst, mehr nicht.«

»So fängt es meistens an.«

Louise beobachtete, wie Ella die Schokolade fortwährend rührte. »Es gibt ja Frauen, die auch diesen Aspekt einer Ehe schon, hm, na ja, im Vorfeld ausprobieren.«

Unvermittelt hielt Ellas Hand in der Bewegung inne. »Und du denkst, du solltest das auch tun?«

»Ich weiß es nicht.«

Ella rührte weiter. »Sei dir der Tatsache bewusst, dass die Sache auch vorher enden kann, also nicht zwangsläufig zu einer Ehe führt. Würdest du das Gerede ertragen?«

»Es muss doch niemand erfahren?«

»Und was, wenn du schwanger wirst?«

Louise schwieg. Das war in der Tat ein Umstand, der bedacht werden musste.

»Tu es nicht«, sagte Ella schließlich. »Es mag verlockend sein, aber noch weißt du bei ihm nicht, woran du bist. Hat er überhaupt schon einmal von einer Ehe gesprochen?«

»Nein …«

»Aber er hat dich bereits mit nach Hause genommen.«

»Er ist anständig. Grundanständig! Wenn mein Vater meint, er müsse ihm ständig misstrauisch gegenüberstehen, habe ich noch Verständnis, in seinen Augen ist keiner gut genug für mich. Aber warum du es mir madig reden willst, verstehe ich ehrlich gesagt nicht.«

Seufzend wandte Ella sich ihr zu. »Ich will dir gar nichts madig reden. Erinnerst du dich, dass ich es war, die dich ermuntert hat, endlich mit ihm ins Gespräch zu kommen? Ich möchte nur, dass du es nicht überstürzt. Auch ich bin in Sorge, wenngleich gewiss nicht so wie dein Vater, sondern als deine beste Freundin. Wärst du meine Schwester, würde ich ebenso reden.«

Louise lächelte. »Schon gut, ich wollte dich nicht so anfahren. Ich werde vorsichtig sein.« Aber sie ahnte, dass alle guten Vorsätze möglicherweise unter dem ersten Ansturm dahin sein würden. Sie war so verliebt, und das alles war gar zu verlockend.

Helene hatte sich einen Bob schneiden lassen, der vorne nur noch bis zum Kinn reichte. Ihre Mutter war aus allen Wolken gefallen, hatte sie angestarrt, als hätte sie den Verstand verloren.

»Man könnte gar denken, ein Mann in Frauenkleidern hätte sich hierher verirrt«, schimpfte sie, als Helene heimkehrte. »Wie oft muss ich dir erklären, dass dein Aussehen dein größtes Kapital ist und du sorgsam darauf achten sollst?«

»Die Haare so zu tragen ist Mode.«

Der Disput war ermüdend gewesen, so, wie alles in letzter Zeit ermüdend war, das ewig gleiche Lamentieren über Sebastian und Ella, die Schadenfreude ihrer Mutter, als ihr zu Ohren gekommen war, dass Ella von der Feier ihrer Schwiegereltern spurlos und ohne ein Wort zu sagen verschwunden war. Jede vermeintliche Verfehlung wurde lang und genüsslich ausgebreitet, gefolgt von dem Unverständnis darüber, dass Sebastian und Eric ihr das durchgehen ließen.

»Es hat doch einen Grund, warum Sebastian nicht mit ihr zusammenleben möchte«, hatte ihre Mutter erst vor wenigen Tagen wiederholt.

Ella hier, Ella da. Helene mochte es nicht mehr hören. Dabei schien ihre Mutter eine sehr verquere Wahrnehmung zu haben, denn Ella feierte gesellschaftliche Erfolge, galt als mondän und elegant, und ihre Chocolaterie mitsamt Café waren gut besucht. Immer wieder hörte Helene den in zweideutigem Scherz gesprochenen Satz »Ella Lombards Schokolade ist in aller Munde«. Das stimmte gewiss, denn sie wurde nicht nur gegessen, es wurde auch über sie gesprochen – ständig und überall. Und beileibe nicht so negativ, wie ihre Mutter gern glauben wollte.

Kein Mensch sprach hingegen mehr über Helene und Sebastian, die Sache war vorbei, eine skandalöse Verfehlung, die einiges an Tratsch geboten hatte, aber sie wurde abgelöst durch andere Themen. Würde ihre Mutter nicht beständig darauf herumreiten, könnte auch Helene endlich damit abschließen. In dieser Hinsicht war ihr Vater allerdings auch nicht besser, und er sorgte dafür, dass Ella ein Zankapfel in der Familie Dorn blieb. Natürlich grollte Helene ihr, und das Gefühl der Demütigung kochte stets wieder hoch, wenn sie ihr und Sebastian begegnete, aber es wurde langsam schwächer, war nicht mehr so präsent. Es köchelte auf kleiner Flamme, wenn man bei dem Bild bleiben wollte. Zwar vermied Helene nach wie vor, Feiern zu besuchen, wo sie ihrer Cousine nebst Ehemann begegnen konnte, aber wenn es sich ergab, schaffte sie es, schulterzuckend darüber hinwegzugehen und sie einfach zu ignorieren.

Sie traf sich inzwischen recht oft mit Arvid von Oedinghof, den sie in ihrer flüchtigen Bekanntschaft durch Hans schon früher als sehr angenehmen Menschen empfunden hatte – ein Eindruck, der sich mehr und mehr verfestigte. Er war ein guter Zuhörer, wusste viel Interessantes zu erzählen und schaffte es, die ganze Sache mit Ella und Sebastian von einem Blickwinkel aus zu betrachten, der sie, Helene, nicht schmähte. Einmal hatten sie sich sogar geküsst, und Helene hatte das gut gefallen.

Ihre Mutter hatte natürlich auch daran etwas auszusetzen. »Man wird doch denken, du würdest den Erstbesten nehmen, den Freund deines Bruders, den Mann, den nicht mal Ella wollte.«

Helene war das allerdings gleich, das hatte sie ihrer Mutter auch zu verstehen gegeben.

»Geschäftlich nützt uns diese Verbindung nicht viel«, gab ihr Vater zu bedenken. »Wie ist es mit Peter von Lasinsky?«

»Sebastians Freund?« Helene hatte ihren Ohren nicht trauen wollen.

»Sie sind wohl nicht mehr so eng befreundet«, erklärte ihre Mutter und bewies damit, dass sie mit der Idee durchaus auch selbst liebäugelte. »Peter von Lasinsky begeistert sich für die nationale Idee und engagiert sich gegen die Besatzung. Das gefällt Sebastian wohl nicht, ebenso wenig wie Ferdinand Reisinger. Und da muss man sich wohl überlegen, wo die beiden stehen.«

Helene kannte die Reden, die Männer wie Peter von Lasinsky schwangen, eine Freundin von ihr war mit einem Mann verheiratet, der ähnliche Ansichten vertrat und hatte diese nun auch von übernommen. Langatmig ließ sie sich über die Alliierte Rheinlandbesetzung aus, über Schwarze, die weiße Frauen vergewaltigten, über Besatzungsbastarde, die sterilisiert gehörten, und über die Schmach für eine so stolze Stadt wie Koblenz. Einen solchen Mann sollte sie heiraten? Niemals!

»Was ist an Arvid denn verkehrt?«, hatte sich Hans in eines dieser Gespräche eingemischt. »Er ist einer meiner engsten Freunde seit Jahren, und ich sähe ihn ehrlich gesagt lieber mit einer Frau wie Helene als mit einer wie Ella.«

Helene war das alles mittlerweile so leid. Der Besuch

beim Friseur war für sie ein symbolischer Schritt, damit abzuschließen, und mochte ihre Mutter auch sagen, was sie wollte – als Helene sich im Spiegel betrachtete, fand sie, die Frisur stand ihr ausgezeichnet. Wenn ihr Aussehen ihr größtes Kapital war, dann hatte sie es gewiss um einiges aufgewertet. Sie zupfte an einer der kinnlangen Haarsträhnen, drehte ihr Gesicht mal auf die eine und mal auf die andere Seite. Allerdings fragte sie sich, warum ihre Mutter stets von ihrem, Helenes, Kapital sprach. Wenn sie sich die Pläne zu ihrer Verehelichung ansah, dann war es doch wohl eher das ihrer Eltern. Je länger sie das Wort »Kapital« in Gedanken drehte und wendete, es über sich legte, über ihr Gesicht, umso mehr widerstrebte es ihr. Wenn ihr hübsches Gesicht in der Blüte ihrer Jugend tatsächlich ihr größtes Gut war, dann hätte sie in einigen Jahren wohl nur noch sehr wenig zu bieten.

Es war aufregend, abends mal wieder tanzen zu gehen. Mit Veit hatte Clara das gelegentlich getan, aber das war nun auch schon länger her, seitdem war sie abends normalerweise immer zu Hause, wenn sie nicht gerade einen Auftritt als Pianistin hatte. Aber die waren nur noch rar, denn bei der Familie Dorn war sie offenbar in Ungnade gefallen.

»Das liegt wohl daran, dass du bei mir arbeitest«, hatte Ella ihr erklärt, und Clara hatte den Eindruck, dass in ihrer Stimme eine leise Vorsicht lag, die Frage, ob Clara die Entscheidung mittlerweile bereute.

»Nun«, hatte sie geantwortet, »das ist bedauerlich, aber ich würde doch wieder so handeln.«

Daraufhin hatte Ella gelächelt, und ihr Blick war weich geworden, was sich bei ihr, die Clara gegenüber stets etwas distanziert war, ungewohnt ausgenommen hatte. Als sie an diesem Abend jedoch zusammen in der Tanzbar saßen, herrschte zwischen ihnen freundschaftliche Ausgelassenheit, und Ella plauderte und lachte mit ihr ebenso wie mit Louise.

Ein gut aussehender Mann – dunkles Haar, dunkle Augen – näherte sich dem Tisch. Er war ihnen bereits aufgefallen, und vielleicht hatte er ihre Blicke bemerkt. Da Clara als Einzige von ihnen noch ungebunden war – Louise zumindest sah sich bereits in festen Händen –, hatte man ihn kurzerhand mit ihr verbandelt. Clara hatte darüber zwar gelacht, denn er war in der Tat genau der Typ Mann, der ihr gefiel, aber sie wollte Eric, wenngleich sie sich hütete, dies in Gegenwart seiner Schwester zu äußern.

Der Mann forderte jedoch Ella zum Tanz auf.

»Entschuldigt mich«, sagte sie zu Clara und Louise, während sie den Mann auf die Tanzfläche begleitete.

Als sei das der Startschuss gewesen, kamen nun auch andere Männer auf den Tisch zu und forderten Louise und Clara auf. Zwischendurch bemerkte Clara, dass Ella mit dem Mann an die Bar trat, wo er sie offenbar einlud und wohl Amüsantes zu erzählen hatte, denn Ella hatte ihm den Kopf zugewandt, lächelte, lachte einmal sogar hell auf.

Nachdem sie getanzt hatten, fanden sie sich erschöpft und bestens gelaunt an ihrem Tisch ein, winkten den Kellner herbei, um eine weitere Bestellung aufzugeben, und Louise zog Ella mit ihrer Eroberung auf.

»Er hat nur ein wenig geflirtet«, entgegnete diese. »Auf mehr dürfte er nicht aus sein, ich habe ihm direkt zu verstehen gegeben, dass ich verheiratet bin. Nicht, dass er mir noch lästig wird.«

»Ihr scheint euch gut unterhalten zu haben.«

»Ja, er war sehr freundlich und charmant, kein bisschen aufdringlich.« Ella lächelte, wirkte sogar ein wenig verträumt.

Clara hatte Louises Liebsten auch schon einige Male gesehen, fand zwar, dass er nicht schlecht aussah, aber für ihre Begriffe war er ein wenig zu blutleer. Dabei fuhr Louise mit diesem zurückhaltend wirkenden Mann vermutlich besser als sie selbst es mit Eric Dorn tun würde, der – wenn man den Gerüchten folgte – in der Welt sinnlicher Genüsse wohl kein Fremder war. Leider führte auch diese Gewissheit nur dazu, dass er für sie noch attraktiver wurde. Das brachte sie wieder auf den Gedanken an diese Nacht, die sie in Ellas Haus verbringen würde, und ihr Herz klopfte wie wild bei dem Gedanken daran, Eric dort zu begegnen.

»Entschuldigt mich kurz«, sagte Ella. »Ich gehe rasch und mache mich frisch.«

Clara ließ den letzten Rest aus ihrem Glas in die Kehle rinnen, weniger, weil ihr nach dem schal schmeckenden Rest war, sondern weil sie ihre Hände beschäftigen wollte. Louise saß da und beobachtete die Leute, und es herrschte ein einträchtiges Schweigen am Tisch. Claras Blick glitt suchend umher, und sie fragte sich, was wäre, wenn Eric hier auftauchte. Dann rief sie sich zur Ordnung. Sie war ja geradezu besessen.

Ella kam in raschen Schritten aus Richtung der Erfrischungsräume, die Wangen gerötet, die Augen leicht verengt, was – wie Clara bereits wusste – ein Zeichen für ihre Verärgerung war. »Wenn ihr nichts dagegen habt, würde ich jetzt gerne gehen.«

»Was ist denn passiert?«, fragte Louise.

»Dieser … dieser Kerl, der, der vorhin mit mir getanzt hat, der stand auf einmal vor mir, als ich den Erfrischungsraum verlassen habe, und ehe ich es mich versehen habe, hat er mich geküsst.«

Louises Augen weiteten sich. »Nein!«

»Oh, er trägt gerade ein reizendes Andenken an diese Dreistigkeit auf seiner Wange. Aber ich möchte diesem unangenehmen Menschen heute Abend kein weiteres Mal begegnen.« Sie wandte rasch den Kopf und sah die beiden dann wieder an. »So viel dazu, er sei nicht aufdringlich. Da hat mich wohl meine Menschenkenntnis im Stich gelassen.«

Dass sie gehen wollte, verstanden Clara und Louise, daher insistierten sie nicht, bleiben zu wollen, sondern verließen die Bar. Ellas schicker neuer Wagen – ein cremefarbener Mercedes mit schwarzen Kotflügeln – stand eine Straße weiter, und sie blickten alle drei immer wieder über die Schulter, um sich zu vergewissern, dass ihnen niemand folgte.

Ella öffnete die Wagentüren, und sie stiegen ein, Clara vorne auf dem Beifahrersitz, Louise hinten, weil sie gleich schon wieder aussteigen würde. Die Fahrt verlief schweigsam, und Clara bemerkte die kleine Falte zwischen Ellas Brauen, die Härte, die um ihren Mund lag. Einmal fuhr sie mit der Hand darüber, als wolle sie etwas fortwischen.

»Bis Montag«, sagte sie, als sie vor dem *Rosenpalais* anhielten und Louise ausstieg. Oben in der Wohnung brannte noch Licht, offenbar wollte ihr Vater nicht schlafen gehen, ehe seine Tochter daheim war. Flüchtig stieg das Gefühl einer leisen Sehnsucht in Clara auf. Sie selbst wäre auch gerne in ein solches Zuhause heimgekehrt.

Der Wagen setzte sich wieder in Bewegung, und Clara hätte gerne etwas gesagt, hätte Ella gerne erzählt, was ihr widerfahren war, um ihr zu zeigen, dass sie verstand, was in ihr vorging. Aber dann entschied sie sich zu schweigen, da es womöglich so klingen würde, als wolle sie Ella sagen, dass ein Kuss ja nicht so schlimm sei, im Vergleich zu dem, was ihr geschehen war. Vielleicht wusste sie es ja auch schon, womöglich hatte Eric Dorn es ihr erzählt.

Als sie vor der Villa Dorn hielten, ging Clara das Herz in raschen Schlägen, vor allem, als sie bemerkte, dass noch Licht brannte. Sie stieg aus, schlug die Wagentür zu und begleitete Ella zum Hauseingang. In der Halle kam ihnen Eric Dorn entgegen, und seine Augen weiteten sich erstaunt, als er Clara bemerkte.

»Hast du auf mich gewartet?«, fragte Ella.

»Nein, ich wusste ja nicht, ob du zu Sebastian fährst. Ich habe noch ein wenig gelesen und deinen Wagen gehört.« Er sah Clara an. »Was für eine erfreuliche Überraschung.«

»Sie übernachtet bei uns, weil es für eine Heimfahrt allein schon zu spät ist. Ich hoffe, Doris hat das Gästezimmer gerichtet. Komm«, sagte Ella an Clara gewandt, »ich zeige dir dein Zimmer.« Sie warf ihrem Bruder einen warnenden Blick zu.

Clara tauschte ebenfalls einen Blick mit ihm, und ihre Lider flatterten, senkten sich, hoben sich erneut, während eine gänzlich unvertraute Scheu von ihr Besitz ergriff, gepaart mit einer diffusen Angst, als könne diese Nacht noch Dinge bereithalten, von denen sie nicht wusste, ob sie sie herbeisehnte oder fürchtete.

Das Zimmer, in das Ella sie führte, war nicht groß, aber sehr gemütlich eingerichtet mit Möbeln aus honigfarbenem Holz, Vorhängen aus braunem Samt mit goldenen Troddeln an hohen Fenstern. Auf den polierten Dielen lag ein orientalisch anmutender Teppich in warmen Farben.

»Falls du etwas brauchst, ich bin zwei Zimmer weiter. Und ab morgen früh kannst du einfach am Klingelstrang ziehen, dann ist unser Stubenmädchen wieder verfügbar.«

»Ist gut, vielen Dank.«

»Ach ja, und du hast ein eigenes kleines Gästebad.« Sie deutete auf eine Tür in der Tapete.

Erneut bedankte Clara sich. Sie hatte eine kleine Tasche mit Nachthemd, Kleidung für den kommenden Tag und Toilettenartikeln bereits am frühen Abend hergebracht und dem Stubenmädchen übergeben. Die Tasche stand nun am Fußende des Bettes, und nachdem Ella gegangen war, hockte Clara sich davor, öffnete sie, entnahm ihr das Nachthemd und legte es aufs Bett. Sie ging ins Bad, machte sich fertig für die Nacht, nahm den Schmuck ab, löste das Band aus den Haaren und wusch sich, danach zog sie sich um. Sie hatte gerade vor dem Frisiertisch Platz genommen, um ihr Haar zu kämmen, als ein leises Klopfen an der Tür zu hören war. Einen Moment lang fragte sie sich, ob es Ella war, aber diese hätte wohl nicht so leise angeklopft, so, als solle es außer ihr niemand hören. Das Blut rauschte ihr in den Ohren, angetrieben von ihrem immer schneller pochenden Herzen, als Clara ihren Morgenmantel überzog, zur Tür ging und diese öffnete.

»Wenn ich zu vermessen bin«, sagte Eric Dorn, »schicken Sie mich weg und vergessen bitte, dass ich jemals hier gewesen bin.«

Noch während Clara sich eine Närrin schimpfte, eine törichte, unbelehrbare Närrin, trat sie zurück, ließ ihn ein. Sie schloss die Tür, stand einen Moment zaudernd da. Eric jedoch hatte offenbar nicht vor, viele Worte zu machen, sondern zog sie an sich, und ohne zu zögern legte Clara ihm die Arme um den Hals und versank in einem Kuss, der nichts Behutsames hatte.

»Du lässt meine Frau von einem Detektiv überwachen?« Sebastian gab sich keine Mühe, seinen Ärger und seine Abscheu zu verbergen.

»Ich wusste auch nichts davon«, verteidigte seine Mutter sich. »Es war die Idee deines Vaters. Aber angesichts dessen, was wir dabei erfahren haben, war es die richtige Entscheidung, das wirst du nicht leugnen können.«

Sebastian blickte erneut auf die Fotos, die sein Vater ihm nach dem Abendessen überreicht hatte. Ella an der Bar, das Gesicht lächelnd einem dunkelhaarigen Mann zugewandt, Ella tanzend mit eben diesem Mann, Ella erneut in einem Gespräch mit ihm, den Kopf angehoben, da er größer war als sie. Diese Mal konnte er sie nur von schräg hinten sehen, was es ihm unmöglich machte, ihre Miene zu erkennen. Das Letzte indes hatte es in sich: Ella, die von den Armen des Mannes umschlungen wurde, während sie sich küssten. Ihre Hände lagen auf seinen Schultern, ihr Kopf war zurückgebeugt, die Augen halb geschlossen.

»Ich hege schon länger den Verdacht, dass sie dich betrügt«, sagte sein Vater nun und bot ihm eine Zigarre an, die er ablehnte. Während Werner Lombard ein Streichholz an die Spitze seiner Zigarre hielt und paffte und der schwere Geruch in Qualmwolken aufstieg, herrschte Schweigen. »Sie wohnt allein, niemand weiß, ob sie dort Männer empfängt. Jeder Männerbesuch könnte auch ein Freund ihres Bruders sein.«

Sebastian wollte das nicht hören, sah sich die Bilder an, suchte etwas darauf, das die Worte seines Vaters Lügen strafte. Am längsten verharrte sein Blick bei dem Kuss, und unwillkürlich stieg das Bild vor ihm auf, wie er Ella auf genau diese Art im Arm hielt, wie sie den Kopf zurückbog, ihm ihr Gesicht bot, damit er sie küsste, ihre Art, den Kuss zu erwidern, ihre Lippen, die sich unter seinen öffneten. Die Vorstellung, dass dieser Fremde all das genoss, ließ die Eifersucht wie eine verzehrende Flamme in ihm aufsteigen. Denn genau das war es – Eifersucht. Keine Wut, kein Zorn, sondern eine zunehmend wilder lodernde Eifersucht. Er hatte sich stets gesagt, dass er Ella nicht besonders mochte, dass sie fürs Bett taugte und für sonst nicht viel, aber im Grunde genommen belog er sich damit selbst, weil er sich nur ungern eingestand, dass er ihr diese ganze Geschichte, mit der sie ihn in diese Ehe getrieben hatte, nicht nur verzieh, sondern diesem Umstand zunehmend seine guten Seiten abgewann. Ella war fantastisch im Bett, ein Genuss, in den er sonst gewiss nicht gekommen wäre. Sie war in allem, was sie tat, voller Hingabe, sei es bei den Plänen, die sie vorantrieb, bei allem, was Schokolade betraf, beim Küssen und auch beim Lieben. Zudem machte sie an seiner Seite stets eine gute Figur, war stilvoll und elegant. Er hatte sie gern, das musste er nun einräumen.

Da sein Vater auf Antwort zu warten schien, räusperte er sich und legte die Fotos auf den Schreibtisch. »Ich werde mit ihr reden. Vielleicht ist das alles ein Missverständnis.«

»Welches sollte das wohl sein?«

Sebastian schwieg. Ja, er war selbst wahrhaftig kein Kind von Traurigkeit, doch er konnte seine außerehelichen Eskapaden damit begründen, dass sie ihm diese ausdrücklich gestattet hatte, während sie selbst ihm versprochen hatte, ihm treu zu sein, wenn er sie ihre Pläne verfolgen ließ und für alles zahlte. Obwohl – so hatte sie es nicht formuliert. Sie hatte ihm gesagt, er könne sich sicher sein, dass jedes Kind von ihm war. Wenn sie mit diesem Kerl nicht geschlafen hatte, sondern ihn nur geküsst und mit ihm auf eine Weise intim geworden war, die es lediglich nicht zum Äußersten kommen ließ? So, wie er es geplant hatte, als sie auf der Gartenfeier ihrer Tante in die Bibliothek gegangen waren. Die Vorstellung, wie sich Ella halb- oder gänzlich unbekleidet unter den Händen dieses Mannes wand, war so unerträglich, dass er sie rasch beiseiteschob. Er wollte aus dem Haus stürmen, wollte sie zur Rede stellen, wollte sie schütteln, wenn sie ihm gestand, dass sie ihn betrog. Und dann – er war gerade im Begriff, sich abrupt umzudrehen und das Haus zu verlassen – meldete ihm der Hausdiener Ellas Eintreffen.

Nach wie vor fühlte Ella sich wie ein Gast in diesem Haus, und so hatte sie dem Hausdiener aufgetragen, Sebastian ihr Erscheinen zu melden. Im Grunde genommen war das skurril, denn dies sollte ja offiziell ihr Zuhause sein, aber es gab wohl kaum einen Platz, wo sie sich so unwillkommen fühlte – von Onkel Georgs Haus mal abgesehen.

Sebastian betrat die Halle mit einer so finsteren Miene, dass Ellas Lächeln zerfiel. »Ist etwas passiert?«

»Nicht hier.« Mit einem knappen Nicken bedeutete er ihr, zum Salon zu gehen, wo die Verandatüren offen standen und der Duft nach Gras, Blumen und dem schweren Sonnenlicht des frühen Abends im Raum lag. Es war ein herrlicher Tag gewesen, der in einem ebensolchen Abend ausklang – die perfekte Kulisse für das, was Ella zu eröffnen hatte. Als sie nun jedoch vor Sebastian stand, das Herz wild klopfend, brachte sie angesichts seines düsteren Blicks kein Wort über die Lippen.

»Was hast du denn?«, fragte sie, als er sie schweigend musterte. Er reichte ihr eine kleine Mappe, die sie mit fragender Miene entgegennahm. Darin waren vier Fotos, und was sie darauf sah, ließ ihr Herz einen

Moment stocken und dann so schnell schlagen, dass es ihr den Atem nahm. »Woher hast du diese Bilder?«

»Mehr fällt dir dazu nicht ein?«

Ella wusste nicht, was sie dazu sagen sollte, alles drehte sich in ihrem Kopf zu einem wilden Karussell, das um die Frage kreiste, warum diese Momente auf Bildern eingefangen und in Sebastians Besitz gelangt waren.

»Fangen wir doch damit an, wer dieser Mann ist.«

Diese Frage brachte Ruhe in ihre Gedanken, eine Ruhe, in die sich Erkenntnis mischte und von einem kalten Zorn überlagert wurde. »Nein, ich würde sagen, wir fangen bei der Frage an, warum du solche Bilder besitzt.«

Sebastian starrte sie an, als habe es ihm die Sprache verschlagen.

»Überwachst du mich?«, fragte Ella nun.

»Nein.« Sebastian hatte sich gefangen. »Das war mein Vater. Ohne mein Wissen, wie ich hinzufügen möchte.«

Langsam nickte Ella. »Diesen Mann kenne ich nicht. Er hat mich angesprochen, mit mir getanzt, war charmant und hat mich dann überfallartig geküsst. Ich habe ihn geohrfeigt, und das war's.«

»Dieses Foto wirkt nicht so, als hättest du etwas dagegen, dass er dich küsst.«

Ein weiteres Mal senkte Ella den Blick auf das Foto, sah, wie sie dastand, die Hände auf den Schultern des Mannes. Warum gab es kein Bild davon, wie sie ihn wegdrückte? Keines davon, wie sie zuschlug? Dass jemand in der Bar fotografiert hatte, war ihr nicht entgangen, man sah immer mal wieder jemanden, der dieser Tätigkeit nachging, und auch auf Ella hatte sie durchaus schon ihren Reiz ausgeübt. Aber daran, dass man sie gezielt mit einer Kamera verfolgte, war sie im Traum nicht gekommen. »Ich hatte aber etwas dagegen«, antwortete sie nun. »Du kannst Louise und Clara fragen.«

»Deine beste Freundin und deine Angestellte. Aber gewiss doch.«

»Er hat mich überfallen.«

»Dann hättest du es mir doch erzählen können.«

»Warum? Was hätte das gebracht? Außer, dass du dich aufregst? Ich habe ihn in die Schranken gewiesen, und für mich war es damit erledigt, ich habe ihn danach nicht wiedergesehen.«

Sebastian schnaubte nur, und zu ihrem Ärger spürte Ella, dass ihr die Tränen in die Augen stiegen. Das ging schnell in letzter Zeit, es brauchte normalerweise weniger als das, damit sie in Tränen ausbrach. Das und diese ständige Müdigkeit setzten ihr ohnehin schon zu. Und nun kam auch noch Sebastian mit diesem absurden Verdacht.

»Weißt du«, sagte er nun, als habe er den Anflug von Schwäche bemerkt und wolle zielgenau in die Wunde stoßen. »Im Grunde genommen ist es mir egal, *du* bist mir egal. Es ist ja nicht so, als hätte ich intensiv um dich geworben, du warst ja recht leicht zu erobern.«

Ella sagte nichts, traute ihrer Stimme nicht ausreichend, um zu antworten und schlang nur die Arme um den Oberkörper, neigte den Kopf, als könne sie seine Worte auf diese Weise abmildern.

»Aber«, fuhr er fort, »ich werde gewiss keine Vaterrolle für ein Kind übernehmen, bei dem auch nur der Anflug eines Zweifels besteht, dass es meines sein könnte.«

Es brauchte einige tiefe Atemzüge, ehe Ella antworten konnte. Dann riss sie die Fotos in der Mitte durch und warf sie ihm vor die Füße, trat zu ihm, schlang ihm einen Arm um den Hals, schob die andere Hand über seinen Oberarm, was er – völlig überrumpelt – geschehen ließ. »Wenn ich einen Mann küssen *will*«, sagte sie, »ziehe ich ihn an mich. So«, sie legte ihm die Hände an die Schultern und gab ihm unvermittelt einen so heftigen Stoß, dass er zurückstolperte, »bin ich nur Männern gegenüber, denen ich nicht nahe sein möchte. Also sieh demnächst besser hin.« Ruckartig drehte sie sich um und verließ mit raschen Schritten den Salon.

Ihr Wagen stand in der Auffahrt, und sie überlegte einen Moment lang, ob sie den Schlüssel nicht einfach hinlegen und das Automobil stehen lassen sollte, aber damit bestrafte sie wohl eher sich als ihn, und solange er keine Scheidung anstrebte, wegen nachgewiesener Untreue, würde sie auf keine Annehmlichkeit verzichten, die ihr diese Ehe brachte. Noch während sie in den Wagen stieg, schüttelte sie den Kopf, wollte den Gedanken an eine Scheidung nicht zulassen. So weit würde es nicht kommen. Notfalls würde sie den besten Anwalt nehmen und sämtliche Gäste der Tanzbar als Zeugen aufrufen. Denn gesehen hatte den Übergriff gewiss jemand.

Sie war direkt vom Café gekommen, hatte den Abend mit Sebastian verbringen wollen, hatte geplant, bis zum Morgen bei ihm zu bleiben, mit ihm im Bett zu frühstücken. Was für eine Befriedigung es für seine Eltern sein musste, dass sie nach dem Streit gegangen war, dass sie sie für diesen Abend los waren, vielleicht sogar für immer.

Als sie vor ihrem Haus parkte, bemerkte sie den Wagen von Heinrich im Hof. Das hatte ihr gerade noch gefehlt. Kurz überlegte sie, wieder wegzufahren, aber das war albern. Ins Café zurückzukehren, danach stand ihr nicht der Sinn, ziellos in der Gegend herumzufahren erschien ihr auch nicht verlockend, und zudem war es möglich, dass er ihr Heimkommen bemerkt hatte. Seufzend stieg sie aus dem Wagen, schlug die Tür hinter sich zu und ging die breite Treppe zum Haus hoch.

Doris öffnete ihr. »Herr Heinrich Dorn wartet im Salon auf Sie«, erklärte sie überflüssigerweise.

»Ist mein Bruder schon wieder zurück?« Er hatte Clara vom Café abgeholt. Das war auch etwas, das ihr Kopfzerbrechen bereitete. Sie wusste, dass Eric diese unselige Nacht – verwünscht sei ihr Vorschlag, abends gemeinsam auszugehen – im Gästezimmer verbracht hatte.

»Nein, gnädige Frau.«

Das war schon mal gut, denn Eric konnte sie nichts vormachen, er würde sofort bemerken, dass etwas vorgefallen war. Wenn sie ihm alles erzählte, würde er vermutlich erst losziehen und Sebastian eine verpassen, ehe er mit dem Foto des Mannes so lange durch alle Bars zog, bis er diesen fand, um ihn gründlich zu verprügeln. Da er sich mit Sebastian inzwischen einigermaßen verstand, wollte sie diesen brüchigen Frieden nicht gefährden, indem sie ihm von dieser Anschuldigung erzählte. Wenn Sebastian aus den Bildern tatsächlich die Konsequenz zog, sich zu trennen, hätte sie noch genug Gelegenheit, Eric davon zu erzählen.

»Guten Abend, Onkel Heinrich.« Ella schloss die Tür zum Salon hinter sich. »Hast du schon gegessen?«

»Nein, aber mach dir keine Umstände.« Er hatte sich bei ihrem Eintreten erhoben, wartete, bis sie saß, ehe er sich selbst wieder setzte. »Wie geht es dir? Man sieht dich gar nicht mehr in letzter Zeit?«

Sie zuckte die Schultern, fühlte sich nun, da sie zur Ruhe kam, noch erschöpfter.

»Du siehst müde aus«, sagte er. »Vermutlich arbeitest du zu viel.«

»Warum bist du gekommen? Doch nicht nur, um dich nach meinem Befinden zu erkundigen, nehme ich an?«

»Ist das so ungewöhnlich? Du machst dich rar in den letzten Wochen, und von Eric bekomme ich ohnehin überhaupt nichts mit. Elisabeth war vor einigen Tagen hier, aber da wart ihr beide aus.«

»Ja, Doris hat mir davon erzählt. Tut mir leid, dass sie den Weg umsonst gemacht hat.« Ella läutete nach Doris und bat sie darum, ihr Tee zu bringen. Vielleicht vertrieb die starke Ostfriesenmischung ihre Müdigkeit.

»Ich bin in Sorge um dich, auch wenn du mir das vielleicht nicht glaubst. Deine Lebensumstände, diese getrennten Leben, die Arbeit, das ist doch nicht das Rechte für eine verheiratete Frau. Und von Eric kann man diesbezüglich wohl nicht erwarten, dass er sich darum kümmert. Wenn der mal den Hintern hochbekommt, dann doch nur, um leichten Frauenzimmern nachzustellen.«

»Onkel Heinrich, bitte.« Jetzt bahnten sich auch noch Kopfschmerzen an, wie stets, wenn sie angespannt war. Es begann mit einem Druck hinter der Stirn. Dieser breitete sich aus bis zu den Schläfen, bis er schließlich ihren gesamten Kopf in einer Umklammerung zu haben schien.

»Du siehst wirklich unwohl aus. Soll ich dir etwas aus der Apotheke kommen lassen?«

Ella sah ihn an, wollte entnervt ablehnen und tat es dann doch nicht. In seinem Blick war nichts als Aufrichtigkeit zu erkennen, ernsthafte Sorge und auch Unverständnis für ein Leben, das er nicht nachvollziehen konnte. Er sorgte sich in der Tat, mehr um sie als um Eric, tat es vielleicht in dem Bewusstsein, dass er ihr den Vater ersetzen musste, er, der nur Söhne und nie eine Tochter gehabt hatte. Für ihn musste das alles schwer zu verstehen sein, Erics Krankheit, die für ihn nicht greifbar war, da sie seinem Männerbild widersprach. Ellas Verhalten, das für ihn nur das Produkt fehlender Erziehung sein konnte. Die Mutter war gestorben, der Vater hatte sich zum Schluss hin nicht mehr gekümmert, war aus dem Leben geschieden, ohne Vorkehrungen getroffen zu haben, hatte Ella in Erics Obhut gelassen, obwohl er gewusst hatte, wie es um seinen Sohn stand. Vielleicht hatte er darauf vertraut, dass seine Brüder für sie sorgen würden. Nun ja, und das hatten sie ja getan, auf ihre Weise.

»Ich gehe heute einfach früh zu Bett«, antwortete Ella. »Du brauchst mir kein Medikament bringen zu lassen.«

Ihr Onkel wirkte nicht überzeugt, nickte dann jedoch.

»Es ist an der Zeit, dass du dich mit Georg aussöhnst. Und auch mit Dorothea und natürlich Helene.«

»Ich habe sie eingeladen, aber sie sind nicht gekommen.«

»Dann werde ich dafür sorgen, dass sich das ändert. Dieser Zwist dauert schon zu lange an, und ein Zerwürfnis mit der Familie ist kein Mann wert.«

Der schwere Duft von Bourbon- und Damaszenerrosen lag in der sonnengetränkten Luft, indes die Russeliana – seinerzeit ein besonderer Liebling von Ellas Mutter – um das Rosenpalais herum üppig blühte und in den Farben von tiefviolett bis hin zu einem kräftigen Rosaviolett leuchtete. Ellas mochte besonders die Variegata di Bologna mit ihren karminroten und rosa Streifen und Flecken auf weißem Grund. Schon als Kind hatte sie diese Blüten geliebt.

Ellas Blick war in der blühenden Pracht versunken, aber an diesem Tag fand all die Schönheit keinen Widerhall in ihr. Trotz der sommerlichen Wärme hatte sie kalte Hände, und ihre Haltung war so starr, dass ein Krampf von ihrem Nacken ihren Rücken hinunterwanderte. Obwohl sie sich bemühte, sich nichts anmerken zu lassen, entging weder Eric noch Louise, dass etwas nicht stimmte, aber sie tat dergleichen Besorgnis nur damit ab, nicht gut zu schlafen in letzter Zeit. Vermutlich ahnte auch Clara etwas, aber sie beließ es bei fragenden Blicken.

Als sie im Augenwinkel eine Bewegung wahrnahm, sah Ella – in der Annahme, es sei Eric – auf. Sebastian kam durch den Garten auf sie zu, das über den Weg wuchernde Grün streifte seine Hosenbeine, Rosen verfingen sich mit ihren Dornen in seinem Jackett, sodass er innehalten und sich vorsichtig daraus befreien musste. Als wollten die Rosen verhindern, dass er zu ihr vordrang, dachte Ella. Eleonora hinter den Dornen.

Sie wandte den Blick ab, sah auf ihre Hände, dann auf den Tisch, auf dem eine leere Pralinenschachtel stand.

»Darf ich mich zu dir setzen?« Sebastians Stimme zumindest klang nicht, als wolle er sie um die Scheidung ersuchen. Vermutlich wäre er dafür auch mitnichten selbst gekommen, sondern hätte das schriftlich erledigt.

Ella zuckte nur mit den Schultern, und er ließ sich auf dem Stuhl neben ihr nieder.

»Es tut mir leid«, sagte er, ehe Schweigen zwischen ihnen die Stille schwer werden ließ.

»Nach fünf Tagen. Na, immerhin.«

Er ergriff ihre Hand, die nun reglos in seiner lag, und Ella spürte, wie sich seine warmen Finger um die ihren schlossen. »Davon, dass mein Vater dich überwachen lässt, wusste ich wirklich nichts.«

»Das mache ich dir auch gar nicht zum Vorwurf.« Sie hörte, wie er tief Luft holte und diese mit einem langen Seufzer wieder ausstieß, schwieg. »Ich erwarte ein Kind«, sagte sie leise.

Wieder Schweigen.

»Es ist von dir, nur falls du gerade überlegst, wie du die Frage formulieren sollst.«

»Daran zweifle ich nicht.«

Sie stieß einen kleinen Laut aus, halb Lachen, halb höhnendes Schnauben.

»Warst du deshalb abends bei mir?«, fragte er nach einer Weile. »Um es mir zu erzählen?«

Sie nickte, dachte an die Worte, die er ihr entgegengeschleudert hatte, seinen kalten Zorn. *Im Grunde genommen ist es mir egal,* du *bist mir egal. Es ist ja nicht so, als hätte ich intensiv um dich geworben, du warst ja recht leicht zu erobern. Aber ich werde gewiss keine Vaterrolle für ein Kind übernehmen, bei dem auch nur der Anflug eines Zweifels besteht, dass es meines sein könnte.* Ellas Blick verschwamm, und sie wandte sich ab. Diese verdammte Heulerei immerzu. Sie entzog Sebastian ihre Hand, wollte aufstehen, aber nun kam Bewegung in ihn, und er beugte sich vor, umfasste ihren Arm, um sie am Fortgehen zu hindern.

»Es tut mir leid, Ella, wirklich.«

Sie hielt inne. »Ich bin nicht in Stimmung, mit dir ins Bett zu gehen.«

Er wirkte überrumpelt. »Das war auch nicht meine Absicht.«

»Du bist nicht gekommen, weil du dir dachtest, du entschuldigst dich, und ich falle dir erleichtert um den Hals, ehe ich mit dir in mein Zimmer gehe, damit wir dort Versöhnung feiern können?« Sie wartete seine Antwort nicht ab und entzog ihm ihren Arm, ehe sie sich umdrehte und zum Haus zurückeilte.

Teil 3

12

AUGUST 1926

Clara hatte nie eine dieser Frauen sein wollen, deren Denken stets um einen Mann kreiste. Ihr Ziel war es gewesen, als erfolgreiche Pianistin Fuß in die höhere Gesellschaft zu fassen und bestenfalls in diese einzuheiraten. Diesen Plan konnte sie nun getrost als gescheitert betrachten. In jener Nacht, als sie von der Tanzbar zurückgekehrt waren, hatte es jedoch zunächst so ausgesehen, als sei ihr jetziger Weg mehr Erfolg versprechend. Eric hatte die halbe Nacht mit ihr verbracht, wenngleich sie nicht miteinander geschlafen hatten. Aber sie hatten auf ihrem Bett gelegen, sich geküsst, und es war sogar zu einigen – wenngleich sehr zurückhaltenden – Liebkosungen von seiner Seite gekommen. Danach hatten sie dagelegen, er auf dem Rücken, sie auf seiner Brust, hatten geschwiegen, indes er ihren Rücken streichelte. Irgendwann hatte er ihr Fragen zu ihrem bisherigen Leben gestellt, woraufhin Clara ihm ihre einstudierten Antworten gegeben hatte.

Er hatte ihr Zimmer verlassen, nachdem sie eingeschlafen war, und morgens hatte sie mit Ella allein gefrühstückt und ihn hernach nur einmal wiedergesehen. Vermutlich hielt er sie für liederlich, da sie ihn einfach in ihr Zimmer gelassen hatte, was einer Dame aus seinen Kreisen nie eingefallen wäre. Andererseits hätte er doch mit ihr geschlafen, wenn er auf ein kurzes Abenteuer aus gewesen wäre. Vielleicht hatte er bei ihrer letzten Begegnung auch einfach festgestellt, dass sie uninteressant für ihn war.

Sie hatte vermutet, dass Ella so kurz angebunden ihr gegenüber war, weil sie von der Sache wusste, aber inzwischen war klar, dass Ella sich derzeit jedem gegenüber so verhielt. Sie war zurückhaltend und in sich gekehrt und rang sich nur den Kundinnen gegenüber hin und wieder ein Lächeln ab. Wenn sie da war, verbrachte sie die meiste Zeit im Fertigungsraum, um, wie sie sagte, mehr über die Zubereitung von Pralinen zu lernen. Sie schien nicht einmal Louise erzählt zu haben, was mit ihr los war, denn diese schob alles auf *die Umstände*, wie sie Ellas Schwangerschaft nannte. »Da sind Frauen oft verändert«, erklärte sie. »Das wird sich geben.«

Ansehen konnte man es Ella allerdings noch nicht. Die winzige Rundung ihres Bauches wusste sie gut zu kaschieren. Es war schwer, Ellas kaltes, distanziertes Verhalten nicht persönlich zu nehmen, und der ausgelassene Tanzabend schien weit zurückzuliegen. Vielleicht war es ja auch so, dass sie ihren Bruder – obschon er älter war als sie – eifersüchtig bewachte und keine Frau für ihn wollte, die seinem Stand nicht angemessen war. Oder die schlicht und ergreifend nicht genug Geld hatte. Schließlich war offensichtlich, warum sie selbst Sebastian Lombard geheiratet hatte.

Eine Frau betrat die Chocolaterie in Begleitung dreier Kinder. Während das älteste Mädchen – es musste um die zehn sein – sich mit großen Augen umsah, begannen die beiden Jüngeren ein Gerangel um die Auslagen, wobei der etwas größere Junge die Kleinere zur Seite stieß. Clara lag eine Ermahnung auf den Lippen, als sie sah, wie die warmen Hände der Kinder Abdrücke auf der Scheibe vor der Auslage hinterließen.

»Mama, ich möchte die Pralinen mit dem Gold obendrauf«, schrie der Junge.

»Nein, die mit dem Kakao.« Die Stimme des Mädchens übertönte die des Bruders.

»Ich hätte gerne Rosentrüffel«, sagte die Frau, die Rufe der Kinder ignorierend.

Clara holte eine Schachtel hervor. »Wie viele?«

»Sechs Stück bitte.«

Sie entnahm die Trüffel mit einer Zange und legte sie sorgsam in die Schachtel, reichte sie über den Verkaufstresen und nahm das Geld entgegen. Weil das ältere Mädchen so brav danebenstand, während ihre Geschwister so laut waren, dass sich die Leute im Café bereits umdrehten, dachte Clara, dass es sich eine Belohnung verdient hatte.

»Möchtest du eine Praline probieren?«, fragte sie und deutete auf die Etagere.

Dankend nahm das Mädchen einen Buttertrüffel und biss vorsichtig hinein. Sofort stimmten ihre Geschwister ein Gezeter an, weil sie auch etwas wollten.

»Wenn ihr ruhig und freundlich bittet«, sagte die Mutter, »dann bekommt ihr sicher auch eine Praline.«

»Ich will einen Keks«, rief das kleine Mädchen nun und hatte den Tisch seitlich des Verkaufstresens entdeckt, auf dem Schokoladenplätzchen lagen.

»Nein, ich!«, schrie ihr Bruder.

Ehe Clara reagieren konnte, waren beide auf den Tisch zugestürzt, rangen darum, wer die Glasglocke hochheben durfte, mit dem Effekt, dass der zierliche Tisch mitsamt Tablett, Plätzchen und Glasglocke umkippte und mit lautem Getöse zu Boden fiel.

»Du lieber Himmel!«, rief die Mutter und lief rot an.

Ella, die an einem der Cafétische gesessen und etwas in eine Kladde notiert hatte, erhob sich nun und kam zu ihnen. Nach Claras Dafürhalten hätte sie gerne schon früher eingreifen dürfen.

»Lassen Sie nur«, sagte sie, als die Frau Anstalten machte, sich zu bücken und die großen Scherben einzusammeln.

»Aber ich …«

»Wir kümmern uns um alles.« Ellas Lächeln war hinreißend, und die Frau scheuchte ihre beiden Jüngsten, die nun erstaunlich still waren, hinaus. Die älteste Tochter blieb kurz in der Tür stehen, sah auf die Bescherung und folgte dann ihrer Familie.

Clara ging in die Hocke und sammelte die Scherben ein, während Ella den Tisch aufrichtete. Louise kam aus dem Nebenraum, holte einen Besen und kehrte alles zusammen.

»Sagtest du nicht, du hättest mit Kindern gearbeitet?«, fragte Ella.

»Ja, einige Jahre«, antwortete Clara.

»Davon hat man aber vorhin nicht viel gemerkt. Hättest du allen drei etwas gegeben, wäre das Malheur nicht passiert.«

»Dann lernen sie doch nie, sich zu benehmen.«

»Das ist nicht unser Problem, nicht wahr?« Ella maß sie mit einem kühlen Blick, dann wandte sie sich ab und ging zu ihrem Tisch zurück, während Clara das Blut heiß in die Wangen schoss.

Louise schob die Scherben und Plätzchen auf ein Kehrblech, sah Clara an und lächelte. »Mach dir nichts draus«, murmelte sie ihr im Vorbeigehen zu.

Clara holte ein neues Tablett, legte Plätzchen darauf und stellte eine Glasglocke darüber. Ein kurzer Blick zu Ella sagte ihr, dass diese wieder in ihr Schreiben versunken war.

Die beiden Stunden bis zum Geschäftsschluss zogen sich schleppend dahin, und die gedrückte Stimmung schien sich wie Schlieren in den Raum zu ziehen. Das Café leerte sich, und es kamen zum Schluss hin nur noch einige Kundinnen, um Pralinen zu kaufen. Ein Mädchen verlangte schüchtern die Mischung gegen Liebeskummer und schob sich die erste Praline in den Mund, noch ehe sie die Chocolaterie verlassen hatte. Vielleicht sollte Clara sich auch gleich zwei Schachteln davon kaufen und sich damit in ihr Bett verziehen.

Das Glöckchen schlug an – und Claras Herz im Gleichklang ebenfalls –, als Eric die Tür öffnete und eintrat. »Guten Abend.« Sein Lächeln war offen und freundlich, als hätten sie sich erst am Vortag das letzte Mal gesehen. »Du hast doch jetzt frei, nicht wahr?«

»Ja.«

»Hast du Zeit, mit mir spazieren zu gehen?«

Unwillkürlich flog ihr Blick zu Ella, die zwar den Kopf noch gesenkt hielt, deren Hand jedoch nicht mehr schreibend über das Blatt glitt, sondern verharrte.

»Sehr gerne«, antwortete sie rasch. »In zehn Minuten schließen wir.«

»Geh nur jetzt schon«, sagte Ella. »Den Rest schaffen Louise und ich auch allein. Nicht, dass wieder etwas zu Bruch geht, so kurz vor Schluss.«

Clara tat einen zittrigen Atemzug, und ihr stiegen Tränen in die Augen. Prüfend taxierte Eric sie, dann sah er seine Schwester an, die den Blick jedoch nicht erwiderte, sondern sich wieder ihrer Schreibarbeit zuwandte. Nachdem Clara ihre Tasche geholt hatte, verließ sie an seiner Seite die Chocolaterie und tat einige tiefe Atemzüge, ehe sie ihrer Stimme wieder traute.

»Was ist passiert?«, fragte Eric.

Sie schlugen den Weg in Richtung Rheinanlagen ein, und Clara erzählte von dem Vorfall mit den Kindern.

»Ach je«, sagte er. »Nimm das nicht so schwer, sie ist derzeit auch zu mir sehr unleidlich.«

»Ich denke«, sagte Clara, nachdem sie einen Moment lang schweigend weitergegangen waren, »dass sie ahnt, was vorgefallen ist, als ich bei euch übernachtet habe.« Sie sah ihn nicht an, als sie das Thema zur Sprache brachte, das sie weitaus stärker beschäftigte als Ellas Unleidlichkeit.

»Verstehe.«

Die Hitze des Tages war einer angenehmen Milde gewichen, und es befanden sich viele Menschen auf den Straßen, flanierend, plaudernd und lachend. Clara hatte das Gefühl, wie ein Fremdkörper dazwischenzuschwimmen. Treibholz, von dem unklar war, an welchem Ufer es angeschwemmt werden würde.

»Was war das denn nun?«, fragte Clara, als das

Schweigen gar zu lange dauerte. »War ich eine kleine nächtliche Spielerei für dich?«

»Nein, denn in dem Fall wäre ich mitnichten so zurückhaltend gewesen.«

»Und warum machst du dich seither rar? War ich nicht zufriedenstellend?«

Ein düsteres kleines Lächeln umschattete seine Mundwinkel. »Es war sehr schön, dich zu küssen, das ging über Zufriedenheit hinaus. Aber ich bin mir nicht sicher, ob das, was ich getan habe, klug war.«

»Und warum bist du dann heute hier?«

»Weil ich eben manchmal Dinge tue, die nicht klug sind, zu denen es mich jedoch trotzdem treibt.«

Konnte Clara sich nicht einfach in einen netten, unkomplizierten Mann verlieben? Sie könnte versuchen, sich mit Ella anzufreunden – zumindest, sobald diese wieder mit sich reden ließ – und dann andere Männer kennenlernen. Aber es würde sie dennoch zu Eric zurückziehen, weil nett und unkompliziert ihr zu langweilig wäre, weil sie immer diejenigen wollte, die so kantig und schroff waren, dass man sich daran verletzte.

»Und was denkst du, tun wir heute?«, fragte sie.

»Nun, zuerst einmal gehen wir zum Bahnhof, denke ich.«

Nach zehn Minuten kamen sie in den Kaiserin-Augusta-Anlagen an. Clara mochte die Rheinanlagen im Stil eines englischen Landschaftsparks, die an der Ostseite des Kurfürstlichen Schlosses im Norden begannen und im Süden endeten, auf Höhe des Schwanenteiches, genau dort, wo die Villa Dorn lag. Clara, die nie über Koblenz hinausgekommen war, war schon so oft hier gewesen, hatte es immer geliebt und hasste Veit für den Schatten, den er über diese Erinnerung gelegt hatte. Sie würde vielleicht nie wieder nach Einbruch der Dunkelheit hier entlanggehen können, ohne Angst zu haben, und das verdankte sie allein ihm.

Eric schwieg den Weg über, als sei ihm ihre Anwesenheit genug. Auf Clara indes wirkte diese Stille zermürbend, sie wollte, dass er mit ihr sprach, dass er von sich erzählte. Da sie jedoch nicht wusste, wie sie ihn dazu bringen sollte, blieb sie ihrerseits ebenfalls stumm. Er wirkte zerbrochen, so, als würden scharfkantige Stücke seines Innern beständig schmerzhaft aneinander reiben. Clara hatte von Männern gehört, die so aus dem Krieg heimgekehrt waren. Da sie jedoch nicht wollte, dass er sie schweigend beim Bahnhof ablieferte und ging, um danach wieder wochenlang nichts von sich hören zu lassen, nahm sie ihren Mut zusammen und umfasste seine Hand.

Er wirkte erstaunt, schien etwas sagen zu wollen, beließ es dann jedoch dabei, den Druck ihrer Finger zu erwidern.

»Bis wohin begleitest du mich?«, fragte Clara.

»So weit, wie du möchtest.«

Zufrieden lächelte sie und fragte sich, ob er die Doppeldeutigkeit der Frage erkannt hatte.

Sebastian hatte erwartet, dass Ella ihre Distanziertheit aufgeben würde, sobald ein wenig Zeit vergangen war. Leider hatte er sich diesbezüglich geirrt, sie blieb unnahbar. Zwar begleitete sie ihn weiterhin abends, wenn er das von ihr verlangte, aber darüber hinaus war alles wie zu Beginn ihrer Ehe, nur mit dem Unterschied, dass er damals derjenige gewesen war, der sie auf Distanz hielt. Um sich von ihr abzulenken, hatte er eine frühere Geliebte aufgesucht, war mit ihr ins Bett gegangen und hatte – das erste Mal in seinem Leben – vollkommen versagt. Dass sie ihn hernach tröstete und ihm versicherte, das sei gar nicht so furchtbar ungewöhnlich, machte alles noch schlimmer. Er war am Tiefpunkt angekommen, noch dazu auf eine Art, die er noch vor einem Jahr für absolut unmöglich gehalten hatte – vergeblich buhlend um seine Ehefrau und unfähig, mit einer anderen zu schlafen.

Und das alles, weil sein Vater die unfassbar törichte Idee gehabt hatte, einen Detektiv auf Ella anzusetzen. Abgesehen davon irritierte ihn nach wie vor, dass dieser zwar den Kuss festgehalten hatte, nicht jedoch, dass Ella sich dagegen gewehrt hatte. Fast so, als hätte er es darauf angelegt, ihr Untreue nachzuweisen. Sebastian war das alles seltsam vorgekommen, und so hatte er auf den Fotos nach dem Namen der Detektei gesucht und war dort vorstellig geworden.

Es hatte eine Weile gedauert, ehe er dem verstockten Detektiv alles entlockt hatte, was er wissen wollte, aber nach einigen Drohungen war er schließlich mit der Sprache herausgerückt – nicht, ohne hinzuzufügen, dass er all dem öffentlich widersprechen würde, sollte es Sebastian einfallen, die Sache laut werden zu lassen. Und dann, so der Detektiv, stünde seine Frau schlechter da als er.

Das Renommee des Detektivs war ihm gleich, Sebastian hatte seine Antworten, und die hatten in ihm den

Impuls ausgelöst, dem Mann eine zu verpassen, was er allerdings angesichts des Assistenten mit der Statur eines Kleiderschranks am Empfang im eigenen Interesse unterließ. Es war ihm danach schwergefallen, im Bureau mit der nötigen Aufmerksamkeit zu arbeiten und seinen Zorn bis zum Abend niederzukämpfen. Erst als er beim Abendessen mit seiner Familie saß, sprach er die Angelegenheit an – mit einer Ruhe, die er sich selbst kaum zugetraut hätte.

»Ella erwartet ein Kind«, sagte er, als die Suppe aufgetragen worden war. »Der Zeitpunkt, den ihr für eure pikante Enthüllung gewählt habt, hätte also günstiger kaum sein können.«

Seine Mutter hielt inne, den Löffel auf halbem Weg zum Mund. »Seit wann?«

»Seit gut drei Monaten.«

»Dann muss sie hierherziehen«, sagte sein Vater. »Der mögliche Lombard-Erbe muss in der Villa Lombard geboren werden.«

Sebastian sah ihn interessiert an. »Der mögliche Erbe? Du meinst, vielleicht ist ja auch dieser Mann von den Fotos der Vater des Kindes? Immerhin warst du so darauf aus, dass ich eine Trennung anstrebe.«

»Da wusste ich nicht, dass sie schwanger ist.«

»Vielleicht nicht von mir.« Sebastian hob das Glas an die Lippen und trank, gab sich ungerührt. Seine Eltern hatten Unverständnis dafür gezeigt, dass er weiterhin mit Ella ausging, was er damit beantwortet hatte, den Status wahren zu wollen. Von seinen Bemühungen um sie hatte er nichts erzählt, da er auf diese Art von Disput keine Lust hatte.

Von seinen Eltern kam keine Antwort. Natürlich nicht, wie hätten sie das auch erklären wollen. Sebastian ließ sie sich einen Moment lang winden in dem Versuch, eine Erklärung zu finden. Seine Mutter war schneller als sein Vater.

»Vielleicht kann sie den Zeitpunkt der, hm, Empfängnis ja eingrenzen. Wenn es dein Kind ist, nehmen wir es zu uns.«

Um Sebastians Mund zuckte es verächtlich. »Ich frage mich«, sagte er schließlich langsam, »welchen Charakter es offenbart, wenn man so wild entschlossen ist, die Ehe des eigenen Sohnes zu zerstören und eine Frau dieser Schande preiszugeben, obwohl man weiß, sie hat sich nichts zuschulden kommen lassen. Ihr mögt sie nicht, das dürfte niemandem entgangen sein, nicht mal dem Personal, und bisher hat sie das alles mit sehr viel Klasse und Anstand über sich ergehen lassen. Ihre Gesellschaft, die sie auf euren Wunsch hier im Haus abgehalten hat, hast du, Mutter, zu deiner gemacht und dich vermutlich darüber gefreut, wie du sie damit vor den Kopf gestoßen hast, als sie das alles erst am Abend kurz vor Eintreffen der Gäste erfahren hat.« Sebastian hob erneut das Glas an die Lippen, gab seiner Mutter Zeit, nach Ausflüchten zu suchen, aber das tat sie nicht. Sie löffelte stumm weiter ihre Suppe. »Und als der Detektiv dann nach einigen Wochen erklärte, dass er nichts gegen sie in der Hand hatte, dass sie keine anderen Männer traf, wie Vater insgeheim gehofft hatte, um sie endlich los zu sein, da habt ihr dafür bezahlt, dass es eben doch einen gab und die ganze verfängliche Situation auf Fotos festgehalten wurde.«

»Woher weißt du das?«, stieß sein Vater hervor, der so verblüfft war, dass er nicht einmal leugnete.

»Daran ist doch wohl kein Wort wahr!«, sagte Magda Lombard, nun an ihren Mann gewandt.

Der wiederum schwieg nun, presste die Lippen zusammen, wirkte gar wie ein bockiges Kind, das bei einer Untat erwischt worden war und diese nicht zugeben wollte.

»Werner?«, fragte Sebastians Mutter, und er beschloss, sich nun herauszuhalten. Ihrem Tonfall war zu entnehmen, dass dies für seinen Vater ein überaus ungemütlicher Abend werden würde, weitaus mehr, als es Sebastians Vorwürfe hätten bewirken können.

»Ich mag sie nicht, wahrhaftig nicht«, fuhr seine Mutter auf. »Aber *das!* Das ist perfide, es ist eines Mannes deiner Position vollkommen unwürdig! Was ist mit unserem Enkelkind? Hätte es bei einer geschiedenen Mutter und ihrem verrückten Bruder aufwachsen sollen? Einer Mutter, die jetzt schon von ihrer eigenen Familie verachtet wird und dann vermutlich erst recht keinen Rückhalt mehr gehabt hätte?«

»Es gibt so viele gut Verbindungen, die wir hätten eingehen können«, verteidigte sich Werner Lombard. »Ich wusste nicht, dass sie schwanger ist, dachte vielmehr, das würde nach der langen Zeit ohnehin nichts mehr werden. Noch dazu wohnt sie von ihrem Ehemann getrennt. Welche anständige Frau tut dergleichen?«

Sebastian aß die Suppe auf und erhob sich. Sollte sein Vater aus seinem Schweigen die eigenen Schlüsse ziehen, er würde zu der leidigen Angelegenheit kein Wort mehr sagen, da es schlicht keine gab, die angemessen wären. Die Sache war schändlich, und er konnte recht gut verstehen, wenn Ella nun erst recht niemals hier einziehen würde. An ihrer Stelle täte er das auch nicht. Er ging in sein Arbeitszimmer, nahm die Bilder, riss sie noch zweimal durch, machte sich dann auf den Weg in die Küche, öffnete die Herdklappe und steckte sie in die Glut.

»Wenn Eric Clara heiratet, dann gehört ihr ja praktisch das alles hier, nicht wahr?«

Ella, die gerade in einem Kupferkessel Zucker schmolz, hielt in der Bewegung inne und drehte sich zu Louise um. An diese Möglichkeit hatte sie tatsächlich überhaupt noch nicht gedacht. Aber ja, es stimmte natürlich.

»Du musst weiterrühren«, rief Louise. »Sonst brennt der Zucker unten an.«

Der Löffel kratzte über den Kesselboden. Zu spät. »Ach, verdammt«, fluchte Ella und nahm den Kessel vom Feuer. Zucker karamellisieren würde sie nie im Leben hinbekommen, immer ging etwas schief.

»Komm, wir versuchen es noch einmal.«

»Das wird auch beim nächsten Mal nicht besser.«

Louise taxierte sie stirnrunzelnd. »Diese Schwarzmalerei passt gar nicht zu dir. Warst du nicht diejenige, die immer beharrlich alles versuchen wollte, bis es schließlich klappt?«

Ella zuckte die Schultern. »Vielleicht bin ich es langsam einfach leid, beständig Dinge zu probieren, die am Ende ohnehin scheitern.«

Das kratzende Geräusch, das beim Säubern des Kessels entstand, verstummte, und Louise, die sich über den Spülstein gebeugt hatte, richtete sich auf. »Sprechen wir hier noch über den Zucker?«

Langsam hob Ella einen anderen Kupferkessel auf die Feuerstelle, streute Zucker hinein und begann erneut, zu rühren. »Erinnerst du dich an den Kerl, der mich damals geküsst hat?«

Louise krauste die Stirn, überlegte kurz. »Ach, du meinst den, der am Abend, als wir zusammen aus waren, zuerst so charmant gewesen ist?«

Der Abend, den Eric in Claras Zimmer verbracht hatte. »Ja, genau. Sebastians Vater hat mich überwachen lassen, derjenige hat mich fotografiert, und das Bild von dem Kuss landete schlussendlich bei Sebastian.«

Bestürzung lag in Louises Blick. »Und der hat geglaubt, du würdest ihn betrügen?«

Ella nickte stumm, während sie weiterrührte.

»Und was ist nun?«

»Wir haben uns gestritten, und er kam einige Tage später und hat sich entschuldigt.«

»Es sieht aber nicht danach aus, als sei nun alles wieder gut.«

Nein, das war es auch nicht, wenngleich Ella nicht wusste, was sie daran ändern sollte. Mehr, als sich zu entschuldigen, konnte Sebastian nicht tun. Ihr Groll auf ihn hatte sich in eine anhaltende Erschöpfung gewandelt, sie war es müde, sich um diese Dinge zu bekümmern, ständig den Schein zu wahren und so zu tun, als sei alles in bester Ordnung. Daran änderte auch die Tatsache nichts, dass sie wohl wissend, wie die Sache enden würde, in diese Situation hineingelaufen war. Innerlich hatte sie die Hoffnung gehegt, es würde sich alles schon irgendwie finden. Wenn sie nur die Firma ihres Vaters behalten durfte. Daran hatten ihr Herz und ihr Denken gehangen, das war alles gewesen, worauf es in dem Moment angekommen war. Und es hatte ja auch funktioniert, sie tat das, was sie tun wollte. Aber die Ehe ging ja weiter, verlangte von ihr, dass sie die Rolle spielte, dass sie fügsam und willig war, während Sebastian sich in fremden Betten austobte. Ja, auch das hatte sie ihm ausdrücklich erlaubt. Aber – verdammt noch mal – sie wollte das alles so nicht mehr. Und nun war sie schwanger, würde ein Kind mit ihm haben.

Als der Zucker karamellfarben war, fügte Ella die Butter hinzu, die rasch schmolz. Danach nahm sie den Kessel von der Kochstelle und gab gehobelte Mandeln hinzu. Louise hatte bereits eine marmorne Platte mit Puderzucker bestäubt, und Ella goss die Masse darauf, bestreute sie mit Puderzucker und machte sich ans Ausrollen.

»Nimm mehr Puderzucker, sonst klebt die Rolle daran fest«, mahnte Louise, und Ella folgte dem Rat.

Nachdem die Krokantmasse zu einer dünnen Platte geworden war, schnitten sie Rechtecke aus, die nun über Nacht abkühlen sollten, ehe sie mit temperierter Schokolade überzogen wurden. Das würde Curt am kommenden Morgen in aller Frühe erledigen. Inzwischen hatten sie so viel zu tun, dass sie eigentlich noch eine weitere Kraft für die Fertigung einstellen könnten.

»Denkst du, dass Clara darauf aus ist«, fragte Ella nach längerem Schweigen, »mich hier zu ersetzen?«

»Auf mich wirkt sie nicht, als sei sie intrigant.«

»Sie hat eine Nacht mit Eric verbracht.«

Louises Augen weiteten sich. »Wann?«

»Als sie bei uns übernachtet hat.«

»Haben sie …«

»Nein, wohl nicht. Zumindest sagt Eric das. Sonst sagt er dazu allerdings nichts, und bis heute hat er sie wohl auch nur einmal getroffen. Daher war sie wohl auch so niedergeschlagen in der letzten Zeit.«

Louise knabberte an ihrer Unterlippe. »Na ja, dass sie in ihn verliebt ist, heißt ja nicht, dass sie dich verdrängen will. Das würde Eric nie zulassen.«

»Eric hat mich doch dazu genötigt, sie einzustellen.«

»Hm, ja, das stimmt, aber das ist ja etwas anderes.«

In der Fertigungsküche hing der warme Duft von karamellisiertem Zucker, von Buttermarzipan und Schokolade. Ella hätte die ganze Nacht hier sitzen können, umhüllt von Gerüchen, die nichts als Wohlbehagen in ihr auslösten. Allerdings war sie so müde, dass sie fast vom Hocker fiel. Dieses Kind schien alle Kraft aus ihr zu ziehen und sich davon zu nähren. Während es in ihr wuchs, zerfiel Ellas äußere Hülle. Rasch schüttelte sie den Kopf, wollte das schauderhafte Bild vertreiben.

»Wir sehen uns morgen«, sagte sie und ging zur Garderobe, um ihre Handtasche zu holen. Bis zu ihrem Wagen war es ein kurzer Fußweg, und sie genoss die Luft des spätabendlichen Sommers, in deren Kühle immer noch der warme Atem des Tages lag. Kurz überlegte Ella, den Wagen stehen zu lassen und zu Fuß heimzugehen, aber sie war einfach zu müde dazu.

Als sie zu Hause ankam, wollte sie eigentlich nur noch ins Bett, daher kam es ihr höchst ungelegen, als

Doris ihr ankündigte, Sebastian warte im Salon auf sie. Seufzend gab sie den Plan auf, direkt die Treppe hoch in ihr Zimmer zu gehen, und betrat stattdessen den Salon, wo Sebastian mit hinter dem Rücken verschränkten Händen an der Verandatür stand und in die Dämmerung blickte. Als er sie eintreten hörte, drehte er sich um.

»Warst du noch in der Chocolaterie?«, fragte er.

»Ich war bei keinem Mann, wenn das die Frage hinter der Frage war.«

In seinem Gesicht zuckte ein Anflug von Ärger auf, schwand jedoch sofort wieder. »Dergleichen habe ich nicht vermutet.«

Sie antwortete nicht, sondern schloss die Tür hinter sich. »Was gibt es denn? Warum bist du zu so später Stunde hier? Habe ich einen Termin versäumt? Falls ja, wirst du ohne mich gehen müssen, ich bin zu müde für Soireen.«

»Die ganze Sache hat mir keine Ruhe gelassen, die Frage, warum der Detektiv die kompromittierende Situation fotografiert hat und alles, was danach geschehen ist, nicht.«

»Hmhm.« Ella heuchelte kein Interesse und ließ sich auf einem Sessel nieder. Sie wollte von der Sache nichts mehr wissen, wollte sie einfach hinter sich lassen. Aber Sebastian erzählte weiter, und sie starrte ihn angesichts der Enthüllungen sprachlos an. »Dein Vater war das?«

»Ja, leider.«

Sie hob die Hand, berührte ihre Lippen, als könne sie den fremden Kuss noch darauf spüren. Es war abstoßend gewesen, die feuchten Lippen dieses Fremden, der

Versuch, seine Zunge zwischen die ihren zu schieben, als sie in dem ersten Schreckmoment erstarrt war und er dies wohl für Zustimmung gehalten hatte. Selbst bei dem Gedanken daran schüttelte es sie. »Verstehe«, sagte sie.

»Es tut mir leid, ich habe ihn zur Rede gestellt. Meine Mutter wusste von nichts, die beiden hatten einen heftigen Streit.«

Wieder nickte Ella nur. Dann stand sie auf. »Sei mir nicht böse, aber ich möchte jetzt zu Bett gehen.«

»Hast du sonst nichts dazu zu sagen?«

»Was sollte ich denn sagen? Dass es erbärmlich war? Dass der Kuss dieses Kerls mich angewidert hat und es mich noch mehr anwidert, dass dein Vater für dergleichen zahlt?« Sie strich sich ein einzelnes Haar zurück, das sich in ihren Wimpern verfangen hatte. »Das weißt du alles selbst, nicht wahr?«

»Ja, natürlich.«

»Na also.« Ella stand auf und wandte sich zum Gehen. »Wir sehen uns in den nächsten Tagen, denke ich.«

Sebastian kam ihr nach, holte sie an der Tür ein, hielt ihren Arm fest. »Bitte, Ella, sei mir wieder gut, ja?«

Sie sah ihn stumm an, wollte den Arm mit einer Drehung befreien, tat es dann aber doch nicht. »Ich bin müde, Sebastian.«

»Darf ich heute bei dir bleiben?«

Sie sah in seine Augen, als könne sie dort die Tiefe seiner Gefühle herauslesen. War es die reine Lust, die ihn zu dieser Bitte antrieb, oder der aufrichtige Wunsch nach ihrer Nähe? Schließlich nickte sie, und er ließ ihren Arm los, umfasste stattdessen ihre Hand. Gemeinsam gingen sie die Treppe hoch, schweigend, sodass nur ihre Schritte zu hören waren.

Louise konnte nicht leugnen, dass sie ein schlechtes Gewissen hatte, während sie auf Max' Bett lag, das Kleid geöffnet und halb über die Schultern geschoben, eng an diesen Mann geschmiegt, der noch vor einer Stunde mit ihrem Vater geplaudert und ihm gesagt hatte, sie würden tanzen gehen. Sie wusste, sie sollte ihm Einhalt gebieten, aber seine Berührungen und Küsse waren einfach zu unwiderstehlich.

»Himmel«, sagte er, als er sich schwer atmend aus dem Kuss löste. »Du bist wunderbar, weißt du das?« Er schlang einen Arm um ihre Mitte, um sie enger an sich zu ziehen, sodass ihre Hüfte an die seine gepresst war. Sein Verlangen nach ihr so deutlich zu spüren erschreckte und faszinierte sie gleichermaßen.

Er löste den Mund von ihren Lippen, ließ ihn über ihre Kehle wandern, folgte damit den Liebkosungen seiner Finger, und Louise hörte nur noch das Rauschen ihres Blutes in den Ohren und ihren eigenen stoßweise gehenden Atem. In all diese Verzückung rettete sich noch eine winzige Spur von Vernunft, sodass sie es schaffte, sich von Max zu lösen.

»Nicht«, sagte sie atemlos, »hör auf.«

Er hielt inne. »Gefällt es dir nicht?«

»Doch, viel zu sehr.«

Mit zittrigen Fingern zog sie ihr Kleid wieder über die Schultern. »Wir sollten das nicht tun, weißt du.«

»Wir lieben uns, und es ist mir Ernst. Warum warten?«

Louise schloss ihr Kleid. »Weil ich ein schlechtes Gewissen meinem Vater gegenüber habe. Lass uns wenigstens noch für eine Stunde tanzen gehen, damit ich ihn nicht gänzlich angelogen habe.«

Einen Moment lang dachte sie, er sei verärgert, aber dann beugte Max sich vor, küsste sie und lächelte. »Du bist hinreißend. Also gut, gehen wir tanzen.«

Nachdem Louise ihr Haar so weit gerichtet hatte, dass es nicht mehr gar zu zerzaust aussah, setzte sie ihren Hut auf. Max wartete geduldig und reichte ihr seinen Arm, als sie fertig war. Gemeinsam verließen sie auf Zehenspitzen seine Wohnung, damit niemand bemerkte, dass er Damenbesuch gehabt hatte, und Louise musste sich fortwährend ein Kichern verkneifen.

Die Schwüle hatte auch zum Abend hin nicht nachgelassen, und es war selbst Louise, die den Sommer mochte, und der es nicht warm genug sein konnte, zu drückend. Da in ihr immer noch das Verlangen pulsierte, das Max in seinem Bett in ihr geweckt hatte, bat sie ihn darum, erst spazieren zu gehen, denn noch fühlte sie sich nicht in Stimmung, um zu tanzen. Sie brauchte etwas Ruhe, um ihre Gedanken zu ordnen, brauchte Nähe mit ihm, in die keine Musik und kein anderer Mensch passte.

Max' Wohnung lag in einem Haus auf der Moselseite, in der Nähe des Alten Kaufhauses, und so spazierten sie an der Moselstraße entlang, vorbei am Zollhof bis zum Königlichen Staatsarchiv, von wo aus sie ihren Weg am Rhein entlang fortsetzten. Schweigend gingen sie nebeneinanderher, und Louise genoss eine Gemeinsamkeit, die nicht viele Worte brauchte, und sie hoffte, Max ging es ähnlich und er fand sie nicht langweilig, weil sie sich nicht in Geplauder erging.

Linker Hand lag die Schiffsbrücke, kurz bevor man die Militärreitbahn passierte, an die die Schlosskasematte grenzte. Das Residenzschloss, in das vor dem Krieg die königlich-preußische Familie gerne zu Besuch gekommen war, wurde nun größtenteils von französischen Besatzungsbehörden genutzt. Da Koblenz Sitz der Hohen Interalliierten Rheinlandkommission war, gehörten die Paraden und Übungen der US- und nun französischen Militärtruppen zum gewohnten Bild.

Auf Höhe der Pfaffendorfer Brücke bogen sie rechts ein und befanden sich nun zwischen Schlosskasematte und Rheinkasematte nebst Städtischer Festhalle, hinter der sich ein in Pfeilform zulaufender Garten befand. Musik drang nach draußen, und unwillkürlich summte Louise den Schlager mit. Sie gingen den Kaiser-Wilhelm-Ring entlang, von wo aus sie rechts in die Löhrstraße kamen, vorbei am Löhr-Rondell und der Herz-Jesu-Kirche. Stuckverzierte Fassaden prägten das Bild jener Straße, durch die das Leben der Stadt pulsierte.

Louise wollte gerade fragen, wohin sie gehen sollten, als eine Gruppe junger Männer, die offensichtlich schon angetrunken waren, an ihnen vorbeikam. Sie wirkten, als wären sie auf Streit aus. Hafenarbeiter, vermutete Louise aufgrund der Kleidung. Sie musterten sie, einer grinste anzüglich, aber vermutlich wären die anderen einfach an ihnen vorübergegangen, hätte der mit dem Grinsen Max nicht heftig mit der Schulter angerempelt. Max stolperte gegen Louise, die dabei einen Schritt auf die Straße machte und stürzte, was einen herannahenden Wagen zu einer Vollbremsung veranlasste.

Der Fahrer stieg aus, eilte um den Wagen herum und half Louise auf, während Max sich die Schulter rieb und dem Rempler einen finsteren Blick zuwarf.

»Pass demnächst auf, wo du hinläufst«, sagte der frech und ging lachend weiter.

»Übrigens, deine Liebste liegt auf der Straße«, fügte einer der anderen hilfsbereit hinzu.

Allerdings stand Louise inzwischen wieder, und der Fahrer erkundigte sich mehrmals, ob sie sich auch nicht verletzt hatte.

»Nein, es geht mir gut«, antwortete sie. »Ich bin nur furchtbar erschrocken.«

»Und ich erst«, fügte Max hinzu, der mit einem Ausdruck so tiefer Besorgnis ihre Hand ergriff, dass Louises aufkeimender Ärger über seine anfängliche Zurückhaltung wieder in sich zusammenfiel.

Der Fahrer versicherte sich ein weiteres Mal, dass ihr nichts fehlte, dann stieg er wieder in seinen Wagen.

»Möchtest du immer noch tanzen gehen?«, fragte Max.

»Ja, mir fehlt nichts.«

Max ließ seine Schulter leicht kreisen, und Louise fragte sich, ob er wirklich einen so heftigen Schlag abgekriegt hatte. »Tut es arg weh?«, fragte sie.

»Nein, es ist alles in Ordnung.« Max setzte ein

Lächeln auf, und seine Finger schlossen sich enger um ihre Hand, eine beruhigende Geste. »Komm, gehen wir tanzen.«

Eric war nur sehr widerwillig dazu zu bewegen, Ella zu Onkel Heinrich zu begleiten.

»Er plant seit Wochen ein gemeinsames Essen, und heute haben endlich alle Zeit«, erklärte Ella.

»Ich kann vor Freude kaum an mich halten.«

»Ich habe auch keine Lust, aber irgendwann müssen wir ja wieder normal miteinander umgehen.«

»*Wieder normal*«, betonte Eric sarkastisch, und sie stieß ihn an.

»Na ja, eben anders als jetzt.«

Elisabeth und Georg würden ebenfalls mit ihren Familien erscheinen, und es war zu hoffen, dass damit die lästigen Dispute ein Ende hatten.

»Hast du gehört, dass Helene mit Arvid von Oedinghof ausgeht?«, fragte Eric.

»Nein, aber es freut mich, denn das bedeutet, zumindest die beiden werden im Nachhinein für all das dankbar sein.«

Ella war eigentlich zu müde, um abends noch auszugehen. Sie hatte sich in der letzten Nacht dazu hinreißen lassen, sich mit Sebastian ausgiebig zu versöhnen, nachdem er einige Nächte neben ihr geschlafen und kaum mehr getan hatte, als sie zu halten, obwohl es ihn ganz offenkundig nach mehr verlangt hatte. Normalerweise war Sebastian in der Liebe sehr fordernd, letzte Nacht jedoch hatte er sich überaus behutsam gezeigt, was möglicherweise ihrer Schwangerschaft geschuldet war. Einmal hatte er mit ihr geschlafen, aber das war intensiv und so erschöpfend gewesen, dass Ella einschlief, kaum, dass sie sich voneinander gelöst hatten. Aber der Schlaf hatte nicht gereicht, und so war sie morgens mit bleiernen Gliedern erwacht und schleppte sich durch den Tag.

Ehe sie zu Heinrich fuhren, trank sie eine Tasse schwarzen Kaffee, um nicht bei Tisch einzuschlafen. Sie brachen auf, und Ella ließ Eric fahren. Die Luft war schwer und drückend, legte sich feucht auf die Haut. Ella machte die Wärme in diesem Sommer sehr zu schaffen, und jeder Schritt aus dem Haus kostete sie Überwindung.

»Wirst du ihnen sagen, dass du ein Kind erwartest?«, fragte Eric.

»Ja, das werde ich. Vielleicht ist Onkel Georg dann rücksichtsvoller.«

Eric schnitt eine Grimasse, als könne er daran nicht glauben.

»Was ist mit dir und Clara?«, fragte Ella übergangslos.

»Sie erwartet kein Kind.«

Gereizt schnaubte sie. »Du weißt genau, was ich meine. Ist sie deine Geliebte?«

»Nein.«

Das war beunruhigend. Anfangs war Ella ein wenig in Sorge, Clara könnte allzu leichtfertig ihre Unschuld an Eric verlieren. Dass es ihm jedoch offenbar ernst mit ihr war, fand sie nun alarmierender. »Willst du sie heiraten?«

»Ich weiß noch nicht, was ich will.«

»Vielleicht spekuliert sie darauf? Dich zu heiraten und meinen Platz im Werk einzunehmen.«

Eric krauste die Stirn, offenbar kam ihm dieser Gedanke zum ersten Mal. »Das halte ich für weit hergeholt.«

»Tatsächlich?«

»Bereitet dir das wirklich Sorgen?«

»Natürlich, nach allem, was ich dafür gegeben habe.«

»Dich vertreibt niemand, so lange ich lebe«, antwortete er. »Falls ich mal Kinder bekomme, erben sie es mit dir als Treuhandverwalterin bis zu ihrer Volljährigkeit.«

Ella hatte den Kopf zurückgelehnt und die Augen geschlossen. Der Wagen fuhr vor Heinrich Dorns Villa auf den Hof, und Eric parkte ihn neben zwei weiteren Automobilen. Tief seufzend schaltete er den Motor ab und stieg aus. Ella öffnete die Tür, noch ehe er um den Wagen herumgekommen war. Ihr war ein wenig schwindlig, und sie griff nach Erics Arm.

»Sollen wir lieber heimfahren?«, fragte er, und die Hoffnung in seiner Stimme brachte sie zum Lachen.

»Nein, ich bedaure.«

Der Hausdiener öffnete ihnen. »Die gnädigen Herrschaften sind im Salon.«

»Danke, Friedrich«, antwortete Eric.

Sowohl Elisabeth als auch Georg waren mit ihren Familien eingetroffen und standen plaudernd beisammen. Der Moment, in dem sowohl Georg als auch seiner Ehefrau bei Ellas Anblick das Lächeln aus dem Gesicht rutschte, wäre unter anderen Umständen geradezu komisch gewesen. So jedoch reizte Ella angesichts des Zorns, mit dem ihr Onkel sie maß, rein gar nichts zum Lachen.

»Was soll das sein?«, fragte er, an Heinrich gewandt, während er mit einem Finger auf Ella zeigte. »Ein Scherz?«

»Ich denke, wir sollten den Abend zur Versöhnung nutzen«, antwortete der.

»Das hättest du uns vorher mitteilen sollen, dann wären wir nicht gekommen.«

»Das weiß ich, daher habe ich nichts gesagt.«

Georg winkte mit einem Schnaufen Helene und Hans herbei. »Kommt, wir gehen.«

Hans wirkte konsterniert. »Wir sind gerade erst gekommen.«

»Das ist mir gleich, ich verbringe mit dieser Person keinen Moment am selben Tisch oder gar im selben Raum.«

»Sie ist die Tochter unseres verstorbenen Bruders«, sagte Heinrich.

»Hätte er ihr Erziehung angedeihen lassen oder wenigstens eine Frau geheiratet, die sich nicht wie eine Hure gebärdet, wäre uns allen wohl einiges erspart geblieben.«

»Du nennst meine Mutter eine Hure?«, fuhr Eric auf.

Georg machte lediglich eine Handbewegung, als sei kein Einwand gekommen, der der Rede wert sei, und Ellas Hand schloss sich um den Arm ihres Bruders, der sich unter ihrem Griff spannte. Als Georg an ihr vorbeiging und die Hand hob, um seine Kinder erneut ungeduldig heranzuwinken, zuckte sie instinktiv zurück. Er bemerkte das wohl, taxierte sie jedoch nur verächtlich und wandte sich ab.

»Kommt jetzt!«

Hans hob entschuldigend die Schultern, und Helene verdrehte die Augen. Zwar mied sie Ellas Blick, aber ihre Haltung war nicht so feindselig wie die ihres Vaters. Dorothea Dorn war ihrem Mann gefolgt, hatte jede Mimik imitiert, was bei Ella nur Verachtung hervorrief, angesichts solcher Rückgratlosigkeit.

»Tja, das war's wohl mit dem gemeinsamen Abend«, konstatierte Eric und wirkte, als sei er nicht unglücklich darüber.

»Wir essen trotzdem gemeinsam.« Heinrich war rot angelaufen, was deutlich zeigte, wie sehr er sich über seinen Bruder ärgerte. »Was für ein unfassbar unhöfliches Benehmen.«

»Kindisch meintest du«, korrigierte Eric ihn. »Nennen wir die Dinge beim Namen.«

Über die Lippen von Elisabeths Sohn Richard zuckte ein Grinsen.

»Wie geht es deiner Frau?«, fragte Ella an Conrad gewandt.

»Sie hat nicht mehr lange, muss aber liegen, daher lässt sie sich entschuldigen.«

Hoffentlich erwartete Ella nicht etwas Ähnliches, denn Wochen liegend im Bett zu verbringen würde ihre Geduld auf eine harte Probe stellen.

»Also«, rief Tante Isolde, »dann wollen wir das Essen nicht kalt werden lassen.« Sie tat gespielt munter, dabei war ihr jede Art von schlechtem Benehmen ein Graus.

Sie nahmen im Esszimmer Platz, wobei die Tischordnung geändert werden musste, da Georg und seine Familie in der Nähe von Ella platziert worden waren. Hier ließ sich nun Elisabeth mit Richard nieder, während Frank neben Ella Platz nahm und Conrad ihm gegenüber. Die übrigen Gedecke wurden vom Tisch genommen.

Als ersten Gang gab es Gemüsesuppe mit Eierstich, den Ella normalerweise mochte, aber derzeit konnte sie kein Ei essen, da sich ihr bei dem Geschmack der Magen umdrehte. Sie bemerkte, dass Isolde sie beobachtete, während sie nur die Flüssigkeit löffelte und ein wenig Gemüse aß.

»Schmeckt es dir nicht, Liebes?«

Ella zögerte, entschied dann jedoch, dass dieser Moment so gut war wie jeder andere. »Ich bin in Erwartung«, sagte sie.

Isolde schlug die Hände zusammen und strahlte. »Ach, wie herrlich.«

Elisabeth hingegen wirkte bestürzt. »Warum hast du mir nichts davon erzählt.«

»Das habe ich doch gerade getan.«

»Warum wohnst du dann nach wie vor nicht bei deinem Mann?«, fragte Frank. »Wäre doch nun ganz angebracht, oder nicht?«

»Da muss ich ihm zustimmen«, kam es von Heinrich. »Ein Kind gehört in eine ordentliche Familie geboren und nicht in das Heim einer Mutter, die lebt, als sei sie ledig.«

»Du wirst doch jetzt nicht mehr arbeiten, oder?«, fragte Elisabeth. »Das gehört sich nun wirklich nicht.«

»Meiner Frau zumindest würde ich es nicht erlauben«, sagte Conrad. »Aber sie käme wohl auch nicht auf die Idee.«

Ella stieß langsam den Atem aus. »Alles bleibt, wie es ist.«

Daraufhin prasselte von allen Seiten Unverständnis und Entrüstung auf sie ein, und sie machte sich gar nicht die Mühe, auf alles einzeln zu antworten, sondern wartete schweigend ab. Eric saß da, die Arme vor der Brust verschränkt, und beobachtete alles mit milder Belustigung. Nun, auch er würde in Kürze aus seiner Gelassenheit gerissen werden.

Ella wartete, bis eine erwartungsvolle Stille eintrat, mit der man ihr die Möglichkeit gab einzugestehen, dass sie alle recht hatten und sie sich in der Tat auf ihre Pflichten auf Ehefrau und Mutter besinnen musste. »Sebastians Vater hat mich durch einen Detektiv beobachten lassen. Und als er keine Verfehlung entdecken konnte, hat er einen Mann bezahlt, mich gegen meinen Willen zu küssen und die Bilder Sebastian gezeigt, damit der sich von mir trennt.«

Sie ließ die Worte in das Schweigen tropfen wie Eiswasser, das an allen bei Tisch hinabrann und sie erstarren ließ.

»Warum weiß ich davon nichts?«, kam es nun von Eric, dessen Stimme kalt und ruhig war.

»Weil ich es eigentlich niemandem erzählen wollte.«

»Warst du daher so niedergeschlagen, all die Wochen?«

Ella nickte nur.

»Und Sebastian?«

»Der hat mir schlussendlich geglaubt, dass an der Sache nichts dran war.«

»Bedauerlich«, sagte Richard nun, »dass Georg gegangen ist. Sein Gesicht hätte ich bei dieser Enthüllung zu gerne gesehen.«

»Es ist nicht anzunehmen, dass Werner Lombard das bei Helene ebenso gehandhabt hätte«, entgegnete Frank. »Sie war ja seine Wahl.«

»Das spielt doch gar keine Rolle«, kam es nun von Heinrich. »Handelt so ein ehrenhafter Mann?«

»Nein, gewiss nicht«, antwortete Frank. »Aber das war ja auch nicht die Frage, nicht wahr?«

»Auf jeden Fall kann er so nicht mit unserer Familie umspringen«, sagte Conrad.

»Als hätte dich das bisher geschert«, wandte Eric nun ein.

»Wenn du mich fragst, ob ich in der Sache eher auf Helenes oder auf Ellas Seite stehe, muss ich nicht lange überlegen. Die ganze Sache war schändlich. Aber wenn Werner Lombard sich auf diese Weise gegen Ella stellt, dann halte ich natürlich zu meiner Cousine, gleich, was ich von ihr halte.«

»Das ist eine Familiensache«, bestätigte Frank. »Blut ist nun einmal dicker als Wasser. Ich würde sogar hinter dir stehen, obwohl du eine Schande für jede Offiziersfamilie bist.«

Erics Lippen zuckten, aber ehe er darauf antworten konnte, schlug Heinrich mit der Faust auf den Tisch. »Das reicht jetzt! Das Essen sollte die Versöhnung vorantreiben, stattdessen fangt ihr an, euch gegenseitig zu beleidigen.«

»*Ich* habe niemanden beleidigt«, stellte Eric klar.

»Da hat er recht«, sagte Richard.

Ella schloss einen kurzen Moment lang die Augen und schüttelte leicht den Kopf. Als sie wieder aufblickte, kam ein erstaunlich verständnisinniger Blick von Isolde.

»Es wird Zeit für den nächsten Gang«, sagte sie. »Sparen wir uns heute weitere Zwistigkeiten, um Ellas Willen, die nun auf sich achten muss.«

Die Männer nickten knapp, und Heinrich warf einen erneuten strengen Blick in die Runde, während Isolde dem Hausdiener ein Zeichen gab, dass die Suppe ab- und der zweite Teil aufgetragen werden sollte.

An diesem Abend zumindest sprach niemand mehr davon, dass Ella in das Haus der Lombards ziehen sollte.

13

NOVEMBER 1926

»Sie insistiert immer noch«, sagte Sebastian, während er mit Ella einen Spaziergang durch die Stadt machte.

Für Ella läutete der November ihre liebste Jahreszeit ein, dann kam er immer näher, der Winter und die Kälte, die die Luft frisch und klar werden ließ. »Soll sie nur, ich ändere meine Meinung nicht«, antwortete sie.

Vor einigen Tagen war ihre Schwiegermutter bei ihr zu Besuch gewesen – unangekündigt, was Ella überhaupt nicht leiden konnte. Ohne sich für das unmögliche Verhalten ihres Mannes zu entschuldigen – sie ging wohl davon aus, Sebastian hätte das bereits getan –, hatte sie damit begonnen, von der Einrichtung des Kinderzimmers zu sprechen. Natürlich ließ sie Ella dabei freie Hand, versicherte sie ihr.

Ella hatte ihr gesagt, sie überlasse ihr das gerne, denn ihr Kind würde nur dann in der Villa Lombard nächtigen, wenn es sich zufällig mal anbot.

»Was soll das heißen?«, hatte ihre Schwiegermutter sich ereifert. »Dass du mit dem Kind weiterhin von meinem Sohn getrennt leben möchtest? Das hat doch überhaupt erst dazu geführt, dass mein Mann sich genötigt sah, dich beobachten zu lassen.«

Ja, so konnte man es natürlich auch drehen. »Bisher hat sich Sebastian mit dieser Vereinbarung sehr gut arrangiert.« Immerhin konnte er so ungehindert durch fremde Betten steigen. Ella hatte eine entsprechende Replik auf der Zunge gelegen, aber sie hatte es dann doch unterlassen, um aus diesem Disput kein endloses Lamentieren zu machen.

»Was denkst du?«, fragte sie Sebastian nun. »Ich meine, ich ziehe ohnehin nicht in euer Haus, aber mich interessiert deine Meinung dazu trotzdem.«

Er lachte. »Na, immerhin. Auf Dauer wird es mit diesen getrennten Wohnsitzen in der Tat nicht gehen, Ella. Allerdings können wir das derzeit gerne weiter beibehalten, ich bin auf meinen Vater nicht gut zu sprechen.«

Derzeit war ein weit zu fassender Begriff, und Ella dachte nicht daran, einen Umzug zu ihren Schwiegereltern in den kommenden Jahren auch nur in Erwägung zu ziehen.

»Wo möchtest du überhaupt hin?«, fragte Sebastian, denn momentan spazierten sie recht ziellos durch die Gegend.

»Ach, weiß ich auch nicht so recht. Einfach ein wenig frische Luft schnappen.« Das Kind würde im Februar kommen, was bedeutete, dass Ella schon wieder nicht Fastnacht feiern konnte, was sie sehr ärgerlich fand. Sie wollte auf Partys gehen und tanzen, das fehlte ihr jetzt schon. Sie hatte kaum damit angefangen, sich wieder zu amüsieren, als sie prompt schwanger geworden war. Allerdings konnte sie nicht leugnen, dass sie sich gleichzeitig auf das Kind freute, es waren sehr ambivalente Gefühle, die in ihr rangen und zu denen sich eine diffuse Angst gesellte.

Sebastian zog fröstelnd die Schultern hoch. »Findest du nicht, wir hatten langsam genug frische Luft?«

Lächelnd hielt Ella ihr Gesicht in die Sonne. »Wenn du noch ein wenig durchhältst, sorge ich dafür, dass dir daheim schnell warm wird.«

»Das ist ein Wort.«

Obwohl sie durch die Schwangerschaft zunehmend ungelenkiger wurde, hatte sie ein geradezu unbändiges Verlangen nach Sebastians Anwesenheit in ihrem Bett. Sie kam sich schon beinahe ein wenig schamlos vor. Allein der Gedanke daran, was sie zu tun gedachte, wenn sie mit ihm zu Hause war, ließ sie den Spaziergang nun doch einigermaßen rasch beenden. Eric war nicht daheim, und so konnten sie direkt in Ellas Zimmer gehen, wo sie sich im alles enthüllenden Licht des frühen Nachmittags liebten. Dieser Hunger war ebenso verzehrend in Ella wie die Gelüste nach Essen, die sie von Zeit zu Zeit überkamen. Vor einigen Tagen hatte es Koteletts gegeben, und Ella hatte das Bedürfnis verspürt, das Fleisch bis zu den Knochen abzunagen, während sie die Beilagen unbeachtet ließ. Eric hatte sie mit milder Belustigung gemustert. Ebenso entging ihm nicht, dass Sebastian fast jede Nacht hier war.

»Wenigstens«, hatte er gesagt, »wird er in kein anderes Bett steigen, so, wie du ihn forderst.«

Während Ella im Bett lag und zu Atem kam, streichelte Sebastian ihren Bauch, lächelte, als er einen Stoß gegen die Hand bekam.

»Ich bin froh, wenn ich wieder schlank bin«, sagte Ella seufzend. »Ich komme mir vor wie ein Walross.«

»So schlimm ist es nicht. Außerdem hat es durchaus auch seine guten Seiten«, stellte er fest und streifte ihre Brust mit einem Blick. Dass diese voller geworden war, hatte er unübersehbar anerkennend zur Kenntnis genommen.

»Habe ich dir vorher nicht gefallen?«

»Wäre das der Fall gewesen, wärst du mitnichten in diesem Zustand.«

»Aber so findest es besser?« Ella wusste selbst nicht, warum sie auf einmal auf Streit aus war, und an Sebastians Blick bemerkte er, dass er die Antwort sorgfältig abwog, obwohl sie in jedem Fall nur falsch sein konnte.

»Du bist wunderschön«, sagte er schließlich diplomatisch.

»Schöner als vorher?«

»Nein.«

»Das hast du gerade aber angedeutet.«

Er schloss einen Moment lang die Augen und stieß den Atem in einem Seufzer aus.

»Bist du auch so theatralisch genervt, wenn deine Geliebte etwas sagt?«

Sebastian antwortete nicht, senkte den Blick auf ihren Bauch, auf dem seine Hand nun ruhte, und Ella bedauerte, ihn so angefahren zu haben. Auf keinen Fall wollte sie, dass er nun ging.

»Es tut mir leid«, sagte sie.

»Schon gut.«

»Nein, das ist es nicht.«

»Doch.«

»Und warum sagst du das dann in so einem seltsamen Ton?«

Er richtete sich auf. »Ich denke, ich gehe besser. Vielleicht bist du morgen ja besser gelaunt.«

»Ins Bett einer anderen, ja? Einer, die von Natur aus schon besser bestückt ist?«

»Es gibt momentan nur dich, falls dich das beruhigt. Und nein, selbst wenn ich eine Geliebte hätte, würde ich nicht zu ihr gehen. Mein Bedarf an weiblicher Gesellschaft ist für heute gedeckt.«

»Na, da ist ein Abendessen mit deinen Eltern ja sicher die bessere Option.«

»Ich gehe zu Ferdinand und esse bei ihm.« Sebastian erhob sich und zog sich an.

Ella wollte nicht, dass er ging, wollte ihn aber auch nicht bitten, zu bleiben. Sie wusste, dass sie selbst schuld war, und das ließ ihren irrationalen Ärger auf ihn nur noch stärker auflodern. Verstimmt beobachtete sie ihn, auf der Seite liegend, die Arme um ein Kissen geschlungen.

»Sehen wir uns morgen?«, fragte er.

Sie zuckte nur mit den Schultern, schloss die Augen und hörte, wie er das Zimmer verließ.

Der Ort Kapellen-Stolzenfels lag an der Mündung der Lahn gegenüber von Lahnstein und erstreckte sich von dort aus zwischen Rhein und dem Koblenzer Stadtwald. Oberhalb des Ortes befand sich Schloss Stolzenfels. Es gab schöne Spazierwege, auf denen Clara als Kind oft mit ihren Eltern unterwegs gewesen war. Hier nun Hand in Hand mit Eric entlangzugehen fühlte sich gleichzeitig vertraut und fremd an, als führte sie ihn in die Welt ihrer Kindheit. Allerdings wusste sie auch, dass er die Kälte nicht mochte, sie ließ ihn verschlossen und schweigsam werden, als befürchtete er, dass sie mit jedem Wort, das er sprach, in sein Inneres dringen würde.

Und so führte Clara ihn schließlich zu dem Haus, in dem ihre Wohnung lag, blieb davor stehen, überließ es ihm, ob er mit hineinwollte oder lieber wieder ging.

»Wirst du Schwierigkeiten bekommen, wenn ich dich hineinbegleite?«, fragte er.

»Die Wohnung gehört mir, mein Vater hat sie damals gekauft. Die Nachbarn könnten reden, aber nur, wenn sie dich bemerken.«

»Wir müssten uns also sehr leise hineinschleichen.«

»Das würde die Gefahr, entdeckt zu werden, gewiss senken.«

Ein Lächeln huschte über sein Gesicht. »Wie aufregend.«

Sie öffnete die Tür, und ohne ein Wort zu sagen, gingen sie zur Treppe, traten zeitgleich auf, damit niemand neugierig herausspähte, wenn man ihre leichten Schritte in Begleitung schwererer hörte. Zwei Stufen knarrten, und Clara war sich ihrer beider Atem nur allzu bewusst, zudem musste sie sich beständig ein albernes Lachen verkneifen.

Nachdem sie die Wohnungstür hinter sich geschlossen hatte, zog sie Erics Kopf zu sich hinunter und küsste ihn sacht auf den Mund. Seit er die Nacht mit ihr verbracht hatte, waren sie hin und wieder spazieren gegangen, und sie hatten sich auch geküsst, aber nicht wieder mit jener Intensität wie damals. Sie ließ ihn los und zog ihren Mantel aus, nahm ihm seinen ab und hängte beide an die Garderobe, legte die Hüte zusammen mit Handschuhen und Schals auf die Ablage.

Eric sah sich um. »Sehr hübsch«, sagte er. »Hier bist du also aufgewachsen?«

Angesichts dessen, wie er wohnte, fragte Clara sich, ob er einfach nur höflich sein wollte. »Ja«, antwortete sie knapp und deutete mit der Hand auf die Wohnstube.

Langsam betrat er den Raum, ließ seinen Blick hindurchgleiten. »Du hast es wirklich sehr gemütlich.«

Sollte das eine Umschreibung sein für beengt? Er ging zu dem Klavier, das linker Hand der Tür stand, klappte den Deckel auf und schlug ein paar Tasten an. »Du erlaubst?«

Ihr Erstaunen war ihr gewiss anzusehen, als sie nickend ihr Einverständnis gab.

Erics Spiel zeigte, dass er zwar etwas aus der Übung war, es aber wohl einmal gut beherrscht hatte. Fasziniert lauschte Clara ihm, dann ließ sie sich an seiner Seite auf dem breiten Hocker nieder und probierte, vierhändig mit ihm zu spielen, was mehr schlecht als recht gelang. Ihre Hände verharrten auf den Tasten, nah beieinander, dann drehte Eric sich zu ihr um, legte einen Arm um ihre Taille und küsste sie.

Eigentlich hatte Clara den Verlauf des Abends sorgfältig geplant, sie hatte nach einem gemeinsamen Spaziergang mit ihm zu Abend essen wollen, hatte überlegt, was sie zubereitete und wäre hernach vielleicht noch mit ihm ausgegangen. Nun jedoch wollte sie nichts mehr, als den Kuss andauern zu lassen. Sie hielten sich eng umschlungen, erhoben sich, stolperten über den Klavierhocker, und Clara gab die Richtung zu ihrem Zimmer vor, in das sie taumelten und sich auf das Bett fallen ließen. Eric küsste sie, bis ihr schwindlig wurde, löste mit den Fingern die oberen Knöpfe ihrer Bluse. Clara legte die Hand um seinen Kopf, wollte nicht, dass er aufhörte, sie zu küssen, bog den Hals durch, wölbte ihn seinem Mund entgegen.

Eric schlief nicht mit ihr, beließ es nur bei zögerlichen Liebkosungen. Ihm schien es genug zu sein, sie zu küssen und schließlich eng umschlungen festzuhalten. Das musste doch bedeuten, dass es ihm ernst war, dachte Clara. Oder aber er wollte sich nicht an sie binden, wollte keine Schwangerschaft riskieren. Dann allerdings stellte sich die Frage, warum er überhaupt hier war, denn auf seine Kosten kam er mitnichten. Er war nach wie vor bekleidet und hatte keinerlei Anstalten gemacht, diesen Umstand zu ändern. Und dass er bei anderen Frauen, mit denen er im Bett lag, derart zurückhaltend war, mochte sie nicht glauben. Oder aber – von diesen Fällen hatte sie gehört – er konnte nicht mit ihr schlafen, weil der Krieg ihm diese Möglichkeit genommen hatte. Allerdings hatte sie ihn gespürt, als er sie beim Küssen an sich gedrückt hatte, und obwohl sie nur wenig Erfahrung mit diesen Dingen hatte, so wusste sie doch, wie sich das Verlangen eines Mannes anfühlte, denn Veit hatte es sie stets recht deutlich spüren lassen.

Eric schwieg, streichelte ihren Rücken, glitt mit der Hand über ihre Hüfte, sanft, ohne jede Anzüglichkeit. »Kommst du mit meiner Schwester wieder besser aus?«, fragte er schließlich.

Clara zuckte mit den Schultern. »Hm, ja, so einigermaßen. Aber ich glaube, sie mag mich nicht besonders.«

»Woran machst du das fest?«

»Sie ist so distanziert und kühl. Vor einigen Monaten, als wir zusammen aus waren, war das noch anders, aber seither ...« Sie zögerte, wollte nicht den Eindruck erwecken, sie beschwerte sich über Ella bei ihrem Bruder. Immerhin standen sich die beiden sehr nahe. Allerdings hatte Eric ja gefragt, und lügen wollte sie auch nicht.

»Sie ist derzeit zu uns allen aufbrausender als sonst.«

Clara zuckte mit den Schultern. Mit Louise ging Ella anders um, allerdings war die auch ihre langjährige Freundin und in der Chocolaterie weniger ersetzbar.

»Auf ihren Schultern lastet derzeit viel«, machte Eric einen weiteren Versuch, seine Schwester zu verteidigen. »Das Werk, die Chocolaterie, eine etwas schwierige Ehe und nun auch noch ein Kind. Und vielleicht denkt sie, du hättest es auf das Werk abgesehen, darauf, sie zu vertreiben.«

»Sie kann doch nicht erwarten, dass du immer allein bleibst, damit diese Gefahr nicht besteht.«

Er lächelte. »Gewiss nicht, aber vielleicht wäre ihr eine Frau, die darin aufgeht, daheim zu sitzen und Partys an meiner Seite zu besuchen, lieber als eine, die arbeiten möchte.«

»Bisher habe ich immer aus der Notwendigkeit heraus gearbeitet. Sie hat ja nie gefragt, ob ich das überhaupt möchte, wenn ich verheiratet bin.«

»Das ist die Frage, nicht wahr?«

Clara war sich nicht sicher, ob er damit den Umstand

meinte, dass sie ihn heiratete oder ob sie weiter im Geschäft stehen würde, wenn dem so wäre. Bisher war nicht viel mehr geschehen als Küsse und einige zurückhaltende Liebkosungen, von einer Ehe hatte Eric nicht gesprochen, und wieder fragte Clara sich, worauf er eigentlich aus war.

Hinter den Fenstern dämmerte es, und Clara lag an Erics Brust, die Augen geschlossen, in ihrem Ohr den steten Klang seines Herzens. Sie musste eingeschlafen sein, denn als sie die Augen wieder aufschlug, war sie einen Moment lang desorientiert. Es war dunkel geworden, und sie hatten kein Licht gemacht, sodass Clara nicht sagen konnte, wie spät es war. Sie hörte Erics Atem, hastig, als würde er laufen, dazwischen ein Keuchen, und sein Körper zuckte. Erschrocken tastete Clara mit zittrigen Fingern nach dem Schalter für die kleine Lampe neben ihrem Bett.

Eric warf sich herum, stieß einen Schrei aus, ein Wimmern, schien immer noch zu schlafen, und Clara, der der Schreck tief in den Gliedern saß, berührte vorsichtig seine Schulter, rüttelte ihn leicht, als er nicht reagierte. Daraufhin fuhr er auf, stieß sie von sich, sodass sie beinahe rücklings vom Bett gefallen wäre. Im nächsten Moment hatte Eric die Augen aufgerissen, starrte sie an, als sehe er durch sie hindurch. Nur langsam schien sein Blick in die Wirklichkeit zu finden, fokussierte sich auf sie, am ganzen Leib bebend.

»Diese Bilder«, schluchzte er. »Ich kriege diese Bilder nicht aus meinem Kopf. An manchen Tagen zerspringt mir der Schädel vor Schmerzen, dann ertrage ich nicht einmal das Licht, und gleichzeitig macht die Dunkelheit mir Angst.« Er presste die Faust vor die Stirn, als könne er, was auch immer sich an Grauen dahinter befand, einfach herausdrücken.

Clara zögerte, streckte die Hand aus, strich durch sein Haar, berührte seine Schulter, zog ihn an sich, spürte, wie sich seine Arme um sie schlossen, wie er das Gesicht an ihre Schulter drückte. Der Atem ging ihm heftig und stoßweise, und es dauerte lange, ehe sein Griff sich lockerte und er sich schließlich von ihr löste.

»Verzeih mir«, sagte er. »Ich denke, ich werde jetzt besser gehen.«

Clara griff nach seinem Arm. »Nein, bleib. Warum willst du denn gehen?«

»Ich kann nicht hierbleiben und hier schlafen. Im Schlaf habe ich keine Kontrolle über mich, ich bin den Bildern wehrlos ausgeliefert, und ich weiß nicht, wozu sie mich bringen können.«

Meinte er damit, er hatte Angst, ihr etwas anzutun? Clara dachte an den Stoß, den er ihr versetzt hatte. »Und dann? Wenn du gegangen bist? Sehe ich dich dann nie wieder? Stellst du dir das so vor?«

»Nein, natürlich nicht.«

»Aber die Nacht wirst du nicht an meiner Seite verbringen?«

Er schwieg einen Moment lang. »Nein«, sagte er schließlich.

»Ich vertraue dir.«

»Aber ich mir selbst nicht.«

»Was …« Sie suchte nach der richtigen Formulierung. »Was ist das denn mit uns? Wenn du jetzt bereits kategorisch ausschließt, je eine Nacht mit mir zu verbringen?«

Er seufzte, rieb sich die Schläfen und wirkte erschöpft. »Können wir darüber ein anderes Mal sprechen?«

Sie nickte. »Aber ich bitte dich trotzdem, heute zu bleiben. Bitte.«

Ihm war anzusehen, wie sehr ihm widerstrebte, dieses Zugeständnis zu machen. »Ist gut. Diese eine Nacht.«

»Du hältst Wort, ja? Ich wache nicht morgen auf, und du bist weg?«

»Nein, keine Sorge.«

Sie wollte das Licht löschen, aber Eric hielt ihren Arm fest. »Nicht.«

Gleichzeitig macht die Dunkelheit mir Angst. »Verstehe. Ja, natürlich lasse ich das Licht brennen.« Clara indes fiel es schwer, mit Licht zu schlafen. Eric zog sie an seine Brust, und sie schloss die Augen, brauchte dieses Mal deutlich länger, ehe sie einschlief.

»Hast du meine Schlüssel gesehen?«, fragte Louise.

»Nein.« Ella stemmte sich die Hände ins Kreuz und drückte den Bauch nach vorne.

Wenn Louise ihre Freundin so betrachtete, dachte sie, dass sie es mit dem Kinderkriegen nicht gar so eilig hatte. Irgendwann gewiss, aber hoffentlich noch in einiger Ferne. Sie wollte das Leben mit Max erst ein wenig genießen, ehe sie dick und unförmig wurde.

Zudem würde sie sich, im Gegensatz zu Ella, wohl kein Kindermädchen leisten können, was bedeutete, sie wäre künftig wohl sehr eingeschränkt und konnte entweder nicht mehr arbeiten oder würde immer ein Kind vor der Brust oder am Rockzipfel haben.

»Er wird schon wieder auftauchen«, sagte sie.

»Wer wird auftauchen?«, wollte ihr Vater wissen, der in diesem Moment den Verkaufsraum betrat.

»Mein Schlüssel, besser gesagt, der gesamte Bund.«

»Seit wann ist er weg?«

»Mir ist es heute Morgen aufgefallen, als ich aufschließen wollte.«

»Na, dann sieh nur zu, dass du ihn wiederfindest.«

»Das versuche ich ja schon die ganze Zeit.« Ob sie ihn auf dem Weg nach Hause verloren hatte? Ob sie ihn bei Max vergessen hatte? Wann hatte sie ihn eigentlich zuletzt in der Hand gehabt? Am Vortag hatte ihr Vater morgens auf- und Ella abends abgeschlossen. Bei Max war sie am frühen Abend gewesen, und als sie zurückgekehrt war, war Ella noch im Café gewesen, da hatte sie den Schlüssel nicht gebraucht. Louise wurde heiß bei dem Gedanken, dass sie ihn womöglich schon seit mehr als einem Tag nicht mehr hatte. Ach, durfte das denn wahr sein? Wo sollte sie denn dann danach suchen?

»Wie war es gestern?«, fragte Ella in ihre Gedanken hinein, nachdem ihr Vater in den Fertigungsraum gegangen war.

»Hm?«

»Mit Max.«

»Ach, wir waren nur essen.« Bei ihm in der Wohnung in seinem Bett.

»Sonst nichts?«

Konnte es sein, dass man es ihr ansah? Louise zögerte. »Nein, nichts Besonderes.«

Ella taxierte sie aufmerksam. Eigentlich gab es keinen Grund, es ihr nicht zu erzählen, und Louise wusste selbst nicht so genau, warum sie es nicht tat. Von ihrer Freundin musste sie nun wahrhaftig nicht befürchten, verurteilt zu werden. Aber etwas hielt sie davon ab, vielleicht der Umstand, dass Ella in den letzten Wochen ungeduldig und schnell gereizt war. Vielleicht würde sie in dieser Stimmung sehr ungnädig über Max urteilen.

Sie gab die Suche nach dem Schlüssel auf und sah sich die Werbezettel an, die Ella hatte drucken lassen. Hervorgehoben wurde die Schokolade des Monats, stets war es eine Sorte, in der Rosen eine Rolle spielten. Das Motiv der Rose kam überdies ständig in der Werbung vor. Die Rose als Sinnbild der Liebe, der Sinnlichkeit. Selbst die Rose in ihrer alten Kultur als Heilpflanze wurde aufgegriffen, Schokolade als Balsam für ein gebrochenes Herz oder als sinnliche Anregung. Auch die Symbolik der Jugendfrische und der Freude spielten eine Rolle. Konnte es einen größeren Genuss geben als die richtige Schokolade im richtigen Moment? Ella hatte eine Pralinensorte eingeführt, die *Morgenrot* hieß, wobei sie eine Sage aus der Antike aufgriff, in der die Rose als Überbleibsel der Morgenröte beschrieben wurde.

Die Möglichkeiten waren unerschöpflich, ebenso wie Ellas Ideen. In Louises Vater fand sie einen Gleichgesinnten, und die beiden konnten sich stundenlang austauschen. Louise beneidete sie ein wenig darum, sie selbst war nie kreativ gewesen. Aber sie war dafür handwerklich gut darin, Confiseriewaren zu fertigen, und das war im Grunde nicht weniger wichtig. Überdies hatte sie stets gute Ideen, wie alles zu präsentieren war, sodass Ella ihr diesen Bereich meist voll und ganz überließ.

Die Chocolaterie war gut besucht, und auch das Café erfreute sich dieser Tage sehr großer Beliebtheit, sodass einige Kundinnen gar eine Schokolade im Stehen tranken, während sie darauf warteten, dass ein Tisch frei wurde. Es waren fast ausnahmslos Frauen, die ihren Weg in das Café fanden, ab und zu auch mal in Begleitung eines Mannes, aber nie Männer allein. Es war eine gute Idee von Ella gewesen, die Werbung vor allem auf Frauen zuzuschneiden. Und gerade jetzt, da es so kalt war und die Einkäufe für Weihnachten vor der Tür standen, war der Andrang noch größer als im Sommer.

Eine Kundin kam und kaufte Zimttrüffel, die von Clara sorgsam mit einer kleinen Zange aus der Auslage geholt und in eine Schachtel gelegt wurden. Louise selbst hatte sie am Vortag zubereitet mit einer Füllung aus Vollmilchschokolade, Sahne, Zimt und Butter, umhüllt von Zartbitterschokolade und gewälzt in Kakaopulver. Louise hatte das Experiment gewagt, eine winzige Prise Salz in das Kakaopulver zu rühren und fand das Ergebnis sehr interessant, als würde die leicht salzige Note die Zunge für das Innere stärker sensibilisieren. Ihren Kunden das Experiment zu verkaufen hatte sie jedoch nicht gewagt. Sehr begehrt war auch Walnusskrokant mit Rosmarin-Note und die Safranpralinen sowie der Blätterkrokant.

Louise wollte gerade in den Fertigungsraum gehen, um die Auslagen neu aufzufüllen, als eine Kundin ausrief: »Grundgütiger! Das ist ja furchtbar.«

Clara hatte Eric seit einigen Tagen – genauer gesagt, seit jenem, an dem er bei ihr genächtigt hatte – nicht gesehen. Morgens war sie allein im Bett wach geworden, hatte Kopfschmerzen gehabt und das Gefühl, nicht geschlafen zu haben. Die Enttäuschung darüber, dass er nachts einfach gegangen war, obwohl er ihr sein Wort gegeben hatte, dies nicht zu tun, hatte sie wie ein Schlag in die Magengrube getroffen. Dann jedoch hatte sie ihn auf dem Sofa entdeckt, den Kopf zurückgelehnt, die Augen geschlossen. Als bemerkte er ihren Blick, hatte er die Lider geöffnet, sie angesehen. Ob er die ganze Nacht dort verbracht hatte, hatte sie ihn gefragt. Er hatte bejaht.

Und nun, als sie im Verkaufsraum stand, Louise ihren Schlüssel suchte und Ella immer noch so seltsam distanziert wirkte, fragte sie sich, ob es das war, was sie sich für die Zukunft wünschte. Ein Mann, der so gebrochen war, dass er Angst vor dem hatte, was zu tun er imstande war. Der aus Angst um sie nicht in ihrer Gegenwart schlafen wollte.

Sie bediente eine Kundin, die nach Zimttrüffeln fragte, und verkaufte eine Dose mit Kakao, als eine Frau im Café ausrief: »Grundgütiger! Das ist ja furchtbar.«

Louise reagierte schneller als Clara, die erst noch das Wechselgeld herausgeben musste. Die Kundin indes machte nun gar keine Anstalten mehr zu gehen, sondern sah neugierig zu der Frau hin, die gerade mit einer Miene tiefster Abscheu ihre Kuchengabel beiseitelegte.

»Stimmt etwas mit dem Kuchen nicht?«, fragte Louise.

»Ob etwas nicht stimmt? Haben Sie ihn schon einmal probiert?«

»Mehr als einmal«, antwortete Louise und nahm den Teller an sich, besah den Kuchen, als könne er ihr das Geheimnis verraten, was mit ihm nicht in Ordnung war.

»Na, dann nur zu«, sagte die Frau säuerlich.

Louise warf Clara über die Schulter hinweg einen Blick zu. »Bringst du mir bitte eine Kuchengabel?«

Clara nickte und eilte in den Fertigungsraum, wo Ella mitten im Satz verstummte und sie fragend ansah. »Ich brauche eine Gabel.«

»Aha. Und wozu die Eile?«

»Etwas stimmt wohl mit dem Kuchen nicht.« Sie verließ den Raum, ohne auf Ellas Antwort zu warten.

Louise nahm die Gabel entgegen und aß ein Stück von dem Kuchen. Augenblicklich verzog sich ihr Gesicht, und man konnte ihr ansehen, dass sie einen Moment lang erwog, den Bissen auf den Teller zu spucken. Sie schluckte und schüttelte sich leicht. »Verzeihen Sie bitte vielmals«, sagte sie. »Ich weiß nicht, was da passiert ist. Sie bekommen natürlich einen neuen.«

»Na, besten Dank, mein Bedarf ist gedeckt«, sagte die Frau schnaubend und erhob sich.

»Möchten Sie vielleicht eine heiße Schokolade?«, bot Louise an. »Sie geht aufs Haus.«

»Nach der Erfahrung möchte ich nicht wissen, wie die

womöglich schmeckt.« Die Frau nahm ihre Tasche, griff nach dem Mantel, der an der Garderobe hing, zog ihn über und verließ mit hoch erhobenem Haupt das Café.

Clara nahm Louise den Teller ab, damit diese sich den Kundinnen widmen konnte. Diese Wogen zu glätten, überließ sie lieber ihr, sie hatte mehr Erfahrung damit.

Im Fertigungsraum starrte Ella sie an, ebenso wie Curt Dalberg. »Ich habe den Kuchen gerade probiert«, sagte Ella. »Er ist vollkommen versalzen und hat einen eigenartigen Beigeschmack.«

Louise betrat den Fertigungsraum, hochrot im Gesicht. »Ich habe gestern etwas mit Salz ausprobiert. Kann mir dabei ein Missgeschick passiert sein?«

Ihr Vater sah sie an. »Nein, daran kann es nicht liegen.« Er ging zu dem Tongefäß, in dem der weiße Zucker enthalten war, kostete mit einem Löffel und verzog das Gesicht. »Salz.«

Ella krauste die Stirn. »Wie kann das sein?«

»Vielleicht war ich gestern beim Einfüllen unachtsam«, mutmaßte Louise.

Alarmiert sprang Ella auf. »Die Pralinen!«

Clara ging in den Verkaufsraum und nahm einen Zimttrüffel. Er zerging ihr auf der Zunge, schmeckte wunderbar. Sie kostete noch einige andere Pralinen, aber an keiner war etwas auszusetzen.

»Es kann ja auch gar nicht sein«, sagte Louise leise, als sie nun zu ihr trat. »Ich habe ja gestern Abend probiert, da war noch alles in Ordnung.« Sie biss sich auf die Unterlippe, wirkte unglücklich. »Mir muss da gestern Abend irgendwie ein Missgeschick unterlaufen sein. Ich verstehe das einfach nicht.«

»Haben wir denn noch Zucker?«

»Ja, und der Kuchen, den mein Vater aus braunem Zucker gebacken hat, ist ja auch genießbar, wir müssen also nicht alles entsorgen.«

Den ganzen Vormittag hing über jeder Bestellung die Sorge, es könne eine weitere böse Überraschung geben, aber offenbar war außer den verunglückten Kuchen alles in bester Ordnung.

»Hoffentlich erzählt die Kundin das nicht überall herum«, sagte Louise.

»Gewiss nicht. Und selbst wenn, so bleibt es doch ein Missgeschick, das jedem passieren kann.«

»Dergleichen ist meinem Vater in all den Jahren nicht passiert. Zucker mit Salz verwechselt, er ist vollkommen außer sich. Aber woher hätte er das auch wissen sollen? Die Kuchen sind Routine, die macht er täglich, und damit, dass in dem Zuckertopf Salz ist, konnte er nicht rechnen.«

Als bis mittags kein weiterer Vorfall geschah, entspannten sich alle merklich, und sogar Ella wirkte gelöst.

»So etwas darf nie wieder passieren«, sagte sie. »Nicht auszudenken, wie wir dastünden.«

Curt Dalberg und Louise waren nach oben gegangen, um zu Mittag zu essen, und Ella schloss die Eingangstür zur Chocolaterie ab. Sie würden das Gebäude durch die Seitentür verlassen, zu der man durch das Treppenhaus gelangte. Sie schlossen täglich mittags eine Stunde, um essen zu gehen.

»Holt Eric dich heute wieder ab?«, fragte Ella, und Clara vermeinte, eine kleine Spitze zu hören.

»Nein«, antwortete sie nur. Seit er bei ihr übernachtet hatte, machte er sich rar, was ihr im Grunde nur recht war, denn sie musste erst einmal selbst darüber nachdenken, wie es nun weitergehen würde.

»Dann ist es ja gut.«

Clara stieß entnervt die Luft aus. »Was hast du eigentlich gegen mich, Ella?«

Erstaunt sah diese sie an. »Gar nichts, wie kommst du darauf?«

»Weil du beständig so tust, als würde ich dir etwas wegnehmen. Du hast doch keinen Eigentumsanspruch auf deinen Bruder.«

Ella stieß ein kurzes Lachen aus, in dem sich Unglaube und Spott mischten. »Du denkst, das ist es? Dass ich eifersüchtig über ihn wache? Ich weiß nicht, durch wie viele Betten er schon gestiegen ist, und im Grunde ist mir das auch gleich.«

»Aber ich schlafe nicht mit ihm, obwohl er zweimal nachts das Bett mit mir geteilt hat. Er hat nicht einmal Anstalten gemacht. Vielleicht bereitet dir das ja Sorge? Dass ich eben nicht eine von vielen bin.«

Ella schwieg und steckte ihren Schlüssel ein. »Er hat bei dir übernachtet?«

»Ja, vor einigen Tagen.«

Jetzt nickte sie nur, wirkte nachdenklich. »Spricht er davon, dich zu heiraten?«

»Nein, bisher nicht. Zumindest nicht so direkt, er deutet an, dass es mehr werden könnte. Andererseits …« Sie zögerte.

»Ja? Andererseits?«

Entschieden schüttelte Clara den Kopf. »Nichts. Vergiss es einfach.« Sie ging durch den Verkaufsraum zu der Tür, die ins Treppenhaus führte.

Ella folgte ihr mit raschen Schritten, soweit ihr Bauch das zuließ. »Gehen wir zusammen essen?«

Irritiert krauste Clara die Stirn.

»Ich war nicht freundlich zu dir, das weiß ich«, sagte Ella. »Aber vielleicht können wir ja … hm, reden?«

Clara zuckte die Schultern. »Klar, warum nicht?«

Sie stieg mit Ella in deren Automobil, indes ihr das Herz wild schlug, als sie bemerkte, dass sie zur Villa Dorn fuhren. Natürlich aß Ella mittags daheim und nicht im Gasthaus.

»Ist Eric da?«, wagte sie zu fragen.

»Nein, ich denke nicht. Soweit ich weiß, ist er heute verabredet, aber man kann vorher nie sagen, ob er die Verabredung auch einhält, das kommt auf seinen Gemütszustand an.«

Clara nickte und fragte, ob Ellas Worte eine versteckte Botschaft enthielten, die sie mahnten, besser auf Abstand zu gehen. »Er leidet unter Albträumen, ja?«, sagte sie unvermittelt.

»Ja«, antwortete Ella nur. »Es wundert mich, dass er in deiner Gegenwart geschlafen hat«, fügte sie nach einer kurzen Pause hinzu. »Er bleibt nie über Nacht bei einer Frau. Im Schlaf fühlt er sich wehrlos, dem setzt er sich nicht aus.«

Clara knabberte an ihrer Unterlippe und schwieg den Rest der kurzen Fahrt über.

»Wenn du dich auf ihn einlässt«, sagte Ella, die reglos im parkenden Wagen sitzen blieb, »dann solltest du dir vorher genau darüber im Klaren sein, ob es das ist, was du willst. Ich weiß, dass er eine starke Wirkung auf Frauen hat, aber ihn als Liebhaber oder für ein wenig Kokettieren zu kennen, ist etwas anderes, als an seiner Seite zu leben.«

Clara wusste es ja selbst nicht. Würde sie mit einem derart gebrochenen Mann zusammenleben können? »Ist es das, was dich so gegen mich einnimmt? Dass du befürchtest, ich könnte ihn verletzen?«

»Nein. Er ist erwachsen und trifft seine eigenen Entscheidungen. Niemals würde er sich von mir reinreden lassen.«

»Und was ist es dann? Denn dass da etwas ist, merke ich durchaus. Hältst du mich für liederlich?«

»Nein. Aber auch wenn du es wärst, würde es für mich keine Rolle spielen, solange es nicht dem Ruf meiner Chocolaterie schadet.«

Clara dachte an Veit, dachte an das, was in ihrer Vergangenheit verborgen lag und schloss einen Moment lang die Augen. Sie hörte, dass Ella die Wagentür öffnete und stieg nun selbst aus. Glücklicherweise war Eric in der Tat nicht da, denn unter Ellas kritischem Blick mit ihm zu essen wäre ihr schwergefallen. Über ihn reden wollte sie jedoch auch nicht, solange sie sich ihrer Gefühle nicht sicher war. Und sie wollte nicht, dass Ella diesbezüglich etwas falsch verstand und ihm zutrug.

Ella indes schien der Meinung zu sein, dass zu dem Thema erst einmal alles gesagt war. »Die Sache mit dem Salz im Zuckertopf«, sagte sie, als die Suppe serviert wurde. »Was denkst du darüber?«

Dass Louise ein Fehler unterlaufen war, aber das mochte Clara nicht laut sagen. Und so beließ sie es nur bei einem Schulterzucken und hoffte, die Frage sei nicht in der Absicht gestellt worden, sie in eine Falle tappen zu lassen. Einen Moment lang kam ihr sogar der Gedanke, Ella hätte es getan, um sie, Clara loszuwerden. Aber niemals hätte sie ihrem eigenen Geschäft geschadet, dessen war sich Clara gewiss. Sie hob den Kopf, sah Ella an, aber deren Blick war unergründlich.

Eric hatte sich mit seinen Freunden Constantin Frank und Andreas van Pelt zum Essen getroffen, wobei Constantin die ganze Zeit über das Eheleben lamentiert hatte. Trotz seiner hochschwingenden Worte hatte er sich seinem Vater schließlich beugen und heiraten müssen. Ansonsten hätte er seinen Erbanspruch zugunsten seines jüngeren Bruders verloren. Eric für seinen Teil hätte lieber auf das Erbe verzichtet, als lebenslang an eine Frau gebunden zu sein, die ihm zuwider war.

Das Mittagessen war demnach wenig erquicklich verlaufen, und er hatte schnell bereut, sich darauf eingelassen zu haben. Daheim hätte er wenigstens seine Ruhe gehabt. Aber genau darum war es ja letzten Endes gegangen – die selbst erwählte Isolation aufzugeben. Die Nacht bei Clara ging ihm immer noch nach, und er wusste, dass es so nicht weitergehen konnte. Vermutlich wäre er nie imstande, in Gegenwart eines anderen Menschen zu schlafen. Ebenso wenig würde er vielleicht nie die Bilder vertreiben können und die Melancholie, die ihn an manchen Tagen in ein tiefes Loch zu saugen schien. Aber er konnte versuchen, sich damit zu arrangieren, trotz allem ein halbwegs normales Leben zu führen.

Und so hatte er an diesem Tag beschlossen, das Werk aufzusuchen. Nach dem Mittagessen war er aufgebrochen, hatte sich zu Fuß auf den Weg zum Bahnhof gemacht und von dort den Zug genommen. Ehe er sich dazu durchringen konnte, das Werk zu betreten, ging er in die nahe dem Bahnhof Moselweiß gelegene Kirche an der Koblenzer Straße, setzte sich in eine Bank und genoss nach dem steten Geräuschpegel in dem Gasthaus und dem Gewimmel in den Straßen einen Moment der Ruhe und Einkehr. Er atmete den Geruch nach Kerzenwachs und Weihrauch, schloss die Augen und wäre gerne einfach hier sitzen geblieben. Allerdings war es kalt, und so erhob er sich schließlich fröstelnd und trat hinaus in den grauen Novembertag, der unter tief hängenden Wolken dahintrieb.

Die Schultern gegen die Kälte hochgezogen ging Eric zu dem Werk, hielt einen Moment lang inne, gab sich dann einen Ruck und trat entschlossen auf den Eingang zu.

»Guten Tag, Herr Dorn«, kam es überrascht von dem Portier.

Eric grüßte zurück und betrat das Werk. In der Eingangshalle war es angenehm warm, und er entspannte sich, grüßte die Mitarbeiter am Empfang und ging zur geschwungenen Treppe, die hoch in den Bureautrakt führte. Der Korridor lag leer vor ihm, die Türen waren geschlossen, und das leise Klackern von Schreibmaschinen zeugte von emsiger Betriebsamkeit. Hier lief der tägliche Ablauf stetig weiter, ein ganzes Werk, in dem Menschen arbeiteten, um das Vermögen der Dorns wieder zu mehren.

Eric hatte im Grunde genommen nicht an eine Ehe gedacht, nicht einmal, als er Clara näher kennenlernen wollte. Ein wenig Vergnügen, vielleicht eines von der Art, das zumindest ihre Jungfräulichkeit erhalten hätte, danach hätte er sie wieder ihres Weges ziehen lassen. Als er dann jedoch jene erste Nacht mit ihr verbracht hatte, war ihm bewusst geworden, dass es nicht allein das war, was er von ihr wollte. Nicht nur wäre er sich wie ein Schuft vorgekommen, hätte er ihr das angetan, es hätte ihm auch nicht ausgereicht, dieser kurze Genuss, die Befriedigung. Aber loslassen konnte er sie auch nicht, etwas an ihr fesselte ihn.

»Herr Dorn«, hörte er eine Stimme in einer Mischung aus Erstaunen und Befremden ausrufen.

Er drehte sich um. »Guten Tag, Herr Mayer.«

»Möchten Sie nach dem Rechten sehen?«

»In der Tat. Ich denke, es ist an der Zeit, mal wieder Präsenz zu zeigen.«

»Hat Ihre werte Frau Schwester Grund zur Beanstandung gehabt?«

»Nein. Muss sie das, damit ich hierherkomme?«

Der Mann lief rot an. »Nein, natürlich nicht.«

Eric nickte. Er hatte die Geschäftsberichte der letzten Wochen gelesen und war im Bilde. Es lief hervorragend, und das hatte ihn in seinem Beschluss bestärkt, dass er langsam anfangen musste, die Zügel in die Hand zu nehmen. Es ging nicht, dass er seine schwangere Schwester für sich arbeiten ließ. Und er konnte nicht irgendwann heiraten und täglich zu Hause bleiben, während seine Ehefrau unter seiner Schwester ebenfalls für ihn schuftete. Ehefrau. Na, dachte er, das war ja nun schon ein arg konkreter Gedanke. Er schüttelte diesen mit einem knappen Nicken zu seinem offiziellen Stellvertreter hin ab.

»Rufen Sie die leitenden Angestellten zusammen, ich möchte ausführlich über alles in Kenntnis gesetzt werden.«

»Natürlich, Herr Dorn.«

»In einer halben Stunde in meinem Bureau.«

»Wie Sie wünschen.«

Eric wandte sich ab und ging in das große Bureau. Eine Dame mittleren Alters saß im Vorzimmer und erhob sich alarmiert. Sie sah er zum ersten Mal. »Da können Sie nicht einfach so hereinspazieren«, sagte sie.

»Tatsächlich?«

»Frau Lombard ist nicht da. Und in ihrer Abwesenheit läuft alles über Herrn Mayer. Wenden Sie sich also an ihn. Oder vereinbaren Sie bei mir einen Termin mit Frau Lombard.«

Eric lächelte. »Das werde ich tun, wenn ich sie heute Abend sehe. Ich bin ihr Bruder, Eric Dorn.«

Die Frau lief rot an. »Ach herrje, ich … Entschuldigen Sie bitte vielmals.«

»Schon vergessen. Meine Schwester scheint bei der Wahl ihrer Angestellten eine gute Hand zu haben.«

»Wenn ich gewusst hätte …«, setzte sie erneut an, aber er winkte ab.

»Wie gesagt, schon vergessen. Ich schätze Angestellte, die ihre Pflichten ernst nehmen, und in Ihrem Fall kann man das wohl sagen, nicht wahr?«

Die Frau nickte, immer noch hochrot im Gesicht.

»Sind Sie so freundlich und brühen mir einen Kaffee auf?«, bat er.

»Natürlich, Herr Dorn, kommt sofort.«

Eric dankte ihr und betrat das Bureau. Der vertraute Geruch nach Holz, Wachs und Leder weckte bittersüße Erinnerungen an seine Kindheit und Jugendzeit, als er seinen Vater hierher begleitet hatte. Kurz durchzuckte ihn jenes lange vergessen geglaubte Gefühl jugendlicher Unbeschwertheit, und im nächsten Moment begann er zu zittern. In seinem Ohr setzte ein Pfeifen ein, und das Zittern verstärkte sich. Nicht hier und jetzt, dachte er und ging zum Fenster, sah hinaus, versuchte sich mit dem Anblick belebter Straßen abzulenken, die Bilder zu überlagern, die sich in seinem Kopf formten. Das Pfeifen wurde schlimmer, und er ballte die Fäuste, bemühte sich, ruhig zu atmen.

Das Klopfen an der Tür ließ ihn auffahren. Die Vorzimmerdame trat mit einem Tablett ein, starrte ihn erschrocken an. »Fehlt Ihnen etwas, Herr Dorn?«

Er atmete mit einiger Mühe ein und wieder aus, ehe er Worte artikulieren konnte. »Eine tief sitzende Verletzung«, sagte er. »Sie schmerzt immer wieder heftig.«

»Soll ich etwas aus der Apotheke holen?«, fragte sie mit hilfloser Miene.

Er schüttelte den Kopf. »Es gibt nichts, das mir helfen kann.«

Ihre Miene zeigte Mitgefühl, dann stellte sie das Tablett auf seinem Schreibtisch ab, blieb ein wenig unschlüssig stehen. »Kann ich noch etwas für Sie tun?«

»Nein, vielen Dank.« Seine Stimme klang gepresst, und er wandte sich wieder ab, starrte aus dem Fenster, löste seine verkrampften Finger. Das Zittern hatte nachgelassen, das Pfeifen in seinen Ohren hielt jedoch an, und obwohl er wusste, dass es unmöglich war, glaubte er, jeden Moment hinter sich den Einschlag einer Granate zu hören. Er drehte sich um, sah erneut aus dem Fenster, als mit einem leisen Prasseln die ersten Regentropfen gegen die Scheiben schlugen.

14

DEZEMBER 1926

Louise öffnete die Schublade, in der sie ihren Schlüsselbund verstaut hatte. Seit sie ihn nach mehreren Tagen verzweifelten Suchens endlich wiederhatte, verwahrte sie ihn immer am selben Platz, um nicht wieder in die Verlegenheit zu kommen. Gefunden hatte ihn ein Kind, das auf dem Boden gespielt und ihn unter der Kommode neben der Garderobe entdeckt hatte.

»Spricht nicht für unsere Zugehfrau«, hatte Ella trocken bemerkt.

Louise war eben aus der Mittagspause zurückgekehrt und hatte gerade ihren Schlüssel verstaut, als ihr Vater sie in den Fertigungsraum rief.

»Wo ist der Zimt?«, fragte er.

Louise krauste die Stirn. »Ich weiß es nicht.«

»Du hast doch gestern welchen verwendet.«

»Nur die Stangen, ich habe Kuchen damit verziert, aber danach war noch jede Menge da.« Louise sah in das Gefäß, und fand es leer vor.

»Die Stangen nützen mir nichts, ich brauche das Zimtpulver.«

»Mit denen könnte ich ohnehin nicht aushelfen, die sind auch fort.«

Ihr Vater blickte auf und sah sie mit gekrauster Stirn an. »Hast du sie womöglich doch aufgebraucht?«

»Nein, das sagte ich doch gerade.«

»Was ist los?«, fragte Ella, die in diesem Moment den Raum betrat. Ihr Bauch war noch weiter angewachsen, und ihr Gang war schwerfälliger geworden.

»Der Zimt ist verschwunden.«

»Wie, verschwunden? Er kann sich doch nicht einfach in Luft auflösen.«

»Auf jeden Fall ist er unauffindbar.«

»Und die Pralinen?«

»Es sind noch welche da«, erklärte Louise. »Aber wir können nicht nachliefern.«

»Ich rufe Sebastian an und sage, er soll mir welchen schicken. Hoffentlich hat er nicht wieder einen Engpass wie letztes Jahr.«

Sie bezogen Gewürze nach wie vor von dem Gewürzhändler in Köln, da Ella mit ihren Schwiegereltern nicht in geschäftlichen Kontakt treten wollte. Aber jetzt blieb ihr wohl nichts anderes übrig, denn so kurzfristig konnten sie aus Köln keinen Zimt beziehen.

Louise setzte sich auf den Hocker am Fenster und sah hinaus in den Hof. War eingebrochen worden? Aber das hätten sie doch bemerkt. Und wer stahl schon Zimt und ließ alles andere liegen? Ohne, dass sie es wollte, schweiften ihre Gedanken zu Clara. Und wenn sie es war? Wenn sie den Zimt verkaufte, um ihre finanziellen Mittel aufzubessern? Guter Zimt war teuer und sehr begehrt. Und sie hatte Zugang zur Chocolaterie und bewegte sich frei darin. Louise wollte den Gedanken abschütteln, aber er schien sich mit kleinen Widerhaken in ihr festzusetzen. Ella würde sie noch nichts von ihrem Verdacht erzählen, sondern Clara erst einmal beobachten.

Die Angelegenheit mit dem verdorbenen Kuchen war schon wieder in den Hintergrund gerückt, nun jedoch kehrte jenes Unwohlsein zurück, das diesen Vorfall begleitet hatte. Es war doch zum Verrücktwerden, dass sich weder nachvollziehen ließ, wie das Salz in die Zuckerdose gekommen, noch wo der Zimt abgeblieben war. Vielleicht war wirklich jemandem von ihnen ein Missgeschick mit dem Zucker unterlaufen. Und was den Zimt anging, so wollte Louise der Sache unauffällig nachgehen.

Sebastian Lombard schickte einen Boten mit einer Lieferung Zimt, sodass die Fertigung weitergehen konnte. Da sie in Verzug waren, überließ Louise Clara den Verkauf allein und half ihrem Vater. Sie schmolz Schokolade in einem Wasserbad und temperierte sie, indem sie einen Teil davon auf eine Marmorplatte goss, mit einem Palettenmesser verstrich und wieder zusammenschob. Es war wichtig, die Schokolade in Bewegung zu halten, so lange, bis sie eindickte und von ihrem Vater hernach weiterverarbeitet wurde.

Den Nachmittag verbrachte Louise mit dem Herstellen kleiner Schokoladentafeln, die von Ella später verpackt und mit weihnachtlichen Anhängern versehen wurden, auf die Botschaften des Schenkenden geschrieben werden konnten. Die Schokolade hatte dank ihrer perfekten Temperierung eine glänzende Oberfläche und präsentierte sich von sehr dunkler, fast schwarzer Schokolade bis hin zu warmen Brauntönen. Am Vortag hatte Louise Schokoladentafeln mit Mandel- und Nusssplittern zubereitet, von denen an diesem Tag bereits etliche verkauft worden waren.

Als Louise ihre Arbeit schließlich beendet hatte, war es fast schon Zeit, die Chocolaterie zu schließen. Sie ging in den Verkaufsraum, wo Clara gerade ein junges Ehepaar bediente. Zwei ältere Damen saßen plaudernd an einem Tisch, vor sich leere Kakaotassen.

»Haben sie noch einen Wunsch?«, fragte Louise.

Die Damen verneinten und setzten ihr Gespräch fort. Nach einem flüchtigen Blick auf die Uhr trat Louise zu Clara hinter den Verkaufstresen. Ella würde später die Kasse abrechnen, denn Louise war an diesem Abend verabredet – ein Umstand, mit dem ihr Vater sich nur schwer arrangierte.

»Ich traue dem Halunken nicht«, hatte er erst vor ein paar Tagen wieder gesagt.

»Du traust gar keinem Mann, der sich Louise nähert«, war Ellas Antwort darauf gewesen.

Louise hatte gerade ihre Schürze abgenommen, als das Türglöckchen anschlug und Max die Chocolaterie betrat. Sein Gesicht war gerötet vor Kälte, und er lächelte Louise jungenhaft an.

»Ich bin sofort fertig«, rief sie. »Mein Mantel ist oben.«

Er folgte ihr ins Treppenhaus, und kaum war die Tür zum Verkaufsraum ins Schloss gefallen, zog er Louise auch schon an sich und küsste sie. Seine Kleidung strömte Kälte aus, ebenso wie seine Lippen sich kalt auf den ihren anfühlten. Obwohl Louise erschauerte, kostete sie den Kuss lange aus, löste sich, küsste Max erneut und trat schließlich zurück. »Gleich bin ich wieder da.«

»Und ich werde mich an meine Erziehung erinnern und deinen Vater begrüßen.«

Louise eilte hoch in die Wohnung und zog ihren Mantel an, setzte einen Hut auf, legte einen Schal um den Hals und griff im Vorbeigehen nach ihrem Muff. Dann eilte sie die Treppe hinunter.

Die beiden älteren Damen hatten mittlerweile wohl selbst bemerkt, wie spät es schon war, und gezahlt. Sie verließen gerade das Café, als Louise eintrat. Max stand in der offenen Tür des Fertigungsraumes und sprach mit ihrem Vater.

»Und jetzt«, hörte sie Ella resolut sagen, »sitzen wir nicht hier und überlegen, wie wir den Aufbruch möglichst lange hinauszögern, nicht wahr?«

Louises Vater lachte halbherzig. »Kommt nicht zu spät«, rief er ihr zu.

»Nein, wie immer.« Sie hakte sich bei Max ein und verließ an seiner Seite das *Rosenpalais*.

»Und ich bleibe dabei, dass es heißen wird, du seiest seine zweite Wahl.«

Helene spürte den Drang, zu schreien, und musste sich innerlich Anerkennung zollen, dass sie es schaffte, so ruhig zu bleiben. Wie oft denn noch? »Das ist mir gleich«, antwortete sie. »Man wird sich wohl auch erzählen, er sei meine zweite Wahl. Und wenn schon.«

»Ella hat dir deinen Verlobten ausgespannt, und nun bandelst du mit einem Mann an, den nicht mal sie haben wollte.«

Ella. Wieder einmal Ella. Helene konnte es nicht mehr hören. »Ich bin nicht verliebt in Sebastian, ich war es auch nie. Er war eure Wahl, ich fand ihn attraktiv, aber mehr auch nicht. Was Ella getan hat, war demütigend, aber deshalb stoße ich gewiss keinen Mann von mir, dem es ernst mit mir ist und in den ich verliebt bin.« Und das war sie. Es war kein wildes Feuerwerk der Gefühle, das sie für Arvid hegte, aber eine beständige Wärme, die aufloderte, wenn sie mit ihm zusammen war, und sehnsuchtsvoll in ihr schwelte, wenn sie ihn vermisste.

»Man munkelt, dass Ella weiterhin in der Villa ihres Bruders bleiben wird. Vermutlich hat Sebastian sie über, seit sie so fett ist. Ihm ist wohl aufgegangen, dass ihre Schönheit auch nicht von Dauer ist.«

Helene fragte sich, ob ihre Mutter selbst glaubte, was sie da sagte. Ella sah hinreißend aus, auch mit dem dicken Bauch. Die Schwangerschaft verlieh ihr, die sonst eher blass war, rosige Wangen, und ihre Augen glänzten. Von vergangener Schönheit konnte man wahrhaftig nicht sprechen.

Richard hatte ihr erzählt, dass Ellas Schwiegervater ihr übel mitgespielt hatte. Wenn Helene sich das so anhörte, war sie froh, dass dies nicht ihre Familie geworden war, wenngleich man mit ihr gewiss nicht so verfahren wäre. Aber wer konnte schon wissen, ob sie nicht anderweitig Unmut erregt hätte. Da Helene keine Lust auf Häme und Schadenfreude hatte und sie von dem Thema Ella ohnehin nichts mehr hören wollte, hatte sie ihren Eltern nichts von der ganzen Sache erzählt. Der Abgang bei Onkel Heinrich war peinlich genug gewesen. Auch Hans hatte sich geärgert.

»Wir sind doch keine Kinder mehr«, hatte er später zu Helene gesagt.

Arvid holte sie abends ab, und weil sie beide Lust auf einen Spaziergang hatten, gingen sie zu Fuß durch die verschneite Stadt. Sie hatte ihre behandschuhte Hand in seine Armbeuge geschoben und spazierte neben ihm her, während er ihr neue Anekdoten aus seinem Hotelleben erzählte, die sie immer wieder hell auflachen ließen. Sie stellte es sich wunderbar vor, in einem Haus zu leben, in das praktisch die Welt zu Besuch kam, und manches, das Arvid zu berichten wusste, war so skurril, dass sie es kaum zu glauben vermochte.

»Ich möchte mich deinen Eltern gerne erklären«, sagte er. »Aber sie sind mir gegenüber sehr reserviert, seit wir miteinander ausgehen.«

»Meine Eltern denken, ich sei deine zweite Wahl nach Ella, und da meine Cousine ein rotes Tuch für sie ist, lassen sie sich das auch nicht ausreden.«

»Ich kannte Ella doch gar nicht. Ich habe damals zugestimmt, weil sie eine gute Partie war, mehr nicht.«

»Nicht, weil sie hübsch ist?«, stichelte Helene.

»Ich gestehe, dass das durchaus mit in die Waagschale geworfen wurde. Allerdings zweifle ich mittlerweile sehr daran, dass es mit uns gut gegangen wäre.«

»Das hat Ella wohl schon vor dir geahnt, daher hat sie sich anderweitig umgesehen.«

»Das waren meine Worte damals. Sie war verzweifelt, und dann wurde sie praktisch genötigt, mich als Ehemann zu akzeptieren.«

»Im Nachhinein bin ich froh darüber, wie alles gekommen ist. Auf die Demütigung hätte ich zwar gerne verzichtet, aber mit Sebastian möchte ich dennoch nicht mehr verheiratet sein.«

»Na, das hoffe ich doch.«

Sie lachte. »Dabei kenne ich dich schon deutlich länger als ihn. Seltsam, dass wir nie auf die Idee gekommen sind, das mit uns könnte funktionieren.«

»Dann sollten wir deiner Cousine dankbar sein, dass sie uns sozusagen darauf gestoßen hat.«

Helene drückte leicht seinen Arm. »Mir ist gleich, was meine Eltern sagen. Verweigern werden sie sich nicht, und letzten Endes bin ich es, die mit dir glücklich werden muss, nicht sie.«

Sie spazierten die Mainzer Straße entlang bis zum Schloss-Rondell. Als sie das Casino zu Coblenz passierten, blieben sie einen Moment lang stehen und sahen hinüber. Das Casino war bei allen Besatzern – da nahmen sich auch die Briten nicht aus – überaus beliebt und inzwischen zum alliierten Militärcasino geworden. Es war ein imposanter Bau, und Helene hätte es gerne einmal von innen gesehen, aber das war ihr bisher verwehrt geblieben.

»Was denkst du«, fragte Arvid, »ziehen sie wirklich irgendwann einmal ab?« Gemeint waren die Franzosen, von denen man einige vor dem Casino stehen und plaudern sah.

»Ich weiß es nicht.« Und im Grunde genommen spielte es für Helene auch keine Rolle. Sie war zweiundzwanzig, und nachdem sie in ihrer Jugendzeit den Krieg erlebt sowie ab ihrem sechzehnten Lebensjahr in einer unter Besatzung stehenden Stadt gelebt hatte, kannte sie es nicht mehr anders.

»Ach, sieh an«, sagte Arvid, und Helene wandte sich von dem Casino ab und blickte in dieselbe Richtung wie er. Ella kam ihnen entgegen, Hand in Hand mit Sebastian. Ihr Gang war schwerfällig geworden, was angesichts des sprunghaft gewachsenen Bauches auch kein Wunder war. Helene fand sie wunderschön, was gewiss auch daran lag, dass sie selbst sich auf ihr erstes Kind freute, darauf, Mutter zu sein. Sie spürte Arvids Wärme unter ihrer Hand, und ein süßes Sehnen stieg in ihr auf.

Ella hätte es albern gefunden, nun zögerlicher zu gehen oder gar die Straßenseite zu wechseln. Die Feindseligkeit bei ihrem letzten Treffen war nicht von Helene ausgegangen, so viel hatte Ella zu erkennen geglaubt. Zudem schien es mit ihr und dem Hotelier ernst zu sein, welchen Grund gab es also noch, ihr zu grollen? Sebastian wollte sie gewiss nicht zurück, das wäre für den Hotelier nicht gerade ein Kompliment.

Sie blieben nicht stehen für eine kurze Plauderei, neigten jedoch den Kopf und grüßten, was immerhin mehr war als noch vor einem Jahr.

»Da scheint sich ja langsam eine Besserung abzuzeichnen«, sagte Sebastian.

»Bei ihren Eltern nicht. Von dem Abgang abends habe ich dir ja erzählt. Dabei sollte das Essen der Versöhnung dienen.«

»Das wird sich gewiss auch wieder ändern.«

Ella zuckte nur die Schultern.

»Hast du schon Pläne für Karneval?«

»Du weißt recht gut, dass dem nicht so ist.«

»Wir könnten ja für den Fall planen, falls sich das Kind verspätet.«

»Als was sollten wir denn in meinem Zustand gehen?«, fragte sie. »Cäsar und Cleopatra?«

»Ich dachte an Käpten Ahab und den weißen Wal«, sagte Sebastian mit unschuldiger Miene, und Ella stieß ihm den Ellbogen in die Rippen.

»Dafür, dass ich diesen Zustand dir verdanke, bist du ganz schön unverschämt.«

Er lächelte ein wenig anzüglich, wofür er den nächsten Stoß einsteckte.

»Warum brauchtest du eigentlich so kurzfristig Zimt?«, wechselte er das Thema. »Habt ihr falsch kalkuliert?«

»Nein, die Sache ist ziemlich seltsam.« Sie setzte ihn ins Bild und erwähnte auch die Sache mit den versalzenen Kuchen. »Wobei das auch einfach ein Missgeschick gewesen sein könnte, das Louise passiert ist. Sie hat Pralinen gesalzen.«

»Und dabei das Salz in die Zuckerdose gefüllt?«

»Sie sagte Nein, aber sie schließt nicht aus, dass es ihr möglicherweise passiert ist, während sie in Gedanken war. Vielleicht war der Zucker aus, und sie wollte nachfüllen. Wenn viel zu tun ist, kann einem schon einmal ein Fehler unterlaufen, und sie war abends allein in der Fertigung.«

»Und der Zimt?«

»Die Zimtstangen hatte sie zuletzt, aber das Zimtpulver war auch fort.«

»Seltsam. Wurde bei euch eingebrochen?«

»Nein. Und wer bricht denn ein und stiehlt nur Zimt?«

Darauf hatte auch er keine Antwort. Ella würde später mit Eric darüber sprechen und hören, was er dazu dachte. Dass er im Werk gewesen war, hatte sie kaum glauben können, und sie fragte sich, was der Grund für diesen Wandel war. Natürlich freute sie sich darüber, dass er sich endlich kümmerte, aber sie hatte auch den Eindruck, dass es ihm nicht gutgetan hatte, denn er war den restlichen Tag noch verschlossener gewesen als sonst. Hernach war er kein weiteres Mal dort gewesen. Allerdings zog er sich mit den Unterlagen in das Arbeitszimmer ihres Vaters zurück, er wollte es also wohl nicht bei einem einmaligen Besuch belassen.

»Eure Mitarbeiterin ist vertrauenswürdig?«, riss Sebastian sie aus ihren Gedanken, und einen Moment lang war sie irritiert, bezog das Gesagte auf Eric, ehe ihr aufging, dass er immer noch von dem Zimt sprach.

»Das ist die Frage, nicht wahr?«

Da kein Weg daran vorbeiführte, Weihnachten mit Sebastians Familie zu feiern, blieb Ella nichts anderes übrig, als in den sauren Apfel zu beißen und mit Sebastians Vater an einem Tisch zu sitzen. Seit dem Vorfall mit den Fotos hatte sie jedes Aufeinandertreffen vermieden, daran änderte auch seine Entschuldigung nichts, die er über Sebastian ausrichten ließ. Nicht einmal Manns genug, dies persönlich zu tun, dachte Ella.

Die Geschenke überließ sie wieder Sebastian und brachte lediglich Pralinen mit. Für Ava und die Kinder

Schokolade aus dem Rosenpalais, für seine Mutter eine Schachtel Pralinen aus dem Kaufhaus. An dem eigenartigen Blick, mit dem diese die Schachtel entgegennahm und kurz jene streifte, die für Ava gedacht war, erkannte Ella, dass ihr die kleine Spitze durchaus auffiel. Ava freute sich sichtlich, sie zu sehen, und auch die Kinder sprangen um sie herum. Um den Familienfrieden nicht vollends zu zerstören, hatte man Ava lediglich erzählt, dass es zu einem heftigen Streit zwischen Ella und ihrem Schwiegervater gekommen war.

»Warum bist du so dick, Tante Ella?«, fragte Avas Jüngste.

»Weil ihr demnächst einen kleinen Cousin oder eine Cousine bekommt«, erklärte Ava ihr.

Die Kleine legte ihr die Hand auf den Bauch. »Ist da ein Wickelkind drin?«

»Ganz recht«, antwortete Ella.

»Und wie ist es da reingekommen?«

Sebastian grinste, während Ava hochrot wurde und ihre Eltern sich räusperten.

»Das erklären deine Eltern dir«, zog sich Ella geschickt aus der Affäre.

»Ähm, das hat der Storch gebracht«, erklärte Ava.

»Und dann hat Tante Ella es gegessen?«

»Genug gefragt«, sagte Magda Lombard nun. »Das Essen wird jeden Moment serviert.«

Paul Falkoven und Sebastian wechselten einen kurzen Blick, dann führte ihr Schwager Ella als Tischdame ins Speisezimmer, während Sebastian seiner Mutter den Arm bot und Werner Lombard Ava mit sich führte. Die Kinder wurden von ihrem Kindermädchen Hanne geholt, um im Kinderzimmer zu essen, und die Kleinste fragte im Hinausgehen, warum Ella das Kind nicht endlich rausholte.

»Warum muss ich mit den Kleinen essen?«, maulte Avas ältester Sohn Maximilian. »Ich bin schon zehn.«

Während des Essens schwieg Ella und überließ es den anderen, das Tischgespräch zu bestreiten. Sie wollte so wenig wie möglich mit ihrem Schwiegervater sprechen.

»Das Kinderzimmer ist hübsch geworden«, sagte Ava an sie gerichtet. »Das hast du gut ausgesucht.«

Ella blickte auf. »Das Lob gebührt deiner Mutter, ich habe den Raum bisher nicht einmal betreten.«

Erstaunt weiteten sich Avas Augen. »Tatsächlich? Wolltest du dich überraschen lassen?«

»Nein, aber das Kind wird so selten darin schlafen, dass es mich schlicht nicht interessiert, wie das Zimmer aussieht.«

Nun war auch Pauls Blick auf sie gerichtet. »Ach? Nimmst du es zu dir ins Zimmer?«

»Nein, ich wohne überhaupt nicht hier.«

»Müssen wir das heute bei Tisch besprechen?«, fragte Sebastian, der offenbar bereits Böses ahnte.

»Deine Schwägerin«, erklärte Werner Lombard, »möchte lieber als ledige Mutter leben denn als verheiratete Frau.«

In Ella schwelte es, aber sie blieb ruhig und entgegnete nichts darauf.

»Zumindest dem Kind zuliebe könntest du doch wohl endlich diese Sturheit aufgeben.« Offenbar wähnte Sebastians Mutter sich nun, da ihre Tochter und deren

Mann ihr den Rücken stärkten, in einer überlegenen Position. Als käme es Ella darauf an.

Paul jedoch schien nun entschieden zu haben, dass ihn das nichts anging, denn er schwieg.

»Ich muss Mutter recht geben«, stellte sich Ava nun auf deren Seite. »Ein Kind gehört in das Haus des Vaters, es braucht beide Elternteile.«

»Es steht Sebastian frei, zu mir zu ziehen.«

»Also das ist doch …« Werner Lombard lief rot an. »Wo gibt es denn so etwas? Du hast in ein reiches Haus eingeheiratet – hast diese Ehe gar unter Zwang herbeigeführt – und nun soll Sebastian zu euch ziehen, weil du dir zu fein bist für uns? Aber unser Geld war dir gut genug, ja?«

»Es ist Heiligabend«, sagte Sebastian, »und ich wäre euch dankbar, wenn wir das an einem anderen Tag ausdiskutieren könnten.«

»Es wäre gar nicht zu dieser Diskussion gekommen«, ereiferte sich seine Mutter, »wenn deine Frau sie nicht begonnen hätte.«

»Ich habe lediglich gesagt, mir ist gleich, wie das Kinderzimmer aussieht.«

»Dein Kind wird womöglich der Lombard-Erbe«, sagte Sebastians Vater. »Und es soll aufwachsen in dem Haus seines Onkels mit höchst zweifelhaftem Ruf, der nichts anderes kann als mit leichten Frauen zu verkehren, weil ihm die französische Krankheit vermutlich auch das letzte bisschen Verstand geraubt hat. Liegt den ganzen Tag zu Hause und lässt seine Schwester für sich arbeiten. Und da soll *mein* Enkel aufwachsen?«

Ella knallte ihre Serviette auf den Tisch. »Mein Bruder ist kriegsversehrt.«

Werner Lombard stieß ein spöttisches Lachen aus. »Ja, die Art Kriegsversehrtheit, die sich die Soldaten in Dirnenhäusern geholt haben.«

Tränen schossen Ella in die Augen. »Was für ein abstoßender Mensch du bist!«

»Ella!«, rief Ava entsetzt.

Sebastian öffnete den Mund, offenbar in der Absicht, etwas Begütigendes zu sagen, aber Ella war nicht bereit, dies zu hören. Sie schüttelte vehement den Kopf, sah ihren Schwiegervater an. »Mein Bruder ist, im Gegensatz zu dir, ein nobler Mensch. Ihm würde es niemals einfallen, einen Mann zu bezahlen, der seine Schwiegertochter belästigt, ihr einen Kuss aufzwingt, um dies zu fotografieren und seinen Sohn damit zu einer Scheidung zu nötigen.«

Ava starrte erst sie, dann ihren Vater an, aber Ella blieb nicht lange genug sitzen, um zu hören, was ihre Schwägerin dazu zu sagen hatte. Sie stand auf, drehte sich abrupt um und verließ das Speisezimmer.

»Ella!«, rief Sebastian, und sie hörte, wie ein Stuhl scharrte. Offenbar war er im Begriff, ihr zu folgen. Sie hielt sich nicht damit auf, einen Mantel anzuziehen, sondern verließ fluchtartig das Haus.

Natürlich war sie mit ihrem dicken Bauch deutlich langsamer als Sebastian, und es kam ihr vor wie in einem dieser Träume, in denen man rannte, aber nicht von der Stelle kam. Obwohl er sich die Zeit genommen hatte, einen Mantel anzuziehen und ihren zu holen, hatte er sie eingeholt, noch ehe sie die nächste Straßenecke erreicht hatte. Er umfasste ihren Arm, und sie blieb stehen, sah ihn nicht an, wartete mit starren Schultern auf seinen Wutausbruch. Sebastian jedoch legte ihr nur schweigend den Mantel um die Schultern, dann begleitete er sie ohne ein weiteres Wort nach Hause.

Doris öffnete ihr mit dem Ausdruck stummer Verwunderung. »Ist Ihnen nicht wohl, gnädige Frau?«

»Nein, ich denke, ich werde zu Bett gehen.«

»Soll ich morgen hierbleiben?«

»Nein, es war doch abgesprochen, dass ihr freihabt, dabei bleibt es natürlich.« In der Annahme, dass am ersten Weihnachtsfeiertag ohnehin niemand hier war – Eric war bei Heinrich eingeladen und am zweiten Tag bei Elisabeth –, hatten sie dem Personal über die Feiertage frei gegeben.

Ella ging zur Treppe, gefolgt von einem immer noch schweigenden Sebastian. Sie drehte sich auf dem ersten Treppenabsatz zu ihm um. »Mach mir die Vorwürfe bitte erst morgen.«

»Ich bin nicht hier, um dir Vorwürfe zu machen.«

»Gut«, antwortete sie schulterzuckend und ging weiter.

Das Kind schien zu spüren, wie aufgewühlt sie war, denn es war sehr lebhaft, bewegte sich, trat ihr gegen die Rippen. Ella legte die Hand auf den Bauch, als könne es die besänftigende Wirkung dadurch spüren. Sie setzte ihren Weg fort bis in ihr Zimmer, überließ es Sebastian, die Tür zu schließen, und zog ihren Mantel aus. Sofort fing sie an zu frösteln, denn das Zimmer war nicht geheizt worden. Bei den vielen Dingen, für die ihr Vater das Geld zum Fenster hinausgeworfen hatte, war die moderne Heizanlage ausnahmsweise eine sinnvolle Investition gewesen, und so musste Doris nicht gerufen werden, um einzuheizen, sondern Ella konnte den Regler für ihr Zimmer selbst einstellen.

Sie drehte sich zu Sebastian um, der schweigend dastand, immer noch im Mantel. »Du musst nicht hierbleiben«, sagte sie. »Geh nur zu deiner Familie.«

»Nach dieser Eröffnung? Gewiss nicht.« Er knöpfte seinen Mantel auf. »Die abscheuliche Szene, die sich dort vermutlich gerade abspielt, mag ich mir nicht einmal vorstellen.«

»Er hat sehr hässliche Dinge über Eric gesagt. *Ich* habe intrigant gehandelt, mein Bruder kann nichts dafür, er hat es nicht gebilligt. Sein einziges Vergehen war es, für sein Land zu kämpfen. Seither ist er zerstört und gebrochen.«

»Ich weiß«, antwortete Sebastian. »Mir musst du es nicht erklären, ich war selbst dort. Und hätte ich länger dienen müssen, wäre ich womöglich in demselben Zustand heimgekommen wie dein Bruder. Mein Glück ist, dass ich jünger bin und später an die Front musste.«

Ella ging zu ihm, hob eine Hand und legte sie ihm an die Wange, dann küsste sie ihn. Sanft löste sie seine Krawatte, knöpfte sein Hemd auf und führte ihn zum Bett.

»Als wir in Venedig waren«, gestand sie ihm, während sie ihm das Hemd auszog, »habe ich jede Nacht im Bett gelegen und geweint, weil ich es nicht ertragen konnte, mir vorzustellen, wie du mit anderen Frauen schläfst, während ich allein bin.«

Er sah sie erstaunt an. »Du wirktest immer, als sei dir das gleich.«

»Das war es, was du denken solltest.«

»Und was ist jetzt anders?«

Sie zog ihn an sich, küsste ihn erneut, kniete sich aufs Bett und zog ihn mit sich. »Sag du es mir.«

Sacht drückte er sie ins Kissen, beugte sich über sie, strich ihr das Haar aus dem Gesicht. »Heute vor einem Jahr«, sagte er.

»Ja. Heute vor einem Jahr.« Sie schlang einen Arm um seinen Nacken, sodass er den Kopf senken musste, und küsste ihn erneut.

Das Klopfen an der Tür ließ sie beide hochfahren. »Gnädige Frau?«, war Doris' Stimme zu hören.

Seufzend erhob Ella sich und knöpfte im Gehen ihr Kleid zu. »Ich komme.« Sie öffnete die Tür und stellte sich vor den Spalt, sodass Doris den halb entkleideten Sebastian in ihrem Bett nicht sehen konnte.

»Frau Lombard ist am Telefon.«

»Sag ihr, ich sei unpässlich.«

»Sie weint.«

Ella wollte bereits erwidern, dass sie dennoch nicht käme, als Sebastian sich einmischte. »Sag ihr, ich rufe sie sofort zurück«, rief er vom Bett her.

Als Ella sich zu ihm umdrehte, schloss er bereits sein Hemd. »Kommst du wieder zu mir, oder gehst du heim?«

Er blieb bei ihr stehen und küsste sie. »Wir machen da weiter, wo wir aufgehört haben.« Damit verließ er das Zimmer, und Ella hörte, wie sich seine Schritte entfernten.

Langsam ging sie zum Bett zurück, knöpfte ihr Kleid auf, streifte es ab und ließ das Unterkleid folgen. Dann legte sie sich ins Bett. Zwischen den noch kühlen Laken kroch eine Gänsehaut über ihren Körper. Ihr Blick folgte dem Zeiger der leise tickenden Uhr, beobachtete, wie Minute um Minute verging. Irgendwann waren Schritte zu hören, und die Tür wurde geöffnet. Sebastians Blick fiel auf sie, die Kleidung auf dem Boden, dann wieder auf sie, und ein kleines Lächeln umschattete seine Mundwinkel.

»Wollte sie dich überreden, zurückzukommen?«

»Ja. Außerdem hat sich Vater mit Paul überworfen, der ist nämlich außer sich geraten. Allein die Kinder waren der Grund, dass er und Ava nicht sofort abgereist sind. Also versuchen sie, heute Abend alles ganz normal wirken zu lassen.«

Er ging zu ihr und setzte sich auf den Bettrand. »Gehen wir in die Messe?«

»Hmhm.« Sie zog ihn zu sich und küsste ihn. »In die heute Nacht, da bleibt uns vorher noch genug Zeit. Und nicht in dieselbe Kirche wie deine Eltern.«

»Ich habe jetzt gar kein Weihnachtsgeschenk für dich, das ist zu Hause.«

»Meines für dich liegt auch in eurem Salon.« Sie fuhr mit der Fingerspitze seine Lippen nach. »Also müssen wir uns wohl etwas anderes überlegen.«

Er lachte, während er sich erneut zu ihr beugte und sie küsste.

»Bist du jedes Weihnachten allein?«, fragte Eric.

»Du musst das nicht so mitleidig sagen«, antwortete Clara. »Ich habe mich daran gewöhnt.«

Er war zu ihr nach Stolzenfels gekommen, wo sie zu

Abend gegessen hatte. Hernach hatten sie sich entschieden, die Nacht gemeinsam in seiner Koblenzer Villa zu verbringen, weil sie dort nicht beständig achtgeben mussten, dass niemand sie bemerkte. Nun gingen sie in der durch ihre reiche Giebellandschaft geprägte Altstadt spazieren, überquerten den verschneiten Kastorplatz mit seinem Brunnen in der Mitte. Die Straßen waren weihnachtlich geschmückt, Fenster zu Wohnstuben festlich beleuchtet, die Auslagen in Geschäften mit Glaskugeln, Tannenzweigen und goldfarben bemalten Walnüssen dekoriert.

»Hast du überhaupt keine Verwandtschaft mehr?«, fragte Eric.

»Nein, meine Mutter war ein Einzelkind, und mein Vater hatte nur eine Schwester, die irgendwo in Süddeutschland gelebt hat und noch vor ihm verstorben ist. Sie hatten keinen Kontakt mehr, und so weiß ich nicht, ob ich von dieser Seite vielleicht Cousinen oder Cousins habe.«

»Du kannst über Weihnachten bei mir bleiben. Am ersten und zweiten Weihnachtstag muss ich zu meinen Verwandten, das kann ich nicht gut absagen, ohne lästige Dispute zu führen, aber danach bin ich wieder daheim. Wenn ich nur zum Essen bleibe, habe ich meine Pflichten erfüllt. Außer mir ist niemand da, Ella wird beide Weihnachtstage bei Sebastian verbringen, und das Personal hat frei.«

Clara lächelte. »Das klingt herrlich.«

Sie spazierten am Rhein entlang, und Clara bewunderte die prachtvollen Wohnhäuser, die feierlich erleuchteten Fenster und den weihnachtlichen Schmuck in den

Vorgärten. Schließlich waren sie bei der Villa Dorn angelangt, und Clara kam nicht umhin, das Fehlen jeglicher Dekoration zu bemerken.

»Habt ihr einen Weihnachtsbaum?«, fragte sie.

»Nein. Es war ja nicht geplant, dass jemand im Haus ist.«

»Aber das gehört doch trotzdem irgendwie dazu.«

Eric sah die Hausfassade hoch, wirkte, als spüre er alten Erinnerungen nach. »Ja«, sagte er schließlich kaum hörbar. »Das tut es wohl.«

Er schloss die Tür auf, und sie betraten die Eingangshalle.

»Ist noch jemand da?«, fragte Clara, da ein kleines Licht in der Halle brannte.

»Ja, Doris und Frau Hanke, unsere Köchin. Beide fahren morgen früh zu ihren Familien.«

Trotz der fehlenden weihnachtlichen Stimmung war die Atmosphäre in der Villa mit ihrem warmen Licht irgendwie feierlich, ein Effekt, der dadurch verstärkt wurde, dass es draußen dunkel und kalt war. Es war wirklich ein beeindruckend schönes Haus, und die Vorstellung, dies könne einmal ihr Zuhause sein, in das sie ebenso selbstverständlich gehen konnte wie Eric und Ella, erschien ihr geradezu aberwitzig. Ein wenig atemlos sah sie sich um, und ein kleiner Schauer überlief sie.

Eric zog sie an sie und küsste sie. »Möchtest du etwas essen? Dann sage ich in der Küche Bescheid.«

»Hm, später vielleicht.«

Sie gingen in den Salon, in dem es schön warm war. Eric trat an den Servierwagen, entkorkte eine Karaffe, und war gerade im Begriff, nach einem Glas zu greifen, als sie Schritte hörten. Eine Männerstimme sagte etwas, und eine Frau – unverkennbar Ella – lachte daraufhin.

Die Tür zum Salon wurde geöffnet. »Eric«, sagte Ella, »du bist ja doch …« Sie verstummte, als sie Clara bemerkte. »Ach. Guten Abend«, fügte sie wie einen nachträglichen Einfall hinzu.

Eric reichte Clara das Glas, das er in der Hand hielt. »Was macht ihr denn hier?«

»Es gab einen Streit zwischen Sebastians Vater und mir.«

»Verstehe. Und der war so schlimm, dass du nicht bleiben konntest?«

»Ganz recht.« Ella sah Clara an. »Störe ich deine Abendplanung?«, fragte sie, und es war nicht ganz klar, wen von beiden sie meinte.

»Da wir mitnichten alle im selben Zimmer nächtigen, dürfte die Gefahr gering sein«, antwortete Eric.

Ella warf ihm einen schrägen Blick zu, dann sah sie Clara an. »Du bleibst also über Nacht?«

»In unserem Gästezimmer«, erklärte Eric.

»Klar. Wo sonst?«

Clara bemerkte, dass Sebastian Lombard sie ansah und spürte, wie ihr das Blut in die Wangen stieg. »Ich kann fahren, wenn ihr lieber unter euch bleiben wollt«, sagte sie zu Eric.

»Ja, das wäre vielleicht das Beste«, antwortete der und sah Ella an. »Du hast ja deinen Ehemann, und ich bleibe allein, gemäß dem Dasein, das du mir zugedacht hast, nicht wahr?«

Nun war es an Ella, rot zu werden. »Das ist doch gar nicht wahr.«

»Ich bin zwar nur zu Gast«, mischte sich Sebastian Lombard ein, »aber da wir derzeit nicht zu mir nach Hause können, würde ich sagen, wir liefern uns hier keinen weiteren Streit, in dessen Folge wir vermutlich im Hotel nächtigen müssen. Wenn Fräulein …«, er sah Clara fragend an.

»Landauer«, sagte sie zögernd.

»Wenn Fräulein Landauer also als Erics Gast hier logiert, dann sollten wir vielleicht die kommenden Tage entsprechend planen, damit es einigermaßen familiär wird.«

Ella nickte kaum merklich. »Ich möchte nicht, dass du allein bleibst«, betonte sie erneut an Eric gewandt. Offenbar war ihr wichtig, dass er das wusste.

»Du hast nur etwas gegen Clara.«

»Aber nein.« Das klang vermutlich nicht einmal in ihren eigenen Ohren glaubwürdig.

»Ich nehme dir doch nichts weg, Ella.«

»Wenn Eric dich heiratet, wirst du nicht nur die Ehefrau des Besitzers der Manufaktur und des *Rosenpalais*, sondern auch die Hausherrin hier. Und was bleibt mir dann, wenn ich weder meine Chocolaterie habe noch mein Zuhause?« Im nächsten Moment biss Ella sich auf die Zunge, als bedaure sie den Ausbruch.

»Danke, dass du mir den Antrag vorweggenommen hast«, kommentierte Eric trocken. »Ich hatte mir das eigentlich anders vorgestellt.«

Ella traten Tränen in die Augen, und Clara stieß einen langen Seufzer aus. »Ich nehme dir nichts weg«, wiederholte sie. »Du verlierst weder deine Chocolaterie noch dein Zuhause. Ich habe überhaupt keine Ahnung vom Geschäft, und ich möchte gewiss nicht mein Leben lang Schokolade verkaufen. Wenn ich könnte, würde ich nur noch Klavier spielen.«

Sebastian Lombard stellte sein leeres Glas auf den Servierwagen. »Ich denke, wenn wir es noch pünktlich in die Mette schaffen wollen, sollten wir jetzt aufbrechen. Alles andere können wir später besprechen, wenngleich ich mir für Heiligabend erquicklichere Gespräche vorstellen kann. Aber sei's drum.«

»Du hast recht.« Eric sah zu Clara und reichte ihr seinen Arm.

Sie beschlossen, zu Fuß zur Kirche zu gehen, und Eric ließ Sebastian und Ella vorangehen, während er in einigen Schritten Abstand mit Clara folgte.

»Es tut mir leid«, sagte er leise. »Hätte ich den Verlauf des Abends geahnt, wären wir doch bei dir geblieben.«

»Vielleicht ist es ganz gut, wenn einige Dinge endlich zur Sprache kommen.« Sie hatte die Hand in seine Armbeuge geschoben, während ihr Ellas Worte im Kopf herumgingen, und sie überlegte, wie sie das, was sie sagen wollte, formulieren sollte. Dann entschied sie sich, geradeheraus zu fragen: »Stimmt es, dass du mir einen Antrag machen wolltest?«

Er antwortete nicht sofort. »Ja.«

»Soll ich mit meiner Antwort auf den richtigen Moment warten?«

Er wandte den Kopf, sah sie an. Ein Lächeln spielte um ihren Mund, während ihr Herz in wilden Schlägen gegen ihre Brust trommelte. Vielleicht las er die Antwort in ihren Augen, denn er lächelte nun ebenfalls, neigte den Kopf und küsste sie.

Die Mette war schön gewesen, wenngleich Ella ihr kaum richtig folgen konnte. Die ganze Zeit über waren ihre Gedanken zu Eric und Clara gewandert. Gesprochen hatten sie über die Sache hernach allerdings nicht mehr, da sie Eric weder Heiligabend noch die Weihnachtstage mit dergleichen Themen vergällen wollte.

»Denkst du, sie schlafen tatsächlich in getrennten Zimmern?«, fragte sie, als sie mit Sebastian im Bett lag, ihr Rücken an seine Brust geschmiegt, während er die Arme um sie gelegt hatte und ihren Bauch streichelte.

»Offiziell bestimmt«, antwortete er.

»Aber er wird nachts zu ihr gehen, denkst du?«

»Ich zumindest würde es an seiner Stelle tun.«

»Du bist ja auch unanständig.«

»Ein Ausbund an Tugend ist dein Bruder nun auch nicht gerade.«

Ella schloss die Augen, kuschelte sich enger an ihn. »Sie wird ihn heiraten, hier einziehen und die Hausherrin werden.«

»Ja, das wird vermutlich geschehen. Jetzt ist natürlich die Frage, ob das nur bei ihr ein Problem ist oder bei jeder Frau, die dein Bruder hierher bringt.«

Das konnte Ella selbst nicht beantworten.

»Sie ist doch sehr freundlich, oder nicht?«

»Hm, doch, schon. Aber was soll ich denn tun? Bei deinen Eltern kann ich nicht wohnen, aber wenn ich bleibe und Eric heiratet, dann wird Clara hier das Zepter übernehmen, und ich kenne mich gut genug, um zu wissen, dass das nicht gut geht. Ich bin dann praktisch heimatlos.« Bei dem Gedanken kamen ihr die Tränen.

»Ich werde dir gewiss immer eine warme Decke

unter die Brücke bringen«, antwortete Sebastian ernsthaft, und sie fuhr zu ihm herum.

»Du findest das lustig, ja?«

»Ich könnte auch einfach sagen, du suhlst dich in Selbstmitleid und redest Unsinn. Aber da ich vermute, das ist deinem Zustand geschuldet, werde ich mir entsprechende Bemerkungen verkneifen.«

Ella rückte von ihm ab und riss die Decke mit sich.

»He«, rief er und zog seinerseits an der Decke.

»Du kannst ja in Erics Bett schlafen«, antwortete sie, »da ist heute Nacht ohnehin niemand.«

Das war ihm offenbar nicht einmal eine Antwort wert, und entschieden zog er die Decke wieder zu sich. »Wir können das jetzt noch einige Male machen, wobei ich gleich sage, dass ich mehr Kraft habe als du und die Decke nicht kampflos hergeben werde. Oder aber du hörst auf zu schmollen und kommst wieder näher.«

Ella rückte zu ihm. »Aber nur, weil ich zu müde zum Streiten bin«, sagte sie.

»Ja, schon recht.«

Schweigend lagen sie eine Zeit lang da, und als Ella schon glaubte, Sebastian sei eingeschlafen, sagte er unvermittelt: »Ich kaufe uns ein Haus.«

Sie drehte sich zu ihm um. »Wie bitte?«

»Das ist die einzige Lösung, nicht wahr? Zu meinen Eltern möchtest du nicht – was ich durchaus verstehen kann –, und hier möchtest du auch nicht weiterhin leben, wenn dein Bruder heiratet. Auch das verstehe ich. Also schaffen wir uns einfach ein eigenes Zuhause mit dem Kind.«

»Was werden deine Eltern dazu sagen?«

»Was sollen sie schon sagen? Vielleicht sind sie sogar erleichtert, weil es eine Lösung gibt, bei der keiner das Gesicht verliert und wir dennoch als Familie zusammenleben.«

Sie hob die Hand, legte sie an seinen Kopf und küsste ihn. »Ich kann dich mit keiner anderen Frau mehr teilen«, sagte sie zwischen zwei Küssen. »Ich würde dir abscheuliche Szenen machen.«

»Keine Angst mehr, dass ich dir die Mittel streiche?«

»Nein, das Werk wirft mittlerweile genug ab, und auch mein *Rosenpalais* streicht Gewinne ein.«

Er lachte leise. »*Dein Rosenpalais*«, murmelte er und knabberte an ihrem Hals, was ein Kribbeln über ihren Körper jagte.

»Hmhm«, machte sie träge. »Es wird wohl immer meins bleiben, auch wenn Clara dort als Erics Ehefrau das Sagen hat.«

Er schloss die Arme enger um sie, und sie seufzte vor Behaglichkeit. Als sie langsam in jenen angenehmen Zustand glitt, jenen Halbdämmer, der dem Schlaf vorausging, hörte sie ihn sagen: »Es gibt schon lange keine mehr außer dir.«

15

FEBRUAR 1927

Da Louise heute unterwegs war, stand Clara allein am Verkaufstresen. Ella konnte in ihrer fortgeschrittenen Schwangerschaft nicht mehr lange stehen und saß in der Kaffeeküche an einem kleinen Tisch, der normalerweise für Pausen genutzt wurde, inzwischen aber zum Schreibtisch umfunktioniert worden war. Dort befand sich auch ein gekachelter Ofen, was bedeutete, es war angenehm warm im Winter. Clara verstand nicht, warum sie überhaupt noch kam und sich nicht ein wenig Ruhe daheim gönnte.

Die ganze Situation erschien Clara immer noch sehr unwirklich, ihre Beziehung zu Eric, sein Wunsch, sie zu heiraten, und die Aussicht darauf, Hausherrin seiner Villa zu werden. Der einzige Wermutstropfen war Ellas distanziertes Verhalten, aber das konnte sie nun einmal nicht ändern. Wenn sie erst Schwägerinnen waren und Clara ihr bewies, dass sie nicht vorhatte, sie zu vertreiben, würde das gewiss auch besser werden.

Sie hatten alle Weihnachtstage zu viert verbracht, und im Gegensatz zu Ella war deren Ehemann sehr freundlich und aufmerksam gewesen. An Silvester waren Eric und Clara zusammen zum Rhein spaziert, hatten das neue Jahr gemeinsam mit einem innigen Kuss begrüßt und waren danach in die Villa Dorn gefahren, wo Eric einen Teil der Nacht bei ihr verbrachte. Miteinander geschlafen hatten sie immer noch nicht, damit wollten sie warten, bis sie verheiratet waren. Aber viel gefehlt hatte auch nicht mehr, denn jetzt, da sozusagen geklärte Verhältnisse herrschten, war Eric etwas draufgängerischer geworden als bisher und hatte seine Zurückhaltung abgelegt.

Kurz vor der Mittagspause betrat Ella den Verkaufsraum, stemmte die Hände in den Rücken und drückte den Bauch vor. »Ich glaube, das lange Sitzen bekommt mir nicht«, sagte sie. »Ich werde mich gleich zu Hause hinlegen, Louise müsste ja bald wieder zurück sein.«

»Ich komme auch eine Zeit lang allein zurecht.«

Ella sah sie an und nickte nur. Sie zögerte, als wolle sie etwas sagen, wisse jedoch nicht, wie sie es beginnen sollte. Es waren keine Kundinnen mehr da, dennoch ließ Ella ihren Blick durch den Raum schweifen, als wolle sie ganz sicher gehen, dass es keine Mithörer gab.

»Also gut, es bringt ja nichts, lange darum herum zu reden«, sagte sie schließlich. »Da mein Bruder ja zu verliebt ist, um sich um Details zu kümmern, habe ich das übernommen und Anfang des Jahres einen Detektiv beauftragt, dein Leben zu durchleuchten.«

Clara starrte sie an, sprachlos angesichts dieser Enthüllung.

»Du musst das verstehen, Clara, immerhin heiratest du in meine Familie, möchtest die Ehefrau des Eigentümers des Schokoladenwerks werden. Da müssen wir wissen, mit wem wir es zu tun haben, und außer, dass deine Eltern angeblich Lehrer waren, hast du nichts von dir erzählt.«

»Mein Vater *war* Lehrer«, war alles, was Clara zu antworten einfiel.

»Ja, dein Vater schon. Aber deine Mutter? Und dieser Kerl, der entweder dein Liebhaber oder zumindest dein Liebster war? Womöglich war es derselbe, den Eric damals verprügelt hat. Habt ihr das gar gemeinsam geplant, diesen Überfall, damit er einschreitet und du ihn auf diese Art kennenlernen kannst?«

»Natürlich nicht!« Clara war kurz davor, auszuholen und Ella zu ohrfeigen, ein Impuls, der sie erschreckte, denn sie neigte nicht zu Gewalt.

»Das habe ich auch nicht angenommen, aber auf Eric könnte es so wirken, wenn er es zufällig erfährt. Dass du deine familiären Hintergründe vor ihm verbirgst, wird er vielleicht sogar verstehen. Niemand würde freiwillig erzählen, dass die eigene Mutter in einem Bordell gearbeitet hat und von ihrem Freier freigekauft worden ist.«

Clara biss sich auf die Unterlippe, versuchte, ihre wild auflodernde Wut auf Ella nicht in die Zügel schießen zu lassen. »Du bist dir wirklich für nichts zu schade, nicht wahr?«

»Er ist mein Bruder, und ich will, dass es ihm gut geht. Wenn du ihn heiratest, muss ich mir sicher sein, dass du integer bist und gut für ihn. Der Krieg hat ihm schwer zugesetzt, und nur um deinetwillen geht er wieder ins Werk, obwohl es ihm so schwerfällt.«

»Wirst du es ihm erzählen?«

»Nein, das wirst du tun.«

Langsam nickte Clara. »Das hast du dir wirklich wunderbar ausgedacht. Auf diese Weise bist du mich vermutlich schnell los.«

»Du kennst meinen Bruder wirklich nicht, ja? Wenn es ihm ernst ist mit dir, dann wird er dich nicht verlassen, aber wenn er es irgendwann nach eurer Hochzeit erfährt, wird er seine eigenen Schlüsse ziehen, und vielleicht setzt ihm das dann umso mehr zu.«

Bitterkeit stieg in Clara auf. Sie schloss die Kasse ab, ging zur Tür, um das Schild für die Mittagspause aufzuhängen, und wollte hernach ihren Mantel holen. »Dann solltet ihr euch wohl auch nach einer neuen Mitarbeiterin umsehen, denn wenn Eric mit mir bricht, möchte ich nicht mehr mit dir arbeiten. Aber das passt dir vermutlich ohnehin gut.«

»Ich will dir nichts Böses, auch wenn du mir das vielleicht nicht glaubst.«

»Du hast Angst, dass ich deinen Platz in der Villa einnehme, und das kannst du nicht erlauben, mir nicht und auch sonst niemandem.«

»Ich ziehe aus, sobald Sebastian und ich ein Haus gefunden haben, unabhängig davon, ob Eric heiratet oder nicht. Es wäre sogar besser, wenn jemand bei ihm ist und er nicht allein bleibt. Aber ich will, dass er alles über dich weiß, ebenso wie du über ihn.«

Er würde mit ihr brechen, das ahnte Clara, und Ellas ruhig hervorgebrachte Worte fachten ihren Zorn nur noch stärker an. Mit welchem Recht mischte sie sich überhaupt ein? Eric war älter als sie, ein erwachsener Mann. Er brauchte mitnichten ihren Segen, um heiraten zu dürfen.

»Ich werde mit ihm sprechen«, sagte sie.

Ella lächelte, und allein dafür hätte Clara ihr am liebsten eine verpasst. »Das ist gut.«

Obwohl sie so eng bebaut war und gewiss nicht zu den schönsten Teilen der Stadt gehörte, mochte Louise die Kastorstraße mit ihrem Formenreichtum an Giebeldächern. Die Häuser waren vielfach sehr alt, und tagsüber herrschte hier ein reges Treiben. An der Ecke Kornpfortstraße und Kastorgasse befand sich das Gasthaus zum Deutschen Kaiser, und weiter die Straße hinunter in Richtung des Kastorhofs das Hotel-Restaurant *Zum Karpfen*. Es gab ein Geschäft für Kolonialwaren, das Zigarren, Zigaretten und Tabak führte, sowie andere kleine Geschäfte. Auf dem Hospitalplatz spielten Kinder in Ermangelung eines Spielplatzes, der zwar seit Langem geplant aber bisher noch nicht umgesetzt worden war.

Louise hatte einer befreundeten Familie einen Korb mit Geschenken gebracht, um zur Geburt des vierten Kindes zu gratulieren. In dem Korb waren viele Dinge des täglichen Bedarfs, für die der Familie das Geld fehlte. Außerdem hatte sie für das Kleinste eines ihrer alten Kostüme aus ihrer Kindheit hinzugelegt, damit es sich an Karneval verkleiden konnte. Dies war ein Brauchtum, das die US-Besatzungstruppen seinerzeit mit ihren Familien begeistert übernommen hatten, und Louise freute sich jedes Jahr darauf.

Als ein Arm sich um ihre Taille schob, fuhr sie mit einem erschrockenen Aufschrei herum, schon bereit, dem frechen Kerl eine Ohrfeige zu verpassen, als sie Max erkannte. »Na, da bist du ja gerade noch mal davongekommen«, sagte sie und ließ zu, dass er sie an sich zog und küsste, ehe sie sich rasch von ihm losmachte und umsah, ob nicht jemand sie beobachtete. Aber Max hatte den Moment geschickt abgepasst, und sie waren an der Häuserecke nicht sichtbar.

»Musst du nicht arbeiten?«

»Nein, heute habe ich einen freien Tag, und auf dem Weg nach Hause habe ich dich die Straße entlangkommen sehen.«

»Hast du schon Pläne für heute?«, fragte sie.

»Hm, erst nicht, aber jetzt, da ich dich so sehe, werden sie langsam konkreter.« Er grinste ein wenig anzüglich.

Eine Stunde später lagen sie eng umschlungen in seinem Bett, die Decke zum Schutz gegen die Kälte über sich gezogen, da der Heizofen nur schwer in Gang kam. Eigentlich hatte Louise warten wollen, bis sie verheiratet waren, aber Max hatte sie immer wieder darum gebeten, sie geküsst, gelockt, ihr gesagt, sie hätten ja schließlich die Absicht zu heiraten. Und so hatte sie schließlich nachgegeben. Beim ersten Mal hatte es so wehgetan, dass sie nur fortwährend still hoffte, es möge bald vorbei sein. Das konnte es unmöglich sein, von dem Ella erzählt hatte, es sei *unglaublich*. Unglaublich schmerzhaft höchstens. Beim zweiten Mal war es dann besser gewesen, und inzwischen mochte sie es, wenngleich es nicht das Feuerwerk an Gefühlen auslöste, das sie erwartet hatte. Eher war es eine tief gehende Wärme, die sich in ihrem Innern ausbreitete und lange darin nachglühte.

»Ich muss gleich schon wieder nach Hause«, sagte sie seufzend. »Clara ist sonst allein im Café.«

»Ist Ella nicht da?«

»Doch, aber sie kann ja nicht mehr so lange stehen und sitzt meist nebenan über den Rechnungsbüchern oder hilft meinem Vater. Außerdem kann das Kind jetzt jederzeit kommen.«

»Aber ein wenig kannst du doch noch bleiben, oder nicht?« Max ließ seine Hand suchend unter die Decke gleiten und bekräftigte seine Frage durch sanfte Liebkosungen.

»Hmhm, ein wenig…« Louises Stimme klang in einem Seufzer aus, und sie schloss die Augen.

Es war spätabends, als Eric nach Hause kam. Ella hatte im Salon die Beine hochgelegt und gelesen, fand jedoch keine wirklich bequeme Stellung zum Sitzen. Höchste Zeit, dass das Kind endlich kam und dieser unerquickliche Zustand beendet wurde. Als Eric eintrat, blickte sie auf, aber der Gruß erstarb ihr angesichts seiner finsteren Miene auf den Lippen.

»Was, um alles in der Welt, unterstehst du dich? Wie kommst du dazu, dich auf diese Weise in mein Leben einzumischen?«

Irritiert sah sie ihn an. »Wovon sprichst du?«

Er stieß einen Laut aus, der zwischen Hohn und Fassungslosigkeit lag. »Wovon ich spreche? Ernsthaft?«

Kurz sah sie ihn nur an. »Hat Clara etwas über mich gesagt?«

»Abgesehen von dem Geständnis, zu dem du sie genötigt hast, meinst du?«

»Ich habe ihr nur gesagt, dass sie ehrlich…«

»Ach, hast du, ja? Du hast ihr nachspionieren lassen.

Ein wildfremder Mann hat ihr Leben durchleuchtet, Dinge über sie hervorgekramt, die sie aus gutem Grund verborgen gehalten hat. Und jetzt stand sie vor mir, weinend und verzweifelt, weil sie dachte, ich würde sie ob dieser Geheimnisse verlassen.« Seine Stimme bebte vor Zorn. »Du hast ihr gesagt, ich würde ihr unterstellen, mit diesem Kerl die versuchte Vergewaltigung vorgetäuscht zu haben. Bist du noch gescheit?« Er wurde mit jedem Wort lauter.

»Ich habe doch nur …«

»Und als würde das nicht reichen, musste sie mir von ihrer Mutter erzählen, musste ihr Andenken entehren und mir all die verruchten Details schildern.« Eric kam zu Ellas Sessel, beugte sich vor, stützte die Arme rechts und links von ihrem Kopf auf die Rückenlehne. »Angesichts dessen, dass du dich von Sebastian praktisch vor allen Leuten hast ausziehen lassen, damit er dich heiratet und dich finanziert, ist dein moralisches Getue doch irgendwie erbärmlich, nicht wahr?«

»Ich …«

Wieder ließ er sie nicht zu Wort kommen. »Du, ganz recht. Es geht immer nur um dich. Was du möchtest, was du dir so denkst.«

Ella schwieg, wollte etwas antworten, aber der Kloß, der in ihrem Hals wuchs, raubte ihr die Stimme.

»Na, hat es dir die Sprache verschlagen?«, spottete Eric und richtete sich wieder auf. »Wäre schön, wenn das schon Heiligabend passiert wäre, dann wären es in der Tat drei schöne Tage geworden.«

Jetzt hatte er sie so weit. Tränen stiegen ihr in die

Augen, und sie wandte den Kopf ab, wollte nicht, dass er es sah.

»Das zieht nicht mehr, Ella, mir ist gleich, ob du weinst. Und ich werde Clara heiraten, dabei spielt für mich keine Rolle, ob es diesen Mann früher für sie gegeben hat oder wer ihre Mutter war.«

»Ich wollte nicht …«, setzte Ella erneut an.

»Ach, zum Teufel mit dir und dem, was du wolltest.«

»Wohin gehst du?«, rief Ella ihm hinterher, als er sich abwandte.

Er antwortete nicht und zog die Tür unsanft hinter sich zu.

Eine Zeit lang starrte Ella wie blind vor sich hin, indes ihr das vergessene Buch aus den Händen geglitten und zu Boden gefallen war. Dann erhob sie sich schwerfällig und verließ den Salon. Sie durchquerte die Halle und ging die Treppe hoch. Glatt und kühl lag das Geländer unter ihrer Hand, und unwillkürlich stieg in ihr die Erinnerung auf, wie sie als Kind daran heruntergerutscht war und Eric sie unten aufgefangen hatte. Sie würde mit ihm sprechen, er war ihr nie lange böse, und er würde einsehen, dass sie es nur gut gemeint hatte. Erleichtert stellte sie fest, dass unter seinem Türspalt Licht hervorschimmerte. Sie klopfte behutsam an, dann etwas fester, als keine Antwort kam. Schließlich drückte sie die Klinke hinunter. Verschlossen.

»Eric?« Ein weiteres Mal klopfte sie, wartete und gab es schließlich auf.

»Na ja.« Louise legte die Hohlkörper, die sie aus dunkler Schokolade gegossen hatte, beiseite und sah Ella ernst an. »Ich kann ihn schon verstehen, weißt du.«

Seit fünf Tagen sprach Eric nicht mit ihr, wenn er denn überhaupt mal daheim war, was selten vorkam. Schließlich hatte Ella Louise davon erzählt, während Clara im Verkaufsraum stand. Mit ihr sprach Ella derzeit auch nicht, wenngleich ihr klar war, dass die junge Frau in dem Fall wirklich keine Schuld traf. Sie hatte getan, was Ella verlangt hatte. »Aber ich habe es doch für ihn getan.«

Louise seufzte. »Ach, wirklich, Ella? Wenn du einmal ganz ehrlich zu dir selbst bist?«

Es war ihr um Eric gegangen, dessen war sich Ella die ganze Zeit über gewiss gewesen, aber mittlerweile fragte sie sich, ob sie sich nicht selbst belog. Dass Clara auch noch so freundlich zu ihr war, überhaupt nicht nachtragend, war fast ebenso schlimm wie Erics Distanziertheit, denn es verschlimmerte Ellas schlechtes Gewissen.

»Was soll ich denn jetzt tun?«

»Hast du dich bei Clara entschuldigt?«

»Ja, direkt am nächsten Tag, aber vermutlich hat sie es Eric nicht erzählt.«

Louise hob die Brauen. »Siehst du, du tust es schon wieder?«

»Was denn?«

»Ihr Böses unterstellen.«

»Du hast gedacht, sie hätte Zimt gestohlen, um ihre Haushaltskasse aufzubessern.«

»Ich hätte es dir nicht erzählen sollen. Jetzt weiß ich

auch, dass das lächerlich ist, aber damals konnte ich ja nicht ahnen, dass es mit ihr und Eric ernst ist.«

»Ach, und wäre es das nicht, dann würdest du es ihr weiterhin zutrauen? Ich mag ihr ja auch nicht gerade wohlgesonnen gegenübergestanden haben, aber für eine Diebin halte ich sie nicht.«

»Es war eben alles so rätselhaft.« Louise biss in eine Praline, verzog kritisch das Gesicht und nahm eine weitere. »Sag mal, findest du nicht, die schmecken komisch?«

Ella nahm eine und steckte sie sich in den Mund. Es war ein kaum wahrnehmbarer Beigeschmack, der die Gesamtkomposition störte. »War die Sahne nicht mehr gut?«

»Na, das hoffe ich nicht.« Louise probierte eine andere Sorte, während Ella nach dem Rosenmarzipan griff. Der Reihe nach probierte sie einiges von dem durch, was sie draußen neu in den Auslagen hatten. »Die Sahnetrüffel schmecken seltsam, alles andere ist normal.«

»Na ja, die Safranpralinen sind auch nicht so, wie sie sein sollten.«

Ella probierte eine. »Stimmt.« Vermutlich war es wirklich die Sahne gewesen. »Nimm sie sicherheitshalber aus der Auslage.«

»Ich fand ja die Kaffeetrüffel auch etwas merkwürdig.«

»Da habe ich es nicht so rausgeschmeckt.« Ella kostete eine weitere, ließ sie mit konzentrierter Miene auf der Zunge zergehen und schüttelte den Kopf. »Na ja, ganz leicht.«

»Also nehme ich die auch raus. Ach, das darf doch nicht wahr sein.« Louise verließ den Fertigungsraum, während Ella zum Kühlschrank ging und die Kanne mit der Sahne nahm, um daran zu schnuppern. Zumindest roch die hier nicht sauer, von der verbrauchten war wohl nichts mehr da. Sie würde mit Curt sprechen, wenn er von seinen Besorgungen zurückkam.

Louise kam mit zwei Auslagetabletts zurück. »Von den Safranpralinen war fast nichts mehr da.« Seufzend entsorgte sie den Rest und fuhr mit ihrer Arbeit in der Fertigung fort. Das war doch alles zu ärgerlich, dachte Ella. Wie konnte Curt so ein Fehler unterlaufen?

Nach einer halben Stunde legte Louise sich die Hand an den Bauch. »So langsam spüre ich die viele Schokolade.«

»Ja, ich auch.« In Ellas Magen rumorte es, was ihr in der Schwangerschaft ohnehin häufiger passierte und ihr überaus lästig war. Eine Zeit lang ignorierte sie es, aber das Grummeln wurde zunehmend schlimmer. »Ich glaube, ich fahre besser heim, mir ist etwas übel.«

»Mir auch. Das kommt von so viel Maßlosigkeit.«

Ella verließ das *Rosenpalais,* grüßte Clara im Vorbeigehen und eilte zu ihrem Wagen. Ihr Magen machte sich immer vehementer bemerkbar, und als sie daheim vorfuhr, war ihr so übel, dass sich der Speichel in ihrem Mund bereits sammelte. Das Anzeichen war untrüglich, und so lief sie recht undamenhaft die Treppe zur Haustür hoch, eilte in die Villa und schaffte es gerade noch bis ins Bad, wo sie sich über dem Klosett erbrach.

Heftig atmend kniete sie auf dem kühlen Boden, spürte, wie es in ihrem Magen rumorte. Sie schaffte es eben noch, sich den Mantel abzustreifen, ehe sie sich im nächsten Moment erneut übergab. Als schließlich nur noch Galle kam, richtete sie sich würgend auf. Ihre Augen tränten, und in ihrem Bauch wühlte ein dumpfer Schmerz. Zittrig kam sie auf die Beine, ging zum Waschbecken, um ihren Mund auszuspülen, und stützte sich auf dem Keramikrand ab, als ihr schwarz vor Augen wurde. Sie wartete, bis der Schwindel vorüber war, dann wankte sie in ihr Zimmer und ließ sich auf dem Bett nieder. Der dumpfe Schmerz setzte erneut ein, und sie beugte sich vor, keuchte und atmete erleichtert auf, als er abebbte.

Ob Louise sich auch so elend fühlte? Konnte das von verdorbener Sahne kommen? Ella atmete nun wieder ruhiger, wenngleich ihr immer noch elend war. Sie streifte die Stiefel von den Füßen und legte sich hin. Ihr Magen tat weh, und sie spürte, wie ihr wieder saure Galle in den Mund stieg. Aber glücklicherweise folgte kein erneuter Brechreiz, dafür jedoch setzte der Schmerz wieder ein, heftiger als zuvor, steigerte sich und ebbte ab. Sie legte die Hand an den Bauch, stieß ihn an, wollte, dass das Kind sich bewegte. Ein Stoß gegen die Hand antwortete ihr, und sie beruhigte sich. Aber ihr war wirklich furchtbar elend, dabei war es ihr doch morgens noch so gut gegangen. Mit geschlossenen Augen lag sie da, wartete darauf, dass es ihr langsam wieder besser ging, während sie sich vorstellte, wie Frauen sich nach dem Verzehr ihrer Pralinen übergaben. Vermutlich würden sie denken, das sei nur ein verdorbener Magen. Es passte einfach nicht zu Curt, verdorbene Sahne zu verwenden, und Ella konnte sich auch nicht vorstellen, dass das allein eine solche Wirkung haben konnte. Hoffentlich waren die Pralinen nicht vergiftet worden.

Der Schmerz setzte mit einer Heftigkeit ein, die ihr den Atem nahm, und ihr Bauch wurde hart. Sie stöhnte, krallte die Finger in das Kissen. Dann war es vorbei, und sie richtete sich auf. Das Personal hatte seinen freien Nachmittag, es war also niemand außer ihr im Haus. Ella stand auf, ging zur Tür, um Sebastian anzurufen. Das Telefon befand sich im Salon, und auf dem Weg dorthin fror sie so sehr, dass sie mit den Zähnen klapperte, obwohl das Haus geheizt war.

Sebastian war zu einem Termin gefahren und wurde erst am späten Nachmittag zurückerwartet, und so versuchte Ella es bei Eric. Der, so beschied man ihr, war in einer Besprechung, aber man werde ihm ausrichten, dass sie angerufen hatte. Sie hielt gerade das Telefon in der Hand, als der Schmerz erneut über sie hinwegrollte. Mit einem Aufschluchzen wartete sie, bis es vorbei war, dann wollte sie bei Louise anrufen, als sie den Türgong hörte. Sebastian. Sie erhob sich, ging in die Halle und öffnete die Tür, während sie sich aufkeuchend unter der nächsten Schmerzattacke wand.

»Um des lieben Himmels willen!«, hörte sie Heinrich Dorns Stimme.

»Onkel Heinrich«, presste sie hervor. »Was …«

»Bist du allein, Kind?« Er hatte den Arm um ihre Mitte gelegt, stützt sie, als sie sich vor Schmerz krümmte.

»Ja, mir war nicht wohl, und ich glaube, ich brauche einen Arzt.«

»Du brauchst keinen Arzt, sondern eine Hebamme«,

sagte er, hob sie hoch, noch ehe sie widersprechen konnte, und trug sie hoch in ihr Zimmer, wo er sie auf ihr Bett legte.

»Warum riecht es hier oben so seltsam?«

»Mir war schlecht, ich glaube, ich habe mir den Magen verdorben.«

»Grundgütiger, das auch noch. Ich rufe Isolde an, sie weiß besser als ich, was nun zu tun ist.«

Eine Hebamme. Natürlich. Ella hatte sich so sehr auf die Übelkeit und den verdorbenen Magen konzentriert, dass sie gar nicht daran gedacht hatte, dass der Schmerz gänzlich andere Ursachen hatte.

Tante Isolde war noch vor der Hebamme hier und stürzte geradezu in das Zimmer. »Kind, du bist ja noch im Kleid. Schnell, ich helfe dir.«

Mithilfe ihrer Tante zog Ella sich aus. Isolde reichte ihr das Nachthemd und kniete zwischen ihre Beine. »Da hat es jemand eilig, man sieht ja schon den Kopf«, rief sie begeistert.

Nie wieder, dachte Ella, während der Schmerz in ihr wühlte, indes sie angehalten wurde zu pressen und das Gefühl hatte, ihr Körper würde entzweigerissen, nie wieder würde sie sich ein Kind von Sebastian machen lassen. Unmöglich, so schien es ihr, diese Schmerzen zu überleben. Und wenn ihre Tante ihr noch einmal sagte, wie großartig sie sei, würde sie sie mit dem Fuß vom Bett stoßen.

Die Hebamme trat in dem Moment ein, als das Kind seinen ersten, kräftigen Schrei tat.

»Ich sagte doch, er hat es eilig!«, rief Isolde entzückt. »Ach, er ist hinreißend.«

Ein Junge. »Gib ihn mir bitte«, sagte Ella, als ihre Tante das Kind in ein Tuch wickelte.

»Wo sind die Sachen für das Kind?«, fragte Isolde, als sie mit dem Bündel im Arm zu Ella trat. Die Hebamme kniete indes zwischen Ellas Beinen und wies sie an, erneut zu pressen. Ella kam der Aufforderung nach und spürte, wie etwas Warmes aus ihr hinausglitt, weniger schmerzhaft als das Kind zuvor. Ihre Beine zitterten heftig, ihr ganzer Körper bebte, als sie das kleine Geschöpf in die Arme nahm, das rote Gesichtchen ansah. Mein Kind, dachte sie, und es fühlte sich seltsam an, unwirklich. Isolde nahm ihn ihr wieder ab, und die Hebamme half ihr, das Nachthemd aus- und ein neues anzuziehen. Und auf einmal war da auch Doris, die das Bett abzog und mit tränenerstickter Stimme beteuerte, wie wunderschön das Kind sei.

Als Ella schließlich in dem sauberen Bett lag, dicke Tücher zwischen die Beine gebunden, wo der Schmerz zu einem dumpfen Pochen geworden war, das Kind neben sich, das an ihrem kleinen Finger sog, spürte sie, wie eine angenehme Mattigkeit sie überkam. Sie sah das Kind an, lächelte schläfrig. An der Tür hörte sie Heinrich, dem seine Frau beschied, er solle sie ein wenig ruhen lassen. Felix, dachte sie, der Glückliche. Hoffentlich glücklicher als dein Großvater, fügte sie still hinzu.

Als Ella die Augen wieder öffnete, war sie einen Moment lang verwirrt, dann fiel ihr Blick auf die leere Stelle neben ihr, und sie fuhr auf. »Felix?«

Sebastian saß auf einem Stuhl neben dem Bett, das Kind im Arm. »Felix?«

Sie strich sich das Haar aus dem Gesicht, rutschte ein Stück näher zum Bettrand und streckte die Hand aus, um mit dem Finger über die weiche Wange des Kindes zu streicheln. »Ich dachte mir, wir könnten ihn nach meinem Vater benennen.«

»Wir haben uns nie über Namen unterhalten.«

»Na ja, mir war klar, wie er heißen würde, wenn er ein Junge wird. Und ich habe geahnt, dass du nach der Geburt so glücklich über das Kind bist, dass du mir nicht widersprechen würdest.«

Ein Lächeln zupfte an seinen Mundwinkeln. »Hm, na ja, Felix Lombard, das klingt doch gut, nicht wahr?«

Ella erwiderte das Lächeln und sank auf das Kissen zurück. »Ja, man könnte glatt meinen, der Einfall sei von mir.«

Sebastian lachte, und der Kleine wurde wach, öffnete die Augen und gab ein maunzendes Geräusch von sich. Ella spürte ein Ziehen in der Brust, als sie Sebastian dabei beobachtete, wie er seinen Sohn wieder in den Schlaf wiegte.

»War es sehr schlimm?«, fragte er.

»Stell dir die schlimmsten Schmerzen vor, und es ist nur die halbe Wahrheit.«

»Es tut mir leid, dass ich nicht hier war. Als ich zurückgerufen habe, war dein Onkel am Telefon, und ich bin sofort gekommen. Nicht auszudenken, dass du ganz allein hier warst.«

»Das ging auf einmal so schnell. Eigentlich wäre ich noch im *Rosenpalais* gewesen, aber dann ist mir von den Pralinen so schlecht geworden.«

»Hast du so viele gegessen?«

»Nein, ich denke, etwas stimmte da nicht.« Ella erzählte ihm von dem seltsamen Geschmack und davon, dass Louise auch ganz flau im Magen geworden war.

»Das klingt merkwürdig.«

»Ja, nach der Sache mit dem Zucker und dem verschwundenen Zimt nun auch noch das.«

Sebastian nickte und sah auf das Kind, das in seinen Armen schlief. »Sorg dich jetzt nicht um diese Dinge«, sagte er. »Ich kümmere mich.«

Ella wollte etwas erwidern, als die Tür aufgestoßen wurde und Eric eintrat. Er war kreidebleich, sah zu dem Kind und wieder zu Ella. Dann kam er zu ihr, ließ sich auf dem Rand des Bettes nieder und nahm ihre Hand.

»Es tut mir leid, Ella. Ich wusste nicht …«

»Schon gut.«

»Nein, es ist nicht gut. Man hat mir gesagt, du hättest angerufen, aber ich …« Er verstummte. »Nicht auszudenken, wenn Onkel Heinrich nicht gekommen wäre.«

»Dann hätte ich es allein gemeistert«, sagte Ella. »Heraus kommen sie schließlich immer.« Sie wollte nicht, dass er sich Vorwürfe machte, denn dann würde sie wieder das schlechte Gewissen packen.

Eric schwieg, wirkte aber immer noch bekümmert. Dann blickte er zu dem Kind, und ein Lächeln zuckte über sein Gesicht. Er beugte sich über den Kleinen, der wach geworden war. Eric hielt den Zeigefinger an das Fäustchen, und die winzigen Finger schlossen sich darum.

»Na, mein Kleiner. Herzlich willkommen.«

16

APRIL 1927

»Ich befürchte«, sagte Louise, als sie Felix aus dem Kinderwagen hob, »Max wird sich daran gewöhnen müssen, dass es einen weiteren Mann in meinem Leben gibt.« Sie herzte das Kind und ging mit ihm an den Regalen entlang. »Du weißt es jetzt noch nicht zu schätzen, aber danach wirst du später gewiss ganz verrückt sein.«

»Oder aber er hat Schokolade irgendwann über«, sagte Clara, die nun ebenfalls hinzugetreten war, »weil er sie immerzu um sich hat.«

»Nein, die hat man nie über«, antwortete Ella lachend. »Lass dir das von der Tochter eines Süßwarenfabrikanten gesagt sein.«

»Zumindest kann er sich nicht über einen Mangel an weiblicher Aufmerksamkeit beklagen«, entgegnete Clara, denn die Gäste des Cafés schienen allesamt hingerissen zu sein. Worte wie »Herzensbrecher« und »Charmeur« fielen.

»Er kommt vom Aussehen her nach dir«, stellte Clara fest, als sie ihn von Louise in die Arme gelegt bekommen hatte.

»Na, nach all den Strapazen und Schmerzen finde ich das auch nur anständig von ihm.«

Ella ging zu den Auslagen und sah sich alles an. Sie kam derzeit nur bei Spaziergängen vorbei, und inzwischen vibrierte in ihr wieder jene Unruhe, die sie bei zu langer Untätigkeit überkam. Für Felix hatte sie eine Amme, sodass er versorgt war, wenn sie arbeitete, und sie konnte ja immer rasch nach Hause, wenn die Sehnsucht nach ihm gar zu groß wurde.

»Waren deine Schwiegereltern inzwischen bei dir?«, fragte Louise leise, als sie zu ihr getreten war.

»Ja, Sebastian hat sie im Salon mit dem Kind empfangen. Ich war nicht erpicht darauf, sie zu sehen. Ava war auch da, das war sehr nett.«

»Wie geht die Suche nach dem Haus voran?«

»Ganz gut, es gibt zwei, die uns gefallen, eins in der Kaiser-Friedrich-Straße und das andere in der Bismarckstraße.«

Als Felix einen maunzenden Wimmerlaut ausstieß, gab Clara ihn rasch an Ella zurück, begleitet von dem nachsichtigen Lachen der älteren Damen im Café. Clara wurde tatsächlich rot, was sich ungewöhnlich bei ihr ausnahm.

»Du kannst ja schon mal für eigene üben«, neckte Ella sie.

Das Rot vertiefte sich. Im Sommer wollten sie und Eric heiraten, und inzwischen kam Ella mit Clara gut aus, die ihr glücklicherweise auch nichts nachtrug. Ella wusste nicht, ob sie an ihrer Stelle auch so nachsichtig gewesen wäre, vermutlich eher nicht. Es war unverkennbar, dass sie Eric guttat, und das war das Wichtigste. Er würde zwar gewiss nie der Alte werden, aber er ging wieder mehr unter Leute, schaffte es – wenngleich nicht täglich – ins Werk zu fahren und dort die Leitung zu übernehmen. An Tagen, an denen ihn die Kopfschmerzen plagten und er Ruhe brauchte, war Clara oft bei ihm, was ihm die Dunkelheit erträglicher machte. Clara würde ein eigenes Zimmer bekommen, sie hatten bereits eines der ehemaligen Gästezimmer ausgesucht und eingerichtet. Denn Eric blieb dabei, dass er nicht in Gegenwart einer anderen Person schlief, das nahm auch seine Ehefrau nicht aus. Dass Clara damit umgehen konnte, war nach Ellas Dafürhalten ein weiterer Punkt, der für sie sprach.

Sie betrat den Fertigungsraum und sah Curt über die Schulter. »Was wird das?«

»Pistazientrüffel. Außerdem möchte ich später noch Schokoladenformen zu Ostern gießen. Louise hatte die Idee, die als kleines Geschenk dazuzugeben, wenn jemand hier einkauft.« Er sah den Säugling an, den Ella nach wie vor auf dem Arm trug. »Na, Felix, siehst du dir schon dein künftiges Arbeitsumfeld an, oder wird dein Vater dich in den Gewürzhandel schicken?«

»Er wird ein Chocolatier«, entschied Ella.

»Er wird vor allem der Haupterbe der Lombards.«

»So klein und schon so viel Verantwortung zu schultern.« Ella herzte ihn und drückte ihn an sich. Sebastian hatte bereits gescherzt, dass sie wohl nachlegen mussten, wenn sie für beide Bereiche einen Erben brauchten, was Ella lediglich mit gehobenen Augenbrauen quittiert hatte. »Hier wird vorläufig überhaupt nichts nachgelegt«, hatte sie schließlich geantwortet. »Außerdem erbt ohnehin Erics Sohn die Chocolaterie, meiner wird höchstens an dessen Seite arbeiten.« Da war er wieder, der kleine Stich. Aber Ella wollte solche Gedanken nicht zulassen. Wenn es nicht Claras Sohn war, dann der einer anderen Frau, und sie wusste, dass keine imstande war, sie zufriedenzustellen.

»Du bist schlimmer als eine Schwiegermutter«, hatte Louise ihr erklärt.

»Möchtest du Onkel Curt ein wenig über die Schulter schauen?«, fragte Ella ihren Sohn.

»Solange er nicht auf meine Zutaten sabbert, soll es mir recht sein«, scherzte Curt. »Ich kann es ehrlich gesagt kaum erwarten, hier Enkelkinder herumkrabbeln zu sehen.«

»Gleich mehrere?«

»Ich bin eben ein Optimist. Und da Louise ihre Wahl ja offensichtlich getroffen hat, darf ich das gewiss auch sein.« Er schmunzelte.

»Hat Max sich schon erklärt?«

»Noch nicht offiziell, aber da er ihr so offen den Hof macht und sie bestens harmonieren, können wir wohl davon ausgehen. Meine Wahl wäre er nicht gewesen, aber sie muss ja mit ihm glücklich werden.«

»Hat sich eigentlich mittlerweile eine der Kundinnen gemeldet, die die verdorbenen Pralinen gekauft haben?«

»Nein, offenbar hat niemand den Zusammenhang hergestellt. Oder aber die Safranpralinen waren doch in Ordnung. Von den anderen wurden ja nur sehr wenige verkauft, da könnte es noch gut gegangen sein. Allerdings wäre es auch möglich, dass du und Louise euch tatsächlich mit eurer Schlemmerei den Magen verdorben habt.«

»Das glaube ich nicht, mir war furchtbar elend. Als hätte jemand ein Abführmittel hineingemischt.«

»Ja, den Eindruck machte es. Nun ja, wir werden sehen. Sie warten an diesem Abend wieder?«

»Ja, das tun sie.« Seit fast zwei Monaten bereits, und mittlerweile zweifelte Ella daran, dass es etwas bringen würde.

»Du willst dir wirklich diese Blöße geben?«, fragte Helenes Mutter sie.

»Es ist keine Blöße, sondern einfach nur anständig. Ella hat ein Kind bekommen, und das Mindeste sollte doch sein, ihr zu gratulieren.«

»Ein Kind von deinem Verlobten.«

Helene war kurz davor, etwas zu Bruch zu werfen. »Er ist nicht mehr mein Verlobter, er war es kürzer, als Arvid um mich wirbt. Bei ihm weiß ich wenigstens, dass es wirklich der Mann ist, den ich möchte, bei Sebastian bin ich mir inzwischen ziemlich sicher, dass *er* es nicht war.«

»Ja, aber trotz allem. Ella hat dieser Familie eine solche Demütigung zugefügt.«

»Ich kann darauf jetzt noch jahrelang herumreiten, oder aber ich zeige Größe und gehe zu ihr. Wie auch immer, ich bin es leid. Onkel Heinrich war mit seiner Familie bei ihr, Elisabeth mit Richard, sogar Hans hat zumindest Eric gratuliert, als er ihn getroffen hat. Wusstest du eigentlich, dass er sich verlobt hat?«

»Hans?«, fragte ihre Mutter verwirrt.

Helene verdrehte die Augen. »Nein, Eric. Richard hat das erzählt. Diese Pianistin.«

»Ach, die? Arbeitet die nicht für Ella?«

»Ja.« Obwohl Helene nie auf die Idee gekommen wäre, arbeiten zu gehen, fand sie die Vorstellung, wie drei Freundinnen zusammen ein Café führten, irgendwie reizvoll, und es stieg sogar ein kleiner Anflug von Neid auf.

»Du willst jetzt also wirklich zu ihr gehen?«, wiederholte ihre Mutter.

Helene schloss die Augen und zählte von zehn rückwärts. »Ja«, antwortete sie schließlich ruhig.

»Mit Arvid?«

»Nein, er hat keine Zeit. Ich brauche dafür ja auch keinen Begleiter, nicht wahr?«

»Was ist, wenn Sebastian bei ihr ist?«

Helene wusste, wenn sie jetzt nicht ging, würde sie entweder etwas Unverzeihliches sagen oder aber die Nippesfigürchen vom Regal fegen. »Bis später, Mutter.«

In der Villa Dorn beschied ihr die etwas erstaunt dreinschauende Doris, Frau Lombard sei an diesem Tag mit dem Kleinen im *Rosenpalais*. Nun gut, da war Helene bisher noch nicht gewesen, vielleicht konnte sie ihrer Mutter eine Schachtel Pralinen mitbringen.

Kurz überlegte sie, ihren Wagen von zu Hause zu holen, entschied dann aber, den fünfzehnminütigen Fußweg zu machen. Es war zwar bewölkt, sah aber nicht nach Regen aus, und hin und wieder kam sogar die Sonne heraus. In den letzten Tagen hatte es oft geregnet, und die Straßen waren immer noch feucht vom letzten nächtlichen Schauer. Einmal wäre Helene auf einem Stück matschigem Papier fast ausgeglitten, fing sich aber rechtzeitig wieder. Sie mochte den April, mochte die Unbeständigkeit, mit der sich das Wetter präsentierte.

Vor der Chocolaterie blieb sie kurz stehen, dann straffte sie sich und öffnete die Tür. Der unvergleichliche Duft nach Schokolade empfing sie in dem hübsch eingerichteten Verkaufsraum mit Café. Sie hatte dann und wann im Vorbeigehen einen neugierigen Blick in die Chocolaterie geworfen, so nett hatte sie es sich jedoch nicht vorgestellt. Rosen und Schokolade prägten das Erscheinungsbild, Regale, in denen Dosen in verschiedenen Größen und Farben standen, umgeben von seidenen Rosen. Die Auslagen waren gefüllt mit Pralinen, und auf einem kleinen Beistelltisch befanden sich Schokoladenplätzchen unter einer Glasglocke.

»Guten Tag«, begrüßte die junge Frau hinter dem Verkaufstresen sie freundlich. Helene hatte der Pianistin stets nur flüchtige Aufmerksamkeit geschenkt, erkannte sie dennoch auf Anhieb. Das war also Erics Zukünftige.

»Guten Tag.« Helenes Blick fiel auf die Etagere, und sie fragte sich, ob es vermessen wäre, einfach eine Praline zu nehmen. »Ich möchte zu Ella Lombard.«

»Sie ist nebenan, ich sage ihr Bescheid. Wen darf ich melden?«

»Helene Dorn.«

Irritation flackerte in den Augen der Frau auf, gefolgt von Neugierde. »Nehmen Sie doch bitte Platz.« Sie deutete zum Café, dann ging sie durch die Tür in den angrenzenden Raum.

Helene setzte sich an einen freien Tisch am Fenster und war nun doch etwas nervös. Sie holte tief Luft, hielt sie an und stieß sie langsam in einem langen Zug wieder aus. Dann trat auch schon Ella in das Café, sah sie an und wirkte ebenso irritiert wie die junge Frau zuvor.

»Helene? Ist etwas passiert?«

»Nein, eigentlich wollte ich zur Geburt gratulieren, aber du warst nicht daheim. Doris hat gesagt, du seiest hier.«

Ella wirkte erstaunt. »Ach, das ist ja sehr freundlich von dir. Was möchtest du denn trinken?«

»Wenn ich schon mal hier bin, probiere ich gerne eure heiße Schokolade.«

»Ist gut, ich sage Bescheid und hole Felix.«

Helene hatte schon gehört, dass sie den Kleinen nach ihrem Vater benannt hatte. Als Ella kurz darauf mit ihm zurückkehrte, stieß Helene einen Laut des Entzückens aus. Sie mochte Kinder, immer schon, und der Kleine war einfach zu niedlich.

»Darf ich ihn mal halten?«

Ella überreichte ihn ihr, und Helene lachte leise auf, als er sie aus seinen grünblauen Augen ansah. »Der sieht ja aus wie du.«

»Ja, nicht wahr? Nur die Augen kommen nach seinem Vater. Aber vielleicht werden die auch noch braun, das wird sich zeigen.«

»Wie macht sich Sebastian als Vater?«, versuchte sich Helene an Unbefangenheit.

»Ganz gut.« Ella hatte sich ihr gegenüber niedergelassen. »Helene, ich ... Ich habe mich nie entschuldigt für ...«

»Oh, bitte, Ella«, fiel Helene ihr ins Wort. »Verdirb

den Augenblick nicht, ja? Könntest du die Zeit zurückdrehen, würdest du dich dann anders entscheiden?«

»Nein«, gestand Ella.

»Na also. Belassen wir es also einfach dabei. Außerdem war ich ja auch garstig zu dir. Ich habe dafür zwar nicht verdient, dass man mir meinen Verlobten ausspannt, aber nichtsdestotrotz. Allerdings bin ich mit Arvid glücklicher, als ich es mit Sebastian wohl je geworden wäre, daher ist alles gut, wie es ist.«

Ella nickte nur.

Louise trat mit einem Tablett zu ihnen, auf dem sich eine Tasse heiße Schokolade mit Sahne sowie zwei Teller mit dunklem Kuchen befanden. Für Ella brachte sie Kaffee. Auf einem kleinen Tellerchen lag eine Praline.

»Rosenmarzipan«, erklärte Ella.

Helene biss hinein und seufzte genießerisch. »Ach, ist das herrlich.«

»Ich gebe dir später welche mit, wenn du möchtest.«

»Vielen Dank.« Helene legte Felix in den Kinderwagen, den Ella neben das Fenster gestellt hatte, dann griff sie nach der Tasse und nippte an der heißen Schokolade. »Meine Mutter war dagegen, dass ich zu dir gehe.«

»Ich dachte mir schon, dass dein Vater unversöhnlich bleibt, und sie tut stets das, was er sagt.«

»Ja, leider.« Helene löffelte Sahne von der Schokolade und rührte den Rest hinein. »Wann ist die Taufe?«

»Im Sommer. Möchtest du kommen?«

»Wenn ich darf?«

»Natürlich.« Ein Lächeln nistete in Ellas Mundwinkeln, und sie wirkte ungewöhnlich weich.

Helene dachte an früher, daran, wie sie miteinander

gespielt hatten, ehe ihre Väter sich zunehmend entzweit hatten. Freundinnen würden sie gewiss nicht werden, über diese Tatsache täuschte auch die Harmonie des Augenblicks nicht hinweg, aber vielleicht würden sie sich gut verstehen, gut genug, um ab und zu mal einen Kaffee zusammen zu trinken und sich gegenseitig einzuladen.

»Woran denkst du?«, fragte Ella.

Helene sah zu dem Kinderwagen. »Daran, dass ich möglichst bald heiraten sollte, damit der Kleine einen Spielgefährten bekommt.«

Ella wirkte erstaunt, dann lachte sie.

»Ich finde es unheimlich«, sagte Louise, als sie nachts im dunklen Fertigungsraum saßen.

»Und du wolltest das allein tun«, antwortete Eric.

»Ja, schon gut, du musst mir das nicht jedes Mal vorhalten.«

»Du sagst ja auch jedes Mal, es sei unheimlich.«

»Stimmt gar nicht.«

Sebastian stieß ungehalten den Atem aus. »Ich habe ja von Anfang an gesagt, es ist eine dumme Idee, wir hätten einen Detektiv beauftragen sollen.«

»Und der hätte dann dasselbe getan wie wir jetzt«, konterte Eric, »nur hätte er sich das auch noch fürstlich entlohnen lassen.«

»Das wäre es mir wert gewesen, dann hätte ich die letzten sechs Wochen im Bett verbringen können.«

»Ich sitze auch hier«, antwortete Eric, »und hörst du mich jammern?«

»Auf dich wartet ja auch niemand.«

»Auf dich wohl ebenso wenig. Ich möchte wetten, Ella lässt dich immer noch nicht ran.«

»Darf ich euch daran erinnern, dass ihr nicht allein seid?« Louise war froh, dass man in der Dunkelheit ihre roten Wangen nicht sah. »Also spart euch die Schlüpfrigkeiten.«

»Verzeihung«, antwortete Eric.

Sebastian schwieg.

»Was, wenn derjenige gar nicht mehr kommt? Vielleicht hat er aufgegeben«, fragte Louise.

»Und wozu das Ganze?«, entgegnete Sebastian.

»Das frage ich mich ohnehin die ganze Zeit.«

»Er will euch schaden«, kam es von Eric. »Ist nur die Frage, warum.«

»Eric«, begann Louise, »ich hoffe, du bist mir nicht böse, wenn ich das sage, aber könnte es der verschmähte Geliebte von Clara sein?«

Eine ganze Weile kam keine Antwort. »Warum sollte er das tun?«, fragte Eric schließlich.

»Weil es ihm vielleicht auf eine verquere Weise Genugtuung verschafft.«

Louise hörte ein Seufzen. Das Warten zehrte an ihren Nerven. Sie wusste, dass sie nicht hier unten sitzen musste, die Männer würden das auch ohne sie machen, aber es war ihre Idee gewesen, den Täter auf frischer Tat zu ertappen, also wollte sie auch dabei sein. Immerhin hatte sie vorgeschlagen, allein hier zu warten, die Männer hatten das lediglich nicht geduldet. Also konnte sie sich jetzt nicht einfach zurückziehen, nur weil ihr langweilig war. Aber sie hatte auch nicht damit gerechnet, dass es so lange dauern würde. Allerdings hatte zwischen den Vorfällen ja immer etwas Zeit gelegen. Vielleicht wollte der Täter darauf warten, dass ihre Wachsamkeit nachließ und sie sich in Sicherheit wiegten. Das mit dem Abführmittel war schon unglaublich gewesen, und so lästig das auch gewesen war, so war es doch gut, dass es Ella und Louise getroffen hatte, denn sonst hätten sie es nicht bemerkt und die Pralinen nicht aus der Auslage genommen.

Sie hätte Max gerne gesagt, was sie hier taten, er war außer sich gewesen, als sie ihm von dem letzten Vorfall erzählt hatte. Aber Sebastian hatte von Anfang an klargemacht, dass niemand eingeweiht werden durfte.

»Das ist doch albern«, hatte Louise widersprochen, aber auch Eric hatte zugestimmt. Je mehr Leute Bescheid wussten, umso größer war die Wahrscheinlichkeit, dass der Täter von ihrer geplanten Aktion erfuhr.

»Es ist gewiss jemand, der immer mal wieder hier in der Nähe ist, vielleicht sogar eine Kundin, die euch Böses will. Da sollte man das Risiko so gering wie möglich halten.«

»Dann darf Clara es auch nicht erfahren«, hatte Louise geantwortet.

Dem hätte Eric gerne widersprochen, das war ihm anzusehen gewesen, konnte es jedoch angesichts seiner eigenen Argumentation nicht tun.

Louise hatte sich innerlich bereits eingestanden, dass die ganze Warterei mal wieder vergeblich gewesen war, als sie ein Scharren hörten. Jemand war im Innenhof. Sie hatten vermutet, dass der Täter diesen Weg nehmen würde, um ungesehen ins Haus zu gelangen, und das wäre vom Seiteneingang aus nicht möglich gewesen, der war von der Straße aus gut einsehbar. Der Haupteingang ins Café schied ohnehin aus.

Es herrschte atemlose Stille, was Louise bewies, dass auch die beiden Männer es gehört hatten. Der Schlüssel wurde im Schloss gedreht, dann ging die Tür auf, und eine Gestalt huschte hinein. Mondlicht fiel in den Raum, erhellte diesen kurz, dann wurde die Tür leise geschlossen. Ein Ratschen war zu hören, dann flackerte ein Streichholz auf, und im nächsten Moment verbreitete eine kleine Laterne warmes Licht. Die Gestalt drehte sich um, bemerkte die drei und wich mit einem erschrockenen Schrei zurück. Allerdings war nicht nur der Mann erschrocken, sondern auch Louise erstarrte.

Langsam erhob sie sich, ging auf ihn zu. »Max?«

Licht flackerte auf, als einer der beiden Männer den Schalter für die Lampe betätigte.

»Ich …« Louise stockte, fragte sich, ob sie hier irgendetwas erschreckend falsch verstand.

Sie drehte sich zu Eric und Sebastian um, hoffte, dass jemand ihr erklärte, was hier los war. Hatten sie sich einen skurrilen Scherz erlaubt, und Max würde gleich lachen und ihr einen bizarren Antrag machen? Allerdings wirkten auch die beiden Männer erstaunt.

»Ich kann das erklären«, sagte Max und rieb sich die Hände an den Hosen ab, als wären sie verschwitzt. Er hatte eine kleine Tasche dabei, und Louise fragte sich, was wohl dieses Mal geplant war.

»Dann erkläre es mir«, sagte sie.

Erwartungsgemäß schwieg er, als müsse er die versprochene Erklärung selbst erst einmal zusammenklauben.

»Ich bin nicht ganz so geduldig wie Louise«, sagte Eric. »Darf ich also um die versprochene Erklärung bitten?«

»Nun gut. Was bringt es jetzt noch, zu leugnen? Ich arbeite in der Reederei Dorn, und Herr Dorn wusste, dass ich Louise den Hof mache. Er bat mich, seiner Tochter und der Familie zuliebe, das Café, das sie mit dem Geld ihres Mannes aufbaute, zu sabotieren. Da ich wusste, wie übel Frau Lombard Georg Dorn mitgespielt hatte, willigte ich ein. Es war ja auch keine große Sache, niemand sollte zu Schaden kommen.«

»Niemand sollte zu Schaden kommen?«, fuhr Louise auf. »Ich habe mir eine Stunde lang fast die Seele aus dem Leib gekotzt. Und Ella war schwanger und allein zu Hause, stell dir vor, sie wäre ohnmächtig geworden? Wie wolltest du das denn mit deinem Gewissen vereinbaren?«

»Es war ja gar nicht geplant, dass es euch direkt trifft. Aber die Sache war harmlos, ich habe ja nichts vergiftet.«

»Wir haben Ella so viel zu verdanken. Sie war es, die uns überhaupt erst miteinander bekannt gemacht hat.«

»Ich habe ja auch nichts gegen sie, aber für Georg Dorn arbeite ich seit Jahren, ich bin ihm Loyalität schuldig.«

»Und ich? Was bist du mir schuldig?«

Er sah sie an, wirkte verblüfft. »Das hat doch nichts mit dir zu tun. Meine Gefühle für dich sind echt.«

Louise stieß ein höhnisches Lachen aus. »Ach, tatsächlich?«

»Wenn wir heiraten, kann ich dich versorgen, du brauchst das hier nicht.«

»Du denkst ernsthaft, nach all dem würde ich dich noch heiraten wollen?«

Das traf ihn nun doch, das konnte er nicht verbergen. Damit, zurückgewiesen zu werden, hatte er nicht gerechnet, und es brachte ganz offensichtlich eine seiner weniger guten Seiten zum Vorschein. »Nun, wenn nicht, dann bist du einfach nur liederlich. Oder wie willst du dem nächsten Kerl erklären, dass du nicht mehr unschuldig bist?«

Louise spürte, wie ihr das Blut in die Wangen schoss, und sie umschlang mit beiden Armen ihren Oberkörper, wollte keinen der Männer ansehen, blickte auch nicht auf, als Eric an ihr vorbei- und auf Max losging.

»Mir ist nicht ganz klar«, sagte er, während er Max am Kragen packte, »woher ein anderer Mann das erfahren sollte. Oder hast du vor, damit hausieren zu gehen?«

Max zappelte unter dem Griff, wollte sich befreien, aber Eric hatte ganz offensichtlich mehr Kraft als er.

»Nun?«, fragte Eric seidenweich.

»Ich sage nichts«, presste Max hervor.

»Falls doch, dann sorge ich dafür, dass dir künftig die Möglichkeit fehlt, wieder eine anständige Frau vor der Hochzeit zu entehren. Hast du das verstanden?«

»Ja«, kam es kaum hörbar.

»Und nun entschuldige dich bei ihr, sag ihr, dass du ein erbärmlicher Wicht bist und sie nicht verdient hast.« Eric trat ihm die Beine weg, ohne ihn loszulassen, und zwang ihn somit auf die Knie.

Louise blinzelte, wollte Max nicht ansehen, der – von Erics Griff gezwungen – zu ihr aufblickte.

»Ich höre nichts«, kam es jetzt von Sebastian.

»Entschuldigung«, schnappte Max.

»Und der Rest?« Eric griff mit der anderen Hand nach Max' Handgelenk, und offenbar war die winzige Bewegung, die er dabei ausführte, überaus schmerzhaft, denn Max schrie auf. Louise, die ihre verratenen Gefühle für ihn nicht von einem Moment auf den anderen abschalten konnte, schluchzte auf.

»Ich bin ein erbärmlicher Wicht und habe dich nicht verdient«, keuchte Max, dann zog Eric ihn wieder auf die Beine.

»Woher hast du den Schlüssel?«

»Nachgemacht von Louise. Ich habe ihre Schlüssel behalten, als sie bei mir war und sie später hier auf den Boden gelegt, damit sie denkt, sie hätte sie verloren.«

»Gib ihn her.«

Max kramte in seiner Jackentasche und legte den Schlüssel in Erics ausgestreckte Hand. Mit einem Stoß beförderte dieser ihn hernach zur Tür hinaus und warf diese hinter ihm ins Schloss. Danach kam er zu Louise, legte ihr in brüderlicher Geste den Arm um die Schultern und drückte sie leicht an sich. Unterdessen hatte Sebastian die Tasche genommen und sah hinein.

»Ein leeres Gefäß. Offenbar wollte er sich wieder als Dieb betätigen.«

»Oder Zucker und Salz austauschen«, sagte Eric.

»Nachdem das mit dem Abführmittel Ella und Louise getroffen hat, ist er in dieser Hinsicht wohl vorsichtiger geworden.«

Louise schwieg, während sie ihre Tränen mit Mühe zurückdrängte. Auf gar keinen Fall wollte sie vor den beiden Männern losheulen, denn tröstende Worte vertrug sie nun gewiss nicht. Sie löste sich sacht aus Erics Arm, wandte sich ohne ein Wort ab, da sie ihrer Stimme nicht traute, und eilte aus dem Raum.

»Kann man denn nichts tun?«, fragte Clara, als sie mit Ella im Café stand.

»Nein, ich befürchte, damit muss sie jetzt erst einmal allein fertigwerden.«

Louise war in der Fertigung bei ihrem Vater und weigerte sich, vorne im Verkaufsraum zu bedienen, weil sie nicht wollte, dass jemand ihre rot geweinten Augen sah.

»Was für ein abstoßender Kerl«, sagte Clara. »Dabei wirkte er so nett.«

»Ich würde gerne sagen, ich hätte es von Anfang an geahnt, aber ich fand ihn lediglich etwas langweilig. Zugetraut habe ich ihm so etwas mitnichten.«

»Hast du mit deinem Onkel gesprochen?«

»Nicht ich, sondern Eric, und es war wohl kein schönes Aufeinandertreffen. Onkel Heinrich war dabei – glücklicherweise.«

»Ist er handgreiflich geworden?«

»Nein, nur laut. Aber vielleicht wäre er es, wenn Heinrich nicht begütigend eingegriffen hätte, wer weiß?«

Seit der Geburt des Kindes kam Heinrich öfter mal

vorbei und konnte nicht oft genug betonen, wie froh er war, dass er damals im richtigen Moment nach dem Rechten hatte sehen wollen.

»Dann hatte es ja etwas Gutes, dass wir uns so selten gemeldet haben«, hatte Ella daraufhin gescherzt.

Er war ganz vernarrt in Felix und behauptete, seinen kleinen Bruder in ihm wiederzuerkennen. Seine Schwiegertochter hatte eine Totgeburt erlitten und war zur Erholung an die See geschickt worden. Im Sommer würde Conrad ihr nachreisen und seinen Urlaub dort verbringen.

»Bleibt es dabei, dass du Eric heute Abend begleitest?«, fragte Ella.

Clara wirkte unbehaglich, nickte jedoch. »Er wünscht es sich so sehr, dass ich nicht ablehnen mag. Aber wohl ist mir nicht dabei.«

Tante Elisabeth feierte ihren Geburtstag, und da Eric mit Clara nun offiziell verlobt war, bestand Elisabeth darauf, dass er sie mitbrachte – zweifellos, um sie genauer unter die Lupe nehmen zu können. Das Unbehagen war also durchaus gerechtfertigt.

»Ich habe doch gar nichts Passendes anzuziehen.«

»Dass es daran nicht scheitern soll, habe ich dir bereits gesagt. Du kannst dich an meinem Schrank bedienen.«

Clara nickte zögerlich.

Ella wandte sich einer Kundin zu, die in diesem Moment die Chocolaterie betrat, und fragte nach ihren Wünschen. Es war so wunderbar, wieder hier zu sein, nicht mehr mit dickem Bauch und Watschelgang, sondern in einem Körper, er wieder ihr allein gehörte und in dem sie sich nicht so fremd fühlte. Daheim wartete Felix auf sie, und abends kam Sebastian dazu. Einziger Wermutstropfen in all dem Glück, das sie derzeit empfand, war Louises Schicksal. Es tat ihr so unendlich leid, wie alles gekommen war, und sie hätte so gerne etwas Tröstliches gesagt, wusste aber, dass Louise nun genau das nicht hören wollte.

Ella hatte nicht gewusst, dass Louise mit Max geschlafen hatte. Erst vor einigen Tagen hatte sie es ihr erzählt in der Annahme, sie wisse es bereits von Eric oder Sebastian. Die jedoch hatten geschwiegen und es Louise überlassen, was sie wem erzählen wollte. Ellas Zorn auf diesen Mann kannte keine Grenzen, und sie wünschte zutiefst, sie könnte es ihm irgendwie heimzahlen. Eric hatte gefordert, ihn auf die Straße zu setzen, aber dem hatte Georg sich vehement verweigert.

»Ich entlasse doch keinen Mitarbeiter, der mir gegenüber so loyal ist!«

Ella ging in den angrenzenden Fertigungsraum, fand diesen leer vor und trat daraufhin in die Kaffeeküche, wo auch der Backofen stand. Louise beugte sich gerade vor und holte mit hochrotem Gesicht ein Kuchenblech heraus, das sie vor sich abstellte. Danach zog sie den dicken Handschuh aus und legte ihn beiseite.

»Brauchst du Hilfe?«, fragte Ella.

Ihre Freundin schüttelte nur den Kopf und fuhr sich mit dem Handrücken über die Augen. Ella ging zu ihr, zog sie an sich und nahm sie in den Arm. Einen Moment lang ließ Louise dies zu, dann löste sie sich von ihr und wandte sich ab.

»Weiß dein Vater davon, wie weit die Sache gediehen

ist?«, fragte Ella nach einem prüfenden Blick in den Fertigungsraum.

Louise schüttelte den Kopf. »Er darf es auch nicht erfahren, es würde ihm das Herz brechen. Die einzige Tochter so liederlich und …«

»Du bist nicht liederlich, Max ist es.«

»Zum Glück bin ich wenigstens nicht schwanger. Nicht auszudenken …« Sie verstummte.

Seufzend lehnte Ella sich mit dem Rücken an die Anrichte. »Möchtest du heute Abend mit uns kommen?«

»Wohin? Zu deiner Tante? Da kenne ich doch niemanden, außerdem ist es ihr bestimmt nicht recht.«

»Sie wird nichts dagegen haben, wenn ich meine beste Freundin dabeihabe.«

»Ja, das erste und einzige Mal, dass ich in ihrem Haus war, ist ihr gewiss in bester Erinnerung geblieben.«

»Für sie warst du die besorgte Freundin.«

»Tja, und jetzt bist du die verheiratete Frau und ich das gefallene Mädchen.« Sie schüttelte den Kopf. »Es ist lieb, dass du fragst, aber ich werde wohl zu Hause bleiben.« Als wolle sie verhindern, dass Ella weiterhin insistierte, wandte sie sich ab und ging zum Spülstein, um sich die Hände zu waschen, ehe sie ein Messer zur Hand nahm und behutsam den Kuchen vom Rand des Blechs löste.

»Ich habe kein gutes Gewissen dabei, feiern zu gehen, während Louise so unglücklich ist«, sagte Ella, während sie sich umkleidete.

Sebastian, der bereits fertig angezogen war, saß in

dem Sessel am Fenster und sah ihr zu. »Wenn du lieber bei ihr sein möchtest, dann sag deiner Tante ab. Gewiss versteht sie das.«

»Nein, das versteht sie ganz sicher nicht. Aber ich würde es dennoch tun, wenn ich das Gefühl hätte, dass Louise das möchte. Aber sie will allein sein, das hat sie mir mehrfach unmissverständlich zu verstehen gewesen. Ich würde es an ihrer Stelle wohl auch sein wollen.« Sie nahm das Kleid vom Bügel und betrachtete es nachdenklich, ehe sie es anzog. »Machst du es bitte zu?«

Sebastian stand auf und trat hinter sie, um ihr Kleid zu schließen. Hernach ließ er seine Hände auf ihren Schultern liegen, neigte den Kopf und küsste ihren Nacken. Mit geschlossenen Augen ließ Ella ihn gewähren, dann machte sie sich sacht von ihm los und drehte sich zu ihm um. »Erinnerst du dich an dieses Kleid?«

Er trat einen Schritt zurück, musterte sie und wirkte unsicher, als er antwortete: »Sollte ich?« Offenbar witterte er eine Fangfrage.

Ella lächelte. »Ich hatte es an, als wir uns das erste Mal begegnet sind.«

Mit gekrauster Stirn betrachtete er sie. »Da hast du ein abgelegtes Kleid von Helene getragen.«

»Ich wollte es in den Ofen stecken, habe es aber nicht getan, weil ich geahnt habe, dass sein Moment kommen wird.« Sie hatte es ändern lassen, sodass es der neuesten Mode entsprach. Außerdem musste es ein wenig ausgelassen werden, denn ihre Figur war nach der Schwangerschaft noch nicht wieder so gertenschlank wie zuvor, und der etwas fülligeren Mitte galt es Rechnung zu tragen.

»Es steht dir gut, aber das tat es damals schon.«

»Damals war es meine erste Feier seit Langem, und in dem Kleid habe ich mich wie eine Königin gefühlt. Ich habe gedacht, meine Tante hätte es mir gekauft.« Mit einer beinahe bedächtigen Bewegung strich sie darüber. »Helene wird heute Abend übrigens auch da sein, zusammen mit ihrem Zukünftigen und ihren Eltern.«

»Dein Onkel meidet doch sonst immer Feiern, auf denen er dich treffen könnte.«

»Das ist richtig, aber Tante Elisabeths Geburtstag aufgrund seiner Befindlichkeiten abzusagen wagt wohl selbst er nicht. Außerdem steht er wegen der Sache mit Max nicht besonders gut da vor der Familie.«

Ella legte Halskette und Ohrringe an, überprüfte den Sitz ihrer Spange im Haar und griff nach den langen Handschuhen, um sie überzuziehen. »So, von mir aus können wir los.«

»Einen Moment noch.« Sebastian griff nach einer kleinen Schachtel. »Ich habe etwas für dich.«

»Dir ist aber nicht entfallen, dass es bis zu meinem Geburtstag noch ein wenig hin ist?«

»Ich würde es nicht wagen. Es ist ein Geschenk zur Geburt von Felix.«

»Da hast du mir doch schon ein Rubinhalsband geschenkt.«

Er lachte. »Jetzt mach es schon auf.«

Gehorsam löste sie die Schleife und hob den Deckel von der Schachtel. Darin lag ein goldener Schlüssel an einer goldenen Kette. Sie hob ihn hoch und sah Sebastian fragend an.

»Es ist ein symbolisches Geschenk.«

»Der Schlüssel zu deinem Herzen?«

»Ach, zu ärgerlich, auf die Idee bin ich noch gar nicht gekommen.« Er seufzte, dann lachte er wieder. »Nein, es ist etwas prosaischer. Ich habe das *Rosenpalais* für dich gekauft.«

Es dauerte einen Moment, ehe Ella verstand, was er da sagte. »Du meinst die Chocolaterie.«

»Na, euer Gartenhäuschen gewiss nicht.«

Ella starrte auf den Schlüssel, dann stieß sie einen Jubellaut aus und flog Sebastian um den Hals, drückte ihm fast die Luft ab und löste sich von ihm, um sein Gesicht zu umfassen und ihn lange zu küssen. »Du bist großartig«, sagte sie. »Ich kann es kaum glauben.«

»Glaub es nur. Die Papiere sind schon unterzeichnet, du bekommst alles morgen im Bureau.«

Sie küsste ihn ein weiteres Mal, als es an der Tür klopfte. »Ella? Es wird Zeit.«

Eric. Sie lief zur Tür, öffnete sie und fiel auch ihm um den Hals.

»Ah, er hat es dir gesagt, ja?«

Clara stand an seiner Seite, lächelte. »Ich hatte die ganze Zeit Angst, mich zu verplappern.«

Zu viert gingen sie die Treppe hinunter zu Sebastians Wagen. Zehn Minuten später fuhren sie in den Hof von Elisabeths Haus, und Sebastian parkte den Wagen in der Remise bei den anderen Automobilen. Sie stiegen aus und gingen auf den hell erleuchteten Eingang zu. Elisabeth stand mit Richard in der Halle und begrüßte sie. Eric und Ella legten die Geschenke auf den Gabentisch am Eingang des Salons, und während Eric mit Clara eintrat, blieb Ella mit Sebastian an der Tür stehen, sah sich um, begegnete dem Blick ihres Onkels. Herausfordernd sah sie Georg an, stemmte eine Hand in die Seite, fragte sich, ob er das Kleid wiedererkannte. *Ich hatte letzte Saison wunderbare Erfolge damit.*

Sie spürte Sebastians Hand an ihrem Rücken, und gemeinsam mit ihm betrat sie den Salon, mischte sich unter die Gäste, hörte das Geplauder und Gelächter. Eric stand bei Clara und unterhielt sich mit ihr, wirkte nicht mehr wie ein Fremdkörper inmitten der Gesellschaft. Ella lächelte und sah zu der breiten Fensterfront, die in den Garten führte. Die Dunkelheit spiegelte den Raum, und zum ersten Mal barg sie keine Dämonen mehr.

Personen

Familie Dorn

Felix Dorn, Vater von Eric und Ella, verstorben
Eric Dorn, Erbe von *Süßwaren Dorn*
Eleonora »Ella« Dorn, seine Schwester und eigentliche Leiterin des Unternehmens
Heinrich Dorn, Bruder von Felix Dorn
Isolde Dorn, seine Ehefrau
Conrad, sein ältester Sohn
Frank, sein jüngerer Sohn
Georg Dorn, Bruder von Felix Dorn
Dorothea Dorn, Georgs Ehefrau
Hans Dorn, sein ältester Sohn
Helene Dorn, seine Tochter
Elisabeth Senger, Schwester von Felix Dorn
Richard Senger, ihr Sohn

Familie Lombard

Sebastian Lombard, Helenes Verlobter
Magda Lombard, seine Mutter
Werner Lombard, sein Vater
Ava Falkoven, seine Schwester
Paul Falkoven, Avas Ehemann

Sonstige

Louise Dalberg, Ellas beste Freundin
Curt Dalberg, Louises Vater
Clara Landauer, Pianistin, später Mitarbeiterin in der Chocolaterie Dorn
Alma Kloeckner, Theaterschauspielerin und Sebastians Geliebte
Herbert Mayer, stellvertretender Leiter der Firma Dorn
Arvid von Oedinghof, Hotelierserbe
Veit Landberg, Claras ehemaliger Geliebter
Doris, Stubenmädchen
Frau Hanke, Köchin
Hanne, Kindermädchen bei Ava Falkoven